Der Schlaf ist ein kurzer Tod,
der Tod ein langer Schlaf.

Platon

CATHERINE SHEPHERD

Engelsschlaf

Thriller

1. Auflage 2017

Lektorat: Gisa Marehn
1. Korrektorat: SW Korrekturen e.U.
2. Korrektorat: ebokks.de

Covergestaltung: Alex Saskalidis
Covermotiv: iStock.com/miljko

www.catherine-shepherd.com
kontakt@catherine-shepherd.com

ISBN 978-3-944676-08-1

Weitere Titel von Catherine Shepherd:

Der Puzzlemörder von Zons

Der erste Zons-Thriller; Kafel Verlag; April 2012

Erntezeit

Der zweite Zons-Thriller; Kafel Verlag; März 2013

Kalter Zwilling

Der dritte Zons-Thriller; Kafel Verlag; Dezember 2013

Auf den Flügeln der Angst

Der vierte Zons-Thriller; Kafel Verlag; August 2014

Tiefschwarze Melodie

Der fünfte Zons-Thriller; Kafel Verlag; Mai 2015

Seelenblind

Der sechste Zons-Thriller; Kafel Verlag; April 2016

Tränentod

Der siebte Zons-Thriller; Kafel Verlag; April 2017

Krähenmutter

Laura Kern-Thriller; Piper Verlag; Oktober 2016

Mooresschwärze

Julia Schwarz-Thriller; Kafel Verlag; Oktober 2016

PUZZLE – Zons Crime (Book 1)
Originalausgabe: Der Puzzlemörder von Zons
AmazonCrossing; Januar 2015

REAPER OF ZONS – Zons Crime (Book 2)
der deutschen Originalausgabe: Erntezeit
AmazonCrossing; Februar 2016

Prolog

Ich sterbe. Ich wusste es in der Sekunde, als ich fiel. Der Tag hatte sehr schön begonnen. Ich war aufgewacht, weil mir die Sonnenstrahlen das Gesicht wärmten. Sie strichen über meine Haut und kitzelten mich so lange, bis ich die Augen blinzelnd aufschlug. Das perfekte Wetter ließ mich sofort aufspringen. Es war einer dieser lichterfüllten Tage, die das Ende des Winters ankündigten. Eine seltene Erscheinung nach all der Kälte und dem wolkenverhangenen, grauen Himmel, der mich in den letzten Wochen täglich begrüßt hatte.

Nach einem hastigen Frühstück bin ich nun endlich draußen bei Black, meinem wunderbaren Hengst, der seinem Namen alle Ehre macht. Er war ein Geschenk zu meinem achtzehnten Geburtstag. Ich liebe dieses Tier wie mein Leben. Doch er ist wild und schwer zu beherrschen. Ich reite über die graugrüne Wiese, aus der dichter Nebel fließt. Die warme Sonne zieht die Feuchtigkeit aus dem Boden. Fast gespenstisch wirken die kahlen Bäume, die trotz des Lichtes noch kein Leben zeigen. Ich habe nicht die Zeit, genauer hinzusehen, denn Black ist schnell und sein Galopp hart. Ich presse die Schenkel an seine Flanken und genieße das Tempo sowie die Kraft, die von dem prächtigen Tier ausgehen. Ich sehe den Graben ungefähr eine Sekunde früher als Black und versuche, ihn zu stoppen. Aber er hört nicht auf mich und beschleunigt weiter. Ich kralle mich an den Zügeln fest, obwohl ich ahne, dass es sinnlos ist. Als Black den Graben wahrnimmt, bleibt er ruckartig stehen. Ohne Rücksicht auf mich. Er steigt, wiehert, reißt die Hufe so hoch, dass ich mich nicht mehr auf seinem Rücken halten kann. Ich werde durch die Luft geschleudert und realisiere im selben Augenblick, dass mein Ende naht. Ich erlebe gerade noch, wie ich mit dem Rücken auf dem Boden aufschlage. Der Aufprall presst mir die Luft aus der Lunge. Das Letzte, was ich wahrnehme, ist der blaue Himmel. Dann verlässt mein Bewusstsein diese Welt.

Das Nichts hat mich verschluckt. Ich fühle nichts. Sehe nichts. Kann weder riechen noch schmecken. Ist das der Tod, frage ich mich und erkenne zugleich, dass Tote keine Fragen mehr stellen. Sie denken nicht, denn ihr Geist ist fort.

Ganz plötzlich sind sie da, quälende Schmerzen nach dem Aufprall. Ich bin benommen. Orientierungslos schrecke ich hoch und schreie. Der Unfall war real. Ich wäre fast gestorben. Aber ich habe überlebt, mit etlichen Rippenbrüchen und Prellungen. Man musste mich notoperieren, und das Trauma des Sturzes steckt noch immer in meinen Knochen.

Der Traum ist nicht neu. Er überfällt mich häufig, und jedes Mal bemerke ich viel zu spät, dass er nicht wirklich ist. Black gibt es nicht mehr. Meine Eltern haben ihn nach dem Reitunfall verkauft. Ich entspanne mich ein wenig. Mein Atem wird ruhiger. Es war nur ein Albtraum, sage ich mir wiederholt. Ich strecke die Hand aus, will meine Bettdecke fassen. Doch da ist nichts. Müde taste ich ins Leere. Etwas fühlt sich anders an. Eine zähe Wolke aus dichtem Nebel hat sich in meinem Kopf ausgebreitet und hindert mich am Denken. Erinnerungsfetzen fliegen vorbei. Ich versuche, sie einzufangen, aber ich fische im Trüben. Ich kann mich nur schwerfällig bewegen, greife nach einem Bild, doch ich bin viel zu langsam. Selbst wenn ich den Gedanken erreichte, könnten meine Finger ihn nicht festhalten. Sie sind merkwürdig steif. Ich will die Augen öffnen, mehr als ein schwaches Zucken bringe ich jedoch nicht zustande.

Wo bin ich? Das ist jetzt der einzig beständige Gedanke in meinem Kopf. Ich klammere mich an ihn, betrachte jeden einzelnen Buchstaben, als hätte sich die Antwort dahinter versteckt. Ich liege nicht in meinem Bett. Doch wo bin ich dann und wie lange schon? Die Zunge klebt mir am Gaumen. Sie fühlt sich an wie ein dicker, vertrockneter Lappen. Ich habe schrecklichen Durst. Es müssen also bereits Stunden vergangen sein. Allmählich lichtet sich der Nebel ein wenig, und ich schaffe es, die Augen zu öffnen. Doch es ist dunkel. Meine Lider sind so schwer, dass ich alle Kraft aufbringen muss, sie offen zu halten. Ihr Gewicht droht mich zu erdrücken. Ich kämpfe dagegen an, denn ich brauche Klarheit. Wo zum Teufel bin ich?

Ein ferner, lang gezogener Schrei treibt mir die Angst durch die Adern und den Nebel restlos aus meinem Kopf. Endlich kann ich Konturen erkennen. Neben mir steht etwas. Ich greife danach und bemerke, dass ich auf einer Unterlage festgeschnallt bin. Ich zerre an den Fesseln, die meine Handgelenke und Knöchel fixieren. Der Spielraum beträgt nur wenige Zentimeter. Immerhin kann ich den Kopf heben, doch was ich in meiner linken Ellenbeuge entdecke, jagt eine neue Panikwelle durch mein Inneres. Eine Kanüle. Von ihr führt ein dünner Schlauch zu dem Gegenstand an meiner Seite. Einem Infusionsständer. Schlagartig spüre ich die kalte Flüssigkeit, die sich in meine Adern ergießt. Der eisige Takt der Tropfen feuert meine Panik an. Erneut reiße ich an den Fesseln. Aber das ist nicht der einzige Grund, denn ich höre das Klatschen von Ledersohlen auf nacktem Beton. Noch sind sie weit entfernt. Ich weiß, dass ich dieses Geräusch kenne. Ich erinnere mich daran, und plötzlich weiß ich, was passieren wird. Ich bäume mich auf, versuche mich mit aller Kraft zu befreien, während sich die Schritte unaufhaltsam nähern.

Mein Leben läuft wie im Zeitraffer vor mir ab. Ich sehe meine Eltern, ihr stolzes Lächeln, als ich meinen ersten Gesangsauftritt an der Schule absolviert habe. Meine Mutter, die mich warm und schützend in den Armen hält. Ich rieche ihren wunderbaren Duft und will in ihre Umarmung hineinkriechen, um mich sicher zu fühlen. Ich will fort von diesem dunklen Ort. Aber der Film läuft weiter. Ich sehe meinen Vater, der mir zufrieden den Autoschlüssel zu meinem ersten Wagen schenkt. Ein giftgrüner, gebrauchter Polo, trotz dieser Farbe der schönste der Welt. Ich sehe Tim neben mir sitzen und die Mischung aus Respekt und Neid in seinen Augen, als ich den Motor starte. Ich genieße diesen Moment, denn ich bin die ältere Schwester und Tim muss noch zwei Jahre darauf warten. »Amelie, gib Gas!«, fordert er heiser.

Ich tue, was er sagt. Wir brausen triumphierend davon, fühlen uns erwachsen und frei. Ich liebe meine Familie, und plötzlich weiß ich, dass mein Ende bevorsteht. So ist es doch, wenn das eigene Leben vor einem abläuft? Wenn der Geist noch einmal alle Höhepunkte durchlebt, bevor er für immer davonfliegt – zurück in die namenlose Schwerelosigkeit des Universums, aus der wir alle gekommen sind. Ich will sie festhalten, all diese Momente des Glücks. Ich will nicht sterben, aber schon öffnet sich die Tür und die Schritte nähern sich. Mein Herz rast. Ich wünsche mir, dass die Schritte fortdauern, denn sobald sie verstummen, steht er neben mir.

Mein Wunsch wird nicht erfüllt. Ich sehe seine große Gestalt. Ein Schatten aus der Hölle, der niemals redet, mit unerbittlichen kräftigen Händen. Ich rieche das Testosteron, die Mischung aus Schweiß und etwas anderem, das ich nicht zuordnen kann. Ich zerre an den Fesseln, und irgendwie schaffe ich es, meine rechte Hand herauszuziehen. Es ist meine starke Seite. Er hat es nicht bemerkt. Mutig geworden beschließe ich, auf meine Chance zu lauern, während sich seine schwere Hand auf meine Stirn legt. Die Berührung hat fast etwas Tröstliches. Ich will leben. Ich bin dem Tod schon einmal entkommen und werde nicht kampflos aufgeben. Ich balle die Faust und warte, bis sein Gesicht ganz dicht über meinem ist. Ich kann so gut wie nichts erkennen, aber ich kann seine Hitze spüren. Als es unerträglich warm wird, schlage ich zu. Ich treffe seine Kehle. Das höre ich am Geräusch, das dem Öffnen einer Sektflasche ähnelt. Luft entweicht mit einem Plopp aus seinem Hals, und in diesem Moment glaube ich, zu entkommen. Ich boxe erneut in seine Richtung. Doch meine Faust landet in seiner großen Hand. Er drückt fest zu. Es schmerzt. Ich wehre mich aus Leibeskräften. Er ist viel stärker als ich. Ich kann nichts gegen ihn ausrichten.

»Bitte nicht«, bringe ich mühsam hervor. Meine Zunge ist so geschwollen und ausgetrocknet, dass die Worte wie das Brabbeln eines Kleinkindes klingen.

Er antwortet nicht. Stattdessen dreht er an der Öffnung des Infusionsbeutels, und die Wolke aus zähem Nebel füllt wieder meinen Kopf, bis nichts mehr von mir übrig ist.

I

Das sirenenartige Klingeln des Handys riss Taylor Field unsanft aus dem Schlaf. Mit geschlossenen Augen tastete er nach dem Telefon und hob ab. Die Stimme am anderen Ende der Leitung bebte kaum merklich. Sachlich teilte die Mitarbeiterin der polizeilichen Einsatzzentrale ihm mit, dass in einem Park in unmittelbarer Nähe des Dominikus-Krankenhauses Berlin eine Frauenleiche gefunden worden sei. Er müsse sich sofort zum Fundort begeben.

Müde gähnte er, während sein Gehirn die soeben erhaltenen Informationen verarbeitete. Dann sprang er auf. Zügig schlüpfte er in seine Jeans und zog ein zerknittertes T-Shirt über. Auf den Besuch im Badezimmer verzichtete er. Kaltes Wasser würde ihm ohnehin nicht helfen, sich besser zu fühlen. Es war mitten in der Nacht, genauer gesagt erst kurz vor drei, und Taylor kam sich vor, als hätte ihn gerade ein Vorschlaghammer getroffen.

Zehn Minuten später traf er an der genannten Adresse ein. Die Spurensicherung hatte den Fundort bereits großzügig abgesperrt. Taylor zeigte seinen Dienstausweis und schwang sich über das rot-weiße Band.

»Taylor Field, Kriminalpolizei«, stellte er sich mit leichtem amerikanischem Akzent dem Streifenpolizisten vor, der auf ihn zugelaufen kam.

Der Mann hatte nach Taylors Schätzung die zwanzig Jahre nur knapp überschritten. Ein spärlicher Dreitagebart zierte die blasse Haut des jungen Kollegen, dessen Gesicht ihn eher an einen Teenager als an einen Erwachsenen erinnerte.

»Hallo, ich bin Torsten Meier. Sie liegt dort hinten«, brachte der junge Mann stoßweise hervor.

Taylors Blick folgte Meiers Zeigefinger und blieb an einer Parkbank hängen, die von mehreren Scheinwerfern angestrahlt wurde. Sofort fixierten seine Augen die darauf ausgestreckte Person. Mit ein paar schnellen Schritten war er bei der Toten angekommen.

»Wir haben zuerst gedacht, dass sie lediglich betrunken ist und sich der Anrufer einen Scherz erlaubt hat«, erklärte Meier, der neben Taylor hergelaufen war. »Doch dann haben wir keinen Puls gefühlt und einen Arzt hinzugezogen, der ihren Tod festgestellt hat. Die Todesursache ist bisher unklar. Der Arzt kann eine Fremdeinwirkung nicht ausschließen, und deshalb haben wir Sie angerufen.«

Taylor nickte und betrachtete die junge Frau, die aussah, als ob sie nur schliefe. Sie lag, die Augen geschlossen und vollständig bekleidet, auf dem Rücken, ihr Kopf war auf ein Kissen gebettet. Weder im Gesicht noch an den Händen gab es erkennbare Verletzungen. Die Haut wirkte wachsähnlich und die Mimik war vollkommen entspannt. Sollte die Tote in den letzten Momenten ihres Lebens Angst oder Panik durchlitten haben, so sah man ihr diese Qualen nicht mehr an.

»So etwas habe ich ja noch nie gesehen«, murmelte

Taylor und wunderte sich über die eigenartige Positionierung der Leiche. Nicht nur, dass ihr Kopf bequem auf ein Kissen gebettet war, unter ihr lugte sogar eine Decke hervor, und außerdem waren die Arme auf der Brust verschränkt. »Ist der Arzt schon wieder weg?«, fragte er Torsten Meier.

»Ja. Es war der Notarzt. Der hatte ziemlich viel zu tun und musste sofort weiter. Er war nicht länger als ein paar Minuten hier.«

»Schade. Hat er irgendeine Vermutung zur Todesursache geäußert?«

Der Polizist zuckte mit den Achseln. »Nein. Er hat nur den Puls und die anderen Vitalzeichen kontrolliert und dann gesagt, dass eine so junge Frau nicht einfach so stirbt und wir die Kriminalpolizei einschalten müssen.«

»Wer hat die Leiche gefunden?«, fragte Taylor weiter. Er ging in die Hocke, um die Decke zu inspizieren. Sie bestand aus sauberem, hellem, flauschigem Stoff. Wenn die Frau ermordet wurde, wer gab sich dann mit der Toten noch solche Mühe? Warum wurde sie so sorgsam abgelegt?

»Ein anonymer Anrufer. Die Techniker konnten ihn nicht zurückverfolgen. Wir wissen nur, dass es eine männliche Stimme war.« Meier deutete auf ein paar Schuhabdrücke neben der Bank, die von der Spurensicherung gekennzeichnet worden waren. »Wir haben nur diese Abdrücke gefunden. Aber hier kommen so viele Menschen entlang, dass es schwierig sein wird, eine brauchbare Spur zu isolieren.« Taylor nickte. »Haben Sie die Leiche schon nach Papieren durchsucht?«

Meier schüttelte den Kopf. »Das wollten wir der Kripo überlassen.«

»Okay«, erwiderte Taylor. »Ich werde zuerst die Rechtsmedizin hinzuziehen.« Er erhob sich, ohne den Blick von der Toten abzuwenden. Ihr Anblick verwirrte ihn. Die Decke und das Kissen passten überhaupt nicht in das übliche Schema eines Mordes. Auch das Fehlen von äußeren Verletzungen gab Taylor zu denken. Er holte sein Handy aus der Tasche und informierte Dr. Thomas Herzberger, den Leiter der forensischen Pathologie. Taylor arbeitete seit Jahren mit Herzberger zusammen. Er war ein äußerst findiger Rechtsmediziner. Taylor zog ihn immer dann hinzu, wenn sie auf Ungereimtheiten am Fundort einer Leiche stießen oder der Arzt nicht unmittelbar feststellen konnte, ob es sich vielleicht sogar um Selbstmord handelte oder Fremdeinwirkung in Betracht kam. Taylor musterte die Frau. Hatte sie sich möglicherweise mit Drogen vollgepumpt und zum Sterben auf diese Bank gelegt? Er wusste es nicht.

»Bis der Rechtsmediziner eintrifft, würde ich mir gerne den Notruf anhören«, sagte er zu Meier, der nickte und ihn sofort zu einem der Polizeiwagen führte.

»Mein Kollege hat sich die Aufzeichnung aufs Handy schicken lassen«, erklärte Meier und ließ sich das Telefon geben. Er drückte eine Taste, und Taylor sperrte die Ohren auf.

»Ich habe gerade eine leblose Frau auf einer Parkbank hinter dem Dominikus-Krankenhaus gesehen.« Klick. Die Stimme klang sachlich und völlig emotionslos. Der Anrufer hatte direkt wieder aufgelegt, noch bevor der Mitarbeiter der Notrufzentrale ihn nach Namen und Adresse fragen konnte. Taylor lauschte der Aufnahme ein weiteres Mal. Im Hintergrund rauschte es stark. Er stellte das Telefon auf laut.

»Was ist das?«, fragte er. »Das hört sich an wie ein ICE oder eine Autobahn.«

»Beides gibt es nicht in unmittelbarer Nähe«, erwiderte Meier.

Taylor legte auf. »Das heißt also, dass der Anrufer gar nicht von hier aus telefoniert hat.«

Er blickte sich um. Ein paar hundert Meter weiter gab es eine S-Bahn-Linie, die bis in den äußersten Norden Berlins führte. Doch die hatte zwischen ein und vier Uhr nachts Pause.

»Wann genau ist der Notruf eingegangen?«

Meier zog einen Notizblock aus seiner Tasche und blätterte zur letzten beschriebenen Seite.

»Um kurz nach zwei. Wir sind sofort los und haben eine Weile auf den Notarzt gewartet. Gleich danach wurden Sie hinzugezogen.«

Gut, dachte Taylor. Dann hatte er im Hintergrund der Aufnahme jedenfalls nicht die Berliner S-Bahn gehört. Die nächste Autobahn war ein paar Kilometer entfernt. Er fragte sich, von wo aus der Mann angerufen haben könnte. Auf jeden Fall würde er die Aufnahme analysieren lassen. In seinen Fingerspitzen kribbelte es. Wer auch immer der Kerl war, er wollte weder identifiziert werden noch nähere Auskünfte geben. Dieser Mann hatte etwas zu verbergen, und Taylor wusste aus langjähriger Erfahrung, dass es nicht viele Gründe für eine solche Vorgehensweise gab. Der wahrscheinlichste war, dass es sich bei dem Anrufer um den Täter handelte und dieser wollte, dass sein Opfer schnellstmöglich gefunden wurde.

Nach einer Weile traf Dr. Thomas Herzberger, der Rechtsmediziner, ein.

»Was kann ich für Sie tun?«, fragte er und hob das Absperrband in die Höhe, um darunter hindurchzuschlüpfen.

Taylor begrüßte ihn und führte ihn zu der Parkbank.

»Der Notarzt konnte Fremdeinwirkung nicht ausschließen. Sie wurde sorgfältig auf die Bank gebettet, und äußerlich sind keine Verletzungen zu erkennen. Ich dachte mir, unter diesen Umständen wäre es sinnvoll, wenn Sie sich die Auffindesituation persönlich ansehen. Wir haben die Leiche noch nicht angerührt.«

»Mmh«, sagte Dr. Herzberger, der bereits Gummihandschuhe übergezogen hatte und sich nun über die Tote beugte. »Die Haut an den frei liegenden Extremitäten ist weiß-bläulich marmoriert. Der Körper fühlt sich kalt und fest an.« Er öffnete die Augen der Leiche und leuchtete mit einer kleinen Taschenlampe hinein. »Keine Pupillenreaktion. Beide Pupillen sind weit und entrundet.« Er ließ die Lider los und untersuchte ihren Mund. »Keine Verletzungen im Rachenraum erkennbar.« Der Lichtkegel der Taschenlampe blieb auf der Nasenspitze stehen. »Hier sehe ich ein wenig angetrocknetes grünliches Sekret. Es sind keine Atembewegungen oder -geräusche wahrnehmbar. Ich kann auch keinen Karotispuls am Hals tasten.« Dr. Herzberger richtete sich auf.

»Wie ist sie gestorben?«, wollte Taylor wissen, der neben Herzberger stand und jede seiner Bewegungen mitverfolgte.

»Das kann ich noch nicht sagen. Ich habe im Augenblick keine Idee. Wir müssen sie entkleiden, um mehr feststellen zu können. Fangen wir mit dem Oberkörper an.« Der Rechtsmediziner drehte sich um und kramte in seiner mitgebrachten Tasche.

Taylor starrte auf den Leichnam. Es war bedrückend,

eine so junge Frau tot aufzufinden. Sie konnte höchstens zwanzig sein. In diesem Alter sollte man leben, der Tod gehörte nicht hierher. Er blinzelte und bemerkte, wie müde er war. Zwischen seinen sekundenschnellen Augenbewegungen nahm er eine Veränderung am Hals der Toten wahr. Taylor zwinkerte noch einmal. Wieder sah er, dass sich etwas in der Kehle der Leiche rührte.

»Was ist das?«, stotterte er und rüttelte Herzberger an der Schulter.

»Was meinen Sie?«, fragte der Rechtsmediziner, der jetzt eine Schere in der Hand hielt.

Taylor erstarrte vor Entsetzen. Er hatte während seiner Laufbahn als Kriminalkommissar schon viel gesehen, aber noch nie hatte sich der Hals einer Leiche bewegt.

»Da ist etwas in ihrem Hals«, brachte er heiser hervor und machte einen halben Schritt rückwärts.

Dr. Herzberger ging in die Hocke und betrachtete die Tote.

»Ach, du lieber Himmel«, stieß er plötzlich aus und ließ die Schere fallen. Er drehte die Leiche hektisch auf die Seite.

»Was ist los?«, fragte Taylor aufgeregt. Er wagte es nicht, wieder näher heranzutreten.

Herzberger reagierte nicht. Seine Hände bewegten sich fieberhaft auf der Toten. Dann schrie er: »Rufen Sie sofort den verdammten Rettungswagen zurück!«

II

»Isabell Wittmann ist jetzt ansprechbar. Aber seien Sie bitte behutsam. Sie ist noch sehr schwach.« Der Arzt im weißen Kittel lächelte Laura und Max an. Anschließend verschwand er im nächsten Krankenzimmer. Laura ging durch die offene Tür auf die junge Patientin zu, die mit geschlossenen Augen im Bett lag. Ihr blasses Gesicht war zart geschnitten und wirkte unheimlich verletzlich.

»Guten Tag, mein Name ist Laura Kern und das ist mein Partner Max Hartung. Wir sind Ermittler beim Landeskriminalamt Berlin und haben Ihren Fall von der Kriminalpolizei übernommen. Wir möchten uns gerne mit Ihnen unterhalten«, sagte sie sanft und setzte sich auf den Stuhl neben dem Bett. Max blieb hinter ihr stehen. Isabell Wittmanns Lider flatterten. Nach einer Weile öffnete sie blinzelnd die Augen.

»Ich kann mich kaum erinnern«, flüsterte sie undeutlich. »Alles war dunkel, er hatte mich vollkommen in seiner Gewalt.«

Laura rückte ein bisschen näher an das Bett und nickte schweigend. Sie sah Isabell Wittmann einen Moment lang an und holte tief Luft. »Ich weiß, wie schwer das für

Sie ist. Wir wollen den Mann schnappen, der Ihnen das angetan hat. Er wird für lange Zeit ins Gefängnis kommen und kann Ihnen dann nichts mehr tun.«

Die Frau schwieg. Eine einzelne Träne löste sich aus ihrem Augenwinkel und kullerte über die Wange.

»Können Sie sich erinnern, wie Sie in seine Gewalt geraten sind?«, fragte Max. Die Augen der Frau huschten zu ihm hinauf und blieben an seiner kräftigen Statur hängen. Langsam schüttelte sie den Kopf.

»Okay. Vielleicht tragen wir einmal vor, was wir bisher herausgefunden haben. Sie hören einfach zu und überlegen, ob Ihnen das eine oder andere Detail wieder einfällt. Machen Sie sich keinen Stress. Sie sind jetzt in Sicherheit, und früher oder später werden wir den Täter finden.« Max lächelte aufmunternd und Isabell Wittmanns Lippen brachten immerhin ein Zucken zustande.

»Wir haben Sie vor drei Tagen nachts auf einer Parkbank in der Nähe dieses Krankenhauses aufgefunden. Sie waren bewusstlos und zeigten so gut wie keine Lebenszeichen. Sie wurden notärztlich versorgt. Ihr Zustand wurde im Krankenhaus stabilisiert und die Ärzte gehen davon aus, dass Sie wieder vollkommen gesund werden. Es wurden, bis auf ein paar Hautabschürfungen, keine Verletzungen festgestellt. Allerdings waren Sie mit hohen Medikamentendosen ruhiggestellt worden, die Ihre Körperfunktionen so weit heruntergefahren hatten, dass Ihr Puls kaum noch messbar war. Wir wurden darüber informiert, dass Sie am Montag nach einem Besuch im Fitnessstudio nicht nach Hause zurückgekehrt sind. Wir haben mit Ihrem Trainer gesprochen. Der hat ausgesagt, dass Sie an diesem Tag zwei Stunden trainiert haben, und zwar zwischen sieben und neun Uhr abends. Erinnern Sie sich an das Training?« Max machte eine Pause und blickte Isabell Wittmann erwartungsvoll an.

»Ja, an das Fitnessstudio kann ich mich erinnern. Auch daran, wie ich mit dem Fahrstuhl in die Tiefgarage gefahren bin. Ich wollte in meinen Wagen steigen, aber dann wurde plötzlich alles schwarz, und als ich zu mir kam, lag ich irgendwo im Dunkeln. Ich kann mich kaum entsinnen, was danach passiert ist. Die erste richtige Erinnerung habe ich wieder an dieses Krankenzimmer. Ein Arzt hat mir eine Spritze gegeben.«

»Und als Sie in den Fahrstuhl gestiegen sind, waren Sie da alleine?«, hakte Laura nach.

Isabell Wittmann verdrehte angestrengt die Augen. Nach einer Weile hob sie hilflos die Schultern. »Ich bin mir nicht sicher. Vielleicht war da ein Mann …« Sie schloss die Augen und konzentrierte sich. »Ja, ich glaube, es war noch ein Mann im Fahrstuhl. Er ist mit mir ausgestiegen. Ich habe nicht weiter auf ihn geachtet.«

»Und wie sah er aus? War er groß oder klein? Alt oder jung?« Laura sprach langsam, damit sie Isabell Wittmann nicht überforderte.

»Ich weiß es nicht mehr«, stöhnte sie und weinte. »Es ist alles verschwommen. Ich erinnere mich an große Hände auf meinem Bauch. Er hat mir wehgetan, und ich habe Geräusche gehört, in der Dunkelheit. Schreckliche Geräusche. Ich kann es gar nicht beschreiben …« Verzweifelt wischte sie sich mit dem Handrücken die Tränen aus dem Gesicht.

»Okay. Wir setzen unser Gespräch ein anderes Mal fort. Ruhen Sie sich aus, Frau Wittmann. Der Arzt hat gesagt, dass es ein paar Tage dauern kann, bis die Drogen in Ihrem Blut abgebaut sind. So lange ist es völlig normal, dass Sie sich benommen fühlen. Wenn Ihnen etwas einfällt, egal, wie unwichtig es erscheinen mag, rufen Sie mich bitte an.« Laura legte ihre Visitenkarte auf den Krankentisch und erhob sich. Sie hatte damit gerechnet, dass die junge Frau Gedächtnislücken hätte. Das überraschte in diesem Zustand nicht. Sie selbst wusste, wie es sich anfühlte, traumatische Situationen zu verarbeiten. Zuerst erinnerte man sich an gar nichts. Die Seele war damit beschäftigt, zu überleben. Dieser Zustand hielt auch dann noch an, wenn man sich längst außer Lebensgefahr befand. Doch irgendwann bahnten sich die schrecklichen Bilder des Erlebten ihren Weg an die Oberfläche. Unwillkürlich fuhr sie sich mit den Fingerspitzen über das Schlüsselbein und spürte die wulstigen Narben, die sich unter der hochgeschlossenen Bluse verbargen. Sie hatte einen ähnlichen Albtraum durchgemacht, vor vielen Jahren, und deshalb wusste sie auch, dass Isabell Wittmann noch nicht so weit war. Sie würde Zeit brauchen, aber in ein paar Tagen könnte sie sich vielleicht an Details erinnern, die sie schließlich zu ihrem Entführer bringen würden. Laura verabschiedete sich und bemerkte dabei die Angst in Isabell Wittmanns Augen. Für einen kurzen Moment schoss eine gewaltige Erinnerung in ihr hoch. Sie sah sich selbst und das Monster, das sie als Elfjährige entführt hatte. Sie spürte die Enge ihres Gefängnisses, ein stillgelegtes Pumpwerk mit kalten, feuchten Betonwänden. Laura, inzwischen fast dreißig Jahre alt, hatte bis heute Albträume, die sie nachts aus dem Schlaf rissen. Noch immer kämpfte sie mit den Dämonen aus der

Vergangenheit. Mit der Täuschung, der sie unterlegen war. Das Gesicht des freundlichen Mannes mit den warmen blauen Augen tauchte vor ihr auf und verwandelte sich in der nächsten Sekunde in die verzerrte Fratze eines Monsters. Der Täter war nie gefasst worden, obwohl er außer Laura noch eine Reihe anderer Mädchen in seine Gewalt gebracht hatte. Mädchen, die es im Gegensatz zu Laura nicht herausgeschafft hatten aus dieser Hölle. Manchmal, wenn sie zu gestresst oder müde war, sah sie die blauen Augen ihres Entführers in fremden Gesichtern. Für den Bruchteil einer Sekunde veränderte sich dann der Boden unter ihren Füßen. Ein großes schwarzes Loch tat sich auf, und Laura musste mit aller Kraft kämpfen, um nicht zu fallen. Es war dieselbe Angst, die vermutlich auch Isabell Wittmann spürte. Die Angst, dass das Monster zurückkommen und sie holen würde.

»Vor Ihrem Zimmer ist ein Wachmann postiert. Es haben nur die zuständigen Ärzte, Schwestern, die Polizei und Ihre Familie Zutritt«, ergänzte Laura auf der Schwelle, bevor sie die Tür hinter sich schloss.

»Alles in Ordnung?«, fragte Max und musterte Laura besorgt. »Du siehst plötzlich ganz blass aus.«

»Ich brauche einen Kaffee«, erwiderte Laura ausweichend. Sie wollte sich in dieser Situation Max gegenüber keine Blöße geben.

»Ich nehme auch einen«, erklärte Max und zog Laura zu einem Kaffeeautomaten, der sich am Ende des Ganges in einer Nische befand. »Seit das Baby da ist, sind die Nächte ziemlich kurz.«

Laura betrachtete Max. Tatsächlich hatte er beachtliche dunkle Ringe unter den Augen. Das markante Gesicht wirkte eckiger als sonst, aber das schien seiner Attraktivität keinen Abbruch zu tun. Max war mit seinen verwaschenen Jeans und den Muskelpaketen, die sich durch sein enges T-Shirt abzeichneten, ein Magnet für Frauen. Daran änderte auch seine Glatze nichts. Laura grinste, als sie den Blick einer Krankenschwester auf ihrem Partner ruhen sah. Sie hätte bei Max keine Chance, denn der war entgegen seiner äußeren Erscheinung ein absoluter Familienmensch. Er und seine Frau Hannah hatten vor einer Woche das zweite Kind bekommen.

»Was glaubst du?«, fragte er, während er einen Becher unter den Automaten schob und eine Münze einwarf. »Kriegen wir aus Isabell Wittmann bald etwas Brauchbares heraus oder müssen wir die Entführung auf den Stapel mit den ungeklärten Fällen legen?«

»Ich denke, wir sollten ihr noch ein oder zwei Tage geben, dann hat sie den ersten Schock überwunden. Immerhin konnte sie sich jetzt schon an diesen Mann im Fahrstuhl erinnern.«

Max drückte Laura einen Becher mit dampfendem Kaffee in die Hand und nahm anschließend selbst einen. »Was ich nicht verstehe, warum betäubt der Entführer sein Opfer? Er hat sie nicht vergewaltigt. Auch sonst scheint sie unversehrt zu sein. Was zum Teufel hat der Kerl die ganze Zeit mit ihr gemacht?«

Wieder kamen die Bilder des Pumpwerks in Laura hoch, in dem das Monster sie damals gefangen hielt. Eilig trank sie einen großen Schluck Kaffee. Beinahe hätte sie sich die Lippen verbrüht. »Ich kann nur raten. Vielleicht hat er sie verwechselt oder er hat es sich aus irgendeinem Grund anders überlegt.«

»Mhm.« Max setzte sich auf einen Stuhl und schlürfte seinen Kaffee. »Es ist zumindest seltsam. Er entführt sie, verabreicht ihr Drogen, tut ihr nichts – jedenfalls nichts Offenkundiges –, dann legt er sie sorgsam auf einer Parkbank ab und denkt sogar noch an Kopfkissen und Decke …«

»Und wählt zur Krönung sogar den Notruf, damit sie so schnell wie möglich gefunden wird«, ergänzte Laura kopfschüttelnd. Sie konnte sich nicht erinnern, jemals einen solchen Fall auf dem Tisch gehabt zu haben. Entführungen hatten immer dieselben Gründe. Entweder ging es um Lösegelderpressung oder die Täter wollten das Opfer in ihrer Gewalt haben, um es zu besitzen und schlimmstenfalls zu missbrauchen. Im aktuellen Fall traf keiner dieser Punkte zu. Welches Motiv steckte also hinter dieser Entführung?

»Hat Taylor dir noch irgendwelche Details zum Fundort gegeben?«, fragte Max und sah sie aufmerksam an. Seine Lippen wurden schmal.

Laura wusste, dass ihr Partner Taylor nicht besonders mochte. Das war zum Teil ihre Schuld. Aber Max' ständige Eifersucht ging ihr trotzdem langsam auf die Nerven. Sie blendete seine säuerliche Miene aus und holte den Übergabebericht der Kriminalpolizei aus der Tasche. Die Kripo hatte den Fall an das Landeskriminalamt übergeben, weil es dort ein auf Entführungen und erpresserischen Menschenraub spezialisiertes Dezernat gab. Auch bei schwerwiegenden Tötungsdelikten wurde das LKA häufig hinzugezogen.

»Er hat alles in den Bericht aufgenommen. Zunächst wurde Isabell Wittmann für tot gehalten, aber Doktor

Herzberger von der Rechtsmedizin hat Kehlkopfbewegungen festgestellt und sofort Wiederbelebungsmaßnahmen eingeleitet. Im Blut des Opfers wurden Anästhetika in Kombination mit Benzodiazepinen gefunden. Beides hat zum Pulsabfall und zu stark reduzierter Atmung geführt. Der Notarzt, der anfangs den Tod attestiert hatte, war in der Nacht im Dauereinsatz und hat mit seiner Einschätzung danebengelegen. Doktor Herzberger hat sich aufgeregt, dass nicht auf die sicheren Todeszeichen geachtet wurde, wie zum Beispiel die Ausbildung von Totenflecken oder die Totenstarre. Der Notarzt hätte wenigstens ein Null-Linien-EKG durchführen müssen.«

»Wahnsinn«, fuhr Max dazwischen. »Stell dir mal vor, du wirst für tot erklärt und wachst in einer Kühlbox im Leichenschauhaus auf.«

Laura erschauderte bei dieser Vorstellung. »Ich war mal auf einem Kongress, wo ein Rechtsmediziner berichtete, dass das tatsächlich vorkommt. Die meisten erfrieren allerdings in der Kühlbox und sind dann trotzdem tot.« Sie erinnerte sich an den Vortrag, in dem der Rechtsmediziner von mindestens zehn Scheintoten pro Jahr in Deutschland sprach.

»Vielleicht wollte er ja genau das«, sagte Max und trank seinen Kaffee aus.

»Was?«, fragte Laura, die mit ihren Gedanken sofort wieder beim möglichen Motiv des Entführers war.

»Na, dass sie in der Kühlbox erfriert oder lebendig begraben wird.«

Laura fuhr sich nachdenklich durch die blonden Locken. »Du meinst, er hat es darauf angelegt, weil er sie nicht selbst umbringen wollte?« Laura dachte eine Weile darüber nach. So richtig einleuchten wollte ihr diese Überlegung nicht. Der Entführer hätte einfach auf den Notruf verzichten können. Die Wahrscheinlichkeit, dass die Frau am nächsten Morgen noch gelebt hätte, wäre gering gewesen. Das hatte zumindest Dr. Herzberger gesagt, nachdem ihm die Blutanalyse mit den verabreichten Medikamenten vorlag.

»Wir sollten noch einmal mit dem Fitnesstrainer sprechen. Da die Spurensicherung nichts gefunden hat, ist er unser einziger Anknüpfungspunkt. Vielleicht hat er den Mann gesehen, der mit Isabell Wittmann in den Fahrstuhl gestiegen ist.« Laura hatte bisher nur ein knappes Telefonat mit Isabells Trainer geführt. Sie warf den Kaffeebecher weg und wartete, bis Max aufgestanden war.

…

Das Fitnessstudio befand sich im Norden Berlins. Eine Fabrikhalle aus roten Ziegelsteinen, zwischen denen die Fugen an etlichen Stellen bröckelten, erhob sich inmitten eines stillgelegten Gewerbegebietes. Ein Stückchen hinter der Halle parkten ein paar Baustellenfahrzeuge. Laura konnte einen Wagen mit Gerüstteilen und Zementsäcken erkennen. Offenbar rüsteten die Besitzer des Studios ordentlich auf. Sie blickte sich um. Die Hitze brütete auf dem Asphalt des großen Parkplatzes. Wo sie auch hinsah, vor ihren Augen flimmerte es. Der Teer war bereits weich wie Butter. Max blieb mit der Fußspitze kleben und fluchte.

»Die Schuhe sind keine drei Monate alt. Verdammt.«

Laura hielt ihm ein Taschentuch hin und sah zu, wie er den Teer abwischte.

»Was ist das überhaupt für ein gottverfluchter Ort? Ich wusste gar nicht, dass es hier draußen ein Fitnessstudio gibt«, sagte Max und warf das Taschentuch in den nächsten Abfalleimer.

»Ich kenne es«, antwortete Laura und zog die schwere Eingangstür auf. »Die haben in letzter Zeit ziemlich viel Werbung gemacht.«

Drinnen war es angenehmer. Große Ventilatoren rotierten an der hohen Hallendecke. Laura genoss den leichten Windzug, der über ihre erhitzte Haut strich. Die Einrichtung war hochmodern und geschmackvoll. Hinter einem Empfangstresen aus Teakholz saß eine vollbusige Blondine im bauchfreien Top.

»Herzlich willkommen bei Ultra Fitness. Waren Sie schon einmal bei uns?«, fragte sie wie auswendig gelernt und setzte ein gekünsteltes Lächeln auf.

Laura legte ihren Dienstausweis auf den Tresen, und das Lächeln erstarb augenblicklich.

»Ich möchte mit Marcel Lödermann sprechen«, erklärte Laura und beobachtete, wie die Blondine hektisch zum Telefon griff.

»Die Polizei ist hier«, flüsterte sie in den Hörer und warf einen prüfenden Blick in die Halle. Offenbar wollte sie sich vergewissern, dass niemand von den Gästen zuhörte. »Würden Sie dort drüben auf dem Sofa warten? Herr Lödermann ist auf dem Weg.«

Laura wandte sich um und ging auf das ausladende Sofa zu. Max folgte ihr.

»Wo ist eigentlich der Fahrstuhl?«, fragte sie und blieb stehen.

»Das habe ich mich gerade auch gefragt«, erwiderte

Max und blickte sich suchend um. »Komm, wir sehen mal bei den Fahrrädern nach. Vielleicht ist der Fahrstuhl dahinter.«

»Dort werden Sie ihn nicht finden«, tönte eine tiefe Stimme.

Laura fuhr herum und stellte überrascht fest, dass Marcel Lödermann hinter ihnen stand. Seine Stimme war in der Realität eine Tonlage tiefer als am Telefon, jedoch unverkennbar. Offenbar war er, wie sie auch, vor ein paar Minuten durch den Haupteingang gekommen.

»Ich war eine rauchen«, erklärte Lödermann, als er Lauras fragenden Blick bemerkte. »Wenn Sie links um die Halle herumgehen, sehen Sie unseren Pausenhof. Wegen der Bauarbeiten können wir zurzeit nicht durch den Hintereingang raus, und unsere Kunden sollen nicht mitbekommen, dass wir rauchen.« Er hob die Augenbrauen bedeutungsvoll und deutete auf ein großes Plakat, auf dem die wichtigsten Regeln zur Gesunderhaltung des Körpers aufgelistet waren. Gleich auf Platz eins stand »nicht rauchen«, gefolgt von »wenig Alkohol« und »genügend Schlaf«.

»Der Fahrstuhl befindet sich hinter unserer Powerbar. Nur Premiumkunden haben eine spezielle Zutrittskarte dafür und gleichzeitig zur Tiefgarage. Wenn Sie möchten, kann ich Sie zur Bar führen.« Er streckte Laura die Hand zur Begrüßung entgegen. Sein Händedruck war kräftig.

Lödermann führte sie am Empfangstresen vorbei in den hinteren Teil des Fitnessstudios. Dort befanden sich die Bar und die Kraftgeräte. Ein paar muskulöse Männer schwitzten mit hochroten Köpfen beim Training mit Gewichten. Laura fragte sich augenblicklich, ob diese

Kraftanstrengungen noch gesund waren. Zudem war es kurz nach der Mittagspause, aus Lauras Sicht ein ungünstiger Zeitpunkt zum Trainieren. Sie betrachtete die kräftigen Adern eines älteren Sportlers. Die Gefäße wölbten sich so stark unter der Haut am Hals hervor, dass Laura befürchtete, sie könnten jeden Moment platzen. Der Mann ächzte unter dem Gewicht der Hantelstange in seinen Händen. Er stemmte sie mit aller Kraft in die Höhe, doch bevor er die Arme durchstrecken konnte, krachte sie auf seine breite Brust. Zwei Trainer, rechts und links der Trainingsbank, griffen beherzt zu und verhinderten einen heftigeren Aufprall auf den Rippen. Die Langhantel wurde zur Seite gewuchtet und der Sportler setzte sich prustend auf. Laura schüttelte unmerklich den Kopf. Ob Max auch so trainierte? Unwillkürlich betrachtete sie seine ausgeprägten Bizepse, die jedoch nicht annähernd an die Muskeln des Extremsportlers herankamen. Wahrscheinlich trainierte Max dosierter. Laura war froh, dass sie sich nie für Fitnessstudio interessiert hatte. Sie mochte frische Luft. Ihre Leidenschaft war das Laufen.

»Wie geht es Isabell?«, fragte Lödermann und führte sie um die Bar herum, an der zwei schlanke Mädchen ihren Proteinshake schlürften.

»Sie kommt wieder auf die Beine. Wir waren heute Morgen bei ihr«, erwiderte Laura und blieb vor dem Fahrstuhl stehen.

Max deutete auf die Edelstahltüren. »Frau Wittmann hat uns berichtet, dass jemand mit ihr im Fahrstuhl war, als sie nach dem Training in die Tiefgarage fuhr.« Prüfend ließ er seinen Blick durch den Trainingssaal gleiten. »Von den Geräten aus hat man doch einen ganz guten

Blick auf den Aufzug. Haben Sie gesehen, wer mit Frau Wittmann den Fahrstuhl benutzt hat?«

Lödermann schüttelte den Kopf. »Das war meine letzte Trainingseinheit an dem Tag. Ich habe mich gleich an die Bar gesetzt und einen Energydrink genommen.« Er deutete in Richtung des Tresens, der durch eine helle Wand abgeschirmt wurde. »Aber Melinda war an dem Abend auch hier. Vielleicht ist ihr etwas aufgefallen.«

Noch bevor Laura fragen konnte, wer Melinda sei, bemerkte sie das breite Grinsen auf Lödermanns Gesicht. Sie folgte seinem Blick und drehte sich um. Eine schwarzhaarige junge Frau im pinken Trainingsoutfit kam ihnen entgegen.

»Marcel, Darling, da bist du ja. Kannst du mir bitte einmal bei meinen Dehnungsübungen helfen? Ich bin heute total ungelenkig.« Wie zum Beweis streckte sie ein Bein in die Höhe, und Laura schluckte, als sie es fast bis an die Ohren hob und in einer makellosen Linie durchstreckte. Was zum Teufel war daran ungelenkig? Sie warf einen Seitenblick auf Max, der Melinda mit unverhohlener Bewunderung anstarrte.

»Laura Kern vom Landeskriminalamt«, stellte sie sich vor. Melinda ließ abrupt das Bein herab. Ihre Augen weiteten sich vor Schreck.

»Landeskriminalamt?«, stotterte sie.

»Ja, wir ermitteln in einem Entführungsfall und würden gerne von Ihnen wissen, ob Sie am letzten Montag zeitgleich mit Isabell Wittmann trainiert haben.«

»Isabell? Ja, ich war an den Geräten. Sie hat mit Marcel trainiert. Danach haben wir noch ein bisschen im Umkleideraum gequatscht. Wieso? Was ist denn mit Isabell?

Geht es ihr gut?« Melindas Blick huschte von Laura zu Max und blieb dann an Marcel Lödermanns Gesicht hängen. Ihre Augen durchbohrten ihn prüfend.

»Ist ihr etwas passiert?« Ehe Laura antworten konnte, fügte sie vorwurfsvoll hinzu: »Du hast davon gewusst? Warum hast du mir nichts erzählt?«

Lödermanns Wangen röteten sich. »He, ich kenne keine Details. Das ist alles total vertraulich. Ich kann doch nicht irgendwelche Dinge über polizeiliche Ermittlungen in die Welt posaunen. Außerdem geht es Isabell gut.«

»Hören Sie, Melinda.« Laura unterbrach die beiden. »Vielleicht können Sie das später unter sich ausmachen. Wir müssen dringend wissen, was an jenem Abend passiert ist.«

»Geht es ihr wirklich gut?«

Laura nickte. »Können Sie sich daran erinnern, wann genau Isabell Wittmann die Umkleideräume verlassen hat?«

»Isabell hatte es eilig. Sie hatte ziemlichen Stress mit ihrem Ex. Sie wollte sich an dem Abend zu einer Aussprache mit ihm treffen. Ich habe mir noch die Haare geföhnt, als sie los ist. Das war so gegen neun Uhr abends.«

Max hakte nach. »Welche Art Probleme sind das denn mit dem Ex?«

Melinda zuckte mit den Achseln. »Das Übliche. Isabell hat vor ein paar Wochen Schluss gemacht, und Victor will es einfach nicht kapieren. Er ruft sie ständig an und will noch eine Chance haben.«

Laura zog einen Notizblock hervor. »Können Sie uns den vollstandigen Namen nennen?«

»Victor Frantzen. Ich kann Ihnen auch seine Adresse geben.«

Laura bedankte sich und notierte die Daten.

»Frau Wittmann hat uns berichtet, dass sie am fraglichen Abend nicht alleine im Fahrstuhl war. Ist Ihnen jemand in den Umkleideräumen oder in der Nähe aufgefallen?«

Melinda kratzte sich nachdenklich am Kopf. »Nein, es war ja schon spät. In der Umkleide waren wir nur zu zweit. Aber ich weiß natürlich nicht, wer in der Männerumkleide war.«

»Okay, ich denke, das reicht uns zunächst. Wenn Ihnen noch etwas einfällt, rufen Sie uns bitte an.« Laura überreichte Melinda ihre Visitenkarte und richtete den Blick auf Lödermann. »Können wir uns die Tiefgarage einmal ansehen?«

Marcel Lödermann rief den Aufzug und warf Melinda zum Abschied eine Kusshand zu. Die Schiebetüren öffneten sich surrend. Der Fahrstuhl schien ziemlich klapprig zu sein. Die verspiegelten Wände waren milchig angelaufen, sodass Laura sich nur zum Teil darin erkennen konnte. Die Tiefgarage befand sich in einem ähnlichen Zustand. Im Gegensatz zum modernen Eingangsbereich des Fitnessstudios starrten hier die Wände vor Schmutz und der Boden wirkte glitschig von altem Öl. Die Bauarbeiten würden wahrscheinlich noch einige Zeit anhalten, bis das Gebäude restlos saniert war.

»Wie viele Kunden dürfen hier parken?«, fragte Max, der sich bereits zum Tor begeben hatte und prüfte, ob es verschlossen war.

»Ich glaube, insgesamt sind es zwanzig. Ich kann Ihnen gleich eine Liste geben. Wie gesagt, nur Premiumkunden haben Zugang. Die meisten parken einfach vor der Halle.«

»Ist das Tor Tag und Nacht offen?« Max bewegte sich

langsam auf den anderen Teil der Tiefgarage zu, während Laura die teuren Wagen begutachtete, die irgendwie gar nicht in das heruntergekommene Ambiente passten. Ihre Augen suchten die Umgebung nach Kameras ab, konnten jedoch keine finden.

»Von außen nicht, da kommt man nur durch die Tür rein.«

Max war am anderen Ende der Garage angekommen. »Hier hinten ist noch ein Eingang?«, fragte er und öffnete die Tür.

»Ja, der ist tagsüber immer offen. Wie gesagt, mit dem Auto kann man nur reinfahren, wenn man eine Premiummitgliedschaft hat.«

Laura betrachtete kritisch den Eingang. Zwei Türen, die den ganzen Tag offen standen und nicht überwacht wurden, machten es Unbefugten sehr leicht, über die Tiefgarage ins Fitnessstudio einzudringen.

»Kann den Fahrstuhl jeder benutzen?«, fragte sie.

Lödermann schüttelte den Kopf. »Nein, man muss die Mitgliedskarte vor den Scanner halten. Das funktioniert genauso wie mit der Zufahrt zur Garage. Nur mit einer Premiumkarte hat man von hier aus Zutritt.«

Laura warf Max einen vielsagenden Blick zu. »Okay, dann müssten wir jetzt tatsächlich erfahren, wer alles am fraglichen Abend bei Ihnen trainiert hat und gleichzeitig Premiumkunde ist.«

Marcel Lödermann hielt seine Karte vor den Scanner am Fahrstuhl und die Türen öffneten sich. Sie fuhren eine Etage nach oben. Das Verwaltungsbüro befand sich im Erdgeschoss hinter dem Anmeldetresen. Eine unscheinbare graue Tür machte den Raum fast unsichtbar für

Besucher, die nicht genau hinsahen. Lödermann führte sie hinein und griff nach einem Ordner.

»Hier ist die Liste aller Premiumkunden«, sagte er und ging zum Computer. »Ich suche Ihnen die Gäste heraus, die am Montagabend anwesend waren.«

Laura sah sich im Büro um. Es war nicht besonders groß und beherbergte zwei Schreibtische, an denen allerdings niemand saß.

»Ist das Büro zurzeit nicht besetzt?«, fragte sie neugierig.

»Das Büro ist bloß von Montag bis Donnerstag besetzt. Wir wollen Kosten sparen und haben auf Teilzeitkräfte umgestellt.« Lödermann klimperte auf der Tastatur herum und druckte eine Seite aus. »Das ist die Liste. Am Montagabend waren nur drei Premiumkunden bei uns. Melinda Seidel, Isabell Wittmann und Robert Prosch.«

Laura nahm die Liste entgegen. In ihrem Kopf entstand ein Plan für die weiteren Schritte, die sie unternehmen mussten. Zunächst würden sie mit dem Exfreund des Opfers sprechen und gleich danach mit dem einzigen männlichen Premiumkunden, der zum Zeitpunkt von Isabell Wittmanns Verschwinden anwesend war.

»Vielen Dank, Herr Lödermann. Wir werden Robert Prosch kontaktieren.« Sie verabschiedeten sich und gingen am Tresen vorbei in Richtung Ausgang. Neben der Tür befand sich ein kleiner Tisch mit Flyern. Ein Yoga-Studio, eine Ernährungsberaterin und sogar ein Schönheitschirurg priesen in den Hochglanzprospekten ihre Dienste an. Laura sammelte ein paar Flyer ein. Vielleicht war Isabell Wittmann ja nicht nur im Fitnessstudio aktiv.

»Ich bin auf Victor Frantzen gespannt«, sagte sie, als sie wieder auf dem Parkplatz standen.

»Ich auch«, erklärte Max und schloss den Dienstwagen auf. »Die meisten solcher Taten sind Beziehungstaten, und warum sollte es ausgerechnet hier anders sein?«

III

Palermo, Sizilien
Sechsundzwanzig Jahre zuvor

Trotz des eigenartigen Geruchs genoss der Junge die angenehme Kühle, die mit jeder Stufe zunahm. Es ging viel tiefer hinunter, als er zunächst angenommen hatte. Hinter ihm lief sein Vater. Seine Mutter und Jennifer waren oben geblieben. Bis eben noch hatte er mit seiner kleinen Schwester herumgetollt. Sie war gerade einmal zwei Jahre alt, und er liebte sie abgöttisch. Ihr kleines, rundes Gesicht mit den rosigen Wangen und das Lächeln, das sie ihm schenkte, sobald er sich ihr näherte, berührten sein Herz. Er als ihr großer Bruder würde alles tun, um sie zu beschützen. Er hätte sie jetzt gerne dabeigehabt, aber die Gruft des Kapuzinerklosters war nichts für kleine Mädchen. Das hatte er einsehen müssen. Er hüpfte die letzten Stufen hinab. Es roch nach Chemikalien und nach modriger Kühle. Er konnte kein Wort finden, das die eigenartige Note auch nur annähernd beschrieben hätte. Eine Gänsehaut erfasste seine Arme. Er fühlte etwas Dunkles, das in der Luft lag, und noch etwas anderes. Etwas, mit dem er bisher noch nie konfrontiert gewesen war. Doch als er die ersten Knochen erblickte und die leeren Augenhöhlen, die ihn anstarrten, da wusste er plötzlich, was ihn umgab. Es war der Tod.

Ein Kapuzinermönch ging der Gruppe voraus. Er und ein weiterer Junge waren die einzigen Kinder, die sich in die Katakomben gewagt hatten. Die Reisegruppe bestand hauptsächlich aus Rentnern, was seine Vorteile hatte. Schon auf der Busfahrt zum Kloster hatte er etliche Stücke Schokolade zugesteckt bekommen. Er hüpfte an einer älteren Frau vorbei und blieb vor einem Regal stehen, das über und über mit Mumien bestückt war. Es reichte bis unter die Gewölbedecke und brachte sein Herz zum Rasen. Der Tod stand dort in Reih und Glied, sortiert nach Männern, Frauen und Status.

Der Kapuzinermönch stimmte einen gruseligen Singsang an, und der Reiseleiter übersetzte die Worte des bärtigen Kuttenträgers mit den knochigen Händen, die bereits erhebliche Ähnlichkeit mit den Gebeinen der Mumien hatten. Einzig seine hellblauen, wachen Augen unterschieden ihn von den Toten.

»Das Kloster wurde Anfang des sechzehnten Jahrhunderts gegründet. Siebzig Jahre später stellten die Mönche im Rahmen eines Umbaus fest, dass ihre verstorbenen Brüder, die sie in der Gruft unter dem Bau aufgebahrt hatten, keinerlei Anzeichen von Verwesung aufwiesen. Im Laufe der Jahre wollten immer mehr Angehörige der palermitanischen Oberschicht dort beigesetzt werden. Da es sich nicht selten um Wohltäter des Klosters handelte, fügten sich die Mönche ihren Wünschen …«

Er ließ die Worte des Reiseführers an sich vorbeirauschen.

Viel zu sehr faszinierte ihn der Anblick der Toten. Manche wirkten beinahe lebendig. Er stellte sich neben einen Mann, der ihn gut einen halben Meter überragte, und streckte die Hand aus. Die Berührung war kühl, trocken und keinesfalls so gruselig, wie er es erwartet hatte. Er betastete die Mumie noch einmal und erntete einen zornigen Blick aus den hellblauen Augen des Mönches. Schnell zog er sich zurück und versteckte sich hinter dem Rücken seines Vaters. Die Gruppe wurde weitergeführt durch zahllose Gänge, die vollgestopft waren mit Mumien. Es gab verschiedene Abteilungen, aber der Anblick wiederholte sich permanent, und spätestens im dritten Gang hatte er begonnen, sich schrecklich zu langweilen. Er quengelte und wollte zurück zu Jennifer, doch sein Vater hob warnend den Zeigefinger. Dinge, die man anfing, mussten auch zu Ende gebracht werden. Er trollte sich an das Ende des Ganges und wartete, bis die Gruppe endlich weiterlief. Ungefähr zweitausend Leichen sollten sich in den Katakomben befinden, und er überlegte, wie lange dieser Besuch wohl noch dauern würde. Es kam ihm inzwischen vor wie eine Ewigkeit.

Mit hängendem Kopf schlurfte er der Reisegruppe hinterher. Der Mönch redete die gesamte Zeit und der Reiseleiter übersetzte die italienischen Worte. Als endlich die letzte Abteilung angekündigt wurde, schob er sich ganz nach vorn. Er wollte der Erste sein, der die Katakomben wieder verließ. Die staubige Luft kratzte ihm im Hals, er sehnte sich nach dem Duft der freien Natur und nach einem Glas Wasser.

Der Mönch führte sie in die Kinderabteilung. Die Mumien hier waren klein, die meisten von ihnen steckten in alten Gewändern. Die Mädchen trugen rüschenbesetzte Kleidchen, deren Farben im Laufe der Jahrhunderte ausgeblichen waren. Er lief weiter, direkt hinter dem Mönch, und blieb abrupt stehen, als dieser stoppte und die Arme in die Luft streckte.

»Rosalia Lombardo, la mummia più bella del mondo«, rief der Geistliche und setzte ein Gesicht auf, als wäre er in diesem Augenblick erleuchtet worden. Dann trat der Mönch zur Seite und gab den Blick auf einen hölzernen Kindersarg mit einem Glasdeckel frei.

Arglos trat er näher. Sein Herzschlag setzte für eine Sekunde aus. Noch nie im Leben hatte er einen Engel gesehen. Das Mädchen, das wie Schneewittchen in seinem Sarg lag und schlief, war etwa so alt wie Jennifer. Ihre rosigen Wangen und die leicht geöffneten Augen sahen so lebendig aus, dass sie unmöglich tot sein konnte. Ergriffen von der Schönheit des Mädchens trat er so dicht heran wie möglich. Er konnte kaum den Blick abwenden.

»Wir befinden uns in der Kathedrale der heiligen Rosalia. Das Mädchen im Sarg ist die zweijährige Rosalia Lombardo, die im Jahre 1920 an der Spanischen Grippe verstarb. Ihr Vater, der sizilianische General Mario Lombardo, hat den Tod seiner geliebten Tochter nie verkraftet. Er konnte sie nicht loslassen und bat die Mönche des Kapuzinerklosters, Rosalia einen Platz in ihrer Gruft, den Catacombe dei Cappuccini, zuteilwerden zu lassen. Das Mädchen wurde einbalsamiert und gehört bis heute zu den am besten erhaltenen Mumien der Welt. Man sagt auch, sie sei die schönste Mumie der Welt«, erklärte der Reiseleiter, und ein Raunen ging durch die Reisegruppe.

Er fuhr mit den Fingerspitzen über das Glas und

ignorierte den stechenden Blick des alten Mönches. Er hätte sie so gern berührt. Das Mädchen zog ihn an wie ein Magnet, und für einen Moment glaubte er, dass seine Berührung es aufwecken könnte.

»Mario Lombardo kam jeden Tag hierher, um seine kleine Tochter zu besuchen.« Der Reiseleiter schwieg und wartete auf die nächsten Worte des Mönches. Doch der stand einfach nur da, mit geschlossenen Augen und zusammengepressten Lippen. Erst nach einer ganzen Weile fuhr er fort.

»Nach einem Jahr hörte Mario Lombardo auf, seine Tochter zu besuchen. Niemand weiß, warum. Seitdem liegt sie hier und hat sich in den letzten siebzig Jahren kaum verändert. Ihre blauen Augen strahlen unter den nicht völlig geschlossenen Lidern wie eh und je.« Der Mönch seufzte und schwieg dann mit einer Miene tiefen Bedauerns.

Die Worte des Geistlichen waberten durch die Luft und kreisten unaufhörlich im Kopf des Jungen. Er blickte in die Augen von Rosalia, und plötzlich konnte er den überwältigenden Schmerz spüren, der von ihr ausging. Schlagartig wurde ihm bewusst, warum das kleine Mädchen sich auch im Tod nicht verändert hatte. Es wartete noch immer auf die Rückkehr seines Vaters.

IV

»Laura Kern und Max Hartung vom LKA Berlin. Hätten Sie einen Augenblick Zeit für uns?« Laura zeigte Victor Frantzen den Dienstausweis und registrierte genau die Sekunde, in der ihm die Gesichtszüge entglitten. Er hatte sich jedoch erstaunlich schnell wieder unter Kontrolle.

Trotzdem wirkte er nervös. Laura bemerkte es an seinen Augen, die unruhig herumhuschten, so als ob er etwas zu verbergen hätte. Sie warf einen Seitenblick auf Max, dem das nicht aufzufallen schien. Außerdem hatte Isabell Wittmanns Exfreund ziemlich lange gebraucht, bis er endlich die Tür öffnete. Er wohnte in einer für Berlin-Reinickendorf typischen Mietskaserne. Viele schmucklose Wohnungen, die jedoch ihren Zweck erfüllten und jedem ein Dach über dem Kopf gaben. Laura kannte die Vorzüge der Anonymität. Sie selbst lebte in einem recht heruntergekommenen Berliner Altbau, der es ihr allerdings auf den ersten Blick angetan hatte. Die großzügige Dachterrasse, die zu Lauras Wohnung gehörte, war der ausschlaggebende Punkt gewesen. Sie hatte die Entscheidung für das Penthouse innerhalb weniger Sekunden getroffen und sie bis heute nicht bereut. Sie konnte kommen und gehen, wann sie wollte, ohne dass neugierige Blicke sie verfolgten. Anonymität hatte gute und schlechte Seiten. Letzteres könnte für Victor Frantzen ein Problem werden. Falls er einen Zeugen dafür brauchte, dass er am fraglichen Abend in seiner Wohnung war, würde es schwierig werden, sich auf einen Nachbarn zu berufen.

»Kommen Sie rein«, sagte Victor Frantzen und trat zur Seite.

Laura fielen sofort die geöffneten Fenster und ein merkwürdiger Geruch auf, den sie allerdings nicht zuordnen konnte. Der Mann führte sie durch den kurzen Flur ins Wohnzimmer. Die spärliche Einrichtung passte zum Mietshaus. Sie war aus verschiedenen Einzelteilen zusammengewürfelt und korrespondierte im Übrigen auch mit ihrem Besitzer, der trotz der Sommerhitze eine lange, ausgeblichene Cordhose und ein kariertes Hemd trug. Frantzen war vielleicht Ende zwanzig. Die hellbraunen Haare standen ihm strubblig vom Kopf ab. Ein unregelmäßiger Vollbart zierte das blasse Gesicht, und unter den recht buschigen Brauen lagen kluge, braune Augen, die Laura aufmerksam fixierten.

»Wie kann ich Ihnen weiterhelfen?«, fragte Frantzen, bot ihnen Plätze auf der Couch an und setzte sich selbst auf einen ramponierten Sessel.

»Wir ermitteln im Fall von Isabell Wittmann. Wo waren Sie am Montagabend?« Laura verzichtete darauf, Einzelheiten zu nennen. Sie wollte die ganze Geschichte von Victor Frantzen hören. Je weniger er über den Stand der Ermittlungen wusste, desto eher verstrickte er sich in Widersprüche, falls er etwas auf dem Kerbholz hatte. Sie zog ihren Notizblock hervor und sah Victor Frantzen erwartungsvoll an. Der musterte sie einige Sekunden lang, bevor er antwortete.

»Ich habe hier auf sie gewartet, doch sie ist nicht gekommen. Ehrlich gesagt war ich deshalb so sauer auf sie, dass ich mich seitdem auch nicht mehr bei ihr gemeldet habe. Sie hat vor ein paar Wochen einfach so Schluss gemacht. Wir hatten Pläne für die Zukunft, wollten sogar irgendwann zusammenziehen, aber stattdessen schmeißt sie von einem Tag auf den anderen alles hin. Wenigstens eine Erklärung kann man doch verlangen, oder?« Frantzens Augen funkelten wütend. Er griff nach einem Wasserglas und stürzte die Flüssigkeit hinunter. Dann wischte er sich den Mund mit dem Ärmel ab und fuhr fort: »Die Krönung des Ganzen ist nun wirklich, dass sie mir die Polizei auf den Hals hetzt. Ich habe Isabell weder belästigt noch bedroht. Ich wollte bloß eine Erklärung. Wenn Sie mich deswegen verhaften wollen, bitte schön.« Er streckte symbolisch die Hände aus, damit imaginäre Handschellen um seine Gelenke zuschnappen konnten. »Und richten Sie ihr bitte aus, dass ich es endgültig kapiert habe. Sie kann bleiben, wo der Pfeffer wächst!«

Laura schwieg. Wusste dieser Kerl tatsächlich nicht, dass seine Exfreundin im Krankenhaus war? Sie beschloss, ihn zunächst weiter zu befragen.

»Kann jemand bezeugen, dass Sie am Montagabend hier waren?«

»Sie sind ja witzig. Wir wollten uns zu einer Aussprache treffen. Alleine.«

Max schaltete sich ein. »Hat vielleicht einer Ihrer Nachbarn Sie gesehen?«

»Ich kenne die Nachbarn überhaupt nicht. Sie können natürlich gerne klingeln und nachfragen. Aber was sollte das bringen? Ist doch völlig egal, wo ich war. Ich habe sie wirklich nicht belästigt. Sagen Sie ihr, dass sie nie wieder etwas von mir hört und dass sie gefälligst ihre Anzeige zurückziehen soll.«

»Das wird leider nicht so einfach möglich sein, denn sie hat gar keine Anzeige erstattet«, entgegnete Max. »Wir ermitteln nicht wegen irgendwelcher Belästigung oder Stalking. Wir sind vom LKA und spezialisiert auf Entführungsfälle.«

Schweigen.

Victor Frantzen saß da wie vom Blitz getroffen. Seine Gesichtsfarbe wechselte von Hochrot zu Weiß.

»Was ist denn mit Isabell?«, stieß er nach einer Weile hervor.

»Frau Wittmann wurde in der Zeit von Montag bis Donnerstag von einem Unbekannten festgehalten. Es geht ihr so weit gut. Sie befindet sich in diesem Augenblick im Krankenhaus.«

»Du liebe Güte. Warum sagen Sie das erst jetzt? Ich muss sofort zu ihr.« Frantzen sprang auf und lief zur Wohnungstür. Max war schneller und versperrte ihm mit seiner bulligen Gestalt den Weg.

»Bleiben Sie bitte ganz ruhig. Sie verstehen sicher, dass wir unsere Befragung zunächst zu Ende führen müssen. Wie gesagt, es geht ihr gut, und es wäre besser, wenn Sie Ihre privaten Angelegenheiten mit Frau Wittmann klären, sobald sie wieder vollständig genesen ist. Es gibt keinen Grund zur Eile.«

»Aber …«, hob Frantzen an und senkte den Kopf.

Wie ein begossener Pudel ließ er sich von Max zurück ins Wohnzimmer schieben, um erneut auf den schäbigen Sessel zu sinken.

»Himmel, ich hätte mich bei ihr melden müssen.« Frantzen vergrub das Gesicht in den Händen. »Dann hätte ich gemerkt, dass etwas nicht stimmt. Vielleicht wäre ihr gar nichts passiert. Ich hätte ihr helfen können.«

Max schüttelte den Kopf. »Das glaube ich ehrlich gesagt nicht, denn zum Zeitpunkt Ihrer geplanten Verabredung war Frau Wittmann längst in der Hand ihres Entführers.«

»Aber ich hätte sofort die Polizei rufen können«, schob Frantzen hinterher. Seine Verzweiflung schien echt. Trotzdem hatte Laura noch immer seinen gehetzten Blick beim Öffnen der Wohnungstür vor Augen. Während Max die Befragung fortsetzte, sah sich Laura intensiv um. In ihrer Nase kribbelte es. Sie versuchte erneut, den Geruch zuzuordnen. Ein chemisches Gemisch waberte durch die Luft. Daran änderten auch die geöffneten Fenster nicht viel. Erkannte sie da die Reste von Gras oder irgendwelchen anderen Drogen? Laura holte tief Luft. Es musste doch einen Grund dafür geben, dass Frantzen alle Fenster aufgerissen hatte. Sie erhob sich und schritt durchs Wohnzimmer. Währenddessen erzählte Frantzen von seiner Beziehung zu Isabell Wittmann und brachte unzählige Male zum Ausdruck, wie sehr er sich von ihr betrogen fühlte. Max nahm die wichtigsten Äußerungen auf und befragte ihn als Nächstes nach seinen Lebensumständen. Laura näherte sich dem Flur. Sie schloss die Augen und ging dem Geruch nach, der sich mit jedem Schritt unmerklich intensivierte. Sie folgte dem Gemisch aus Süße, Alkohol und etwas Scharfem. Es erinnerte sie irgendwie an den Geruch von Krankenhäusern. Hatte Victor Frantzen Desinfektionsmittel benutzt? Ohne um Erlaubnis zu bitten, betrat sie die Küche. Mit einem Ohr hörte sie Victor Frantzen sprechen. Er erklärte, dass er Pharmazie studiere. Wie zur Bestätigung fielen Laura etliche Glaskolben und Brenner auf dem Küchentisch ins Auge. Der merkwürdige Geruch kam offenbar von hier. Das, was Laura vor sich sah, war im Grunde gar keine Küche, sondern ein winziges Chemielabor.

Erstaunt nahm sie eine dunkelbraune Glasflasche in die Hand. Laut Etikett befand sich reiner Alkohol darin. Einige unbeschriftete Tablettenröhrchen lagen herum. Sie zog ihr Smartphone aus der Tasche und machte ein paar Fotos, bevor sie zurück ins Wohnzimmer ging.

»Was mischen Sie denn da in Ihrer Küche?«, fragte sie und musterte Victor Frantzen streng. Dieser zuckte merklich zusammen.

»Wie meinen Sie das?« Er blinzelte und wurde eine weitere Spur blasser.

Laura starrte Victor Frantzen an. Der Kerl verbarg etwas vor ihnen, das war inzwischen ganz sicher. Plötzlich fiel ihr ein, was das für ein Geruch war. Marihuana.

»Nehmen Sie Drogen?«, hakte Laura nach.

Victor Frantzen schüttelte den Kopf. »Hören Sie, ich habe nur gelüftet. Ich habe gestern eine kleine Party gegeben und es war einfach noch stickig.«

»Wenn Sie mich fragen, wollten Sie den Marihuana-Geruch aus der Wohnung vertreiben«, sagte Laura ruhig. »Sie wissen, dass wir das zur Anzeige bringen müssen.«

»Sie wollen mir doch jetzt keinen Ärger machen, oder?

Meine Freundin wurde entführt. Ist das nicht der Grund, aus dem Sie hier sind?«

Max erhob sich. »Erstens ist Isabell Wittmann nicht mehr Ihre Freundin und zweitens sind wir verpflichtet, das zu prüfen. Wo, glaubst du, hat er das Zeug versteckt, Laura?«

Sie deutete in Richtung Küche. Max ging voraus, dicht gefolgt von Victor Frantzen. Laura folgte mit einigem Abstand.

»Da ist nichts. Sehen Sie selbst«, sagte Frantzen und öffnete verschiedene Dosen. »Auch in den Schränken stehen nur Töpfe und Geschirr. Bitte, ich habe nichts getan.«

Max nahm eine Dose in die Hand und drehte den Deckel auf. »Was ist das?«, fragte er und rümpfte die Nase.

»Das ist aromatisierter Bio-Tee«, entgegnete Frantzen.

Laura betrachtete den Kühlschrank. Er war über und über mit Fotos bedeckt. Die meisten Bilder zeigten Victor Frantzen zusammen mit Isabell Wittmann. Laura sah sich die Fotos genauer an. Das Paar wirkte sehr verliebt. Das galt nicht nur für Frantzen, sondern auch für Isabell. Sie strahlte in die Kamera wie der glücklichste Mensch auf der Welt. Unwillkürlich musste Laura an Taylor denken. Ob sie mit ihm auch so glücklich werden könnte? Würde die Beziehung halten oder irgendwann so unglücklich enden wie Frantzens? Bisher waren sie nicht wirklich zusammen. Seit ihrem letzten Fall, bei dem Taylor Field völlig unvermittelt in ihr Leben gestolpert war, hatten sie sich schon oft getroffen. Sie gingen essen oder kochten zusammen. Hin und wieder trafen sie sich auch einfach nur so und redeten die ganze Zeit.

An manchen Abenden war Laura dicht davor gewesen, Taylor zu küssen. Sie sah diese Momente vor sich, spürte erneut die elektrisierende Spannung. Doch sobald sie das Funkeln in Taylors Augen gesehen hatte, war sie zurückgeschreckt und hatte wieder mehr Distanz zwischen sich und Taylor aufgebaut. Sie rieb unwillkürlich über die Narben an ihrem Schlüsselbein. Ob er sie genauso begehren würde, wenn er wüsste, wie sie unter der Bluse aussah? Im Gegensatz zu ihr schien Taylor perfekt. Für Laura jedenfalls. Der große, durchtrainierte Deutschamerikaner bot mit seinem schwarzen Haar und den markanten Gesichtszügen optisch alles, was sich die meisten Frauen wünschten. Außerdem war er intelligent. Laura liebte die Gespräche mit ihm. Aber Taylor war auch ein Frauenheld. Max hörte nicht auf, sie deshalb vor ihm zu warnen. Taylor genoss im Revier den Ruf, von einer Blüte zur nächsten zu flattern, ohne sich jemals festzulegen. Was würde geschehen, wenn er ihre Narben sähe? Sie schüttelte die Gedanken schnell ab und konzentrierte sich wieder auf den Kühlschrank und die Bilder, die darauf hafteten.

Victor Frantzen war auf einigen Fotos auch mit Freunden zu sehen, lachenden Studenten, die ihre Abschlussurkunden stolz in den Händen hielten. Auf Partybildern, die von jeder Menge Alkoholgenuss zeugten, und auf einem Bild, das ihn offenbar mit seinen Eltern zeigte.

»Hier scheint tatsächlich nichts zu sein«, sagte Max und schloss eine Schranktür. »Ich denke, wir sind erst einmal fertig. Sie halten sich bitte zur Verfügung.«

Victor Frantzen nickte heftig. Die Erleichterung stand ihm ins Gesicht geschrieben. Laura und Max verabschiedeten sich. In Lauras Kopf kreisten weiterhin die Gedanken um die Fotografien am Kühlschrank.

»Meinst du, er könnte ihr das aus Eifersucht oder Rache angetan haben?«, fragte sie Max, als sie ihren Wagen erreichten.

»Ich weiß nicht. Die Überraschung schien echt. Aber ich denke schon, dass er etwas verbirgt. Wir sollten ihn auf alle Fälle gründlich durchleuchten.« Max warf einen Blick auf seine Armbanduhr. »Verdammt, Laura. Es tut mir echt wahnsinnig leid, aber ich habe Hannah versprochen, heute früh zu Hause zu sein. Sie wollte zu ihrem Yoga-Kurs und ich soll auf die Kleinen aufpassen.«

Laura seufzte. Jetzt ging das wieder los. Max bekam die Gratwanderung zwischen Beruf und Familie einfach nicht auf die Reihe. Sie warf ihm einen vorwurfsvollen Blick zu, schwieg jedoch. Max gab Gas.

»Komm schon, Laura. Der Fall ist doch nicht mehr akut. Isabell Wittmann ist in Sicherheit und den Rest werden wir bestimmt rasch aufklären.«

»Also gut«, sagte Laura schließlich. »Aber du setzt mich vorher an der Dienststelle ab. Ich will alles über den Kerl herausfinden.«

...

Laura starrte auf den Computerbildschirm und rieb sich müde die Augen. Seit Stunden recherchierte sie über Victor Frantzen. Gerade prüfte sie sein Facebookprofil, das jedoch keine neuen Erkenntnisse bot. Die Seite war im Grunde genommen die digitalisierte Version seines Kühlschrankes. Bilder des ehemals glücklich verliebten

Paares wechselten sich mit Partyfotos ab. Immer wieder schwirrten Max' Worte durch ihre Gedanken. Vergeudete sie ihre Energie in einem Fall, der eigentlich längst erledigt war, weil es dem Opfer wieder gut ging? Warum investierte sie ihre Freizeit, wenn doch im Augenblick gar keine Gefahr bestand? Die Antwort, die eine leise Stimme in Lauras Innerstem gab, war niederschmetternd. Sie saß im Büro, da es, anders als bei Max, keine Rolle spielte, ob sie sich hier oder zu Hause aufhielt. Niemand wartete auf sie.

Laura dachte an Taylor und fragte sich, was er in diesem Moment wohl machte. Es war inzwischen schon beinahe zehn Uhr und die Sonne gerade untergegangen. Beim letzten Treffen hatte er ihr den Entführungsfall Wittmann übergeben und ihr knapp die Situation geschildert. Er stand unter Druck, weil er mehrere Mordfälle auf dem Tisch hatte, die alle keinen Aufschub duldeten. Es erleichterte Taylor sehr, dass er sich mit Isabell Wittmann nicht mehr beschäftigen musste. Seitdem hatten sie sich noch nicht wieder gesprochen. Laura klickte auf einen Internetlink. Diesmal landete sie auf einer Seite der Freien Universität Berlin. Offenbar promovierte Victor Frantzen seit einigen Semestern. Er arbeitete als einer von mehreren Assistenten des Professors für Pharmazeutische und Medizinische Chemie. Erstaunt stellte Laura fest, dass das Institut zu den Top 50 der Welt gehörte. Die Themenvielfalt war enorm. Sie studierte eine Vortragsreihe, deren Inhalte von den Ursachen für Haarausfall über Antidiabetika bis hin zu oralen Onkologika reichten. Sie klickte sich zum nächsten Punkt und sah ein Foto von Victor Frantzen, das ihn zusammen mit seinem

Professor auf einer Konferenz zeigte. Darunter fand Laura das Thema seiner Doktorarbeit: »Benzodiazepine und ihr Zusammenwirken mit Narkosemitteln«. Laura stutzte. Sie erinnerte sich an diesen Begriff und gab ihn in die Suchmaske ihres Browsers ein. Sie wartete einige Sekunden, doch nichts passierte. Sie öffnete ein neues Fenster und versuchte es noch einmal. Immer noch nichts. Sie probierte sämtliche Tasten, aber der Computer reagierte nicht. Er hatte sich aufgehängt. Laura stöhnte und drückte auf die Reset-Taste. Während der Computer hochfuhr, ging sie in die Kaffeeküche. Sie musste etwas gegen ihre aufkommende Müdigkeit unternehmen. Der Kaffee schmeckte herrlich. Sie war verrückt nach diesem herben Aroma, das ihre Geschmacksnerven umspülte. Augenblicklich kehrten ihre Lebensgeister zurück. Zufrieden stellte sie fest, dass der Computer wieder funktionierte. Sie öffnete das Browserfenster. Als das Handy klingelte, zuckte sie zusammen, hob jedoch schnell ab, da sie Taylors Nummer im Display sah.

»Hast du auch Hunger? Ich habe bis eben gearbeitet und muss dringend etwas essen.«

Laura liebte Taylors tiefe, ruhige Stimme. Viel mehr gefiel ihr natürlich der Umstand, dass er an sie gedacht hatte.

»Klar, gerne. Wo wollen wir uns treffen?«

»Ehrlich gesagt stehe ich schon vor der Tür. Ich hatte vermutet, dass du noch im Büro hängst. Kommst du runter?«

Laura lächelte. Das war typisch für Taylor. Er redete nie lange um den heißen Brei herum, sondern schaffte Fakten. Das mochte sie an ihm. Auf der Stelle vergaß sie die Recherchearbeiten. Laura legte auf und stürmte die Treppen zum Ausgang hinunter.

»Hi«, sagte sie und merkte, wie sich ihr Pulsschlag beschleunigt hatte.

Taylor grinste, zog sie an sich und drückte ihr einen Kuss auf die Wange.

»Wir haben uns in den letzten Tagen kaum gesehen und ich hätte es keine Sekunde länger ohne dich ausgehalten«, flüsterte er.

Laura spürte die Schmetterlinge in ihrem Bauch aufflattern. Unwillkürlich tauchten zugleich die Bilder von Victor Frantzen und Isabell Wittmann auf. Wieder stellte sie sich für einen Augenblick vor, wie es zwischen ihr und Taylor sein könnte. Wie es sich anfühlen würde, morgens neben ihm aufzuwachen. Doch dann wischte sie diesen Gedanken schnell beiseite. Sie war kein Teenager mehr. Träumen mochten Menschen, die nur die guten Seiten des Lebens kannten. Laura hingegen hatte schon im Alter von elf Jahren gelernt, dass es auch das Böse gab. Damals färbten sich ihre rosaroten Mädchenträume für immer schwarz. Die Krallen der Finsternis griffen noch heute nach ihr, sie hatten Spuren auf Lauras Körper und in ihrer Seele hinterlassen. Spuren, die Taylor mit ziemlicher Sicherheit abschrecken würden. Sie trat einen Schritt zurück und lächelte.

»Ich habe Heißhunger. Was schlägst du vor?«

Kurz darauf saßen sie in einem asiatischen Restaurant und aßen gebratene Nudeln mit Hähnchenbrust und Koriander. Taylor hatte seinen Teller bereits geleert.

»Bist du im Fall Wittmann vorangekommen?«, fragte er

und trank sein Bier aus. »Das war eine Nacht. Du hättest mal Doktor Herzberger von der Rechtsmedizin sehen sollen. So hektisch habe ich ihn noch nie erlebt.« Taylor grinste. »Aber ich bin heilfroh, dass das Mädchen am Leben ist. Wir haben in letzter Zeit unheimlich viel zu tun.«

Laura balancierte ein paar Nudeln auf ihren Stäbchen in den Mund. »Leider sind wir überhaupt nicht weitergekommen. Isabell Wittmann kann sich fast gar nicht erinnern. Angeblich war da ein Mann bei ihr im Fahrstuhl des Fitnessstudios. Das prüfen wir gerade. Ansonsten haben wir ihren Exfreund im Visier.«

»Ihren Exfreund?« Taylor runzelte die Stirn. »Mein erster Einfall war, dass sie vielleicht verwechselt worden sein könnte. Habt ihr mal nach ähnlichen Fällen gesucht?«

»Ja, ich habe mir sämtliche Entführungsfälle der letzten zehn Jahre angesehen, in denen Betäubungs- oder Beruhigungsmittel im Spiel waren. Alles Fehlanzeige. Es gab nicht einen einzigen Treffer, zumindest nicht mit den bei Isabell Wittmann gefundenen Substanzen.«

»Anästhetika zu verwenden, war im Grunde überflüssig. Schlaftabletten oder Chloroform hätten es auch getan. Hast du eine Idee, was für ein Motiv dahintersteckt? Wenn es ihr Exfreund war, wollte er sich möglicherweise rächen und ihr einfach nur Angst einjagen?«

Laura zuckte mit den Achseln. »Ihr Exfreund ist jedenfalls ziemlich wütend auf sie. Eventuell wollte er ihr tatsächlich Angst machen. Andererseits hätte sie ihn sicher erkannt, wenn er der Mann im Fahrstuhl gewesen wäre.«

Taylor sah sie an und strich über ihre Hand. »Das Essen mit dir hat mir gutgetan«, sagte er und lächelte. »Wollen wir das morgen wiederholen und vielleicht ein wenig früher starten?«

Laura sah ihn an. In seinen Augen funkelte es. Taylor war völlig auf sie fixiert. Wieder spürte sie das Flattern im Magen, aber auch Verunsicherung. Lauras Affären waren bisher immer nur kurz gewesen. Distanz zu wahren, erschien ihr wichtig. Selbst die Liaison mit Max hatte sie im Keim erstickt, genau in dem Moment, als ihr klar wurde, dass er ernsthafte Gefühle für sie entwickelte. Taylor stand jetzt am selben Punkt. Ein Stich fuhr ihr durchs Herz. Eigentlich sollte sie an dieser Stelle umkehren. Aber sie konnte nicht.

»Gerne«, sagte sie trotz aller Bedenken, zog jedoch die Hand weg. Sie war bereits so oft mit Taylor unterwegs gewesen, was sollte schon passieren? Außerdem waren sie Freunde. Freunde unternahmen Dinge zusammen. Nur blickten sich Freunde nicht so an. Und Freunde hatten auch keine Schmetterlinge im Bauch.

Taylor strahlte sie zufrieden an. »Ich bringe dich nach Hause«, sagte er und bezahlte die Rechnung. Er legte den Arm um ihre Schulter und führte sie zu seinem Wagen. Als er die Tür öffnen wollte, klingelte sein Telefon.

»Taylor Field«, meldete er sich und erstarrte sogleich.

Laura betrachtete sein Gesicht. Eine tiefe Falte erschien auf seiner Stirn. Das verhieß nichts Gutes.

»Ich komme sofort«, sagte er und legte auf. Bedauern huschte über sein Gesicht. »Es tut mir leid, Laura, aber wir haben schon wieder eine Tote.«

»Ist okay. Ich nehme ein Taxi.« Sie kannte solche Situationen und hätte an seiner Stelle genauso gehandelt.

Taylor schüttelte den Kopf. »Nein, ich wollte dich

fragen, ob du mitkommen willst. Ich könnte deine Unterstützung gebrauchen, und außerdem kann ich dich anschließend nach Hause bringen.«

»Also gut«, sagte Laura, erfreut darüber, dass er sie dabeihaben wollte. »Dann los.«

V

»Amelie, wach auf!«, rief eine Stimme aus der Ferne. Sie hallte irgendwo im Nichts wider. Ein Zittern durchlief ihren Körper. Langsam kehrte das Bewusstsein zurück. Die Stimme war ein schwaches Echo ihrer selbst. Inzwischen wusste sie, dass sie gefangen gehalten wurde. Der Mann, der so merkwürdig roch, kam regelmäßig. Immer wenn er in dem dunklen Raum erschien, stellte er sich neben die Liege und schickte sie zurück in die Nebelwolke, die sich auf ihre Sinne legte und sie auf eine traumlose Reise mitnahm. Was zur Hölle tat er mit ihr, während sie ohne Bewusstsein war? Vergewaltigte er sie? Er und möglicherweise auch seine Freunde, die erst eintrafen, wenn Amelie nichts mehr mitbekam? Bezahlten sie ihn dafür?

Ein fürchterlicher Schrei, gefolgt von einem Kratzen, das ihre Haare zu Berge stehen ließ, lüftete den Nebelschleier ein wenig. Was geschah dort nebenan? Waren da noch andere Frauen? Hilflose Geschöpfe wie sie selbst? Wurden sie gequält? Schrie Amelie vielleicht ebenso, nachdem er sie betäubt hatte? Sie zitterte am ganzen Leib. In ihrem Kopf pochte es dumpf. Sie hatte Schmerzen. Diffus durchzogen sie sämtliche Nervenbahnen. Amelie verlangsamte die Atmung und horchte in sich hinein. Wo tat es weh? Sie konnte das Stechen nicht orten. Es schien durch ihren Körper zu wandern. Manchmal brannte es wie heißer Wüstensand und dann wieder wie glühende Messerklingen, die ihr die Haut aufritzten. Nach einer Weile gab sie auf und konzentrierte sich darauf, den Schmerz zu ignorieren. Sie sank zurück in die Nebelwolke, die sie weich aufnahm und dafür sorgte, dass sie sich besser fühlte. Darin konnte sie vergessen, wo sie sich befand und was mit ihr geschah. Immerhin erinnerte sie sich jetzt, wie sie überhaupt in diese Katastrophe hineingeraten war.

Der Tag hatte ganz normal begonnen. Amelie hatte freigehabt und auf ihre Fingernägel gestarrt. Vor Langeweile griff sie nach ihrem Smartphone, um die Zeit totzuschlagen. Immer wieder tippte sie Ziffern ein, bis sie genug hatte von diesem Spiel, das sie eigentlich gar nicht mochte. Dennoch musste sie irgendwie die Warterei überbrücken, und da kam ihr Sudoku gerade recht. Ihr Blick huschte zur Uhrzeit rechts oben im Display. Sie wirkte wie eingefroren. Die Sekunden dehnten sich wie in zäher Unendlichkeit. Je länger sie auf das Handy starrte, desto weniger passierte. Sie kehrte noch einmal zu den Zahlenreihen zurück. Aber sie steckte fest. Logik gehörte nicht zu ihren Stärken. Trotzdem tippte Amelie erneut eine Ziffer ein. Sofort verwandelte sie sich in ein rotes Kreuz und gab ihr zu verstehen, dass sie wieder einen Fehler gemacht hatte. Resigniert hob sie den Kopf und blickte in blasse, gelangweilte Gesichter von Frauen, die wie sie in der Zeitfalle festsaßen. Manche blätterten in abgegriffenen Illustrierten, andere tippten wie sie auf dem Smartphone herum. Nur eine Frau sah auf einen Punkt hinter ihr, etwas oberhalb an der Wand. Amelie drehte sich um und folgte dem Blick. Ein Plakat hing dort, auf dem ein rotes Warndreieck prangte. Bevor sie den Text lesen konnte, knisterte der Lautsprecher über der Tür.

»Amelie Kristensen, bitte ins Sprechzimmer eins.«

Endlich, ihr Name. Sie sprang eilig auf, um der Enge des überfüllten Wartezimmers zu entkommen. Sie erinnerte sich inzwischen recht deutlich an ihren Besuch in der Frauenarztpraxis. Bis zu diesem Punkt war ihr Leben völlig normal verlaufen. Sie wusste auch noch, dass mit ihr alles in Ordnung gewesen war. Ohnehin hatte es sich um eine reine Routineuntersuchung gehandelt.

Als sie die Praxis verließ, wollte sie nach Hause fahren und ein Sonnenbad auf dem Balkon nehmen. Doch dazu kam es nicht mehr. Amelie stöhnte. An dieser Stelle verschwammen ihre Erinnerungen. Sie sah noch genau die weiße Einrichtung der Arztpraxis vor sich. Alles dort war weiß, auch Schränke und Regale. Die Atmosphäre wirkte neutral, beinahe leblos. So leblos wie der dunkle Raum, in dem sie jetzt lag. Nur die Angst hatte gefehlt und das Böse, das die Luft wie ein schlechter Geruch erfüllte. Sprechzimmer Nummer eins unterschied sich nicht vom Rest der Praxis. In der Mitte stand ein Untersuchungsstuhl. Ein Monstrum mit Griffen, Hebeln und zwei edelstahlfarbenen Stützen für die Füße. Von der Decke hing eine riesige Lampe an einem biegsamen Teleskoparm herab, der in alle möglichen Richtungen gedreht werden konnte. Sie erinnerte sich an das gleißende Licht, als die Untersuchung begann. Hatte

Amelie danach überhaupt noch einmal Licht gesehen? Mühsam durchforstete sie ihr Gedächtnis. Nichts als Schwärze kam zum Vorschein.

Sie zuckte zusammen, als nebenan erneut ein Jammern ertönte. Ihr Rücken presste sich an ihre Unterlage, die sich genauso hart anfühlte wie der Stuhl in der Frauenarztpraxis. Die Angst durchströmte sie plötzlich mit solcher Wucht, dass sie sich schwor, nie wieder auch nur eine Sekunde in ihrem Leben zu verschwenden. Nie wieder Langeweile zuzulassen. Sie würde alles anders machen, wenn sie nur die Chance dazu bekäme.

VI

Das Licht zahlreicher Straßenlaternen zerriss die Dunkelheit. Sie fuhren in Richtung Norden, passierten großzügig angelegte Straßen, die von alten Bäumen gesäumt wurden. Laura war aufgekratzt. Das lag nicht an der traurigen Nachricht, dass offenbar eine Frau ihr Leben verloren hatte, sondern daran, dass Taylor Wert auf ihre Unterstützung legte. Bisher war sie diejenige gewesen, die bisweilen seinen Rat eingeholt hatte. Vielleicht konnte sie sich jetzt revanchieren.

»Da vorne ist es«, sagte Taylor und stoppte den Wagen.

Ein Polizist erwartete sie bereits. Taylor stellte sich und Laura vor und preschte voraus. Laura sondierte die Umgebung. Sie waren in einer parkähnlichen Anlage gelandet. Hier gab es kaum Laternen und die üppigen Baumkronen schluckten das schwache Sternenlicht. Trotzdem wusste Laura genau, wohin sie gehen mussten. Ein Halogenstrahler wies ihnen den Weg. Taylor erreichte den Fundort. Sie sah seine Silhouette, als er in die Knie ging.

»Verflucht«, entfuhr es ihm.

Auf dem Boden lag eine junge Frau. Ihr Gesicht strahlte seltsam friedlich. Die Hände waren über der Brust gefaltet. Eine Bettdecke bedeckte Rumpf und Beine. Ihr

Kopf lag auf einem Kissen. Urplötzlich setzten sich in Lauras Kopf ein paar Puzzleteile zusammen.

»Du meine Güte, sie sieht aus wie Isabell Wittmann.«

Taylor drehte sich um. »Ja, verdammt. Wir brauchen sofort den Notarzt!«

Laura berührte die reglose Frau, tastete nach ihrem Puls, konnte ihn jedoch nicht fühlen. Die Haut war blass und kalt. Unmöglich, dass diese Frau noch am Leben sein sollte. Trotzdem zweifelte sie. Hinter ihr stampften Schritte. Füße, die sich schnell bewegten.

»Was zum Teufel ist denn los? Ich habe gerade den Tod festgestellt«, sagte der Arzt, der von den Polizisten zum Leichenfund gerufen worden war.

»Aber die Frau weist noch keine sicheren Todeszeichen auf«, stieß Laura aus, die Taylors Bericht zur Auffindesituation von Isabell Wittmann vor Augen hatte. Als sichere Todeszeichen galten Totenflecke und insbesondere das Eintreten der Totenstarre. Wie zum Beweis hob sie den Arm der Frau an.

»Hören Sie mal, Frau Naseweis, wollen Sie an meinem Urteil zweifeln? Ich muss zum nächsten Notruf. Zu einem Mann, den ich vielleicht noch retten kann«, schimpfte der Mediziner, ging aber trotzdem in die Knie und legte die Finger an den Hals der am Boden Liegenden. »Ich kann beim besten Willen keinen Puls feststellen. Die Frau ist tot.«

Taylor fuhr alarmiert dazwischen: »Wir hatten erst vor ein paar Tagen unweit von hier eine ähnliche Situation. Am Ende stellte sich heraus, dass die Frau noch lebte. Sie war vollgepumpt mit Anästhetika und Beruhigungsmitteln.«

Der Arzt, der noch neben der Frau hockte, seufzte, als

hätte er es mit uneinsichtigen Schulkindern zu tun. Die Hand des Mannes fühlte weiterhin nach dem Puls. Er drehte den Kopf, als wollte er etwas erwidern, hielt jedoch mitten in der Bewegung inne. »Was zum Teufel …«

Hektik erfasste die drahtige Gestalt. Er brachte die Frau mit geübten Griffen in die stabile Seitenlage und rief den Notfallsanitäter, der sich gerade eine Zigarette anzünden wollte. »Schluckbewegungen. Reanimation, sofort.« Der Arzt erteilte knappe Anweisungen. Im Nu war die leblose Frau von medizinischem Personal umringt. Ebenso schnell wurde sie in den Rettungswagen verfrachtet und mit Blaulicht abtransportiert. Der Weg war nicht weit, das Dominikus-Krankenhaus lag direkt um die Ecke.

Laura und Taylor sahen dem Wagen sprachlos hinterher. In Lauras Kopf überschlugen sich die Gedanken. So viele Zufälle auf einmal konnte es nicht geben. Es musste sich um ein Verbrechen nach dem gleichen Muster handeln, wie ihm auch Isabell Wittmann zum Opfer gefallen war. Aber um welche Art von Verbrechen handelte es sich hier eigentlich? Dem ersten Opfer ging es den Umständen entsprechend gut. Die Frau hatte weder dauerhafte Blessuren erlitten noch war ein Lösegeld gefordert worden. Es hatte lediglich einen anonymen Anruf von einem Unbekannten – vermutlich dem Täter – gegeben. Aber irgendeinen Grund musste es doch für die Entführungen geben. Was zum Teufel stellte der Kerl mit seinen Opfern an?

Der Kleintransporter von der Spurensicherung traf ein und löste sie aus der Starre.

»Wo ist die Tote?«, fragte ein hochgewachsener Mann mit Hornbrille.

»Im Krankenhaus«, antwortete Laura.

Der Mann sah sie verdutzt an. »Wie bitte? Sie meinen wohl eher das Leichenschauhaus.«

»Nein, sie lebt noch.«

»Was? Das hatten wir doch erst vor ein paar Tagen. Was um Himmels willen ist mit den Ärzten los?« Der Mann schob die Brille den Nasenrücken hinauf und setzte eine finstere Miene auf.

»Es ist der zweite Fall dieser Art, und es wäre mir sehr wichtig, dass Sie auch diesen Tatort gründlich untersuchen«, bat Laura und hielt ihm den Dienstausweis vor die Nase. Der Kollege von der Spurensicherung blickte stumm zu Taylor. Dieser nickte.

»Verstehe«, knurrte der Mann. »Dann machen wir uns an die Arbeit.«

Die Spurensicherung sperrte zuerst den Fundort mit weiß-rotem Plastikband ab. Anschließend wurden zusätzliche Scheinwerfer aufgestellt, die den Teil des Parks in eine geisterhafte Landschaft verwandelten. Die in weiße Schutzanzüge gehüllten Menschen, die dort herumhuschten, verstärkten diesen Eindruck.

»Das ist ein seltsamer Fall«, hob Taylor an. »Ich gehe davon aus, dass wir es hier mit demselben Täter zu tun haben wie am Montag, und frage mich die ganze Zeit, warum er die Frauen so sorgsam ablegt.« Er tippte dem Mann von der Spurensicherung auf die Schulter. »Haben Sie eigentlich mal geprüft, woher das Bettzeug im ersten Fall stammte?«

»Klar. Dänisches Bettenlager. Die Etiketten waren noch dran. Das Zeug bekommen Sie an jeder Ecke.«

Taylor sah Laura seufzend an. »Soll ich dich jetzt nach Hause fahren?«

Sie trat unschlüssig von einem Fuß auf den anderen. Vor Ort konnte sie im Augenblick nichts tun. Die Kollegen von der Spurensicherung würden jeden Quadratzentimeter auseinandernehmen und hätten erst in den Morgenstunden Ergebnisse. Das Opfer wurde im Krankenhaus behandelt. Wenn der Frau tatsächlich ein ähnlicher Medikamentencocktail verabreicht worden war, konnte sie frühestens in ein paar Stunden befragt werden. Laura überlegte rasch, ob sie Max informieren sollte. Aber was sollte das bringen? Mitten in der Nacht konnte er auch nichts weiter tun, als abzuwarten.

»Vielleicht sollten wir trotzdem noch kurz mit den Ärzten sprechen«, erwiderte Laura. »Ich will zumindest wissen, ob der Fall vergleichbar gelagert ist wie der von Isabell Wittmann.«

Taylor nickte und ging mit Laura zu seinem Wagen. »Ich denke, das ist ein total kranker Mistkerl. Ich hätte meinen Allerwertesten darauf verwettet, dass er die Frauen betäubt und dann missbraucht.«

Laura setzte sich ins Auto. »Das war auch mein erster Gedanke. Aber bei Isabell Wittmann haben die Ärzte sexuellen Missbrauch definitiv ausgeschlossen. Warte mal«, sagte sie plötzlich, bevor Taylor losfuhr.

»Wir haben uns den Notruf noch gar nicht angehört.«

Taylor nahm sein Handy und wählte die Nummer der Einsatzzentrale. Kurz danach stellte er auf Laut.

»Ich habe gerade eine leblose Frau im Park hinter dem Dominikus-Krankenhaus gesehen«, sagte eine männliche Stimme. Anschließend wurde aufgelegt.

»Es ist derselbe Anrufer«, bemerkte Laura. Sie griff nach Taylors Handy und spielte die Ansage erneut ab.

Wieder hörte sie das Rauschen im Hintergrund. Es war mit dem des ersten Notrufs identisch. Ein Wort fiel ihr diesmal besonders auf.

»Warum sagt er, dass die Frau leblos ist? Er könnte schließlich auch sagen *bewusstlos* oder *tot*.« Laura rieb sich angestrengt die Schläfen.

»Wenn er will, dass sie schnellstmöglich ärztlich versorgt wird, sollte er meines Erachtens gleich den Rettungswagen rufen«, gab Taylor zu bedenken. »Ihm muss doch klar sein, dass sie sterben wird, wenn man sie fälschlicherweise für tot erklärt und in eine Kühlbox stopft. Bis zum nächsten Morgen wäre sie mit Sicherheit tot.«

Diese Argumentation hatte Max auch schon vorgebracht. »Du glaubst also, dass er es am Ende nicht fertiggebracht hat, sie zu töten?«

Taylor zuckte mit den Achseln. »Ich werde aus dem Verhalten des Täters nicht schlau. Wenn er sie hätte töten wollen, hätte er den Anruf einfach unterlassen können. Jedenfalls sieht es so aus, als wenn es von nun an dein Fall wäre.«

Laura nickte. Dasselbe dachte sie auch. Anscheinend wollte der Täter die Frauen nicht töten, stellte jedoch gleichzeitig nicht sicher, dass sie tatsächlich überlebten. Außerdem sprachen das Kopfkissen und die Bettdecke dafür, dass er in gewisser Weise – so seltsam das klingen mochte – um das Wohlergehen seiner Opfer besorgt war. Aber warum alarmierte er dann nicht sofort den Notarzt, sondern erklärte der Notfallzentrale nebulös, er habe eine leblose Frau gesehen? Zudem machte er keine besonders genauen Ortsangaben. In den weitläufigen Park- und Waldflächen am Dominikus-Krankenhaus schien die Gefahr groß, dass die Frau nicht rechtzeitig gefunden wurde. Laura warf einen Blick durch die Autoscheibe zurück auf den Fundort und verwarf den letzten Gedanken. Wer immer hierfür verantwortlich war, hatte die Frau gut sichtbar platziert. Mit dem Auto konnte man bis auf fünfzig Meter heranfahren. Vielleicht wollte der Täter ja wirklich, dass die Frauen überlebten.

»Hast du eine Erklärung für das Rauschen im Hintergrund des Notrufs?«

Taylor fuhr an und lenkte den Wagen Richtung Krankenhaus. »Ich weiß nur, dass der Mann nicht aus dem Park angerufen hat.«

»Ich werde beide Anrufe genauer untersuchen lassen. Möglicherweise finden unsere Leute doch noch heraus, von wo der Täter den Notruf getätigt hat. Die müssen irgendwie mehr herausfinden können, als dass es eine viel befahrene Straße in der Nähe gab. Von denen gibt es Hunderte in Berlin.« Laura wartete, bis Taylor den Motor ausgeschaltet hatte, und sprang hinaus. Mit schnellen Schritten lief sie auf den Eingang des Krankenhauses zu, dicht gefolgt von Taylor.

»Laura Kern vom LKA Berlin, und das ist mein Kollege Taylor Field von der Kripo. Vor ungefähr einer halben Stunde wurde eine bewusstlose Patientin eingeliefert, und wir möchten gerne mit dem behandelnden Arzt sprechen.«

Die Schwester an der Anmeldung nahm den Telefonhörer in die Hand. »Bitte warten Sie dort drüben. Ich rufe Doktor Fuchs.« Sie wies auf ein paar Stühle, die vor einer trostlosen weißen Wand mit grauen Flecken standen. Laura bedankte sich, ging in die angezeigte

Richtung, nahm aber nicht Platz. Sie konnte im Stehen besser denken. Taylor schien es ebenso zu gehen. Er war dicht neben ihr, sodass sie seinen herben Duft einatmen konnte.

»Es tut mir echt leid, dass der Abend solch eine Wendung genommen hat«, sagte er unvermittelt und berührte ihren Unterarm. »Ich hoffe, dass unser nächstes Date ungestört verläuft.«

Laura zuckte. Hatte er gerade *Date* gesagt? Eine Hitzewelle schoss durch ihren Körper. Unsicher sah sie ihn an, blieb jedoch stumm. Immerhin brachte sie ein knappes Nicken zustande.

»Sie wollten mich sprechen?« Ein kleiner, gedrungener Mann mit spärlicher Haarpracht, vielleicht Ende vierzig, kam mit einer Mappe unter dem Arm auf sie zu. Die Gummisohlen seiner weißen Lederschuhe quietschten auf dem grauen Linoleumboden. Der Mann hatte es eilig. *Dr. Fuchs* stand auf dem Schild über der Brust.

»Wir möchten uns nach Ihrer neuen Patientin erkundigen.«

Dr. Fuchs zeigte Laura ein Ausweisdokument. »Das haben wir im Portemonnaie der Patientin gefunden. Ihr Name ist Charlotta Behrend. Ansonsten kann ich Ihnen noch nicht viel sagen. Wir haben sie auf die Intensivstation verlegt. Ihr Zustand ist halbwegs stabil.«

»Können Sie Parallelen zum Fall von Isabell Wittmann ziehen? Sie wurde Donnerstagnacht eingeliefert.«

Dr. Fuchs zog die Brauen hoch. »Diese Patientin kenne ich nicht, tut mir leid. Ich kann mir aber gerne die Akte anschauen. Wie gesagt, im Augenblick kann ich Ihnen noch nichts berichten. Die Blutwerte kommen erst in ein paar Stunden.«

»Wann können wir mit Frau Behrend sprechen?«, hakte Laura nach.

Der Doktor schüttelte den Kopf. »Das kann ich auch noch nicht abschätzen. Morgen weiß ich sicher mehr. Wenn Sie mich nun entschuldigen würden. Heute Nacht ist die Hölle los.« Dr. Fuchs rauschte davon.

»He, ich fahre dich jetzt nach Hause«, sagte Taylor. »Es ist spät und wir können hier ohnehin nichts mehr ausrichten.«

Laura gab ihm recht. Sie fuhren durch die erleuchteten Straßen der Berliner Nacht und hingen ihren eigenen Gedanken nach. Laura fragte sich permanent nach dem möglichen Motiv für die Taten.

Taylor hingegen grübelte anscheinend über andere Dinge, denn er fragte plötzlich: »Wie sieht es morgen Abend aus? Sehen wir uns?«

Er hielt gleich vor Lauras Haustür und musterte sie eindringlich. Seine Hand umschlang ihre Finger. Einem ersten Instinkt folgend wollte Laura sie wegziehen, doch die Berührung hatte eine solche Wärme, dass sie es nicht fertigbrachte. Taylor schien ihre Bedenken zu spüren und ließ ihre Hand los. Auf seiner Stirn hatte sich eine schmale Falte gebildet.

»Klar sehen wir uns morgen«, sagte Laura so neutral wie möglich.

Die Falte verschwand und stattdessen lächelte er.

»Dann ist ja alles perfekt. Schlaf schön und grüble nicht mehr so viel über den Fall nach. Du wirst diesen …« Er stockte und dachte kurz nach. »Diesen Serienentführer schon schnappen.« Er drückte ihr einen flüchtigen Kuss auf die Wange. Anschließend sprang er hinaus, umrundete den Wagen und öffnete ihr formvollendet die Tür.

»Du bist heute aber ein Gentleman.« Laura grinste verschmitzt.

»Ich tue alles, um dich zu beeindrucken«, erwiderte Taylor. Seine Augen blickten ernst. Eine unbeschreibliche Sehnsucht lag in seinem Blick, doch er berührte Laura nicht.

»Bis morgen«, sagte Laura und ging in Richtung Hauseingang. Als sie sich umdrehte, saß Taylor bereits wieder hinter dem Lenkrad. Sein Gesicht lag im Schatten und sie konnte seinen Blick lediglich erahnen. Sie hob die Hand zum Abschied und schlüpfte ins Haus. Leichtfüßig nahm sie die Stufen bis zur obersten Etage, in der sich ihre Wohnung befand. Das Treppenhaus roch nach altem Stein, dem Holz der knarrenden Stufen und auch ein wenig muffig. Trotzdem liebte Laura diesen Geruch. Er bedeutete für sie, dass sie zu Hause war. Sie schloss die Tür auf und ging durch das Wohnzimmer hinaus auf die Dachterrasse. Der Anblick, der sich von hier aus bot, war atemberaubend. Die klare Sommernacht lag auf der Stadt wie ein Gewand aus tausend Lichtern, die in der Dunkelheit funkelten. Laura seufzte und setzte sich auf einen Stuhl. Nach wie vor hatte sie Taylors Blick vor Augen. Sie sah die Sehnsucht darin. Das Verlangen nach Liebe, Leidenschaft und noch etwas mehr, das Laura verschreckte. In Taylors Blick lag Ernsthaftigkeit. Sooft Max sie auch daran erinnerte, dass Taylor häufig Affären hatte – Laura glaubte zu spüren, dass Taylor in ihr nicht die Frau für ein paar heiße, belanglose Nächte sah. Genau das war es, was ihr Angst machte. Sie fröstelte und ging in Gedanken zurück zu Charlotta Behrend. Rein äußerlich hatte diese Frau lediglich das Alter mit dem ersten Entführungsopfer gemeinsam. Isabell Wittmann war eine hübsche Blondine. Charlotta Behrend hatte kurze schwarze Haare und war viel schlanker, fast ein wenig jungenhaft. Nach welchen Kriterien suchte der Täter seine Opfer aus? Offenkundig nicht anhand von Äußerlichkeiten. Es blieben nur das Alter, das Geschlecht, gleiche Interessen oder einfach nur die Tatsache, dass sich die Opfer zur falschen Zeit am falschen Ort aufgehalten hatten. Je länger Laura nachdachte, desto undurchsichtiger wurde der Fall. Sie stöhnte müde und erhob sich. Sie hatten weder ein Tatmotiv noch einen Anhaltspunkt zur Auswahl der Opfer. Sie wussten bisher nur, dass es sich mit großer Wahrscheinlichkeit um einen männlichen Täter handelte, der zum einen anscheinend von Isabell Wittmann im Fahrstuhl gesehen worden war und der zum anderen beide Male von einem Ort unweit einer Autobahn oder Bahnstrecke angerufen hatte. Die geöffneten Fenster bei Victor Frantzen kamen ihr in den Sinn. Er wohnte zwar nicht in der Nähe der Autobahn, dafür jedoch an einer viel befahrenen Hauptstraße. Laura fuhr den Computer hoch und gab die Adresse des Mannes ein. Tatsächlich befand sich Frantzens Wohnblock direkt an einer Bundesstraße, der B 96. Ihre Augen folgten dem Verlauf und blieben am Dominikus-Krankenhaus hängen. Die Erkenntnis durchzuckte sie wie ein Stromschlag.

VII

Rom, Italien
Fünfundzwanzig Jahre zuvor

»Ich will aber nicht weg«, jammerte Jennifer mit hochrotem Kopf. Tränen benetzten ihre Wangen und die Nase lief. Der Junge zog fürsorglich ein Taschentuch hervor und tupfte ihr über die gerötete, feuchte Haut.

»Wir bekommen ein neues Zuhause. Es wird schön sein. Du wirst schon sehen.«

»Nein!« Das Mädchen stieß sich von der Brust des Jungen ab und rannte ein paar Schritte zurück zum Haus. Ihr Laufstil wirkte immer noch unbeholfen. Für eine Dreijährige war Jennifer viel zu pummelig, dafür plapperte sie unentwegt. Sie bedeutete alles für ihn. Daran konnte auch ihr Dickkopf nichts ändern.

»Komm jetzt!«, rief er und setzte sich in Bewegung. Die Kleine lief weiter bis zur Haustür und hämmerte dagegen.

»Es wird dir gefallen.«

»Ich will aber mit Anne spielen«, lispelte Jennifer und sah ihren Bruder mit großen, bittenden Augen an.

»Wir wollen los!« Eine Männerstimme dröhnte durch die Luft. Sein Vater verlor langsam die Geduld.

»Jetzt komm schon, bevor wir Ärger kriegen«, bat er Jennifer mit gerunzelter Stirn. Er konnte sie nur allzu gut verstehen. Umzüge waren schrecklich. Aber es ging nicht anders. Ihr Vater musste dorthin, wo die nächste Aufgabe wartete. Mehr als drei, vielleicht vier Jahre blieben sie nie an einem Ort. Er hatte sich inzwischen damit abgefunden. Bereits zweimal hatte er seine Freunde verlassen müssen. Das war schmerzhaft, und irgendwann hatte er sich zum Einzelgänger entwickelt. Seine Schwester war jedoch noch viel zu klein, um das alles zu begreifen. Sie weinte wegen ihres leer geräumten Zimmers und ihrer Kindergartenfreundin, mit der sie jetzt unbedingt spielen wollte. Dass es ihr über kurz oder lang erneut so ergehen würde, übertraf ihre kindliche Vorstellungskraft. Er hingegen wusste, was auf ihn zukam. Konzentriere dich auf deine Familie. Sie ist das verlässliche Fundament in deinem Leben. Das predigten ihre Eltern unentwegt, sobald er sich beschwerte. Sein Vater konnte schließlich nichts dafür, dass er erneut versetzt wurde. So war es nun einmal als Diplomat. Es gab keine Wahl, und wenn die nächste Versetzung anstand, musste die Familie mitziehen. Dafür ging es ihnen gut. Er hatte Schulkameraden gehabt, die kaum genug Taschengeld besaßen, um sich am Kiosk einen Schokoladenriegel zu kaufen. Zumindest diese Nöte kannte er nicht. Außerdem brauchte er keine Freunde. Er hatte Jennifer. Sie war sein Ein und Alles. Der Mittelpunkt, der Licht in sein Leben brachte und allem einen Sinn gab. Er war der große Bruder und ihr Beschützer.

»Wir müssen los«, erklärte er sanft und hob Jennifer hoch. Sie wehrte sich aus Leibeskräften, aber er hatte Kraft. Mit dreizehn war er schon bald ein Mann. »Lass das Gezappel.« Er schnappte seine kleine Schwester und trug sie weg von ihrem Zuhause, hin zum wartenden Auto.

»Nein, nein!« Jennifer schrie wie am Spieß.

»Es reicht jetzt.« Die Mutter sprang aus dem Wagen und nahm Jennifer in den Arm. »Du bekommst ein ganz tolles neues Zimmer. Rosa. So, wie du es dir gewünscht hast.«

Jennifers Augen weiteten sich. Für eine Sekunde vergaß sie das Schreien und musterte ihre Mutter, wie um zu prüfen, ob diese auch die Wahrheit sagte. Die Aussicht auf ein schönes Zimmer schien sie nicht zu überzeugen. Jennifer verzerrte den Mund zu einem erneuten Schreianfall. Tränen strömten über ihr Gesicht, doch ihre Mutter ignorierte den Protest. Sie verfrachtete die Kleine ins Auto und schlug die Tür zu. Der Wagen startete. Der Junge warf einen letzten Blick auf das Haus und kramte dann ein weiteres Taschentuch hervor.

»Nicht mehr weinen«, redete er auf Jennifer ein. Er steckte ihr ein Stückchen Schokolade in den Mund. Die Süßigkeit zeigte prompte Wirkung. Das Kind schluckte überrascht.

»Mehr«, stieß Jennifer aus. Er schob ein weiteres Stück zwischen die erdbeerfarbenen Lippen, die sich sofort um die Schokolade schlossen.

»Mmh.« Jennifer strahlte. Aller Kummer war vergessen. Zufrieden atmete er auf und lehnte sich zurück. Draußen flog die Landschaft an ihnen vorbei. Die Sommerhitze machte die Straßen staubig. Er kurbelte das Fenster ein wenig herunter und sog die warme, trockene Luft ein. Ihr neues Ziel würde viel kühler sein, hatte sein Vater prophezeit. Er überlegte, ob es ihm etwas ausmachen würde, nicht mehr in kurzen Hosen herumzulaufen. Wahrscheinlich war es egal. Sie würden auch dort zurechtkommen. Jennifer könnte im Winter einen Schneemann bauen. Sie würden sich einen Schlitten zulegen und vielleicht auch Skier. Er betrachtete seine Schwester und korrigierte den letzten Gedanken. Es würde zunächst beim Schlitten bleiben. Für alles andere war Jennifer noch zu klein. Italien hatte ihm jedenfalls gefallen. Die Sprache, so voller Leidenschaft, die Menschen, die mehr mit dem Herzen lebten als mit dem Verstand, und vor allem die vielen alten Geheimnisse, die überall im Land versteckt waren. Er dachte an die Kapuzinermönche in Palermo und an das kleine tote Mädchen, das seit Jahren auf die Rückkehr seines Vaters wartete. Ihr Bild hatte sich unauslöschlich in sein Gedächtnis gebrannt. Er warf einen Seitenblick auf Jennifer und seufzte. Seiner Schwester würde ein solches Schicksal erspart bleiben. Er würde immer an ihrer Seite sein.

VIII

»Ich hatte den Typen ja gleich in Verdacht«, brummte Max und leerte seine Kaffeetasse mit der Geschwindigkeit eines Verdurstenden. Laura fragte sich, wie er die heiße Flüssigkeit so schnell hinunterbekam, ohne sich zu verbrühen. Sie trank vorsichtig einen Schluck, wobei sie den Kaffee einen Augenblick auf der Zunge verweilen ließ, um das Aroma zu genießen.

»Victor Frantzen musste im Grunde nur die Bundesstraße nehmen, die Frauen ablegen und wieder nach Hause fahren. Ich bin auf die Analyse des neuen Notrufs gespannt. Vielleicht können die anhand des Rauschens oder irgendwelcher anderer Zusatzgeräusche die möglichen Straßen weiter eingrenzen. Sobald er ein Fenster in seiner Wohnung öffnet, ist die B 96 jedenfalls unüberhörbar.« Laura stellte die Kaffeetasse ab. Sie war seit früh um sieben im Revier. Als sie im Büro angekommen war, hatte sie als Erstes die Kollegen aus Abteilung sieben um die Analyse der Notrufaufnahme gebeten. Die Abteilung sieben umfasste ungefähr zweihundert hervorragend ausgebildete Mitarbeiter, die sich auf die Unterstützung sämtlicher Ermittlungen des LKAs spezialisiert hatten.

Egal, ob es um die Analyse digitaler Spuren, Kommunikationsüberwachung, Ortung oder Datenauswertung ging, die Abteilung sieben war der wichtigste Pfeiler für alle Ermittlungseinheiten des LKAs.

»Vielleicht fassen wir das Ganze noch einmal zusammen«, sagte Laura und biss sich nachdenklich auf die Unterlippe. Sie stand auf und ging zum Whiteboard. Bisher hatten sie die Namen der beiden Entführungsopfer, die im Blut nachgewiesenen Medikamente und zwei Verdächtige notiert.

»Robert Prosch ist Premiumkunde im Fitnessstudio von unserem ersten Opfer. Er trainierte dort am Abend der ersten Entführung und hat Zugang zum Fahrstuhl. Er könnte also der Mann gewesen sein, den Isabell Wittmann im Fahrstuhl gesehen hat.« Sie kreiste den Namen rot ein. »Wir haben in einer halben Stunde einen Gesprächstermin mit ihm. Es handelt sich um einen Geschäftsmann, der viel unterwegs ist.«

Laura unterstrich den zweiten Namen. »Victor Frantzen hat eine persönliche Beziehung zum ersten Opfer. Rache oder Eifersucht könnten ein Motiv für die Entführung sein. Außerdem kennt er sich mit den im Blut identifizierten Substanzen aus. Er promoviert an der Universität über Benzodiazepine und Narkosemittel. Das sind genau die gleichen Substanzen, die im Blut von Isabell Wittmann nachgewiesen wurden. Zudem wohnt er an einer lauten Bundesstraße, die seine Wohnung und den Tatort fast direkt miteinander verbindet. Die Hintergrundgeräusche der beiden Notrufe könnten von dieser Straße stammen.« Laura malte ein Fragezeichen hinter die Notiz »B 96«. Die Tür zum Büro flog auf und Joachim

Beckstein stürmte mit hochrotem Kopf herein. Unbeirrt fuhr Laura fort: »Allerdings passen drei Punkte nicht ins Bild. Zum einen hätte Isabell Wittmann ihren Exfreund vermutlich als Täter erkannt. Des Weiteren besteht bisher keine Verbindung zum zweiten Opfer, Charlotta Behrend. Hinzu kommt, dass durch die weitere Entführung Rache und Eifersucht als Tatmotiv wahrscheinlich entfallen. Wir tappen schlichtweg im Dunkeln.« Beckstein stemmte die Hände in die Seiten.

Max seufzte. »Mir fällt noch etwas ein. Wir wissen ja noch gar nicht, wann und wo Charlotta Behrend entführt wurde.« Frustriert zerknüllte er ein Blatt Papier und warf es in hohem Bogen in den Papierkorb. »Es kann ja gut sein, dass Frantzen für diesen Zeitpunkt ein Alibi hat.«

Joachim Beckstein, Leiter des Dezernats für Entführungen, erpresserischen Menschenraub und Tötungsdelikte hielt eine Zeitung in der Hand und klatschte sie nun vor Lauras Nase auf die Tischplatte.

»Das ist ja alles gut und schön, aber können Sie mir das hier erklären?« Seine Stimme zitterte vor Zorn. Laura kannte diese Tonlage. Er stand kurz vor einem seiner cholerischen Anfälle. Max, eigentlich ein Baum von Mann, wurde auf der Stelle einen Kopf kleiner. Beckstein leitete das Dezernat seit mehr als fünfzehn Jahren. Er war bekannt für seine Wutausbrüche, gehörte aber trotzdem zu den herzlichsten Menschen, die Laura kannte. In dieser Situation gab es nur zwei mögliche Reaktionen. Sie konnte seinen Ausbruch ignorieren und abwarten, bis die Wut verpufft war, oder sie musste auf der Stelle das Büro verlassen, um eine Eskalation zu vermeiden. Laura probierte es mit Gelassenheit. Ruhig griff sie nach der Zeitung.

»Tot geglaubte Frau erfolgreich reanimiert«, lautete die Schlagzeile. Laura überflog den Artikel, der sich auf das letzte Entführungsopfer bezog. Der Journalist, der den Bericht geschrieben hatte, vermutete einen missglückten Suizidversuch mit Schlaftabletten. Es gebe keinerlei Hinweise darauf, dass es sich um eine Wiederholungstat handele oder eine Entführung vorliege. Der Text klang eher wie eine Lobeshymne auf das Krankenhaus und den Notarzt, die schnell reagiert und durch ihre Hilfsmaßnahmen das Leben der jungen Frau gerettet hätten.

»Der Artikel gibt nichts von unseren bisherigen Erkenntnissen preis«, erklärte Laura ruhig. Sie vermied es, Beckstein in die Augen zu sehen. Sie spürte seinen stechenden Blick auf sich, tat jedoch so, als würde sie immer noch lesen.

»Was denn für Erkenntnisse?«, zischte Beckstein und deutete auf das Whiteboard. »Sie haben doch gerade erst gesagt, dass Sie vollkommen im Dunkeln tappen. Der Täter weiß jetzt, dass diese Frau noch am Leben ist, und wenn die Presse herausfindet, dass das nicht der erste Fall ist, haben wir die Öffentlichkeit am Hals.«

»Das Krankenhaus hat einen Wachmann vor der Tür platziert. Das gilt für beide Opfer.«

»Na prima. Dann muss also nur ein schlauer Journalist durchs Krankenhaus spazieren und ganz schnell eins und eins zusammenzählen. Verdammt! Sie wissen doch, wie angespannt die Diskussionen bezüglich der öffentlichen Sicherheit in Berlin zurzeit sind. Es vermutet jeder direkt einen sexuellen Übergriff hinter so einer Angelegenheit. Wenn solche Spekulationen erst einmal in der Welt sind, kann sie niemand mehr aufhalten.« Er sprach nicht weiter, aber Laura wusste auch so, was er eigentlich sagen wollte. Sobald die Sicherheit der Bürger in größerem Ausmaß gefährdet schien – selbst wenn das reine Vermutung war –, trat die Innensenatorin auf den Plan. Marion Schnitzer, eine Frau, mit der man es sich am besten nicht verscherzte.

»Isabell Wittmann wird heute oder morgen aus dem Krankenhaus entlassen. Ich kann den Wachmann aber trotzdem bitten, nicht direkt vor dem Zimmer zu stehen, sondern vielleicht gegenüber oder daneben.«

»Verdammt noch mal, dann tun Sie das.« Beckstein drehte sich zum Whiteboard und studierte Lauras Zusammenfassung. »Finden Sie heraus, warum dieser Kerl eine zweite Frau entführt hat. Ich brauche Ergebnisse, und zwar schnell.« Er warf Laura einen eindringlichen Blick zu. Diesmal wich sie nicht aus. Beckstein machte auf dem Absatz kehrt und stürmte wieder hinaus. Hinter ihm knallte die Tür zu.

»Heute Abend will ich Sie beide in meinem Büro sehen«, polterte er noch durch die verschlossene Tür und entfernte sich dann.

»Puh«, machte Max. »Der ist ja heute mies drauf.«

Komischerweise hatte Laura nur einen einzigen Gedanken. Sie hatte am Abend eine Verabredung mit Taylor, und diese war soeben geplatzt. Auf der einen Seite spürte sie eine unglaubliche Erleichterung, andererseits war sie enttäuscht. Dieses Gefühl des Bedauerns überraschte sie.

»Was ist los? Seit wann nimmst du dir Becksteins Auftritte zu Herzen?« Max musterte sie neugierig.

»Ich denke nur über den Fall nach«, erwiderte

Laura ausweichend. »Wir sollten uns jetzt Robert Prosch vornehmen.«

…

Das Erste, was Laura auffiel, war die Autobahn. Sie konnte sie zwar nicht sehen, aber dafür hören. Sie blieb kurz stehen und orientierte sich. Robert Prosch wohnte in der Nähe eines Golfplatzes. Die A 111 führte fast genau daran vorbei. Laura betrachtete das prächtige Einfamilienhaus, das durch klare Linien und einen perfekt in Schuss gehaltenen Vorgarten bestach. Sie klingelte und eine Bilderbuchhausfrau, dezent geschminkt und in adretter Kleidung, öffnete die Tür.

Sie stellte sich als Melanie Prosch vor und bat Laura und Max herein. Klarheit und Eleganz prägten auch das Innere des Hauses. Der Eingangsbereich war breit und kurz. Linker Hand ging eine Treppe ab, die sowohl in die oberen Etagen als auch in das Untergeschoss führte. Geradeaus befand sich der großzügige Wohnbereich mit Kamin, offener Küche und einer Fensterfront zum Garten, die ihresgleichen suchte. Laura hatte den Eindruck, wieder im Freien zu stehen. Das Panorama, das nur durch zarte Fensterrahmen unterbrochen wurde, war beeindruckend. Ein mit Seerosen überwucherter Teich verlieh der schnörkellosen modernen Linie des Hauses einen Hauch von Romantik. Das Gewässer schien der einzige Teil des Gartens zu sein, an dem der Gärtner nicht Hand angelegt hatte. Alle Gehölze waren klassisch zu geometrischen Formen gestutzt, der Rasen schimmerte hellgrün und uniform, selbst die anthrazitfarbenen Gehwegplatten folgten einer strengen Ordnung.

»Was kann ich für Sie tun?« Ein hochgewachsener Mann in dunkelblauem Anzug mit silberner Krawatte und kurz geschnittenen Haaren begrüßte sie.

Laura stellte sich und Max vor und kam direkt zur Sache. »Waren Sie am Montagabend im Fitnessstudio?«

Prosch nickte. »Ich trainiere zweimal pro Woche, montags und mittwochs. Das sind die Tage, an denen ich mich am ehesten freischaufeln kann. Warum fragen Sie das?« Er legte den Kopf schief.

»Kennen Sie diese Frau?«, fragte Max und zeigte ihm ein Foto von Isabell Wittmann.

»Das ist Isabell. Ja, ich kenne sie gut. Wir sehen uns oft beim Training. Ist alles in Ordnung mit ihr?« Prosch wirkte besorgt. Laura musterte ihn. Am Hals über seinem Hemdkragen erschien ein dunkelroter Fleck. Seine Reaktion empfand Laura als ungewöhnlich emotional.

»Wann haben Sie Frau Wittmann denn zuletzt gesehen?«, fragte Max weiter, ohne auf Proschs Sorgen einzugehen.

»Am Montag. Wir sehen uns immer montags. Bitte sagen Sie mir doch, was passiert ist.«

»Frau Wittmann geht es gut«, schaltete Laura sich ein. »Beschreiben Sie uns bitte einmal, wie das Training genau ablief und zu welcher Uhrzeit Sie Frau Wittmann am Montag zuletzt gesehen haben.«

»Was soll ich da beschreiben? Sie hatte eine Trainingsstunde mit Marcel Lödermann, und ich habe mich drangehängt. Die meisten Übungen sind auch für Männer geeignet, und Isabell hatte nichts dagegen.« Prosch schwieg.

Laura konnte seine Halsschlagader sehen, die sichtbar hervorgetreten war.

»Wie haben Sie sich verabschiedet? Haben Sie noch etwas getrunken oder sind Sie zusammen aus dem Studio gegangen?«

»Nein, wir waren nicht mehr an der Bar. Ich bin direkt unter die Dusche. Dann sind wir gemeinsam in die Tiefgarage gefahren, und das war es.«

Der Mann log. Laura konnte es ihm ansehen. Der rote Fleck an seinem Hals wurde noch eine Spur dunkler und auf der Stirn zeigten sich erste Schweißperlen.

»Wie gut kennen Sie sich eigentlich?«, hakte sie nach.

Prosch zögerte eine Millisekunde. »Eher flüchtig, würde ich sagen.« Er warf einen Seitenblick auf seine Frau. »Wie gesagt, wir sehen uns meistens montags beim Training.«

»Was ist passiert, als Sie in der Tiefgarage waren?« Max hatte einen Notizblock hervorgeholt und machte eifrig Notizen.

»Ich bin in mein Auto gestiegen und nach Hause gefahren«, erklärte Prosch.

»Und was war mit Isabell Wittmann? Haben Sie gesehen, ob sie direkt in ihren Wagen gestiegen ist?«

»Ich denke schon. Ich habe nicht so genau darauf geachtet.« Prosch reagierte ausweichend.

»Können wir Ihren Wagen einmal sehen?«

»Meinen Wagen? Warum?«

»Wenn Sie einfach so freundlich wären, uns nach draußen zu begleiten.« Lauras feste Stimme duldete keinen Widerspruch. Robert Prosch starrte sie eine Weile an. Dann ging er wortlos voraus und führte sie durch einen Seiteneingang in die Garage. Seine Frau blieb allein im Wohnzimmer zurück.

»Dort steht der Wagen. Am Montag war ich mit dem BMW unterwegs.«

Laura warf einen Blick auf die Rückbank. Eine Packung Taschentücher lag darauf, ansonsten wirkte der Wagen sauber und fast unbenutzt.

»Ich wette, dass die Spurensicherung Haare oder andere DNS-Spuren von Isabell Wittmann in Ihrem Wagen sicherstellen kann«, stieß Laura hervor.

Robert Proschs Gesicht lief dunkelrot an. Seine Augen wanderten unsicher zwischen Laura und Max hin und her. Der Mann saß in der Falle.

»Bitte«, flüsterte er heiser. »Meine Frau …«

»Was ist mit Ihrer Frau? Soll sie nicht erfahren, dass Sie eine Affäre mit Isabell Wittmann haben?«, fragte Laura kalt. Sie hasste solche Männer. Zu Hause saß brav die Ehefrau und wartete, während der Mann Überlastung im Beruf vortäuschte und sich Schäferstündchen mit anderen Frauen leistete.

»Bitte!« Der geschniegelte Geschäftsmann hatte sich in einen flehenden Schuljungen verwandelt. »Ich sage Ihnen alles, was Sie wissen wollen. Nur lassen Sie meine Frau außen vor.«

»Dann legen Sie mal los. Was ist am Montagabend nach dem Training passiert?«

Prosch schaute sich zunächst um und überzeugte sich davon, dass die Garagentür geschlossen war. Anschließend begann er zu erzählen: »Wir sind gemeinsam in die Tiefgarage gefahren. Isabell hatte an diesem Abend nicht viel Zeit. Sie wollte sich endgültig von ihrem Freund trennen. Deshalb haben wir uns vielleicht zehn Minuten in meinen Wagen auf die Rückbank gesetzt und …« Er stockte und blickte sich unsicher um. »Na ja, Sie wissen schon. Nach zehn Minuten ist Isabell jedenfalls ausgestiegen und zu ihrem Wagen gegangen. Ich bin nach Hause gefahren. Mehr weiß ich nicht.«

Laura kam die Geschichte merkwürdig vor. »Und Sie hatten bis heute keinerlei Kontakt mehr zu Frau Wittmann? Schicken Sie sich denn keine Nachrichten?«

Robert Prosch schnaufte. »Ab und zu, aber in letzter Zeit nicht mehr. Wegen meiner Frau. Sie ist misstrauisch geworden, weil mein Handy so oft vibriert hat. Deshalb habe ich Isabell gebeten, sich nicht mehr bei mir zu melden. Wie gesagt, wir sehen uns nur montags.«

»Haben Sie je darüber nachgedacht, Ihre Frau für Isabell Wittmann zu verlassen?«, wollte Laura wissen.

»Was? Um Himmels willen, nein! Wie kommen Sie darauf?«

Max half Prosch auf die Sprünge. »Immerhin hat Isabell Wittmann sich von ihrem festen Freund getrennt. Sie ist frei für eine neue Beziehung. Liegt es da nicht nahe?«

Prosch wischte sich ein paar Schweißperlen von der Stirn. »Was unterstellen Sie mir hier eigentlich? Wir haben eine Affäre, mehr nicht.« Er stoppte und holte tief Luft. »Sagen Sie mir jetzt gefälligst, was mit Isabell passiert ist.«

»Frau Wittmann wurde Opfer einer Entführung. Ein Unbekannter hat sie in der Zeit von Montag bis Donnerstagnacht gegen ihren Willen festgehalten. Sie ist zurzeit im Krankenhaus, aber es geht ihr den Umständen entsprechend gut und sie kann bald wieder nach Hause.«

»Du meine Güte.« Robert Prosch lockerte seine Krawatte. »Hören Sie. Ich habe damit nichts zu tun. Wir haben uns in der Tiefgarage auf dem Rücksitz meines Wagens geküsst. Mehr war da nicht.«

Laura setzte Prosch weiter unter Druck. »Sie wollen uns also allen Ernstes weismachen, dass Sie seit letzter Woche nichts mehr von Isabell Wittmann gehört haben? Und gestern haben Sie sich auch nicht darüber gewundert, dass sie nicht wie jeden Montag zum Training erschienen ist?«

»Ich war gestern nicht im Fitnessstudio. Ich war von Donnerstag bis gestern Abend dienstlich verreist. Isabell wusste Bescheid. Wir hätten uns erst nächste Woche Montag wiedergesehen.«

»Können Sie das nachweisen?« Laura fand den Kerl immer unsympathischer. Sie verstand absolut nicht, warum sich Isabell Wittmann auf einen solchen Typen eingelassen hatte.

»Ich war mit dem Wagen unterwegs. Ich habe Tankquittungen und Terminbestätigungen meiner Kunden. Die können Sie gerne haben und überprüfen.«

»Dann stellen Sie uns die Belege bitte umgehend zur Verfügung. Wir wollen genau wissen, wo Sie seit letzter Woche Montag waren und mit wem Sie gesprochen haben. Kennen Sie diese Frau?« Laura hielt ihm ein Foto von Charlotta Behrend hin.

Wieder ruckelte Prosch nervös an seiner Krawatte. »Nein, die habe ich noch nie gesehen. Geht sie auch in unser Fitnessstudio?«

Laura schüttelte den Kopf. »Hier sind meine Kontaktdaten. Ich erwarte noch heute die Zusammenstellung per E-Mail von Ihnen.«

Sie verabschiedeten sich und verließen die Garage. Melanie Prosch bekamen sie nicht mehr zu Gesicht. Laura überlegte, ob es ein Fehler war, Proschs Ehefrau nicht auch gleich zu befragen. Falls sie vielleicht doch von der Affäre wusste, hätte sie schließlich einen guten Grund, ihre Konkurrentin aus dem Weg zu schaffen. Sie könnte jemanden für diese Aufgabe bezahlt haben. Andererseits war Isabell Wittmann beinahe unversehrt wieder aufgetaucht, sodass Melanie Prosch durch die Entführung nichts gewonnen hätte. Die zweite Entführung passte ebenfalls nicht ins Bild.

»Hältst du den Kerl für schuldig?«, fragte Max und startete den Wagen.

»Er hat auf alle Fälle Dreck am Stecken. Hast du gesehen, wie nervös er die ganze Zeit war? Ob das wirklich nur an seiner Affäre liegt?«

»Keine Ahnung. Mir ist seine Anspannung jedenfalls auch aufgefallen. Wir sollten ihn genau überprüfen.«

Laura nickte. »Wir müssen unbedingt noch einmal mit Isabell Wittmann sprechen. Vielleicht kann sie sich inzwischen an den Mann aus dem Fahrstuhl erinnern. Ich kann mir eigentlich gar nicht vorstellen, dass sie sich nicht an Prosch erinnert. Entweder sie hat gelogen, war noch zu benebelt oder sie ist nach dem Abschied von Prosch ein weiteres Mal mit dem Fahrstuhl gefahren. Irgendwie passt das alles nicht zusammen. Ich hoffe, dass Charlotta Behrend bald ansprechbar ist. Eventuell hat sie ja jemanden gesehen, bevor sie bewusstlos wurde, und kann ihn näher beschreiben.«

Max fuhr von der Straße ab und steuerte auf eine Tankstelle zu. »Das wäre hilfreich. Robert Prosch und

Victor Frantzen haben äußerlich nicht viel gemeinsam. Selbst eine grobe Beschreibung würde ausreichen, damit wir uns auf einen der beiden konzentrieren können. Ich muss mal ganz kurz für kleine Jungs«, erklärte er und hielt an. »Soll ich dir etwas mitbringen? Ich brauche dringend auch noch Kalorien aus dem Shop.«

Laura schüttelte den Kopf. »Nein, danke«, antwortete sie und blickte Max hinterher, bis er hinter dem Tankstellengebäude verschwand. Dann beschloss sie, die Zeit zu nutzen, um sich die Beine zu vertreten. Sie brauchte eine kurze Pause zum Durchatmen. Unweit der Tankstelle befanden sich ein Kletterpark und ein Spielplatz. Laura schlenderte hinüber und setzte sich auf eine Bank. Kinder kreischten, wirbelten lachend durcheinander, während ihre Mütter auf der Bank plauschten, Kuchen aßen und den herrlichen Sommertag genossen. Laura entspannte sich für eine Weile und beobachtete die spielenden Kinder auf der Rutsche. Ein Mädchen, das schon ein bisschen größer war, fiel ihr ins Auge. Die vielleicht Elfjährige erklomm in Höchstgeschwindigkeit die Stufen, klemmte oben angekommen das Kleid zwischen die Knie und schoss wie eine Rakete die Rutschbahn hinunter. Laura grinste. Sie war ebenfalls ein kleiner Wildfang gewesen. Das Mädchen konnte nicht genug bekommen. Kaum war sie unten, kletterte sie erneut die Leiter hoch und wiederholte das Spiel. Laura schloss für einen Moment die Augen und ergötzte sich an den sanften Sonnenstrahlen. Den fröhlichen Kinderstimmen lauschend, fühlte sie sich lebendig, sorgenfrei – beinahe so, wie sie vor langer Zeit einmal gewesen war. In ihrem Leben gab es zwei Zeitrechnungen: das Leben vor der Entführung durch das Monster, in der sie ein glückliches Mädchen sein durfte, und die Zeit danach. Eine Periode, die bis heute andauerte und ihr immer wieder Albträume bescherte. Doch in diesem Moment fühlte sich Laura ganz wie in der Zeit vor diesem traumatischen Erlebnis. Glück durchströmte sie. Dankbar öffnete sie die Augen, um die Unbeschwertheit der Kinder beobachten zu können. Ihr Handy klingelte und zerstörte die Illusion, der sie gerade erlegen war.

Laura hob ab. Dr. Fuchs, der behandelnde Arzt des letzten Entführungsopfers, war in der Leitung.

»Charlotta Behrend ist ansprechbar. Es geht ihr gut. Übrigens hatte sie ähnliche Medikamente im Blut wie Isabell Wittmann. Die Zusammensetzung war, soweit wir das beurteilen können, jedoch ein wenig anders. Jeder Organismus baut Chemikalien allerdings auch unterschiedlich ab, der eine schneller, der andere langsamer. Ich lasse Ihnen die Werte zukommen.«

»Vielen Dank«, sagte Laura. »Ist Frau Behrend ansonsten unverletzt oder haben Sie irgendwelche Beeinträchtigungen festgestellt, die für uns wichtig wären?«

»Nein, bis auf ein paar Hautläsionen ist ihr im Grunde nichts passiert. Sobald ihr Organismus die Sedativa abgebaut hat, wird sie wieder ganz die Alte sein.«

Laura bedankte sich und legte auf. Aus den Augenwinkeln nahm sie eine Bewegung wahr. Zuerst dachte sie, es sei Max. Der suchte sie bestimmt schon. Doch als sie den Kopf drehte, stellte sie fest, dass es ein anderer Mann war. Ihr Magen zog sich krampfartig zusammen. Das Gesicht kam ihr bekannt vor. Es war eine freundliche Maske, hinter der sich das Böse verbarg. Blitzschnell sprang sie auf, stand dann jedoch wie angewurzelt da. Ihr Gehirn versuchte, die Bildinformation ihrer Netzhäute zu verarbeiten. Der Mann hatte sich längst abgewandt. Zweifel wallten in Laura auf. Vielleicht hatte sie sich geirrt. Ohne eine bewusste Entscheidung lief sie ihm hinterher. Er verschwand hinter einem Gebäude. Laura begann zu laufen. Vor ihrem inneren Auge spulten sich die Erinnerungen ab. Hatte sie tatsächlich gerade ihren Entführer gesehen? Mittlerweile waren fast zwanzig Jahre vergangen. Es war eigentlich unmöglich. Dennoch rannte Laura weiter. Als sie die Ecke erreichte, sah sie niemanden mehr. Schwer atmend blieb sie stehen. Was war nur mit ihr los? Sie kannte die Albträume, die sie nachts heimsuchten, aber sie konnte sich nicht erinnern, jemals am helllichten Tag in Panik verfallen zu sein. Der Schrei eines Kindes riss sie aus den Gedanken. Automatisch wandte sie ihre Schritte zurück in Richtung Spielplatz. Plötzlich sah sie den Mann. Er stand einfach da und unterhielt sich mit einer Frau. Laura schirmte die Sonne ab. Sie konnte sein Gesicht jedoch aus dieser Entfernung nicht erkennen. Irgendetwas an seiner Körperhaltung und der strenge Scheitel erinnerten sie unheimlich an ihren Peiniger. Sie näherte sich. Ohne dass sie es wollte, holte die Vergangenheit sie ein. Schnaufend blieb sie stehen. Eine Unmenge an Bildern schwirrte durch ihren Kopf. Die Ereignisse spulten sich im Zeitraffer vor ihr ab. Auf einmal war sie wieder elf Jahre alt. Sie lag in ihrem Gefängnis. Eine klobige Hand strich über ihren Hals. Laura stellte sich schlafend. Die schwieligen, kräftigen Finger kratzten über ihre Haut.

»Wach auf«, sagte der Mann, der ihr noch vor ein paar

Stunden ein Eis spendiert hatte. Aber Laura konnte die Lider nicht öffnen. Sie wollte seine Augen nicht sehen. Augen, die stumpf waren und tief, so tief, dass er sie mit seinem bloßen Blick verschlingen konnte.

»Wach auf«, wiederholte er und packte sie am Hals. Schlagartig riss Laura die Augen auf und starrte auf die grobporige Haut, die nach Schweiß und Zigarettenrauch stank.

»So ist es gut.« Ein Grinsen verzerrte seine Lippen.

»Bitte lassen Sie mich gehen. Ich will nach Hause.« Lauras Stimme zitterte.

Der Mann stieß einen Seufzer aus und schüttelte den Kopf. »Du gehörst jetzt zu mir. Dein Zuhause ist hier. Gefällt es dir?« Er deutete in den feuchten Raum, in dem merkwürdige Rohre an den Wänden entlang verliefen. Kalter Beton, eine schäbige Matratze und die Schuhe eines anderen Mädchens. Mehr gab es nicht. Doch der Mann tat so, als wäre Laura in einem Palast gelandet. Schnell nickte sie, um ihn nicht zu enttäuschen.

»Iss das!«, befahl er und hielt ihr einen Teller mit undefinierbarem Brei und einem Stück trockenen Brot hin.

Laura ekelte sich vor dem Essen. Für den Moment vergaß sie, auf ihre Mimik zu achten. Das Monster betrachtete sie kalt. Als Laura die Lippen zusammenpresste, klatschte seine riesige Hand auf ihre Wange.

»Ich habe gesagt, du sollst das essen!«, zischte er wütend. Speicheltropfen landeten auf Lauras Gesicht.

Ihre Wange brannte wie Feuer. Hastig griff sie nach dem Brot und kaute darauf herum. Sie wagte es nicht, hochzublicken. Stattdessen sah sie auf die von Flecken übersäte Hose des Mannes. Sie bemerkte erst jetzt, wie eklig er überhaupt war. Als er ihr das Eis spendiert hatte, war ihr das völlig entgangen. Sie würgte das trockene Brot hinunter. Es gab nichts zu trinken. Die Bissen blieben ihr fast im Hals stecken. Sie hustete. Das Monster klopfte ihr auf den Rücken.

»Nicht so gierig, Kleines. Ich wusste doch, dass du Hunger hast. Jetzt iss den Brei.«

Laura nahm tapfer den Löffel und tauchte ihn in die undefinierbare grün-braune Masse. Sie hielt die Luft an, stopfte den Löffel in den Mund und schluckte so schnell, wie es ging. Ein bitterer und säuerlicher Geschmack lähmte ihre Zunge. Sie unterdrückte den Würgreflex.

»Jetzt sag nicht, dass es dir nicht schmeckt. Ich habe mir wirklich Mühe gegeben.«

Laura hob den Blick. Ihr Entführer lächelte charmant. Plötzlich war er wieder der nette, freundliche Mann, der ihr ein Eis spendiert hatte. Dessen Augen so blau und voller Wärme strahlten, dass sie ihn auf Anhieb gemocht hatte. Sie blinzelte. Aber das Gesicht blieb liebenswürdig. Lauras Verstand ratterte. Vielleicht ließ er sie gehen, wenn sie ihm gehorchte. Sie nahm wieder einen Löffel von dem ekelhaften Brei und schluckte. Dann zwang sie sich zu einem Lächeln. Es funktionierte. Der Mann lächelte zurück. Er wirkte zufrieden.

»Wann darf ich nach Hause?«, hauchte Laura.

Die Miene des Mannes verfinsterte sich augenblicklich. Lauras Herz hämmerte wild. Sie wünschte sich, dass sie den Mund gehalten hätte. Der freundliche Mann verschwand, stattdessen blickte sie erneut das Monster an. Die blauen Augen glänzten kalt, so kalt wie ein zugefrorener See im Winter. Panisch nahm Laura einen weiteren Löffel und schob ihn sich in den Mund.

»Schmeckt gut«, brachte sie wenig überzeugend und mit zitternder Stimme hervor. Das Monster betrachtete sie aus schmalen Schlitzen. Seine Pupillen erinnerten sie an ein hungriges Reptil. Die Angst schnürte ihr die Kehle zu. Sie wollte aufspringen und davonlaufen. Mit aller Macht blieb sie ruhig. Irgendetwas in ihr, vielleicht der nackte Überlebensinstinkt, wusste, dass sie stillhalten musste. Wenn der Mann sich aufregte, war sie so gut wie verloren. In den Augenwinkeln sah sie rosa Kinderschuhe. Sie gehörten nicht ihr. In den Ritzen der Wand, wo sich weit oben ein kleines Fenster befand, hatte sie abgebrochene Fingernägel gesehen. Laura ahnte, dass sie nicht das erste Mädchen war, das das Monster hierher gebracht hatte. Und sie befürchtete, dass den anderen Mädchen etwas sehr Schlimmes zugestoßen war. Sie hatten nicht getan, was das Monster wollte. Ihre Wange brannte immer noch. Das war nur ein Vorgeschmack dessen, was geschah, wenn sie nicht spurte.

»Sag mir, kleine, süße Laura, wo ist dein Zuhause?«, zischte der stinkende Mann.

Laura hielt die Luft an. Sie wusste, was er hören wollte. Aber sie brachte keinen Ton heraus. Ihre Zunge fühlte sich an wie ein Betonklotz. Ein ekelhaftes Hindernis, das nach etwas undefinierbar Scheußlichem schmeckte und ihre Sprache lähmte.

»Hier«, flüsterte sie schließlich und schob schnell den nächsten Löffel hinterher.

Der Reptilienblick verschwand. »Du stellst dich ganz gut an«, sagte er und nahm ihr den Teller weg. »Ich will nicht, dass du fett wirst.«

Dann stand er auf und stellte sich in die Mitte des

Raumes. Laura hatte keine Ahnung, wo er sie gefangen hielt. Betonboden, dicke Rohrleitungen, überall Eisengriffe und Räder, vielleicht Absperrhähne. Eine Steuertafel fiel ihr ins Auge. Aber sie konnte damit nichts anfangen. Sie vermutete, dass sie in einer stillgelegten Fabrikhalle war.

Das Monster grinste. »Tanz mit mir.«

Laura wurde übel. Sie hatte schon von Männern gehört, die gerne kleine Mädchen anfassten. Sofort fielen ihr seine Hände ein und die Finger, die übersät mit Hornhaut waren. Sie schauderte. Trotzdem kam sie auf die Füße. Unsicher machte sie ein paar Schritte auf den Mann zu, der um einiges größer wirkte als am Anfang. Er streckte die Arme aus, griff nach ihr und zerrte sie wie eine Puppe hin und her. Sie konnte kaum mithalten. Er bewegte sich unrhythmisch und viel zu schnell. Er wirbelte sie herum. Ihr Gesicht hing an seiner Brust. Seine raue Jacke kratzte an ihrer geschwollenen Wange. Sein Arm umklammerte ihre Hüfte. Die andere Hand zerquetschte ihr die Finger. Sie flog über dem Boden, bekam höchstens ab und zu eine Fußspitze aufgesetzt. Laura war ihm völlig ausgeliefert. Tränen stiegen ihr in die Augen. Tapfer schluckte sie, versuchte, den unkoordinierten Bewegungen zu folgen.

Irgendwann war es endlich vorbei.

Er ließ sie einfach fallen. Sie krachte auf den Beton. Ihr Ellenbogen knackte schmerzhaft. Die Haut brannte. Sie blutete.

»Wir müssen noch üben«, stellte er fest und bewegte sich zum Ausgang. »Mach sauber und wasch dich!« Die Tür knallte zu. Ein schwerer Eisenriegel quietschte und sie war allein. In hohem Bogen schoss der widerliche Brei aus ihrem Magen hinaus auf den Boden. Sie zitterte am ganzen Körper. Nur ein Gedanke hatte Platz in ihrem Kopf. Sie musste hier raus.

»Kann ich Ihnen helfen?« Das Monster starrte sie mit seiner freundlichen Maske an. Laura zuckte.

»Geht es Ihnen gut? Sie sehen sehr blass aus.« Der Mann machte einen Schritt auf sie zu.

Laura wich zurück und schüttelte sich. Verwirrt blickte sie ihr Gegenüber an, das plötzlich keine Ähnlichkeit mehr mit dem Monster ihrer Vergangenheit hatte. Nur die kerzengerade Körperhaltung und der strenge Scheitel erinnerten an ihn.

»Nein, ist schon gut«, sagte sie schnell und drehte sich um.

»Da bist du ja. Ich habe dich bereits überall gesucht.« Max klang vorwurfsvoll. »Was machst du hier?«

Laura atmete tief durch. Sie wusste selbst nicht, warum die Erinnerungen sie derartig heftig übermannt hatten. »Ich wollte mir nur die Beine vertreten«, erklärte sie knapp und stakste zurück zum Auto.

»Du hättest mir ja wenigstens Bescheid geben können. Ich habe schon angefangen, mir Sorgen zu machen«, maulte Max.

»Ruf mich doch das nächste Mal einfach auf dem Handy an«, sagte Laura. Sie wollte nicht, dass Max ihren Gemütszustand mitbekam. Sie musste erst einmal wieder zu sich kommen.

»Was ist dir denn für eine Laus über die Leber gelaufen?« Max schüttelte den Kopf und eilte ihr hinterher. »Langsam benimmst du dich so zickig wie Hannah, verdammt.« Er entriegelte den Wagen und riss die Tür auf. »Hier«, sagte er, bevor er einstieg, und hielt ihr ein belegtes Brötchen hin. »Ich denke, wir sollten zwischendurch mal was essen.«

Laura stieg ein. »Tut mir leid. Dieser Mann dort auf dem Spielplatz hat mich einfach nur an jemanden erinnert.«

Max musterte sie. Dann nickte er. »Schon gut. Wenn du reden willst, bin ich für dich da.«

Laura war dankbar dafür, dass er nicht weiter nachhakte.

»Doktor Fuchs hat mich gerade angerufen. Charlotta Behrend ist jetzt ansprechbar. Wir sollten gleich zu ihr, denke ich.«

IX

»Was ist das Letzte, woran Sie sich erinnern können?« Max hatte die Befragung von Charlotta Behrend übernommen.

Laura tigerte unruhig im Krankenzimmer hin und her. Nach wie vor war ihr unwohl von der heftigen Erinnerungswelle, die sie auf dem Kinderspielplatz überrollt hatte.

»Ich hatte Nachtschicht bei McDonald's. Ich studiere und verdiene mir dort ein wenig dazu. Als ich gegen zwei Uhr fertig war, bin ich zu meinem Auto. Danach ist alles weg. Als ich aufwachte, lag ich in vollkommener Dunkelheit auf einer Liege und konnte Arme und Beine nicht bewegen.«

»Waren Sie alleine oder gab es noch andere Personen dort?«

Charlotta zog die Stirn kraus. »Es war unheimlich. Ständig habe ich Geräusche gehört. Sie klangen so merkwürdig. Aber ich habe keine Ahnung, was das gewesen sein könnte.«

Max schrieb eifrig mit. »Und Sie können das nicht genauer beschreiben?«

Charlotta schüttelte den Kopf. »Die meiste Zeit war ich

gar nicht richtig wach. Ich habe alles nur in einem Dämmerzustand mitbekommen. Den Mann habe ich auch nicht gesehen. Ich habe ehrlich gesagt bloß gedacht, dass er nach Mann riecht. Mit Bestimmtheit kann ich das aber leider auch nicht sagen.«

»Haben Sie eine Ahnung, warum ausgerechnet Sie entführt wurden?«

Charlotta zuckte mit den Schultern und schwieg.

»Und Sie können sich auch nicht daran erinnern, was der Kerl mit Ihnen gemacht hat?«

Charlotta Behrends Augen weiteten sich. Unwillkürlich schlang sie die Arme um ihren gertenschlanken Körper. »Doktor Fuchs meint, niemand hätte mich angerührt«, erklärte sie unsicher.

»Das ist vollkommen richtig«, beeilte sich Max zu sagen. »Wir können uns bisher nicht erklären, was für ein Motiv der Täter hatte. Können Sie sich an irgendeine Kleinigkeit erinnern? Vielleicht an eine Kamera, die Sie gefilmt hat, oder andere Anwesende?«

»Nein. Es war alles dunkel. Ich weiß nur, dass jemand zu mir kam. In meiner Ellenbeuge hat es gepikst und dann war ich auch schon wieder weg. Als ich das nächste Mal aufgewacht bin, war ich hier, und Doktor Fuchs stand neben mir.«

Laura stöhnte innerlich auf. Die junge Frau wusste genauso wenig oder viel wie das erste Opfer Isabell Wittmann. Auf diese Weise würden sie keinen Schritt weiterkommen. Ihr Blick fiel auf ein Foto, das auf dem Krankentisch stand.

»Ist das Ihre Katze?«, fragte sie und nahm es in die Hand.

Ein Lächeln huschte über Charlottas blasses Gesicht. »Ja, das ist Garfield.«

Laura stellte das Foto zurück. »Wer kümmert sich während Ihrer Abwesenheit um ihn?«

»Meine Mitbewohnerin. Wir teilen uns eine Zweizimmerwohnung.«

»Haben Sie eine Erklärung dafür, warum Ihre Mitbewohnerin Sie nicht vermisst hat? Sie waren ja immerhin drei Tage lang weg.«

»Ich wollte übers Wochenende an einem Seminar teilnehmen. Sie hat sich erst gewundert, als ich Montagabend nicht zurückkam, und versucht, mich anzurufen.«

»Was für ein Seminar war das denn? Dort hätte doch auffallen müssen, dass Sie nicht erschienen sind.« Max machte wieder eine Notiz.

»Die Teilnahme war freiwillig. Ich studiere Chemie. Da wird die Anwesenheit nicht so eng gesehen wie in anderen Studiengängen.«

Max nickte. »Haben Sie einen Freund oder Kontakt zu Ihren Exfreunden?«

»Ich bin seit drei Jahren Single.« Charlotta hielt einen Moment inne. »Meine Exfreundin ist Australierin und vor vier Jahren in ihre Heimat zurückgekehrt. Die Entfernung war einfach zu weit.«

»Okay«, erwiderte Max gedehnt. Er schien etwas überrascht. Laura grinste. Sie hatte bereits geahnt, dass Charlotta Behrend sich vom eigenen Geschlecht angezogen fühlte. Ihr war nicht entgangen, wie Charlotta sie gemustert hatte, als sie ankamen. Für Max hingegen hatte sie überhaupt kein Auge gehabt, und das war ungewöhnlich. Die meisten Frauen fanden ihn überaus attraktiv.

»Kennen Sie diese Frau?« Laura übernahm das Gespräch und zeigte Charlotta Behrend ein Foto von Isabell Wittmann.

Die Patientin betrachtete es genau. Dann schüttelte sie den Kopf. »Tut mir leid, aber diese Frau habe ich noch nie gesehen.«

»Gibt es sonst noch irgendetwas, was uns helfen könnte, Ihren Entführer zu finden? Hatten Sie in letzter Zeit Streit? Mit Ihrem Vermieter, einem Studienkollegen oder jemand anderem?«

Wieder schüttelte Charlotta den Kopf. »Ich frage mich offen gestanden selbst die ganze Zeit, warum ausgerechnet mir das passiert ist.« Sie zögerte einen Moment, bevor sie weitersprach. »Eine Sache ist da vielleicht. Es gibt da so eine Gang. Einer von denen ist mein Kollege bei McDonald's. Die Typen haben irgendwann mitbekommen, dass ich eher auf Frauen stehe, und mobben mich seitdem.«

Laura horchte auf. »Was genau meinen Sie mit *mobben*?«

Charlotta stöhnte. »Sie haben zum Beispiel in meinen Kaffee gepinkelt.«

»Sie haben was?«, fragte Max fassungslos.

Charlotta starrte mit gesenkten Lidern auf ihre Bettdecke. »Das sind echte Idioten. Ich habe es zum Glück rechtzeitig gemerkt. Meine Autoscheiben haben sie auch schon beschmiert. Mit Sperma oder einem Zeug, das genauso aussieht.«

»Und da haben Sie nicht die Polizei gerufen?«, fragte Max ungläubig.

»Nein. Das hätte doch alles nur noch schlimmer gemacht. Ich habe Angst, dass die Typen mir nachts auflauern, wenn ich sie anzeige.«

»Verstehe«, sagte Laura. »Könnten Sie uns trotzdem die Namen dieser Personen geben? Wir müssen zumindest überprüfen, ob sie hinter der Entführung stecken könnten. Ich verspreche Ihnen auch, Ihren Namen nicht zu erwähnen.«

»Das geht?« Charlotta warf ihr einen misstrauischen Blick zu. Anschließend gab sie den Namen ihres Kollegen und den von zwei weiteren Gangmitgliedern preis.

»Wenn Ihnen noch etwas einfällt, rufen Sie uns bitte an«, bat Max und verabschiedete sich.

Auf dem Weg nach draußen legten sie einen Stopp bei Dr. Fuchs ein. Der übergab Laura die Liste mit den im Blut von Charlotta Behrend nachgewiesenen Medikamenten.

»Wir haben bei der Patientin nur geringe Mengen an Propofol gefunden. Dafür aber auch Opioide, die Frau Wittmann nicht im Blut hatte. Definitiv ist ihr also eine andere Mischung verabreicht worden. Es waren, wie auch bei Isabell Wittmann, Spuren von K.-o.-Tropfen im Blut.«

Laura nahm die Liste entgegen und sah den Doktor fragend an. Warum macht sich der Täter die Mühe und ändert die Zusammensetzung der Drogen?

»Ist Ihnen abgesehen davon noch etwas Außergewöhnliches aufgefallen?«, fragte sie.

Dr. Fuchs schlug die Akte auf. »Nein«, sagte er und rieb sich die Stirn. »Sie hat mehrere Hautabschürfungen. Ein Areal hat sich entzündet, sodass wir ein Antibiotikum verabreicht haben. Die Verletzung ist relativ großflächig, wird jedoch keine bleibenden Schäden hinterlassen. Vielleicht lässt sich eine Narbenbildung nicht ganz vermeiden, aber das ist kaum von Relevanz. Bis zur Hochzeit ist alles wieder gut, wie man so schön sagt.« Er grinste und klappte die Akte zu. »Kann ich Ihnen sonst noch weiterhelfen?«

Laura schüttelte enttäuscht den Kopf und verabschiedete sich.

»Was sollen wir jetzt bloß machen? Mich graut es schon vor Beckstein«, jammerte Max.

»Du hast recht. Wir haben absolut nichts in der Hand. Es kann doch nicht sein, dass niemand etwas gesehen oder mitbekommen hat. Außerdem scheint es keine Verbindung zwischen den Opfern zu geben. Aber irgendwie muss er die Frauen doch ausgesucht haben.« In Lauras Kopf kreisten die Gedanken, ohne dass sich ein roter Faden abzeichnete. Es war nahezu hoffnungslos.

»Wir müssen uns einfach weiter reinbohren. Ich schlage vor, dass wir Isabell Wittmann einen kurzen Besuch abstatten und uns dann die McDonald's-Gang vornehmen. Früher oder später werden wir auf etwas Brauchbares stoßen.«

Max nickte und tippte die Adresse von Wittmann ins Navigationssystem des Dienstwagens. Isabell Wittmann war am Vormittag aus dem Krankenhaus entlassen worden. Sie hatte sich bisher nicht bei ihnen gemeldet. Es konnte nicht schaden, sie ein weiteres Mal zu befragen.

Zwanzig Minuten später betraten sie Isabell Wittmanns gemütliche Wohnung, die sich komplett von der ihres Exfreundes unterschied.

»Wie geht es Ihnen?«, wollte Laura als Erstes wissen und nahm auf der überdimensionalen Couch Platz. Mehrere Grünpflanzen schufen eine behagliche Atmosphäre in dem aufgeräumten Wohnzimmer. Familienbilder an den Wänden und auf einer Kommode zeigten ein sehr persönliches Bild von Isabell Wittmann. Max setzte sich nicht sofort, sondern betrachtete die Fotos eingehend, die Laura bereits in aller Gründlichkeit überflogen hatte. Isabell Wittmann war mit ihren Eltern, ihrer Schwester und Freundinnen zu sehen. Victor Frantzen hingegen fand sich auf keinem der Bilder.

»Es geht mir wieder gut«, erwiderte Isabell und schob ein Wasserglas über den Couchtisch in Lauras Richtung.

Es war heiß. Die Sonne drückte sich durch die halb geschlossenen Jalousien und verwandelte das Wohnzimmer in eine Sauna. Gierig trank Laura das kühle Wasser. Isabell trug ein Top. Auf der linken Schulter saß ein größeres Pflaster, wahrscheinlich ein Überbleibsel aus dem Krankenhaus.

»Können Sie sich denn inzwischen an Einzelheiten erinnern? Wir interessieren uns insbesondere für den Mann, den Sie im Fahrstuhl gesehen haben.«

Isabell Wittmann wich Lauras Blick aus. »Leider nein. Es ist auch eher nur so eine Ahnung, dass da noch jemand im Fahrstuhl war.«

Laura spürte regelrecht, wie ihr Blutdruck stieg. Sie hatten in den letzten Tagen und Stunden viele Befragungen durchgeführt, aber alle Informationen, die sie bekamen, blieben vage. Es brachte überhaupt nichts. Laura hatte gehofft, dass Isabell Wittmann mit fortschreitender Genesung wenigstens kleine Erinnerungen an den Vorfall zurückbekam. Ob sie die Wahrheit sagte?

»War dieser Mann vielleicht ein Bekannter? Möglicherweise Ihr Exfreund oder Robert Prosch?«, hakte sie nach.

Bei der Nennung des letzten Namens zuckte Isabell Wittmann sichtbar zusammen.

»Wir wissen, dass Sie eine Affäre mit Robert Prosch haben«, ergänzte Laura prompt.

»Woher wissen Sie das?«

»Robert Prosch hat es uns erzählt.«

Isabell Wittmann starrte sie ungläubig an. »Was? Er hat immer penibel darauf geachtet, dass niemand etwas mitbekommt. Er hat es Ihnen einfach so verraten?«

Laura verdrehte die Augen. »Herr Prosch hat sich in Widersprüche verstrickt. Es war nicht besonders schwierig, dahinterzukommen.«

»Oh«, piepte Isabell mit hoher Stimme und schwieg betroffen.

Max gesellte sich zu Laura auf die Couch. »Sie brauchen sich deswegen nicht zu schämen. Es ist Ihre Privatangelegenheit, und von uns wird natürlich keiner etwas erfahren«, erklärte er professionell. »Aber wir wollen herausfinden, wer Sie entführt hat. Sowohl Ihr Exfreund als auch Ihr neuer Liebhaber hätten theoretisch ein Motiv.«

Isabell Wittmanns Augen weiteten sich. »Das kann ich mir nicht vorstellen.«

»Victor Frantzen hängt noch sehr an Ihnen. Weiß er denn von Robert Prosch?«

Die junge Frau lief puterrot an. »Nein, selbstverständlich nicht. Keiner weiß davon. Also, jedenfalls wusste bisher niemand etwas.«

»Könnte er es irgendwie herausgefunden haben?«

Isabell schüttelte den Kopf. »Nein, das ist ausgeschlossen. Wenn Victor etwas geahnt hätte, dann hätte er das nicht für sich behalten. Er würde mir die Hölle heißmachen.«

Laura horchte auf. »Wie meinen Sie das? Ist er schon mal handgreiflich geworden?«

»Nicht wirklich. Aber er ist sehr leidenschaftlich. Dabei kann im Eifer des Gefechtes auch mal ein blauer Fleck herauskommen. Er macht so was jedoch nicht mit Absicht.«

Laura schluckte. Isabell Wittmann hörte sich erschreckend an wie eine Ehefrau, die ihren prügelnden Mann verteidigte. Ein nicht seltenes Verhalten von Frauen, die häuslicher Gewalt ausgesetzt waren.

»Haben Sie sich deshalb von Victor Frantzen getrennt?«

»Nein. Ich wollte mit Robert zusammen sein.« Wittmann zuckte mit der Schulter.

Laura ahnte, was die junge Frau sagen wollte. »Aber Robert Prosch wollte seine Frau nicht für Sie verlassen«, ergänzte sie, und Isabell Wittmann nickte traurig.

»Wir kennen uns jetzt schon seit fast einem Jahr und er erfindet eine Ausrede nach der anderen. Ich glaubte, wenn ich mit Victor Schluss mache und ein klares Signal setze, fällt ihm die Entscheidung leichter. Doch seitdem läuft es zwischen uns viel schlechter.«

Kein Wunder, dachte Laura. Robert Prosch fühlte sich mit Sicherheit unter Druck gesetzt. Die meisten verheirateten Männer, die eine Affäre anfingen, suchten nur ein Abenteuer und ein bisschen Abwechslung. Tatsächlich trennten sich nur die wenigsten von ihrer Ehefrau. Trotzdem gab es immer wieder Frauen, die sich von den scheinheiligen Ausreden über lange Zeit vertrösten ließen. Isabell Wittmann schien eine von ihnen zu sein. Irgendwie tat sie Laura leid. Sie zog das Foto von Charlotta Behrend aus der Tasche.

»Kennen Sie diese Frau?«

Isabell Wittmann nahm sich Zeit, schüttelte dann jedoch den Kopf. »Nein, tut mir leid.«

Laura erhob sich. »Also gut, ich denke, wir haben erst einmal alles. Sie wissen ja, wie Sie uns erreichen, wenn Ihnen noch etwas einfällt.«

Beim Hinausgehen fiel ihr Blick in die Küche. Ein grüner Wellensittich knabberte an seiner Körnerstange. Laura lächelte. Sie mochte diese kleinen, kecken Vögel. Anschließend verließ sie mit Max die Wohnung.

»Das ist ja eine schöne Bescherung«, schimpfte Max, als sie wieder im Auto saßen. »Ich wette, Isabell Wittmann würde sowohl ihren Exfreund als auch Robert Prosch nicht freiwillig beschuldigen. Die lässt sich schlagen und denkt vielleicht noch, dass sie daran schuld sei.« Er schüttelte den Kopf. »Aus dieser Zeugin werden wir jedenfalls so einfach nichts rauskriegen.«

»Du hast recht«, erwiderte Laura resigniert. »Trotzdem kennen sich die beiden Frauen offenkundig nicht. Das ist eigentlich auch kein Wunder. Isabell Wittmann ist bei einer Versicherung angestellt und Charlotta Behrend studiert Chemie. Das sind erst einmal ganz andere Welten. Außerdem sind die beiden auch in ihrem Wesen komplett verschieden. Ich frage mich also permanent, wie derart unterschiedliche Frauen demselben Täter in die Hände fallen konnten.«

Das Handy klingelte und Laura erkannte die Nummer der Abteilung für Kommunikationsüberwachung. Schnell stellte sie das Telefon auf die Freisprechanlage um und hob neugierig ab.

»Wir können die Hintergrundgeräusche der beiden

Notrufe leider mit keinem konkreten Ort in Übereinstimmung bringen. Alles, was wir bestätigen können, ist, dass der Anrufer derselbe ist und auch in beiden Fällen vom selben Ort aus angerufen hat. Des Weiteren handelt es sich bei den Hintergrundgeräuschen um Verkehrsgeräusche von einer viel befahrenen Straße, aber davon gibt es viele in Berlin. Es tut uns leid.«

Frustriert legte Laura auf. »Das kann doch nicht wahr sein«, fluchte sie. »Ich frage jetzt mal nach, ob die Kollegen der Abteilung sieben inzwischen herausgefunden haben, woher sich der Täter die Medikamente beschafft haben könnte. Ich brauche dringend ein Erfolgserlebnis.« Sie wählte die Nummer. »Laura Kern hier. Haben Sie schon Neuigkeiten für uns? Ich hatte Ihnen vorhin eine Auflistung mit dem Blutbefund von Charlotta Behrend weitergeleitet.«

Eine tiefe Frauenstimme antwortete: »Wir sind noch dran. Die Medikamente bekommen Sie ziemlich leicht übers Internet. Früher hätte man die Suche auf medizinisches Personal, Apotheker und so weiter eingrenzen können, aber durch das Internet hat sich das leider alles erledigt. Jeder, der ein bisschen sucht, kommt an das Zeug ran. Ich habe zum Test gerade selber Propofol bestellt. Stellen Sie sich vor, Sie bekommen es ohne Probleme im Darknet. Das Narkosemittel hat eine bekannte Nebenwirkung: Es löst erotische Träume aus und enthemmt. Wir bleiben dran. Ich habe die umliegenden Krankenhäuser und Apotheken gebeten, ihre Lagerbestände zu prüfen. Vielleicht haben wir ja Glück und unser Täter hat die Medikamente doch irgendwo gestohlen.«

Laura legte auf. Noch eine Fehlanzeige. »Lass uns dieser

Gang einen Besuch abstatten. Möglicherweise bringt uns das irgendwie weiter.«

Max gab Gas und nach ungefähr einer Viertelstunde bogen sie auf den Parkplatz der Fast-Food-Kette ein. Es war schon früher Abend und das Restaurant trotzdem voll. Max ging voraus. Er hielt Laura die Tür auf und steuerte unmittelbar auf die Theke zu, an der ein junger Mann bediente.

»Sind Sie Mark Thelen?«, wollte Max ohne Umschweife wissen.

Der junge Mann versteifte sich und nickte dann langsam. Max zeigte seinen Dienstausweis. »Haben Sie ein paar Minuten für uns?«

Mark Thelen blickte sich suchend um. »Ich muss erst den Chef fragen.« Er verschwand kurz hinter einem Regal, in dem eine Vielzahl fertig verpackte Burger lag. Wenig später kam er hinter der Theke hervor.

»Am besten, wir gehen raus«, schlug Laura vor, der die Geräuschkulisse im Restaurant viel zu laut war.

»Wir möchten wissen, wo Sie am Freitagabend letzter Woche waren«, begann Laura die Befragung.

»Und warum?« Mark Thelens Augenlider verengten sich. Er schien keinen besonders großen Respekt vor der Polizei zu haben. Seine Miene verzog sich zu einem abfälligen Grinsen.

»Hat die Lesbe gepetzt?«, wollte er wissen und spuckte auf den Boden.

Max' Handy klingelte. »Hannah ist dran«, sagte er und sah Laura fragend an.

Sie nickte, woraufhin Max sich ein Stück entfernte, und konzentrierte sich auf den kurzhaarigen Mann, der sich breitbeinig vor ihr aufbaute und sie unverhohlen musterte. Er war Mitte zwanzig und trug einen Dreitagebart sowie verwaschene Jeans. Das dunkelgraue T-Shirt spannte über dem durchtrainierten Oberkörper. Max deutete Laura an, dass er im Dienstwagen weitertelefonieren wollte. Sie sah, wie er um die Ecke des Gebäudes verschwand.

»Welche Lesbe meinen Sie denn?«, fragte Laura kühl. Sie konnte sich bildlich vorstellen, mit welcher selbstgefälligen Arroganz Mark Thelen eine Frau wie Charlotta Behrend verspottete. Es war ihr hoch anzurechnen, dass sie seinetwegen ihren Nebenjob nicht schmiss. Je länger Laura ihn betrachtete, desto mehr Dinge traute sie ihm zu. Das Pinkeln in einen Kaffeebecher war dabei noch das Harmloseste.

»Kommen Sie schon. Ich rede von Charlotta. Hat das Miststück gepetzt?« Mark Thelen hob provozierend das Kinn und zwinkerte ihr zu.

»Ich kenne keine Charlotta, aber ich habe Ihnen eine Frage gestellt. Wo also waren Sie am Freitag?«

»Für eine Polizistin sind Sie ganz schön scharf, wissen Sie das?« Thelen leckte sich über die Lippen und wackelte obszön mit dem Becken.

Laura blieb ruhig. »Wollen Sie eine Anzeige wegen Beamtenbeleidigung oder endlich meine Frage beantworten?«

Thelen, gut einsneunzig groß, blickte plötzlich über Laura hinweg.

»He, Alter, was geht ab?«, rief jemand hinter ihr.

Zwei junge Männer, ebenfalls in Jeans und dunklen T-Shirts, näherten sich. Als sie Laura sahen, grinsten sie abfällig. »He, scharfes Gestell. Wo hast du die denn aufgegabelt?« Einer pfiff durch die Zähne. Laura funkelte die Männer wütend an und zückte ihren Dienstausweis.

»Landeskriminalamt. Ich habe ein paar Fragen an Sie.«

»Ich glaube, die Lesbe hat uns verpetzt«, fuhr Mark Thelen dazwischen. »Die Zuckerschnecke möchte nämlich wissen, wo wir letzten Freitag waren.«

Die Männer umzingelten Laura und musterten sie lüstern. »Am Freitag«, säuselte einer von ihnen und rieb sich gekünstelt über die Stirn. »Wo waren wir da bloß?« Er lachte und die anderen beiden fielen mit ein.

Laura spürte, wie die Wut sie übermannte. Diese arroganten Mistkerle hätte sie am liebsten sofort aufs Revier geschleppt, aber dafür fehlte leider ein konkreter Anlass. Trotzdem sagte sie: »Wir können uns auch gerne auf dem Polizeirevier weiter unterhalten. Entscheiden Sie sich also.«

»Süße, ich würde mich gerne ganz woanders mit dir unterhalten.« Mark Thelen leckte sich langsam über die Unterlippe.

»Ich auch«, tönte der eine Typ hinter ihr. »Ich habe es noch nie einer Polizistin besorgt, und du brauchst es bestimmt hart, oder?« Er legte Laura eine Hand auf die Schulter. Das war zu viel. Laura fuhr herum und schlug seine Hand weg. Er taumelte rückwärts. Der zweite Kerl riss die Fäuste hoch. Weiter kam er nicht, denn Lauras Ellenbogen traf seine Kehle. Er verdrehte die Augen und sackte auf dem Boden zusammen. Mark Thelen wich einen Schritt zurück. Auf einmal hatte er ein Klappmesser in der Hand. Laura zögerte keine Sekunde und zog ihre Waffe.

»Fallen lassen«, zischte sie.

Thelen verharrte einen Augenblick, dann fiel das Messer klappernd zu Boden. Laura stieß es mit dem Fuß außer Reichweite. Der am Boden liegende Mann stöhnte leise. Laura stellte sich so, dass sie alle drei im Visier hatte.

»Ganz ruhig, Kratzbürste«, sagte Thelen. Das arrogante Lächeln war verschwunden. Stattdessen stand Unsicherheit in seinem Gesicht. »Wir wollten am Freitag nur ein bisschen Spaß mit der Lesbe haben. Sie wissen schon. Aber überraschenderweise war die Gute bereits verabredet.« Er spuckte aus. »Mit einem Mann!« Er betonte die letzten Worte und zuckte mit den Schultern.

»Los, setzen Sie sich auf die Bank und nehmen Sie die Hände nach oben.« Laura deutete mit der Waffe auf die Sitzgelegenheit. »Du auch. Los, hoch.« Sie stupste den Mann am Boden an, der sich widerwillig hochraffte.

»Verdammtes Miststück, mein Knie ist im Eimer«, fluchte er.

»Sei still und verfrachte deinen Arsch hierher«, befahl Mark Thelen. Der Angesprochene blickte überrascht auf und tat, wie ihm geheißen. Der Dritte folgte, ohne zu murren. Als alle drei saßen, hob Laura zuerst das Klappmesser auf und steckte danach die Pistole zurück ins Halfter. Sie baute sich vor den drei Rüpeln auf.

»Also, jetzt noch einmal von vorne. Sie wollten eine lesbische Frau überfallen. Habe ich das richtig verstanden?«

»Nicht überfallen. Ihr einfach nur beibringen, dass sie einen Kerl braucht. Sollte bloß ein bisschen Spaß werden«, erklärte Thelen beschwichtigend.

»Nennen Sie mir den vollständigen Namen dieser Frau«, forderte Laura ihn auf. Sie wollte das Versprechen, das sie Charlotta Behrend gegeben hatte, einhalten und ihren Namen nicht von sich aus preisgeben.

»Charlotta Behrend. Eine Kollegin. Wir haben ihr kein Haar gekrümmt.«

Laura verzog keine Miene. »Was ist am Freitagabend genau passiert?«

Thelen stöhnte. »Das habe ich doch schon gesagt. Wir wollten sie auf dem Parkplatz überraschen, aber dann ist sie mit einem Typen auf und davon. Ihr Auto steht übrigens immer noch hier.« Er deutete auf einen roten Polo. »Scheint ein heißer Typ zu sein, wenn sie gleich ein paar Tage mit ihm abtaucht.« Ein hässliches Grinsen lag auf Thelens Gesicht.

»Sie ist also mit einem Mann weggegangen und in sein Auto gestiegen? Kannten Sie diesen Mann? Und was war das für ein Auto?«

»Natürlich kennen wir den Typen nicht. Noch nie gesehen. War ein Kerl mit 'nem Hoodie, ziemlich groß. An sein Auto kann ich mich nicht erinnern.«

»Doch, ich glaube, es war ein schwarzer Audi«, sagte der Mann mit dem kaputten Knie.

»Was für ein Kennzeichen hatte der Wagen?«

Der Mann zuckte mit den Schultern.

»Haben Sie beobachtet, wie Charlotta Behrend aus dem Restaurant kam?«

»Wir haben gleich neben ihrem Auto gewartet, aber als sie nicht auftauchte, sind wir zurückgegangen und haben sie nur noch von hinten gesehen. Sie hatte sich an diesen Typen geklammert. Da ging kein Blatt mehr dazwischen.« Thelen schüttelte den Kopf. »Ich hab sie echt für eine Lesbe gehalten. Doch da lag ich wohl falsch.«

»Was ist denn hier los?« Max stand plötzlich wieder neben Laura und schielte auf das Messer in ihrer Hand. »Alles in Ordnung?«

Laura nickte. »Alles bestens. Ich glaube, wir haben gerade ein paar wichtige Zeugen gefunden«, erklärte sie grinsend.

X

Stockholm, Schweden
Fünfundzwanzig Jahre zuvor

Jennifer war in seinen Armen eingeschlafen. Warm und schwer lag sie wie ein Mehlsack auf ihm. Es gefiel ihm, wie sehr sie ihm vertraute. Sein Vater hatte versprochen, es würde kalt sein, und er hatte recht behalten. Draußen tanzten die Schneeflocken vor dem Fenster. Sie sahen gespenstisch aus. Es war längst dunkel. Nur die Straßenlaterne direkt vor dem Haus spendete etwas Licht und strahlte die Flocken mit kaltem Glanz an. Es schneite seit Stunden. Ihre Eltern waren fort, bei einem wichtigen Dinner in einem großen Haus außerhalb von Stockholm. Sie sollten schon lange zurück sein, aber meistens kamen sie viel später nach Hause als versprochen. In letzter Zeit gab es ziemlich viele offizielle Termine. Während Jennifer noch so klein war, dass sie unter der Trennung litt, genoss er die Stunden, in denen er über alles herrschen und machen konnte, was er wollte. Dann fühlte er sich richtig erwachsen. Er kümmerte sich um Jennifer, spielte mit ihr, machte das Essen in der

Mikrowelle warm und brachte sie ins Bett. Außer heute. Da war sie einfach vor Erschöpfung auf seinem Schoß eingeschlafen. Das Kinderprogramm im Fernsehen war bereits seit Stunden zu Ende. Doch er wollte sie nicht wecken. Jennifer hatte einen leichten Schlaf. Sobald er sich bewegte, würde sie aufwachen. Fürsorglich strich er ihr übers Haar. Sie roch nach Shampoo. Er stellte sich vor, wie es wäre, ihr Vater zu sein oder gar eigene Kinder zu haben. Würden sie auch vertrauensvoll in seinen Armen einschlafen? Wahrscheinlich. Er wäre ein guter Vater. Jedenfalls glaubte er das.

Er nahm die Fernbedienung und zappte durch die Programme. Schüsse fielen, Polizisten rannten umher und schrien durcheinander. Wenn Jennifer schlief, konnte er auch einen Krimi gucken. Ein Mann sprang akrobatisch durch die Luft und stürzte sich auf einen Gauner, den er blitzschnell zur Strecke brachte. Eine Explosion krachte aus den Lautsprechern und er drehte schnell den Ton leiser. Jennifer wimmerte unruhig in seinen Armen. Er wiegte sie sanft hin und her. »Schlaf weiter«, flüsterte er und warf einen kurzen Blick auf das Schneegestöber, bevor er sich erneut in den Film vertiefte. Das neue Haus gefiel ihm gut. Es war zwar nur aus Holz, dafür bot es viel mehr Zimmer als das letzte. Er hatte sogar ein eigenes Bad, das er mit Jennifer teilte und das genau zwischen ihren beiden Zimmern lag. Manchmal trafen sie sich heimlich nach dem Zubettgehen. Er nahm immer eine Taschenlampe mit und sie spielten zusammen die Mondreise, ein Spiel, das er sich extra für Jennifer ausgedacht hatte. Seine Schwester liebte alles, was glitzerte und funkelte. Also reisten sie durch den Sternenhimmel bis zum Mond und wieder zurück. Die Sterne simulierte er, indem er mit der Taschenlampe blinkte. Der Mond erhellte anschließend das ganze Badezimmer. Er hatte gelbes Papier auf eine leere Dose geklebt, deren Boden er vorher entfernt hatte. Der Mond sah auf der Zimmerdecke so echt aus, als blickte man aus dem Fenster. Jennifer war jedes Mal entzückt. Er liebte ihr Glucksen und Lachen. Dafür drückte er den Knopf seiner Taschenlampe, bis der Daumen schmerzte.

Ein Auto hielt vor dem Haus. Er konnte es an den Scheinwerfern sehen, die am Fenster vorbeizogen und am Ende stehen blieben. Er lauschte. Der Motor des Wagens lief noch. Er heulte auf und dann fuhr das Auto weiter. Das Licht der Scheinwerfer verschwand. Er sah auf die Uhr, die kurz vor Mitternacht anzeigte. Typisch, dachte er. Wie immer kamen sie viel zu spät nach Hause. Er starrte wieder auf den Fernseher. Der Kommissar küsste gerade eine Blondine. Fasziniert beobachtete er, wie sich die Lippen der beiden trafen und die Hände des Kommissars über den Rücken der Frau wanderten. Er hatte noch nie ein Mädchen geküsst. Er kannte noch nicht mal eines, das er gerne küssen würde. In seiner neuen Klasse kam er nicht besonders gut zurecht. Die meisten Mitschüler machten sich über seinen deutschen Akzent lustig. Außerdem war er nicht sonderlich sportlich. Seit er beim Fußball mehrmals am leeren Tor vorbeigeschossen hatte, beschimpften ihn die Jungs als Null. Dass ihm einfach die Übung fehlte, interessierte sie nicht. Sie hatten ihn aufs Korn genommen und ärgerten ihn, wann immer sie konnten.

Etwas knallte gegen die Fensterscheibe; erschrocken

fuhr er zusammen. Jennifer hatte nichts bemerkt. Seine Augen wanderten zu der Stelle, von der das Geräusch gekommen war. Peng. Da war es wieder. Ein Schneeball wirbelte durch die Luft. Peng. Er blieb an der Scheibe haften. Klatsch. Sein Hirn lief auf Hochtouren. Wer war da draußen? Kälte durchfloss seine Adern. Automatisch zog er seine Schwester näher an sich. Der nächste Schneeball donnerte gegen die Scheibe. Vorsichtig legte er Jennifer auf die Couch. Er wollte nachsehen, wer vor dem Haus war. Geduckt näherte er sich dem Fenster und spähte hinaus. Zwei Jungen aus der Oberstufe, die ihn am Vormittag in die Schultoilette gezerrt und ihn mit dem Gesicht in ein randvolles Waschbecken gedrückt hatten, formten Schneebälle und warfen sie mit aller Kraft gegen das Fenster. Peng. Er zuckte zusammen und fragte sich mit rasendem Herzen, was er tun sollte. Er war allein, die Jungen außerdem viel älter. Er hatte keine Chance gegen sie. Er huschte zur Haustür und prüfte, ob sie auch wirklich abgeschlossen war. Danach sah er nach den Fenstern. Sie waren alle verriegelt. »Peng« machte es erneut, diesmal gefolgt von lautem Gegröle. Sein Name hallte durch die Nacht. Jennifer stöhnte und streckte die Ärmchen. Panik durchzuckte ihn. Sie sollte auf keinen Fall aufwachen. Wieder knallte ein Schneeball gegen das Fenster.

Jennifer drehte sich auf der Couch. Gleich würde sie aufwachen. Er musste etwas tun. Hastig riss er das Fenster auf. »Seid leise!«, rief er hinaus in die Dunkelheit. Die beiden Jungen warfen nach ihm. Sie lachten. Schnell schlug er das Fenster zu. Peng. Ein Auto fuhr vorbei. Die Jungen rannten weg. Er starrte ihnen hinterher. Sobald sie weg waren, sank er auf den Boden. Sein Puls raste. Jennifer plapperte irgendetwas, aber sie schlief noch. Dankbar stand er auf und ließ sich zu ihr auf die Couch sinken. Kaum saß er, klingelte das Telefon. Der Ton ging ihm durch Mark und Bein. Wer rief um diese Uhrzeit an? Er dachte an die beiden Jungen. Sie konnten es nicht sein. Er hatte niemandem seine Nummer gegeben. Außerdem stand sie nicht im Telefonbuch, nur im Schulbüro war sie hinterlegt. Ein mulmiges Gefühl packte ihn. Er stand auf und hob zitternd ab. Jennifer lag ruhig schlafend da. Während er aufrecht stand, vollkommen starr, und in den Hörer lauschte. Einer Stimme, die er nicht kannte und die er nie wieder hören wollte. Denn was diese Stimme sagte, sollte sein Leben für immer verändern.

XI

»Und es gibt keine verdammten Kameras?« Beckstein lief nachdenklich in ihrem Büro auf und ab. »Das ist ja wie verhext. So viel Glück kann doch niemand haben.«

Laura seufzte. »Ausgerechnet in dieser Woche wurde die komplette Sicherheitstechnik im Fast-Food-Restaurant ausgetauscht. Vor einer Woche gab es einen Kurzschluss. Ansonsten hätten wir den Kerl jetzt auf Video.« Und seinen Wagen vielleicht sogar auch, fügte sie in Gedanken hinzu. Sie hatte mit Max die letzten Stunden damit zugebracht, aus Mark Thelen und seinen zwei Freunden etwas Brauchbares herauszubekommen. Aber die drei waren am fraglichen Abend stark alkoholisiert gewesen und schwankten in ihren Darstellungen so extrem, dass sie sich nicht einmal auf die Automarke einigen konnten. Von Audi über Mercedes und BMW war alles dabei. Der gemeinsame Nenner lautete immerhin schwarzer Pkw und ein Mann, der eng umschlungen mit Charlotta Behrend in diesen Wagen gestiegen war. Ob das Opfer selbst zum Wagen gegangen oder möglicherweise getragen worden war, hatten sie nicht herausfinden können. Da der Täter offenkundig mit Drogen hantierte, konnte

Laura sich allerdings gut vorstellen, dass er sein Opfer mit K.-o.-Tropfen gefügig gemacht hatte. Bestandteile davon waren in Charlotta Behrends Blut nachgewiesen worden.

»Derzeit gehen wir davon aus, dass wir es mit einem männlichen Täter zu tun haben. Isabell Wittmann will einen Mann im Fahrstuhl gesehen haben, und die Kollegen von Charlotta Behrend sahen ebenfalls eine männliche Person«, fügte Max hinzu. »Mark Thelen, einer der Kollegen, beschreibt ihn als einen großen Mann mit Kapuzenshirt. Die Beschreibung ist zwar vage, würde aber theoretisch auf unsere beiden Verdächtigen passen. Sowohl Robert Prosch als auch Victor Frantzen sind von großer Statur.«

»Aber es gibt bisher keine Verbindung zwischen den Mädchen und diesen beiden Männern?« Beckstein gab nicht nach.

»Genauso wenig wie ein Motiv. Die Frauen sind wohlauf. Doktor Fuchs hat mir gerade bestätigt, dass Charlotta Behrend morgen früh aus dem Krankenhaus entlassen wird.«

Es klopfte an der Tür und ein junger Kollege trat ein. »Entschuldigen Sie, dass ich störe, aber Sie wollten ja sofort informiert werden.« Der Mann blickte Laura erfreut an. Diese nickte. »Ich habe Robert Proschs Alibi überprüft«, berichtete er und drückte Laura eine Akte in die Hand. »Es gibt diverse Zeugen, die bestätigen, dass er zu beiden Entführungszeitpunkten nicht in der Stadt war. Die Tankstellen habe ich auch kontrolliert. Es scheint alles zu passen. Sie finden die Namen der Zeugen gleich auf der ersten Seite.«

Laura schlug die Akte auf und warf einen Blick hinein. »Danke«, sagte sie resigniert. Bevor der Kollege das Büro wieder verließ, lächelte sie ihm dennoch kurz zu.

»Dann konzentrieren wir uns jetzt also auf Victor Frantzen. Wir haben noch nicht genug, um ihn festzusetzen. Aber vielleicht könnten wir ihn überwachen lassen?« Laura sah Beckstein an. Doch der schüttelte den Kopf.

»Tut mir leid, Laura. Sie kennen die Regeln. Wir können bei der dünnen Beweislage kein Team auf ihn ansetzen. Außerdem sind alle Kollegen unter Wasser und die Opfer sind nicht zu Schaden gekommen. Wenn die Presse von dieser Sache nicht Wind bekommen hätte, könnten wir die Ermittlungen auf ganz niedrigem Level laufen lassen. Der Täter hat seine Opfer nicht vergewaltigt, ihnen nichts gestohlen, sie nicht erpresst oder irgendetwas getan, was sie körperlich nachhaltig geschädigt hätte. Je länger ich darüber nachdenke, desto mehr komme ich zu dem Schluss, dass ich Sie beide von diesem Fall abziehen möchte.«

»Aber der Täter hat zwei Frauen gewaltsam tagelang festgehalten. Ich glaube auch nicht, dass er aufhören wird. Wir müssen ihn stoppen«, erklärte Laura aufbrausend. Beckstein hörte sich schon an wie Max, der den Fall auch am liebsten zu den Akten legen würde. Was war nur mit den beiden los? Nahmen sie die Bedrohung denn gar nicht wahr? Sie konnte die Gefahr fast körperlich spüren.

»Worauf stützen Sie Ihre Vermutung?«, fragte Beckstein und sah Laura durchdringend an. »Vielleicht hat er jetzt, was er will. Kann doch sein, dass er ein paar Drogen ausprobieren wollte und inzwischen seine Formel gefunden hat.«

Becksteins letzter Satz schoss Laura durch den Kopf. »Gegebenenfalls trifft das sogar zu«, sagte sie. »Schließlich promoviert Frantzen über die Wirkung von Narkosemitteln. Gut möglich, dass er experimentiert.«

»Aber es fehlt jede Verbindung zum zweiten Opfer. Außerdem kann ich mir nicht vorstellen, dass es im Labor der Universität keine Ratten oder Mäuse gibt, an denen Frantzen seine Mischungen testen könnte. Sie müssen schon mehr bieten als vage Vermutungen. Bis dahin schlage ich vor, Sie sorgen dafür, dass die Presse keinen neuen Stoff bekommt und den Fall noch aufbauscht. Verhalten Sie sich ruhig der Öffentlichkeit gegenüber.« Er blickte Max an. »Und Sie übernehmen ab morgen einen anderen Fall. Wenn Laura sich alleine mit diesen Entführungen beschäftigt, reicht das völlig.«

»Aber wenn wir Frantzen observieren, können wir ihn vielleicht überführen.« Laura wollte so schnell nicht klein beigeben. Doch Beckstein hob abwehrend die Hände.

»Laura. Bleiben Sie wachsam und lassen Sie sich vor allen Dingen nicht von der Presse unter Druck setzen. Zeigen Sie mir, dass dieser Kerl immer noch eine Bedrohung darstellt, und dann entscheiden wir erneut wegen der Überwachung.«

»Aber …«

»Kein Aber.« Beckstein schnitt ihr das Wort ab. »Übrigens hat Ihr Freund gerade bei mir angerufen und gefragt, wie spät es heute Abend wird. Vielleicht machen Sie jetzt einfach mal Feierabend und genießen Ihr Privatleben.« Beckstein lächelte und ging zur Tür. Bevor er die Tür öffnete, drehte er sich noch einmal um. »Keine Sorge. Er hat es natürlich nicht direkt bei mir versucht.

Aber als Sie nicht ans Telefon gegangen sind, ist der Anruf in der Zentrale gelandet, und die haben ihn dann zu mir durchgestellt. Es war ihm genauso unangenehm wie Ihnen jetzt. Also entspannen Sie sich, Laura.«

Laura erwiderte nichts mehr. In ihrem Bauch brodelte es. Beckstein lag falsch. Der Fall verlangte höchste Aufmerksamkeit. Doch was ihr in dieser Sekunde am meisten zu schaffen machte, war Taylors Anruf. Warum hatte er nicht einfach aufgelegt? Sie spürte Max' Blicke auf sich. Eine Mischung aus Eifersucht und Enttäuschung spiegelte sich darin. Schnell checkte sie ihr Handy und stellte fest, dass es auf lautlos gestellt war. Taylor hatte es mehrere Male versucht. Sie tippte eine Nachricht an ihn ein.

»Sorry, hat länger gedauert. In einer Stunde bei mir und dann vielleicht zum Italiener um die Ecke?«

Die Antwort ließ nur Sekunden auf sich warten. Es war ein Smiley, der ein nervöses Lächeln auf Lauras Lippen zauberte. Sie fühlte sich hin- und hergerissen. Taylor interessierte sie, aber die Heftigkeit ihrer Gefühle machte ihr Angst. Sobald sie sich vorstellte, mit Taylor zusammen zu sein, wollte sie am liebsten davonlaufen. Anderseits wünschte sie sich nichts sehnlicher. Sie war schließlich kein Teenager mehr und in einem Alter, in dem sie sich durchaus auf eine Beziehung einlassen konnte. Warum sollte sie es nicht mit Taylor versuchen? Max starrte Laura noch immer an. Sie ahnte, was er dachte. Ja, Taylor wirkte anziehend auf Frauen, und er war nicht der Typ, der es lange bei einer einzigen Frau aushielt, doch vielleicht wäre er ja genau deshalb der Richtige für sie. Mit Max hatte sie es schließlich versucht. Es hatte nicht geklappt. Früher oder später hätte er sie erdrückt. Daher hatte sie sofort die Reißleine gezogen. Er war bei Hannah und den Kindern viel besser aufgehoben. Max mit ihrer Unnahbarkeit zu verletzen, hätte sie als Letztes gewollt. Taylor hingegen könnte das aushalten. Bei ihm weckte Lauras Verhalten allenfalls den Jagdinstinkt. Die Frage war, konnte Laura es umgekehrt ertragen, ohne dass dieser Mann ihr am Ende womöglich richtig wehtat?

»Ich geh dann mal nach Hause«, murmelte Max und wandte den Blick ab. »Soll ich dich irgendwohin bringen?«

»Nein, danke. Ich wollte noch ein paar Sachen durchgehen.«

»Ich dachte, du willst Taylor treffen.« In Max' Stimme lag ein Hoffnungsschimmer.

»Das mache ich später«, erwiderte Laura und biss sich auf die Unterlippe, weil Max' Miene sich schlagartig verfinsterte.

»Hör mal, Laura. Ich will nicht, dass dieser Typ dir wehtut. Er ist nicht gut für dich. Du weißt, warum.«

Laura zuckte mit der Schulter. »Ich mag ihn«, sagte sie und klimperte demonstrativ auf der Tastatur ihres Computers.

Max schwieg. Nach einer Weile kramte er seine Sachen zusammen. »Pass auf dich auf, Laura.« Die Tür fiel hinter ihm ins Schloss.

Laura starrte ihren Bildschirm an. Sie hatte den Internetbrowser geöffnet, jedoch noch keine Adresse eingegeben. Ihr Kopf schwirrte. Weshalb tat Max sich so schwer mit Taylor? Bedeutete ihm ihr Glück denn gar nichts? Sie konnte auch keinen Ärger mit ihrem Partner gebrauchen. Es war für Laura ohnehin kaum nachvollziehbar, dass er sich nicht mit derselben Energie in den Entführungsfall stürzte wie sie. Aber die Sache mit Taylor ging ihn an und für sich doch überhaupt nichts an. Auch wenn sie sehr vertraut miteinander waren. Oder wusste Max etwas über Taylor, was er ihr beharrlich vorenthielt? Laura seufzte. Nein, dann hätte er es ihr wahrscheinlich schon aufs Butterbrot geschmiert. Sie musste mit der ständigen Grübelei aufhören. Das brachte sie keinen Schritt weiter. Sie tippte die Adresse einer Social-Media-Website in den Browser und suchte nach Victor Frantzen. Sie fand sein Facebookprofil nach wenigen Klicks. Bereits zum zweiten Mal betrachtete Laura nachdenklich die Bilder, die denen am Kühlschrank in seiner Wohnung glichen. Neugierig klickte sie auf einen Link, der auf das Profil seiner Exfreundin verwies. Diese Seite wirkte vollkommen anders. Isabell Wittmann hatte den Beziehungsstatus längst von »in einer Beziehung« auf »Single« geändert. Victor Frantzen war nur einer von über zweihundert Freunden. Robert Prosch gehörte nicht dazu. Sie fand seine Facebookseite, auf der er Laura im Nadelstreifenanzug von einem Foto entgegenstrahlte. Sie fragte sich, wie Isabell sich von zwei derart unterschiedlichen Männertypen angezogen fühlen konnte. Sie suchte auf der Seite nach einer Verbindung zum zweiten Entführungsopfer, wurde jedoch nicht fündig. Auch unter den Bekanntschaften von Robert Prosch oder Victor Frantzen gab es keine Charlotta Behrend. Sie ging zurück zur ersten Seite und scrollte durch die Chronik, die Frantzen offenbar für jeden zugänglich gemacht hatte. Frantzen war ein Partygänger. Fotos voller Menschen mit glänzendem, verschwommenem Blick häuften sich auf Lauras Bildschirm. Auf den aktuellsten Aufnahmen fehlte Isabell

Wittmann. Laura kämpfte sich ein halbes Jahr in der Chronik zurück. Langsam wurden ihre Augen müde. Sie betrachtete Gesichter, die sie schon mehrfach gesehen hatte, Bierflaschen, Whiskygläser, Kneipenatmosphäre auf vom Zigarettenrauch vernebelten Fotos – Laura gähnte. Sie beschloss, noch einmal den Bericht des Rechercheteams zu studieren. Die Kollegen hatten nicht nur Robert Proschs Alibi untersucht, sondern sich auch Victor Frantzen näher angeschaut. Frantzen hatte kein Alibi für die erste Tatnacht. Keiner der Nachbarn konnte seine Anwesenheit in seiner Wohnung am Abend von Isabell Wittmanns Verschwinden bestätigen. Laura blätterte weiter. In der Nacht, in der Charlotta Behrend entführt worden war, gab Frantzen an, in der Universität an seiner Promotion gearbeitet zu haben. Laura holte tief Luft. Es gab ebenfalls keine Zeugen für diese Angabe, lediglich einen Computerausdruck des Zugangssystems. Demnach hatte Frantzen um 19:21 Uhr die Uni betreten und war angeblich bis drei Uhr nachts geblieben. Laura nahm einen gelben Stift zur Hand und markierte die Uhrzeiten. Sie kannte diverse Zugangssysteme, allerdings dienten die meisten Zutrittskarten nur dazu, um in ein Gebäude hineinzugelangen. In den seltensten Fällen benötigte man die Karte auch, um wieder hinauszukommen. Die Zeitbuchung erfolgte dann manuell. Viele Arbeitgeber, insbesondere größere Unternehmen, verpflichteten ihre Mitarbeiter dazu, sich ein- und auszuloggen, damit die geleisteten Arbeitsstunden erfasst werden konnten. Aus dem vorliegenden Bericht ging nicht hervor, um welches System es sich handelte. Wenn es lediglich dem Zutritt diente, dann war Frantzens Alibi nicht wasserdicht. Er könnte sich eingeloggt haben und fünf Minuten später einfach wieder hinausmarschiert sein. Laura musste das überprüfen. Sie kannte Terminals, die im Außenbereich angebracht waren und an denen man sich manuell ausloggen konnte. Frantzen hätte also nicht einmal wieder ins Gebäude hineingemusst. Sie hob den Blick und blieb auf dem Computerbildschirm kleben. Unscharf nahm sie das Foto von einer Party wahr, die einige Monate zurücklag. Plötzlich kam ihr eine junge Frau auf dem Foto, die umgeben von Feierlustigen in die Kamera lächelte, überraschend bekannt vor. Laura brauchte eine Weile, bis sie das Gesicht zuordnen konnte. Als sie sich erinnerte, hielt sie gespannt die Luft an. Sie klickte auf das Bild und vergrößerte es. Victor Frantzen hielt Charlotta Behrends Mitbewohnerin im Arm. Laura kroch näher an den Bildschirm heran. Hinter Frantzen stand eine Frau, die nur im Profil zu sehen war. Deshalb hatte Laura sie nicht sofort erkannt. Sie klatschte in die Hände. Endlich hatte sie einen Zusammenhang. Die junge Frau im Hintergrund war eindeutig Charlotta Behrend. Laura druckte das Foto aus und griff zum Telefon. Sie erreichte nur die Mailbox von Joachim Beckstein. Enttäuscht legte sie auf. Es war schon spät. Die Uhr über der Tür zeigte einundzwanzig Uhr. Heute würde sie nicht mehr viel bewerkstelligen. Trotzdem wählte sie Max' Nummer. Bereits nach dem zweiten Klingelton hob er ab. Aus dem Hintergrund war das schreiende Baby zu hören.

»Was gibt es?«, fragte er hörbar gestresst.

»Ich habe ein Foto entdeckt, auf dem Charlotta Behrend, ihre Mitbewohnerin und Victor Frantzen gemeinsam auf einer Party zu sehen sind. Beckstein kann dich also nicht von dem Fall abziehen. Wir haben endlich eine Verbindung zwischen den Fällen.«

Das Gebrüll am anderen Ende der Leitung verstummte. Es dauerte eine Weile, bis Max antwortete.

»Entschuldige. Der Kleine hat die Dreimonatskoliken. Zurzeit geht es ihm echt dreckig. Er hat ständig Krämpfe und spuckt die Milch wieder aus. Ich werde morgen früh mit Beckstein reden und ihn bitten, mich nicht abzuziehen. Aber selbst wenn er es offiziell tut, würde ich dir immer helfen. Ich hoffe, du weißt das, Laura.«

Ein Lächeln schlich sich auf ihr Gesicht. Sie war Max dankbar für seine Worte.

»Das weiß ich«, sagte sie leise und legte auf. Taylor würde in fünfzehn Minuten vor ihrer Wohnung stehen. Sie wollte ihn nicht warten lassen und packte ihre Sachen zusammen.

Die Abenddämmerung zauberte rötliches Licht auf den Berliner Asphalt. Laura ging vom Gas und bog in ihre Straße ein, als das Handy plötzlich klingelte. Ohne hinzusehen, hob sie ab.

»Laura Kern, LKA Berlin«, meldete sie sich und wartete. Am anderen Ende der Leitung hörte sie jemanden schnaufen. Verdutzt trat sie auf die Bremse. Sie war vielleicht noch zwanzig Meter vom Haus entfernt.

»Hallo?«, sagte sie und fragte sich schon, ob ihr jemand einen üblen Scherz spielen wollte.

»Ich bin es«, flüsterte eine angsterfüllte Frauenstimme. »Charlotta Behrend. Sie haben mir Ihre Nummer gegeben. Bitte kommen Sie schnell. Ich habe ihn gesehen.«

»Was? Wen haben Sie gesehen?« In Lauras Kopf schrillten sämtliche Alarmglocken.

»Na, den Entführer. Er schleicht hier umher.« Sie schluchzte auf. »Ich glaube, er sucht mich.«

Lauras Finger krampften sich um das Handy. »Bleiben Sie ganz ruhig. Bewegen Sie sich nicht. Wo sind Sie?«

»Im Park vor dem Krankenhaus. Ungefähr dort, wo ich aufgefunden wurde.« Knack. Die Leitung war tot.

Laura nahm den Fuß von der Bremse, drehte mit quietschenden Reifen und fuhr in Richtung Krankenhaus. Dank der fortgeschrittenen Uhrzeit kam sie zügig voran. Keine fünfzehn Minuten später hielt sie vor dem Park, etwa auf der Höhe, wo Charlotta Behrend gefunden worden war, und sprang aus dem Wagen. Sie tastete nach ihrer Waffe; das kühle Metall empfand sie als beruhigend. Sie rannte lautlos über die feuchte Wiese zu einer Baumgruppe, die den Rest des Abendlichts verschluckte. Lauras Augen hatten sich bereits an die Dunkelheit angepasst. Konzentriert suchte sie das Areal nach Charlotta ab. Sie betrachtete die schemenhaften Umrisse der Bäume und hoffte auf eine Bewegung oder ein Geräusch. Es war windstill und immer noch sehr warm. Ein Schweißfilm bildete sich auf Lauras Stirn. Dauernd ging ihr die Frage durch den Kopf, warum sich Charlotta Behrend plötzlich an ihren Entführer erinnern konnte. Die junge Frau hatte bis heute keine konkreten Hinweise geben können.

Laura schlich vorsichtig in das Dickicht zwischen den Bäumen. Kurz überlegte sie, Charlottas Namen zu rufen, entschied sich aber dagegen. Sollte der Entführer tatsächlich in der Nähe sein, wäre es fatal, ihn zu warnen. Laura wollte den Kerl unbedingt schnappen. Sie stolperte über einen Ast, spitze Zweige stachen ihr schmerzhaft in die Waden. Sie biss die Zähne zusammen und tastete sich voran. Es war niemand zu sehen. Die Luft schien geradezu stillzustehen. Die Sonne war fast untergegangen. Die letzten spätabendlichen Strahlen konnte sie nur erahnen. Ein paar entfernte Straßenlaternen spendeten spärliches Licht. Sie lauschte in die Dämmerung und hörte einen Zweig knacken. Sie erstarrte. Wie angewurzelt stand sie da, wartete auf ein weiteres Geräusch. Dann ging sie langsam auf die Stelle zu. Zwischen den Bäumen machte sie eine schwache Regung aus. Eigentlich war es mehr ein Schatten, der sich unmerklich nach links bewegte. Doch Lauras geübtes Auge ließ sich nicht täuschen. Tatsächlich, dort war jemand. Ihre Hand umklammerte den Griff der Pistole. Ganz vorsichtig pirschte sie sich heran, die Augen starr auf das Ziel fixiert. Laura näherte sich bis auf zwei Meter und versuchte, die reglose Gestalt zu identifizieren. Aber es war einfach zu düster. Die Silhouette konnte sowohl zu einem Mann als auch zu einer großen Frau wie Charlotta gehören. Sie zog die Pistole.

»He«, zischte Laura und hielt den Atem an.

Der Schatten bewegte sich.

»Sind Sie da?« Panik ließ die Stimme um ein paar Oktaven höher klingen.

»Pst«, flüsterte Laura und schob die Waffe zurück ins Halfter. Sie hatte Charlotta Behrend entdeckt.

»Ich habe ihn dort vorne beobachtet.« Charlotta deutete tiefer in den Park hinein.

»Was machen Sie überhaupt um diese Zeit im Park?«, wollte Laura wissen.

»Ich habe versucht, mich zu erinnern. Deshalb bin ich zurück zu der Stelle gegangen, an der ich gefunden wurde. Es war die Idee meines Arztes. Er hat sich genau nach dieser Stelle erkundigt. Eigentlich wollte er morgen mit mir zusammen herkommen, aber ich wollte nicht länger warten. Gleich als ich ankam, habe ich den Mann gesehen. Er hat hinter einem Busch gelauert und mich nicht bemerkt. Ich habe mich sofort versteckt und Sie angerufen.«

»Haben Sie ihn wirklich erkannt?« Laura zweifelte an Charlottas Gedächtnis.

»Was sollte der Kerl denn sonst hier suchen?«

»Es könnte ein Obdachloser sein oder nur ein Spaziergänger.« Das Kribbeln, das Laura bis eben noch in ihren Fingerspitzen gespürt hatte, verschwand. Offenbar hatte Charlotta einfach die Panik überrollt.

»Nein, nein. Er war es, ganz sicher«, flüsterte sie aufgeregt. »Ich kann es nicht erklären. Da war etwas, was mich sofort an ihn erinnert hat. Sie müssen mir glauben.«

Laura dachte an die Tankstelle und den Mann auf dem Kinderspielplatz, den sie für einen Moment mit ihrem eigenen Peiniger verwechselt hatte. Bei traumatischen Erlebnissen war es normal, dass geringste Ähnlichkeiten Erinnerungen auslösten. Panik sorgte dafür, dass das Gehirn die Gefahr realisierte. Es war eine natürliche Reaktion, die gewährleisten sollte, dass man sich rechtzeitig in Sicherheit brachte. Aber oft löste dieser Reflex einfach nur falschen Alarm aus.

Obwohl oder vielleicht auch gerade weil Laura diese Wirkung aus eigener Erfahrung kannte, sagte sie: »Also gut. Ich sehe nach. Sie bleiben hier und rühren sich nicht von der Stelle.«

Sie entfernte sich ein paar Schritte und lauschte in die aufkommende Dunkelheit hinein. Inzwischen war sie sich sicher, dass der Täter nicht in der Nähe war.

Wahrscheinlich schreckte sie gleich einen Obdachlosen auf, der den Park zum Übernachten aufgesucht hatte. Vorsichtig lief sie an einigen großen Tannen vorbei und trat dabei nur mit den Zehenspitzen auf. Die Vegetation war durch den warmen Sommer ziemlich stark ausgetrocknet. Sobald Laura einen Zweig mit den Schuhsohlen erwischte, knackte es nahezu ohrenbetäubend laut. Nachdem sie gut dreißig Meter zurückgelegt hatte, gelangte sie auf eine andere Wiese. Die Grünfläche war trotz der Dunkelheit gut erkennbar. Laura fokussierte den ebenen Grund und achtete auf ungewöhnliche Konturen oder Bewegungen. Nichts. Wen auch immer Charlotta Behrend gesehen haben mochte, er hielt sich nicht mehr hier auf. Der Park selbst wäre viel zu groß, um ihn allein zu durchsuchen. Laura überlegte, ob sie Verstärkung anfordern sollte. Aber Beckstein würde sie für den Aufwand steinigen, wenn kein Verdächtiger geschnappt oder wenigstens Spuren gesichert werden konnten. Charlottas Aussage war einfach nicht belastbar genug. Also entschied sich Laura dagegen. Möglicherweise würde sie Max und ein paar Kollegen der Spurensicherung am Morgen bitten, einen Blick in den Park zu werfen. Charlotta könnte ihnen bei Tageslicht zeigen, wo sie den Mann gesehen haben wollte. Gegebenenfalls ließen sich ein paar Fußabdrücke sichern. Laura prägte sich die Position genau ein. Aus der Ferne hörte sie das Martinshorn eines Rettungswagens. Das Krankenhaus war vielleicht einen knappen Kilometer von Lauras Standort entfernt. Sie machte kehrt. Im selben Moment hörte sie einen Schrei. Laura rannte los. Sie ahnte nichts Gutes, denn der Hilferuf kam von Charlotta Behrend.

XII

Zwei kräftige Hände hoben sie hoch. Im ersten Moment glaubte Amelie, es wäre ihr Vater. Zufrieden seufzte sie und schlang schlaftrunken die Arme um seine breiten Schultern. Sie schmiegte den Kopf an seinen Hals und driftete zurück in ihren Traum, in dem sie sich an der Nordsee befand. Jedes Jahr fuhr die Familie dorthin. Stets auf dieselbe Insel. Schneeweißer, feiner Sandstrand, Möwen hoch oben in der Luft und ein Himmel, der so blau war wie ein verwunschener Märchensee. Ihre nackten Füße versanken im weichen Untergrund. Die Wellen rauschten und bildeten Schaumkronen, die sie an luftige Wolken erinnerten. Eine angenehme Brise umwehte Amelies Stirn und sie atmete tief ein. Ein Lächeln legte sich auf ihr Gesicht und erstarb eine Sekunde später wieder. Etwas stimmte nicht mit ihrem Traum. Die Augen immer noch geschlossen, hielt sie die Luft an. Das Meer, der Himmel und die Dünen blieben unverändert. Das reinste Paradies. Sie holte erneut Luft, wollte die herrliche Frische in sich aufsaugen und schüttelte sich. Das war es, was nicht passte: Die Luft hatte eine andere Geruchsnote. Genauer gesagt duftete es nicht im Geringsten nach Meer oder Salz. Es stank.

Schlagartig öffnete sie die Augen. Die Dunkelheit sprang sie an. Die borstigen Haare am Hals des Fremden, der sie trug, kratzten auf ihrer Wange. Angewidert wich sie zurück, so gut es ging. Sie fühlte sich schwer, wie volltrunken. Aber sie schaffte es zumindest, ein paar Millimeter Abstand zwischen sich und den Fremden zu bringen. Die kräftigen Hände fesselten unbarmherzig ihren Körper. Wohin brachte er sie? Wollte er sie jetzt töten? Wie lange war sie bereits in seiner Gewalt? Sie hatte jegliches Zeitgefühl verloren. Sie wusste nicht einmal mehr, wie oft er eigentlich zu ihr gekommen war. Sie rümpfte die Nase und fragte sich, wonach er stank. Eine Mischung aus Schweiß, Urin und Fäkalien setzte sich in ihre Nasenschleimhäute. Übelkeit peinigte ihren Magen. Sie würgte. Die Hände bugsierten sie sofort auf den kalten Boden. Der Strahl einer Taschenlampe beleuchtete ihr Gesicht. Eine Hand tätschelte ihr die Wange. Erneut musste sie würgen.

»Du brauchst frische Luft«, sagte eine Stimme, die ihr merkwürdig bekannt vorkam. Sie war zu schwach, um herauszufinden, wer da mit ihr redete. Wasser lief über ihren Mund. Sie bemerkte, dass ihr der Unbekannte eine Plastikflasche an die Lippen hielt. Gierig nahm sie einen Schluck. Sie konnte sich nicht erinnern, wann sie zuletzt etwas getrunken hatte. Ihr Mund war völlig ausgetrocknet, sie lechzte nach Flüssigkeit. Doch nach ein paar Schlucken war die Flasche wieder weg. Amelie wollte protestieren, aber sie brachte lediglich ein unverständliches Krächzen hervor. Es gelang ihr nicht, die Augen offen zu halten. Ihr fielen die Lider nach ein paar Sekunden einfach wieder zu. Die Hände zogen sie hoch. Auf wackligen Beinen stand sie vor ihm, nur gehalten von seinen kräftigen Armen. Ohne seine Hilfe wäre sie in sich zusammengesackt. Ihr Körper war träge und so schwer, als hätte sich ihr Gewicht vervielfacht. Das Blut in ihren Adern floss bleiern dahin. In Amelies Kopf stieg das Bild von Bratensoße auf, die sich durch zu viel Mehl in einen zähen Brei verwandelt hatte.

Der Mann hob sie wieder hoch. Entweder war sie doch nicht so schwer oder der Fremde hatte Bärenkräfte. Seine groben Hände ließen auf Letzteres schließen. Er drückte eine wuchtige Tür auf. Zum ersten Mal verließ Amelie bewusst ihr Gefängnis. Neugierig öffnete sie unter großer Mühe die Augen, aber draußen war es dunkel. Enttäuscht sank ihr Kopf auf seine Schulter. Der Gestank war ihr inzwischen egal. Die Anstrengung machte sie schläfrig. Vor Müdigkeit vergaß sie gleich wieder alles um sich herum und dass sie sich in Gefahr befand. Es war einerlei, was mit ihr passierte. Der Nebel verdichtete sich, und als er mit ihr weiterging, hatte sich Amelies Bewusstsein längst verabschiedet. Auch die funkelnden Sterne am Nachthimmel, die tief hängenden Äste der alten Bäume und die wunderbar klare Luft erreichten sie nicht mehr.

XIII

»Charlotta?« Lauras Lunge brannte wie Feuer. Zweige zerkratzten ihr die Arme. Trockene Äste knackten unter ihren Schuhsohlen. Jetzt war es egal, ob sie jemand hörte oder nicht. Laura sprintete durch den dunklen Park dorthin, wo sie Charlotta Behrend zurückgelassen hatte.

»Hier drüben.« Die zittrige Stimme war kaum mehr als ein Lufthauch.

Laura sah das Licht von Charlottas Handy. Sie stoppte dicht vor der jungen Frau.

»Was ist passiert?« Ihre Augen folgten automatisch dem bläulichen Lichtstrahl ins Dickicht zwischen den Bäumen.

»Was zum Teufel ist das?« Laura sah hellen Stoff. Der Lichtstrahl bewegte sich ein Stückchen weiter und zeigte auf eine menschliche Hand. »Verdammt!«

Laura schaltete die eigene Taschenlampe ein, die um ein Vielfaches heller strahlte als das Smartphone. Sie stöhnte ungläubig auf. Charlotta Behrend hatte recht. Er war hier gewesen. Hier im Park. Und er hatte ein weiteres Opfer abgelegt. Eine junge Frau lag reglos im Gebüsch. Ihr Kopf war auf ein Kissen gebettet, der Oberkörper bis zu den Knien mit einer Wolldecke bedeckt. Hastig fühlte Laura nach dem Puls. Wie befürchtet konnte sie keinen finden. Sie wählte den Notruf und informierte den Rettungsdienst. Die Frau wirkte alles andere als lebendig. Ihre Haut war kühl und durchsichtig wie Wachs. Die Augen geschlossen, das Gesicht friedlich entspannt. Wäre sie nicht so kalt gewesen, hätte man tatsächlich glauben können, dass sie lediglich schlief. Obwohl Laura wusste, dass die ersten beiden Opfer genauso aufgefunden worden waren, hatte sie erhebliche Zweifel, dass die Frau noch lebte.

»Ist sie tot?«, fragte Charlotta Behrend, die sich keinen Millimeter gerührt hatte.

»Ich weiß es nicht. Ich hoffe, der Notarzt ist gleich da. Bitte setzen Sie sich hier an den Baumstamm«, sagte Laura und entdeckte eine Nachricht von Taylor auf dem Handy. Sie hatte ihn vollkommen vergessen. Sofort wählte sie seine Nummer und plapperte los, bevor er überhaupt ein Wort sagen konnte.

»Es tut mir leid, Taylor. Es gibt ein neues Opfer, ich kann hier nicht weg.«

»Ich weiß«, antwortete er, und seine Stimme hallte plötzlich wie ein Echo von zwei Seiten in Lauras Ohren. Überrascht drehte sie sich um.

»Was machst du denn hier?«

Taylor nickte Charlotta Behrend zu und erklärte an Laura gewandt: »Ich habe vor deiner Haustür gewartet und gesehen, wie du auf eine Parklücke zugesteuert bist und auf einmal wieder kehrtgemacht hast. Da dachte ich mir, ich fahre dir hinterher.« Er machte eine ausladende Handbewegung. »Nur ist es inzwischen so dunkel, dass ich nicht genau erkennen konnte, wo du warst. Erst als die

Taschenlampe anging, habe ich dich entdeckt.« Er grinste. Dann richtete sich sein Blick auf die junge Frau am Boden und er wurde ernst.

»Das gibt es doch nicht. Dieser Typ ist echt krank. Lebt sie?«

»Ich hoffe es«, sagte Laura. »Sie hat keinen fühlbaren Puls und ist ziemlich kalt.«

Blaulicht zerriss die Dunkelheit des Parks. Der Rettungswagen fuhr quer über die Wiese auf sie zu und bremste nur wenige Meter vor ihnen ab. Ein kleiner, schmächtiger Mann sprang heraus.

»Wo ist sie?« Der Arzt kam mit schnellen Schritten heran und ging vor dem Opfer auf die Knie.

»Kein Puls, keine Lebenszeichen. Wir nehmen sie sofort mit. Wenn die Frau, wie Sie gesagt haben, unter Narkosemitteln steht, muss sie augenblicklich auf die Intensivstation.« Mit knappen Worten gab der Arzt den beiden Sanitätern Anweisungen, die die regungslose Frau in Sekundenschnelle auf eine Liege legten und in den Rettungswagen schoben. Parallel versorgte er die junge Frau und rief Laura zu:

»Wir sehen uns in der Notaufnahme.«

Die Türen knallten zu und der Rettungswagen brauste mit Blaulicht davon. Laura starrte fassungslos hinterher. Erst vor ein paar Stunden hatte Joachim Beckstein den Fall als bedeutungslos eingestuft und sogar Max abgezogen. Jetzt hatten sie bereits das dritte Opfer eines offenbar Verrückten zu verzeichnen. Ihr Magen krampfte sich zusammen. Hoffentlich überlebte die junge Frau. Ihr Blick fiel auf Charlotta Behrend, die starr wie eine Salzsäule dastand. Laura trat zu ihr und legte ihr den Arm um die schmalen Schultern.

»Wir gehen jetzt ins Krankenhaus zurück. Sie brauchen Ruhe.«

»Und wenn er mich wieder holen will?«, fragte Charlotta panisch. Sie zitterte am ganzen Körper. Das war sicherlich der Schock.

»Keine Sorge«, sprach Taylor beruhigend auf sie ein und griff die Frau unter den Armen. »Er war nur hier, um ein neues Opfer abzulegen. Was immer er von Ihnen wollte, entweder hat er es längst bekommen oder Sie konnten es ihm nicht bieten. Deswegen hat er sich anderweitig umgeschaut. Ich bin sicher, dass er kein Interesse mehr an Ihnen hat.«

Charlotta nickte unsicher und ließ sich von Taylor zum Auto führen. Laura informierte die Spurensicherung. Die Kollegen sollten den Fundort großräumig absperren. Dann schickte sie Max eine Nachricht. Es war inzwischen sehr spät. Alle Dinge, die jetzt noch anstanden, konnte sie mit Taylor erledigen. Max musste um diese Uhrzeit nicht extra seine Familie verlassen. Sie konnte sich lebhaft vorstellen, welchen Stress Hannah ihm machen würde, wenn Laura ihn jetzt bat, herzukommen. Sie warf einen letzten Blick auf die schwarzen Silhouetten der Bäume. Ein leichter Nachtwind fegte durch die Kronen. Kein Wunder, dass ihr langsam kalt wurde. Sie schloss die dünne Jacke bis oben und folgte Taylor, der seinen Wagen neben ihrem abgestellt hatte.

…

Die Notaufnahme war völlig überfüllt. Ein älterer Mann saß blutüberströmt in einem Rollstuhl und jammerte.

Anscheinend war er gestürzt. Ein anderer Mann, wesentlich jünger, dafür jedoch doppelt so breit, lag auf einer Liege. Sein Hemd war aufgerissen und zwei Sanitäter führten eine Herzmassage durch.

»In die Fünf«, schrie eine Frau und winkte mehrere Rettungssanitäter in einen Behandlungsraum. Laura sah mehrere Ärzte in grünen Kitteln. Sie trugen Handschuhe und Mundschutz. Auch die Haare steckten unter grünen Hauben. Bevor die Tür zuschlug, glaubte sie, Dr. Fuchs zu erkennen. Vor ihnen humpelte ein Teenager zu einer Liege. Er war augenscheinlich in eine Schlägerei geraten. Laura sah seine aufgeschlagenen Fingerknöchel. Offenbar hatte er seine Gegner mit den Fäusten malträtiert. Die Nase über dem blutverschmierten Mund sah gebrochen aus und sein rechtes Auge war fast vollständig zugeschwollen.

»Sauerstoff«, brüllte eine andere Stimme. Eine Schwester rannte los und kam mit einem Gerät zurück, das schwer über das Linoleum rollte und aus dem mehrere Schläuche heraushingen. Eine durchsichtige Plastikmaske wurde auf das Gesicht einer blassen Frau mit schmierigen, dünnen Haaren gepresst. Nur die großporige Haut an Nase und Wangen war auffällig gerötet. Das typische Hautbild einer Alkoholikerin.

Endlich schien eine Schwester frei zu sein. Trotz des großen Andrangs lächelte sie, als sie auf Laura zukam.

»Kann ich Ihnen helfen?«, fragte die schlanke Frau mit modischer Hornbrille.

»Können Sie mir sagen, wie es der Frau geht, die vor ein paar Minuten bewusstlos mit dem Rettungswagen eingeliefert wurde? Wir haben leider noch keinen Namen.« Laura zeigte ihre Dienstmarke.

»Die Patientin ist gerade in der Notaufnahme. Sie müssen noch ein paar Minuten warten, bis ich eine Rückmeldung vom diensthabenden Arzt habe. Nehmen Sie bitte dort vorne im Warteraum Platz. Ich rufe Sie dann auf.«

Laura bedankte sich und ging zu Taylor, der mit Charlotta Behrend auf dem Flur vor der Notaufnahme geblieben war.

»Und?«, fragte Taylor, auf dessen Stirn eine Sorgenfalte stand.

»Wir müssen abwarten. Inzwischen bringen wir Frau Behrend am besten auf ihr Zimmer.« Laura drückte die Taste am Fahrstuhl und wartete, bis alle eingestiegen waren.

»Können Sie sich mittlerweile genauer an das Aussehen des Täters erinnern? Sie sagten doch, dass der Mann im Park eine Erinnerung in Ihnen ausgelöst hat.« Laura musste unbedingt mehr über den Entführer wissen und konnte nicht warten, bis sie das Krankenzimmer erreicht hatten.

Charlotta Behrend rieb sich müde die Schläfen. »Ich frage mich das auch die ganze Zeit. Ich habe mich von hinten genähert. Er hat zwischen den Büschen gehockt, und ich habe sofort gedacht, dass er es ist. Ich weiß nur nicht, warum.«

»Was hatte er denn für eine Haarfarbe? Vielleicht ist die so außergewöhnlich, dass Sie sie wiedererkannt haben.« Laura sah Charlotta durchdringend an. Am liebsten wäre sie in den Kopf der jungen Frau gekrochen, um sämtliche Erinnerungen herauszuholen.

Charlotta schüttelte den Kopf. »Er hat eine Mütze getragen. Es war schon schummrig. Nein, es war etwas anderes. Ich habe den Mann ja überhaupt nicht gesehen. Als er mich gefangen hielt, war es immer dunkel.«

»Haben Sie möglicherweise etwas gerochen?« Laura hatte ihrerseits den Betongeruch des Pumpwerkes, in dem sie als Mädchen festgehalten worden war, nie vergessen. Noch heute hatte sie Schwierigkeiten, sich in feuchten Kellern aufzuhalten. Der Geruch setzte sofort ein Angstgefühl in ihr frei.

Charlottas Miene veränderte sich. »Das ist es. Ich habe etwas gerochen. Nur für einen Moment, aber es hat mich an ihn erinnert. Er hat fürchterlich gestunken. Nach Schweiß, Fäkalien, Urin. Ein ganz eigenartiger und durchdringender Gestank. Ich kann es leider nicht näher beschreiben.«

Laura runzelte die Stirn. Es gab zweifellos Menschen, die aus verschiedenen Gründen nach Schweiß und auch ihren eigenen Fäkalien rochen. Obdachlose oder auch verwahrloste, alte Menschen fielen ihr dazu ein.

»Wie weit waren Sie denn von ihm entfernt, als Sie ihn bemerkt haben?«

Charlotta dachte nach. »Vielleicht dreißig Meter.«

Konnte man aus dieser Entfernung einen anderen Menschen riechen? Laura fand das merkwürdig. Der Mann musste in diesem Fall bestialisch gestunken haben. Sie konnte sich nicht vorstellen, dass der Täter, der ansonsten keine Spuren hinterlassen hatte, auf einmal so nachlässig war. Auch andere Menschen hätten auf den Gestank aufmerksam werden können.

»Dreißig Meter ist eine große Distanz«, warf Taylor ein. Der Fahrstuhl hielt an und die Türen öffneten sich.

»Ich weiß«, sagte Charlotta Behrend. »Womöglich irre

ich mich auch. Aber dieser Geruch und die Art und Weise, wie er dort zwischen den Büschen hockte … Ich habe einfach einen Riesenschreck bekommen, und ich war mir sicher, dass er es ist.«

»Sie hatten Glück, dass er Sie nicht bemerkt hat«, sagte Laura.

»Ja, ich habe schleunigst kehrtgemacht, bin ein ganzes Stück gerannt und habe mich dann hinter einem Baum versteckt, um Sie anzurufen.«

»Warum sind Sie nicht zurück ins Krankenhaus gelaufen? Hier wären Sie in Sicherheit gewesen.« Taylors Falte auf der Stirn vertiefte sich. Laura sah ihm an, wie es dahinter arbeitete.

»Ich wollte keine Zeit verlieren. Sie sollten den Kerl doch schnappen. Ich hatte schreckliche Angst, dass er mich entdeckt.«

»Gab es eigentlich einen Notruf?«, fragte Taylor plötzlich.

Laura öffnete überrascht den Mund. Daran hatte sie noch gar nicht gedacht.

»Ich frage gleich einmal nach«, sagte sie und verabschiedete Charlotta Behrend, die müde und blass in ihrem Zimmer verschwand. Der Wachmann postierte sich direkt vor der Tür.

»Verdammt, Taylor, du hast vollkommen recht«, sagte Laura nach einem kurzen Telefonat und legte auf. »Es gab keinen Notruf.« Ein eisiger Klumpen lag mit einem Mal in ihrem Magen. »Das bedeutet, er hat Charlotta Behrend gesehen.«

»Oder dich«, fügte Taylor hinzu und blickte sie besorgt an. »Er hat genau gewusst, dass wir sein Opfer gefunden haben.«

»Der Kerl spielt mit uns.« Laura stieg in den Fahrstuhl, dessen Türen sich noch nicht geschlossen hatten, und drückte die Taste zum Erdgeschoss. »Glaubst du eigentlich die Geschichte mit dem Geruch?« Taylor stand dicht vor ihr und sie konnte seine männliche Note riechen. Obwohl sie es gar nicht wollte, atmete sie tief ein. Wie konnte sie jetzt nur an Taylor denken? Eine junge Frau kämpfte gerade ums Überleben, das dritte Opfer in Folge, und Laura hatte nichts anderes im Sinn als Taylor. Unwillkürlich wich sie einen Schritt zurück.

»Ich denke, wir müssen ihr vertrauen. Hätte es diesen Notruf gegeben, sähe es anders aus. Dann würde ich es auf ihre Angst schieben. Das ist schließlich normal, wenn man entführt wurde. Aber so müssen wir davon ausgehen, dass Charlotta Behrend den Täter tatsächlich gesehen und vermutlich auch etwas gerochen hat. Ich vermute, sie hat ihn gestört. Er ist abgehauen und hat deshalb auch nicht mehr den Notruf gewählt.« Taylor machte einen Schritt auf sie zu. Er tat es nicht absichtlich, Laura sah es an seinem abwesenden Blick. Sofort war es wieder da, dieses unglaublich prickelnde Gefühl starker Anziehung. Die Fahrstuhltüren öffneten sich mit einem »Pling«. Laura war beinahe froh über den durchdringenden Geruch von Desinfektionsmittel, der augenblicklich von der Notaufnahme hereinströmte und die Gedanken an Taylor fortwehte.

Laura fragte eine Schwester nach der neuen Patientin.

»Wenden Sie sich bitte an den Doktor«, erwiderte die Schwester, die einen gestressten Eindruck machte und auf einen jüngeren Mediziner deutete, der gerade über den Flur lief.

»Entschuldigen Sie, wir sind auf der Suche nach einer Patientin, die vor wenigen Minuten bewusstlos eingeliefert wurde.« Laura hob ihren Dienstausweis ein Stück hoch.

»Sie ist zurzeit nicht ansprechbar. Ich fürchte, Sie müssen sich bis morgen gedulden.«

»Das heißt, sie lebt?« Laura spürte tiefe Erleichterung in ihrem Inneren.

Der Arzt nickte. »Ihre Vitalfunktionen waren durch Anästhetika komplett heruntergefahren. Aber wir haben sie stabilisiert. Sie wird in ein paar Stunden aufwachen.«

»Können wir sie trotzdem sehen?«, fragte Laura, einer plötzlichen Eingebung folgend. Wieder nickte der Arzt.

»Sie liegt in einem separaten Teil der Notaufnahme, gleich hinter dem Vorhang. Seien Sie bitte leise. Es befinden sich noch andere Patienten in dem Bereich.« Eilig ging er weiter.

Laura und Taylor betraten das abgetrennte Areal. Dort standen vier Betten, in denen bewusstlose oder schlafende Menschen lagen. Alle waren intubiert. Das Pumpen der Beatmungsgeräte erzeugte eine unheimliche Atmosphäre, irgendwo zwischen Leben und Tod. Laura ließ den Blick über die vier Menschen schweifen, die um ihr Leben rangen. Es handelte sich um drei Männer und die junge Frau, die sie im Park gefunden hatten. Ihr Gesicht wirkte immer noch friedlich. Die Mimik hatte sich nicht verändert. Der Monitor neben ihrem Bett piepste rhythmisch. Eine zuckende Linie zeigte den Herzschlag der Frau an. In ihrer Armbeuge steckte eine Kanüle, durch die flüssige Medizin in ihre Adern rann. Lauras Augen wanderten zurück zum Gesicht. Etwas an ihrem Anblick störte die Harmonie. Laura benötigte einige Sekunden, bis sie herausfand, woran das lag.

»Sie hat überhaupt keine Wimpern«, flüsterte sie.

Taylor, der in der Zwischenzeit begonnen hatte, die Kleidung zu durchsuchen, hielt inne und blickte auf den Ausweis, den er gerade gefunden hatte.

»Komisch. Auf dem Foto hat sie noch welche.«

Laura betrachtete das Passbild. »Der Ausweis ist noch nicht einmal sechs Monate alt. Was hat das zu bedeuten?« Sie beugte sich dicht über das Gesicht von Jasmin Wülfrath. Die Wimpern waren vollständig entfernt. Die Lider wirkten leicht gerötet. Laura stellte fest, dass die Augenbrauen ordentlich gezupft waren. Sie fragte sich, ob es eine neue Modeerscheinung gab, sich die Wimpern zu entfernen, konnte es sich allerdings nicht vorstellen.

»Hat sie noch andere Verletzungen?«, wollte Taylor wissen und warf einen Blick auf den Kopf des Opfers. »Sieh dir das mal an«, sagte er und deutete auf eine Stelle an der Seite. »Da fehlt doch ein Haarbüschel.«

»Stimmt.« Laura musterte die unscheinbare kahle Fläche mit einem Durchmesser von vielleicht zwei Zentimetern. Durch die langen Haare fiel die Stelle schräg über dem Ohr kaum auf. Die Poren waren etwas gerötet, ansonsten fanden sich weder Blut noch Abschürfungen. Es fehlten einfach nur ein paar Haare.

»Das ist merkwürdig«, flüsterte Laura. Sie fragte sich, was sie mit dieser Entdeckung anfangen sollten. Dann erinnerte sie sich daran, dass auch die ersten beiden Opfer Hautabschürfungen hatten. Sie sah das Pflaster auf Isabell Wittmanns Schulter vor sich und zog die Bettdecke von Jasmin Wülfrath ein wenig zurück. Auf den ersten Blick konnte sie allerdings keine ähnlichen Verletzungen finden.

»Ich suche mal einen Arzt«, sagte sie und spähte auf den Gang. Eine Schwester näherte sich, hinter ihr lief Dr. Fuchs, der sich bereits mit den Akten der ersten beiden Opfer beschäftigt hatte.

»Frau Kern, wie schrecklich. Ich habe es gerade erfahren«, sagte der kleine, gedrungene Mann mit der spärlichen Haarpracht und streckte Laura zur Begrüßung die Hand entgegen. »Ich schaue mir die Patientin gleich einmal an. Immerhin ist sie auf dem Weg der Besserung.« Er drückte Laura einen Zettel mit den Ergebnissen der Blutanalyse in die Hand.

»Es ist wieder dieselbe Mischung. Die Zusammensetzung ist jener sehr ähnlich, die Charlotta Behrend verabreicht wurde. Wie gesagt, jeder Körper reagiert unterschiedlich. In diesem Fall spekuliere ich darauf, dass die Patientin die Mittel recht schnell abbauen wird.« Dr. Fuchs nickte Taylor zu und beugte sich über die Frau.

Laura stellte sich an das Fußende und sagte: »Diesmal haben wir etwas Auffälliges entdeckt. Jasmin Wülfrath hat keine Wimpern mehr.«

Dr. Fuchs richtete sich auf und sah Laura überrascht an. »Was?«

Er beugte sich wieder hinunter und betrachtete eingehend das Gesicht.

»Das ist merkwürdig«, brummte Dr. Fuchs und lüftete die Bettdecke. Er musterte die Haut der jungen Frau, bis sein Blick an ihren Oberschenkeln hängen blieb. Er drehte den schlaffen Körper vorsichtig auf die Seite und begutachtete Rücken, Po und Hinterkopf.

»Sie haben recht. Es fehlen die Wimpern und ein Haarbüschel hinter dem Ohr. Außerdem weist sie ähnliche Hautblessuren wie die anderen beiden Patientinnen auf. Ich kann mir diese Verletzungen nicht so ganz erklären. Sie sind jedenfalls nicht schwerwiegend. Aber vielleicht schauen Sie sich das einmal an.« Er hielt Jasmin Wülfrath noch immer in der Seitenlage und zeigte auf die Haut an den Armen. Laura fiel auf, wie kräftig der Arzt trotz seiner geringen Körpergröße war. Sie betrachtete die Arme der Frau, an deren Rückseite ein paar kleine Schrammen verliefen. Die Handgelenke wiesen leichte Rötungen auf. Vermutlich war die Frau fixiert worden. Das stimmte mit den Beschreibungen der anderen Opfer überein, die davon gesprochen hatten, dass sie liegend, in völliger Dunkelheit und unfähig, sich zu bewegen, gefangen gehalten worden waren. Nur die Wunde an der Schulter war recht großflächig, ein etwa vier mal fünf Zentimeter großes Rechteck, wo das nackte Fleisch zu sehen war.

»Fehlt dort die Haut?«, fragte Laura und spürte gleichzeitig ein Brennen an ihrem eigenen Schulterblatt. Sie konnte sich vorstellen, dass die Wunde sehr stark schmerzte.

»Sieht so aus«, sagte Dr. Fuchs. »Aber es wird verheilen. Ich erinnere mich, dass Charlotta Behrend eine solche Wunde auf der Hüfte hatte und Isabell Wittmann eine ganz ähnliche an der linken Schulter. Diesmal ist es die andere Schulter. Ich kann mir nicht erklären, durch welchen Vorgang diese Wunde entstanden sein könnte.« Dr. Fuchs fuhr sich durch das schüttere Haar. »Die übrigen Abschürfungen sind hingegen leicht erklärbar. Wenn die Frauen bewegt wurden, während sie fixiert waren, kann das schnell passiert sein. Diese Stelle hier wirkt jedoch fast so, als hätte der Täter die obere Hautschicht mit einem scharfen Messer abgetrennt. Vielleicht wäre es sinnvoll, einen Rechtsmediziner hinzuzuziehen. Die sehen in der Gewaltschutzambulanz ständig solche Sachen und können bestimmt mehr dazu sagen. Wie erwähnt, normalerweise machen wir um solch kleine Wunden nicht viel Aufhebens.« Dr. Fuchs sah demonstrativ zu den anderen Patienten, um zu zeigen, dass es wesentlich kritischere Fälle gab. »Aber jetzt haben wir schon drei Frauen mit den gleichen Auffälligkeiten, und wer weiß, womöglich bringt es Ihre Ermittlungen ein Stück voran.« Dr. Fuchs bettete Jasmin Wülfrath zurück auf den Rücken. »Ich hatte vor Jahren einen schweren Misshandlungsfall. Der Frau waren die Augen mit Paketband zugeklebt worden. Als der Täter es entfernte, rissen sämtliche Wimpern mit aus.«

Laura musterte die Lider des Opfers. »Müssten wir dann bei einer ähnlichen Handlung unseres Täters nicht irgendwelche Spuren an den Augen sehen oder zumindest Rötungen?«

»Nicht, falls das Klebeband zwei, drei Tage zuvor abgerissen wurde. Die Rötungen in diesem Hautbereich gehen recht schnell wieder zurück. Die Haut ist an diesen Stellen besonders gut durchblutet und heilt deshalb zügig.«

Laura dachte nach. Sie konnte Dr. Fuchs' Argumente gut nachvollziehen. Andererseits hatten die ersten beiden Opfer von völliger Dunkelheit gesprochen. Demnach wäre es gar nicht nötig gewesen, der Frau die Augen zuzukleben. Oder hatte der Täter seine Vorgehensweise geändert? Eventuell hatte die Frau Gelegenheit gehabt, den Täter bei Licht zu sehen, und konnte eine Beschreibung von ihm abgeben, sobald sie aufwachte.

»Wann können wir mit Frau Wülfrath sprechen?«, fragte sie Dr. Fuchs.

»Ich denke, nicht vor morgen Mittag. Ich rufe Sie am besten wieder an.«

Als Dr. Fuchs gegangen war, seufzte Taylor. »Das war es dann wohl für heute mit unserem Date.«

»Ich wollte noch in der Rechtsmedizin Bescheid geben. Vielleicht kann Doktor Herzberger kurz vorbeischauen«, erwiderte Laura, die nur halb zugehört hatte. Ihre Gedanken kreisten um die fehlende Haut an Jasmin Wülfraths Schulter. Was ging hier vor sich? Waren die Frauen möglicherweise Opfer irgendeines medizinischen Experimentes geworden? Sie konnte sich keinen Reim darauf machen.

»Es ist schon spät, gleich Mitternacht. Wir sollten das auf morgen verschieben. Du brauchst ja auch noch die Ergebnisse der Spurensicherung und die Aussage des Opfers, um dir ein komplettes Bild machen zu können. Fahr lieber nach Hause und schlaf dich ordentlich aus.« Taylor legte fürsorglich die Hand auf Lauras Schulter.

»Aber …« Laura protestierte und warf einen kritischen Blick auf ihre Armbanduhr. Doch Taylor hatte recht. Es war viel zu spät. Außerdem fing der Rechtsmediziner morgens bereits um sieben Uhr an. Es gab keinen Grund, ihn jetzt aus dem Bett zu klingeln. Trotzdem kribbelte es Laura in den Fingerspitzen. Sie wusste, dass sie gerade etwas Wichtiges entdeckt hatte. Im Übrigen wollte sie endlich eine heiße Fährte in diesem Fall, der sich bisher wie Kaugummi in die Länge zog, ohne dass sie dem Täter auch nur annähernd auf die Spur gekommen waren. »Okay, dann machen wir Feierabend. Ich muss aber noch etwas essen. Wie wäre es mit einem kleinen Imbiss? Ich kenne einen chinesischen Laden, der macht die besten gebratenen Nudeln weit und breit. Treffen wir uns bei mir?« Sie lächelte und freute sich, als Taylor sich unbewusst über die Unterlippe leckte. Er war sicher ebenso hungrig wie sie.

»Ich fahre hinter dir her«, sagte er und schob Laura aus dem Krankenzimmer. Sie warf noch einen Blick auf die wimpernlose Frau und hoffte, dass sie das letzte Opfer dieses Perversen sein würde.

...

Laura hatte noch eine Flasche kühlen Weißwein auftreiben können. Sie saßen auf ihrer Dachterrasse und schlangen chinesische Nudeln hinunter. Zum ersten Mal seit Langem entspannte Laura sich einigermaßen. Ihr Blick schweifte über das Lichtermeer von Berlin. Der laue Nachtwind wehte durch ihre langen blonden Haare. Laura lehnte sich zurück und zog die Knie an. Ihr Teller war inzwischen leer, genauso wie Taylors.

»Also, Laura Kern, was denkst du gerade?«, fragte er lächelnd und sah ihr in die Augen. Laura mochte Taylors amerikanischen Akzent. Er passte zu seiner tiefen Stimme. »Oh, ich ahne es«, fuhr er fort, bevor sie überhaupt antworten konnte. »Du fragst dich, warum alle drei Frauen die gleichen Verletzungen aufweisen.«

»Wie kommst du darauf?«, entgegnete Laura. Sie fühlte

sich ertappt. Tatsächlich konnte sie nicht aufhören, über die Wunde an Jasmin Wülfraths Schulter nachzudenken.

»Ich kenne den Blick«, sagte Taylor und trank einen Schluck Wein. »Ich wette, du hast bereits eine Theorie und der Täter ist so gut wie hinter Gittern.«

Laura zuckte resigniert mit den Achseln. »Das ist es ja gerade. Ich habe keine belastbare Spur. Es gibt zwar einen Verdächtigen, aber ich habe immer noch zu wenig, um Victor Frantzen festzunageln. Außerdem hat mir Beckstein kein Team für eine Überwachung gegeben. Ich muss erst Beweise liefern, und dann bekomme ich mehr Mittel.«

Taylor grinste. »Das ist typisch. Hört sich nach meinem eigenen Chef an. Christoph Althaus will auch ständig alles wasserdicht haben, bevor er überhaupt Mittel genehmigt. Dabei ist es doch wie die Frage nach dem Huhn oder dem Ei. Wir brauchen die Observierung, damit wir an Beweise kommen, nicht umgekehrt. Ich verstehe überhaupt nicht, warum sich unsere beiden Chefs so spinnefeind sind. Sie denken jedenfalls auf die gleiche Art und Weise.«

Laura seufzte. »Ich muss darauf hoffen, dass die Spurensicherung morgen etwas findet oder dass sich Jasmin Wülfrath an den Täter erinnern kann.« Oder natürlich – sie fuhr selbst zu Victor Frantzen und observierte ihn. Jedoch sprach sie diesen Gedanken lieber nicht laut aus. Sie wusste, dass Taylor das auf keinen Fall gutheißen würde. Schon gar nicht, wenn sie sich allein auf den Weg machte. Sie beschloss, das Thema zu wechseln.

»Also, Taylor«, sagte sie und lächelte. »Ich weiß immer noch nicht, wie es einen Amerikaner wie dich nach Deutschland verschlagen hat.«

»Oh«, sagte Taylor und warf ihr einen durchdringenden Blick zu. »Du weißt doch, dass ich vor fünf Jahren hierhergekommen bin. Mein Vater ist Deutscher und meine Mutter Amerikanerin.«

»Das erklärt noch nicht das *Warum*«, setzte Laura nach. »Ich weiß im Grunde genommen nicht viel über dich.«

Taylor schwieg eine Weile, als müsste er erst überlegen, was und wie viel er Laura offenbaren wollte. Dann beugte er sich ein Stück vor und ergriff ihre Hand. »Wir sind früher oft umgezogen. Meine Eltern haben deswegen eine Vereinbarung geschlossen. Eigentlich war es vielmehr die Bedingung meiner Mutter. Sie wollte die Heimat meines Vaters kennenlernen, und deshalb sind wir nach Deutschland gekommen. Natürlich hätte ich auch in Boston bleiben können, aber ich wollte mal etwas anderes machen und bin mitgegangen.«

»Das heißt, deine Eltern kehren in ein paar Jahren wieder zurück, wenn deine Mutter genug gesehen hat? Sie will doch sicher nicht für immer ihrer Heimat fernbleiben, oder?« Laura stellte sich unwillkürlich vor, wie es wäre, wenn Taylor fortginge. Wäre sie unglücklich oder erleichtert, weil er ihr dann nicht mehr so nahekommen könnte? Sein Blick verursachte ein Vibrieren tief in ihrem Inneren.

»Das hängt davon ab, wie sich die Dinge entwickeln. Im Augenblick gefällt es meiner Mutter sehr. Sie macht keine Anstalten, was eine Rückkehr nach Boston angeht. Obwohl wir das Haus dort immer noch haben. Ich könnte es dir irgendwann einmal zeigen, wenn du willst.« Sein Gesicht kam näher. Laura spürte die Wärme seiner Haut, die sich auf sie übertrug. Sie musste nach Luft schnappen.

»Warum nicht«, sagte sie und stand auf. Sie schlenderte zur Brüstung der Dachterrasse, Taylor erhob sich ebenfalls.

»Und was hast du vorher gemacht? Warst du beim FBI?« Sie hatte Taylor vor Wochen schon einmal gefragt, und er war ihr geschickt ausgewichen. Doch jetzt wollte sie mehr über ihn wissen, außer dass er seit fünf Jahren bei der Kripo war und zuvor in den USA.

»Ich war in einer Spezialeinheit des FBI für besonders schwerwiegende Delikte. Ich habe, wie jetzt auch, Gewalttäter und Mörder gejagt. Es war keine außerordentlich schöne Tätigkeit. Berlin ist beinahe eine Erholung dagegen.« Seine Miene versteinerte sich bei den letzten Worten. Laura fragte sich, wie es ihm in dieser Spezialeinheit ergangen war. Irgendwie hatte sie das Gefühl, dass sein neuer Lebensabschnitt in Berlin eher einer Flucht als einem reinen Umzug gleichkam. Laura drehte sich zu ihm um. Sie stand mit dem Rücken zur Brüstung. Taylor stellte sich direkt vor sie. In seinen Augen lag eine unausgesprochene Sehnsucht. Lauras Knie wurden weich. Sein Gesicht kam immer näher. Seine Lippen waren nur noch wenige Zentimeter von ihren entfernt. Sie schloss die Augen und genoss die warme, prickelnde Berührung seines Kusses. Sie ließ zu, dass seine Zungenspitze ihre Lippen öffnete. Die Schmetterlinge in ihrem Bauch tanzten wie verrückt. Taylors Arme legten sich um ihre gertenschlanke Taille. Er zog sie so dicht an sich, dass sie seine Hitze an jeder Stelle ihrer Haut spüren konnte. Die meisten Männer, mit denen sie bisher Sex gehabt hatte, hatte sie kaum gekannt. Es war stets bei einer rein körperlichen Erfahrung geblieben. Sobald Gefühle ins Spiel kamen, zog Laura sich zurück. Nur einmal hatte sie es länger mit jemandem ausgehalten. Das war einige Jahre her. Sie war vielleicht zwanzig gewesen damals; die Beziehung scheiterte nach knapp einem Jahr. Ein Job in einer anderen Stadt machte aus dem engen Verhältnis plötzlich eine Fernbeziehung. Die Distanz zerstörte innerhalb kürzester Zeit alles, was vorher selbstverständlich schien. Mark meldete sich kaum noch, hatte keine Zeit mehr für Besuche, und irgendwann war es aus gewesen. Laura erinnerte sich schmerzlich daran. In der Liebe war es oft so, dass ein Partner den anderen ein wenig mehr liebte. Sie wollte nicht mehr dieser Teil einer Beziehung sein.

Taylor küsste sie mit einer Leidenschaft, die Laura fast die Sinne raubte. Erst als seine Finger zum Kragen ihrer Bluse wanderten und sich zwischen den dünnen Stoff und ihre Haut schlichen, setzte ihr Verstand wieder ein. Sie zuckte zurück. Beinahe hätte er ihre Narben berührt. Das wollte sie nicht. Noch nicht. Bei Männern, die sie nicht kannte, machte es Laura nichts aus, wenn sie die Spuren ihrer tragischen Vergangenheit sahen. Es war ihr egal, ob sie sie dann noch begehrten oder nicht. In der Regel machte es ihnen tatsächlich nichts aus. Doch bei Taylor war es anders. Laura wollte nicht, dass er ihre Schwachstelle fand. Es war ein Makel, der sie von dem Podest stoßen könnte, auf das er sie gehoben hatte. Die Narben würden sie in einem völlig anderen Licht erscheinen lassen. Sie waren hässlich, wulstig, und außerdem hatte sie an diesen Stellen bis heute kein Gefühl mehr. Laura erinnerte sich daran, wie sie zu diesen Narben gekommen war. Und an die Schmerzen, die sie erst viel später gespürt hatte. Ganz plötzlich sprang ihr Geist zurück zu jenem Moment, als sie mit ihrem Entführer tanzen musste. Nachdem er endlich wieder weg gewesen war, hatte Laura Stunden damit zugebracht, die Wände abzutasten. Sie hatte die abgebrochenen Fingernägel der anderen Mädchen gesehen. Ihr getrocknetes Blut in den Fugen des Mauerwerks. Sie wusste, dass sie nur eine Chance hatte: Sie musste fliehen, bevor das Monster ihr etwas Schlimmes antat. Das kleine Fenster unter der Decke war viel zu hoch. Unerreichbar für sie. Also klopfte sie jeden einzelnen Stein an den Wänden ab, bis ihre Fingerknöchel bluteten. Danach untersuchte sie den Boden und anschließend machte sie sich über die merkwürdigen Rohre her. Es waren große Leitungen, die stumm über den Boden und an den Wänden verliefen. Sie wusste nicht, wo sie eigentlich war. Es sah wie eine Industriehalle aus. Dass sie in einem Pumpwerk gefangen gehalten worden war, erfuhr sie erst viel später. Irgendwann hatte sie Erfolg mit ihrer Suche. Das Gitter, das auf dem hintersten Rohr befestigt war, ließ sich nach ein paar Anläufen lockern. Lauras Herz war ihr beinahe aus der Brust gesprungen, als es scheppernd zu Boden fiel. Sie hatte minutenlang auf ein Geräusch gelauert, in panischer Angst, dass ihr Entführer sie gehört haben könnte. Aber er kam nicht zurück. Also kroch sie in den engen Kanal, zwängte ihren schmalen, biegsamen Körper in das dunkle, stinkende Loch, ohne zu wissen, ob sie jemals wieder ans Licht gelangen würde. Die ersten Meter konnte sie kriechen. Sie bekam genug Luft. Doch dann änderte das Rohr seinen Verlauf. Es wurde noch enger und neigte sich plötzlich nach unten. Laura kroch weiter bis zu dem Punkt, an dem sie Wasser spürte. Das Rohr ging in steilem Winkel abwärts. Laura wusste, dass sie untertauchen musste, um weiterzukommen. Sie dachte nicht lange nach, holte tief Luft und drückte sich durch das Rohr, bis sie an einem rostigen Eisengitter ankam. Es gab nur einen winzigen Spalt, durch den sie sich hindurchzwängte. Dabei gruben sich die Eisenstäbe in ihr Fleisch. Sie hinterließen ein blutiges Muster über ihrem Schlüsselbein und auf dem Oberschenkel. Schreckliche Wunden, die sich später entzündeten und nur mittels Hauttransplantationen behandelt werden konnten. Doch in jenem Moment, als Laura das Gitter hinter sich ließ und in den See gelangte, spürte sie nichts außer ihre Lunge, die nach Sauerstoff lechzte, und den Wunsch, zu leben. Dieser Gedanke verlieh ihr eine solche Kraft, dass sie wie eine Ertrinkende kämpfte und schließlich die Oberfläche erreichte.

Sie konnte nicht anders und stieß Taylors Finger weg.

»Was ist los?«, fragte dieser überrascht und sah sie an. »Geht es dir zu schnell?« Er klang ehrlich besorgt.

Laura strich über den Stoff ihrer Bluse. Sie konnte die wulstigen Narben darunter fühlen. Sie waren ein Teil von ihr, und trotzdem empfand Laura sie als Fremdkörper. Sie waren Parasiten, die sich mit scharfen Zähnen in ihr Fleisch gefressen hatten und sie nie wieder loslassen würden, nicht einmal, wenn man sie herausschnitt.

»Nein, ich bin nur müde«, antwortete sie ausweichend auf Taylors Frage. »Es war ein harter Tag und ich kann nicht richtig abschalten.«

Taylor gab ihr einen flüchtigen Kuss auf die Wange. »Das kann ich gut verstehen. Wir führen das einfach ein anderes Mal fort.« Er nahm Lauras Kinn in seine warme Hand und hob ihr Gesicht ein Stück an. »Ich mag dich wirklich sehr«, flüsterte er heiser. »Wir sehen uns morgen.« Er strich Laura sanft über die Stirn und machte sich auf den Weg.

Laura starrte noch eine Weile auf die geschlossene Wohnungstür. Ihre Gefühle fuhren Achterbahn. Schließlich fiel sie erschöpft ins Bett. Jedoch nicht, ohne sich vorher zu vergewissern, dass sämtliche Fenster und Türen verriegelt waren.

XIV

Berlin, Deutschland
Fünfundzwanzig Jahre zuvor

Das schwarz lackierte Holz glänzte wie die Beschichtung eines teuren Klaviers. Aber dieses Holz konnte keine Musik zum Klingen bringen. In seinem Inneren befanden sich keine Saiten, die sanft schwangen, sondern Stille. Eine Stille, die nie aufhören und für immer andauern sollte. Nicht ein einziger Ton würde jemals aus diesem Holz dringen. Erst recht nicht, wenn es in der Erde verscharrt war. Denn dieses Holz diente nur einem Zweck: Es beherbergte zwei tote Menschen, die in diesem Moment zu Grabe gelassen wurden. Der Junge warf zuerst eine weiße Rose auf den Sarg seiner Mutter und danach ein ebenso schönes Exemplar auf den seines Vaters. Jennifer stand neben ihm und weinte. Sie, das kleine Gesicht rot und verquollen, tat es ihm nach mit ihren patschigen Fingerchen. Sie hatten so viel geweint in den letzten Tagen, dass er sich fragte, warum seine Schwester überhaupt noch Tränen übrig hatte. Seine Augen blieben trocken. Alles, was er an Tränen gehabt hatte, war schon restlos aus ihm herausgeströmt. Und mit ihnen die ganze Freude, die er stets in seinem Herzen getragen hatte. Die Leere, die sich seiner bemächtigt hatte, wurde von Trauer ausgefüllt. Jetzt waren sie allein. Er musste alles in die Hand nehmen, erwachsen werden und sich um Jennifer kümmern. Sie war noch so klein, begriff kaum, was geschah.

Sie weinte hemmungslos, während er nach der Schaufel griff und Erde hinunterrieseln ließ, in das grauenvolle Loch, in dem ihre Eltern nun für immer liegen würden. Es war bitterkalt. Er konnte sich beim besten Willen nicht vorstellen, dass es ihnen dort unten gut erginge, selbst wenn der Pfarrer gerade etwas anderes behauptete. Nicht nur die Kälte, auch die Dunkelheit, die sie ewig umschließen würde, und der nicht enden wollende Schmerz, der sich wie ein Eisenschild um seinen Brustkorb gelegt hatte, sprachen dafür, dass der Pfarrer sich irrte. Wenn es einen Himmel gab, warum steckte man die Toten dann in die Erde? Je länger er darüber nachdachte, desto weniger verstand er es. Müsste man sie nicht auf den höchsten Berg der Welt bringen, damit sie dem Himmel näher wären und der Weg dorthin nicht so weit? Weshalb vergrub man sie und vergrößerte dadurch die Distanz zu Gott? Er wischte sich mit einem Ärmel über die trockenen Augen. Wieder und wieder sprangen seine Gedanken zu jenem Tag vor knapp zwei Wochen zurück, der sein Leben so endgültig verändert hatte. Immer noch fühlte er den kalten Plastiktelefonhörer in der Hand und hörte die Stimme, die ihm mitteilte, dass seine Eltern nicht heimkehren würden. Eigentlich war er noch von den harten Schneebällen geschockt, die seine bösartigen Mitschüler gegen die Fenster geworfen hatten. Aber dieser Schock war nichts im Vergleich zur Nachricht des Anrufers, eines Polizisten aus einem Vorort von Stockholm, der den Autounfall seiner Eltern aufgenommen hatte. Der Mann hatte sich angekündigt und war wenig später persönlich vorbeigekommen, um ihm die Situation vorsichtig beizubringen. Wegen des heftigen Schneefalls waren sie auf einer engen Landstraße mit ihrem Wagen von der Fahrbahn abgekommen, hatten sich mehrfach überschlagen und waren in einem Graben gelandet. Beide waren sofort tot gewesen. Er hatte sie nicht noch einmal ansehen dürfen, obwohl er darum gebettelt hatte. Trotz seiner dreizehn Jahre hatten sie ihn für zu jung gehalten. Er sollte sie so in Erinnerung behalten, wie sie immer waren. Alles, was übrig blieb, waren ein paar Fotos und das schwarz lackierte Holz zu seinen Füßen. Was sollte jetzt nur aus ihnen werden? Sie hatten keine lebenden Verwandten, niemanden, der sie aufnehmen konnte. In Deutschland fühlte er sich so fremd wie in Schweden. Das war kein Wunder, denn er hatte so gut wie keine Erinnerung an dieses Land, das er zuletzt in Jennifers Alter gesehen hatte. Sie waren ein paarmal mit den Eltern nach Deutschland gefahren, aber nie länger als für wenige Tage. Eine Frau mit hagerem Gesicht und strengen Augen hatte sie gleich nach dem Vorfall abgeholt und sie einer fremden Familie in Berlin übergeben. Sie erklärte ihm auch, dass sie in einem Kinderheim unterkommen würden. Er brauche sich keine Sorgen zu machen, als Sohn eines Diplomaten würde für ihn und seine Schwester gut gesorgt werden. Er müsse sich auf die Schule und die Zukunft konzentrieren. Der

Vergangenheit nachzuhängen und sich in Trauer zu ergehen, würde niemandem helfen. Weder Jennifer noch ihm selbst. Außerdem hätten seine Eltern das sicher nicht gewollt. Als er nicht aufhören konnte zu weinen, hatte die Frau ihn zu einem freundlichen Mann gebracht. Er stellte sich als Psychologe vor und riet ihm ebenfalls, nach vorn zu blicken und die Trauer zuzulassen. Aber er wusste, dass er stark sein musste, für Jennifer – er war schließlich fast schon ein Mann. Schwäche war etwas, das er sich nicht leisten konnte. Jennifer brauchte einen Halt im Leben. Sie war das hilflose Opfer und er der Einzige, der sie retten konnte. Mehr Familie gab es nicht. Die Verantwortung lastete auf ihm, dem großen Bruder. Obwohl sein Herz so schwer war, dass er glaubte, nie wieder die Leichtigkeit des Glücks zu spüren, fügte er sich. Nach ein paar Tagen hörte er auf zu weinen, verbannte sämtliche Gedanken an seine Eltern aus dem Kopf und versuchte, sich eine erträgliche Zukunft vorzustellen. Er tat es für Jennifer. Sie war das Einzige, was ihn am Leben hielt.

Jennifer warf ebenfalls ein paar Erdkrümel in das Grab. Danach nahm er ihr die Schaufel ab und führte sie zu ihrem Sitz. Vor der Grube war eine ganze Reihe von Stühlen aufgebaut worden. Die Hälfte war leer geblieben und die andere mit Menschen besetzt, die er nie zuvor gesehen hatte. Sie hatten sich als alte Freunde und Kollegen seines Vaters vorgestellt. Einer von ihnen wollte auch in Italien gewesen sein, aber er hatte keinerlei Erinnerung an diesen Mann. Stumm setzte er sich und hielt dabei Jennifers Hand. Er lauschte den Worten des Pfarrers, der immer noch über den Himmel sprach. Bedrückt blickte er hinauf in das trübe Wolkengebilde, das sich über Berlin auftürmte. Er versuchte, darin etwas zu erkennen, vielleicht das Gesicht seiner Mutter. Tatsächlich entdeckte er ein Paar dunkle, traurige Augen und ein Lächeln, das nur seiner Mutter gehören konnte.

Leb wohl, Mama, dachte er, und plötzlich waren sie wieder da – Tränen, die ihm ungehemmt über die Wangen liefen.

XV

Das Schrillen des Telefons weckte Laura unsanft. Die elektrischen Rollläden waren längst hochgegangen. Normalerweise wachte sie von dem Geräusch auf, aber heute hatte sie noch im Tiefschlaf gelegen. Müde blinzelte sie in den wolkenverhangenen Sommerhimmel, der einen regnerischen Tag ankündigte, und hob ab.

»Laura Kern.«

»Struck von der Spurensicherung. Wir haben etwas gefunden, was Sie sich unbedingt anschauen müssen.«

Laura war sofort hellwach und sprang auf. Hastig putzte sie sich die Zähne, fuhr notdürftig mit den Fingern durch die blonden Locken und schlüpfte in ihre Jeans. Die Bluse knöpfte sie bis zum Kragen zu. Auf dem Weg zum Auto informierte sie Max, dass sie ihn gleich von zu Hause abholen würde.

»Ich habe deine Nachricht erst heute Morgen gelesen«, sagte Max zur Begrüßung und drückte ihr einen Kuss auf die Wange. »Geht es der Frau gut?«

Laura nickte. »Ja, ihr Zustand konnte glücklicherweise noch in der Nacht stabilisiert werden. Doktor Fuchs meldet sich, sobald wir mit ihr reden können. Es gibt aber ein neues Detail«, erklärte sie und hielt an einer roten Ampel. »Dem jüngsten Opfer, sein Name ist Jasmin Wülfrath, fehlen die Wimpern. Doktor Fuchs meint, das könnte von Paketband herrühren, falls man ihr die Augen zugeklebt hat. Ich hoffe, sie hat den Täter gesehen und wurde nicht wie die anderen beiden in vollkommener Dunkelheit festgehalten.«

»Ihr die Augen zuzukleben, spräche jedenfalls dafür. Ansonsten hätte unser Täter sich die Prozedur ja sparen können«, sagte Max und rieb sich nachdenklich das Kinn.

»Richtig. Außerdem weisen alle drei Opfer die gleichen oberflächlichen Hautverletzungen auf.« Laura machte eine bedeutungsvolle Pause und Max blickte sie ungeduldig an. »Jeder Frau fehlt ein Stück Haut.«

»Was? Wie – ihnen fehlt Haut?«

»Bisher ist es im Krankenhaus nicht weiter aufgefallen. Es sind oberflächliche Verletzungen, die nicht lebensgefährlich sind und auch keine bleibenden Schäden hinterlassen. Aber alle Frauen haben ähnliche Hautschädigungen.« Laura stöhnte, weil sie beim bloßen Gedanken daran die Schmerzen der Frauen regelrecht spüren konnte. »Ich weiß nicht, ob uns diese Erkenntnis weiterbringt, aber es ist immerhin eine Gemeinsamkeit.«

Die Ampel wurde grün und sie gab Gas. Sie konnte es kaum erwarten, die Entdeckung der Spurensicherung in Augenschein zu nehmen.

»Ich dachte, wir haben endlich eine Verbindung zwischen den ersten beiden Opfern und Victor Frantzen. Bisher schien mir alles auf eine Beziehungstat hinauszulaufen. Wer weiß, womöglich kannte Frantzen das dritte Opfer ja auch. Aber warum sollte er den Frauen Haut entnehmen? Das verstehe ich überhaupt nicht. Der Kerl muss total verrückt sein.«

»Ich sage ja, wir müssen ihn observieren. Vielleicht lässt Beckstein sich heute erweichen. Die Bedrohung besteht jedenfalls immer noch. Wir haben ein weiteres Opfer und der Typ hat zudem kein handfestes Alibi. Wir müssen herausfinden, was ihn antreibt, um ihm schnellstmöglich das Handwerk legen zu können.« Laura bremste und parkte den Wagen auf der Wiese, direkt vor dem Absperrband der Spurensicherung. Dennis Struck kam ihnen entgegen.

»Sehen Sie sich das hier an«, sagte er ohne Umschweife und hielt Laura eine Reisetasche aus Leder vor die Nase.

»Was ist damit?«, wollte Laura wissen und streifte sich ein Paar Gummihandschuhe über.

»Die haben wir dort drüben an der Tanne gefunden«, erklärte Struck und zeigte in die Richtung. »Charlotta Behrend hat uns heute früh gezeigt, wo sich der Mann in etwa aufgehalten hat. Das war ungefähr fünfzig Meter von hier.«

Laura erblickte einen ausladenden Strauch, der von Absperrband umgeben war. »Haben Sie sonst noch was entdeckt?« Sie öffnete die Tasche und verzog das Gesicht. Ein fürchterlicher Gestank kam ihr entgegen.

»Schuhabdrücke. Die stammen möglicherweise vom Täter. Das Labor versucht gerade, Marke und Größe festzustellen. Das Profil ist nicht besonders ausgeprägt. Es ist einfach zu trocken. Ich tippe auf Schuhgröße dreiundvierzig.«

Laura seufzte. Schuhgröße dreiundvierzig trug fast jeder Mann. Auf Basis dieser Daten wäre die Hälfte der männlichen Bevölkerung Berlins verdächtig. Das einzig Interessante war, dass der Abdruck den Täterkreis immerhin auf männliche Personen einschränkte. Sie rümpfte die Nase und holte eine Decke aus der Reisetasche.

»Haben Sie die schon untersucht?«, wollte sie wissen und deutete auf ein paar helle Haare, die an der groben Wolle hingen.

»Das sind Tierhaare. Ein paar davon habe ich bereits ins Labor gegeben. Interessanter dürfte der Flyer sein.«

Laura legte die übel riechende Decke ab und betrachtete den Flyer aus Hochglanzpapier, der in einer durchsichtigen Plastiktüte steckte. Max musterte unterdessen die Decke.

»Das ist die Werbung eines Schönheitschirurgen«, stellte Laura fest. »War noch mehr in der Tasche?«

»Nein, nur die Decke und der Flyer«, erwiderte Dennis Struck. »Auf dem Papier sind Fingerabdrücke.«

Laura horchte auf. Fingerabdrücke wären natürlich viel hilfreicher als die Spuren von Schuhen in Standardgröße. Damit könnten sie den Eigentümer der Tasche identifizieren, vielleicht hatten sie dann auch einen Täter.

»Das ist eine gute Neuigkeit. Haben Sie schon einen Datenbankabgleich gemacht?«

Struck senkte den Blick. »Ja, hat leider nichts gebracht. Wem immer diese Tasche gehört, er war bisher nicht straffällig.«

Schade, dachte Laura. Aber das wäre ja zu einfach gewesen. Wenn die Tasche wirklich vom Täter stammte, hatte dieser immerhin zum ersten Mal einen Fehler gemacht. Wahrscheinlich hatte Charlotta Behrend ihn tatsächlich gestört und er hatte daraufhin die Tasche vergessen. Und jetzt hatten sie womöglich seine Fingerabdrücke. Das wäre ein mächtiger Schritt nach vorn.

»Waren auf dem Leder ebenfalls Fingerabdrücke?«, fragte Max.

Strucks Blick senkte sich noch tiefer in den Boden. »Das ist in der Tat merkwürdig. Lediglich auf dem Flyer sind welche. Ansonsten gibt es keinerlei Spuren. Die Haare stammen höchstwahrscheinlich alle von einer Katze, keines von einem Menschen.«

Laura rief sich die Szenen im Park in der Nacht in Erinnerung. Charlotta Behrend entdeckte den Täter zwischen ein paar Büschen. Er hockte dort und sie konnte nur seinen Rücken sehen. Lauras Blick schweifte hinüber zu der Tanne. Eigentlich hätte sie den Mann ebenfalls sehen müssen, wenn er in diese Richtung verschwunden war. Die Tanne war der letzte Baum vor der weitläufigen Wiese, an der sie bei der Verfolgung kehrtgemacht hatte. Stirnrunzelnd näherte sie sich dem Baum. Ein Trampelpfad tauchte im Gras auf und Laura folgte der Spur.

»Da drüben haben wir bereits alles abgesucht. Der Pfad endet an einem Parkplatz«, rief Struck hinter Laura her.

Trotzdem blieb sie nicht stehen. Sie wollte sich selbst einen Eindruck verschaffen. Als sie den Parkplatz erreichte, drehte sie sich um. Max stand ungefähr an der Stelle, an der das dritte Opfer gelegen hatte. Laura stellte sich vor, wie das Licht von Charlotta Behrends Handy durch die Dunkelheit flackerte. Von ihrer Position aus hatte sie trotz der Bäume einen unverstellten Blick. Von hier aus hat er uns also beobachtet, schlussfolgerte sie. Er hat uns gesehen und deshalb auf den Notruf verzichtet. Sie fragte sich, ob er gewartet hatte, bis der

Rettungswagen eintraf. Hatte er die Reanimation seines Opfers mitverfolgt? Es war nicht untypisch für Täter, an den Tatort zurückzukehren oder gar zu warten, bis die Polizei ankam. Vielen verschaffte es einen Kick, zu beobachten, wie ihre Grausamkeiten entdeckt wurden. Sie mochten die Hektik, die am Fundort ausbrach. Meist kam auch noch die Presse dazu und befeuerte den Nervenkitzel und das Gefühl, endlich Macht zu besitzen. Hatten sie es mit einem solchen Täter zu tun? Hatte er vielleicht auch beobachtet, wie seine ersten beiden Opfer vom Rettungswagen abtransportiert wurden? Was hätte er getan, wenn eine Frau gestorben wäre oder der Notarzt einen Leichenwagen bestellt hätte? Wäre er rechtzeitig eingeschritten, um sie zu retten, oder war es ihm letztendlich egal, was aus den Frauen wurde? Genügte es ihm, sie oberflächlich zu verletzen? Oder tat er etwas ganz anderes, das ihnen bisher entgangen war? Grübelnd lief Laura zurück.

»Woher kommt dieser Gestank?«, wollte sie von Struck wissen.

»Riecht für mich nach Stall und Tieren. Vielleicht kann das Labor mehr dazu sagen.«

Laura nickte nachdenklich. »Charlotta Behrend hat gestern diesen Geruch wahrgenommen. Obwohl sie den Mann nur von hinten sehen konnte, war sie sicher, dass es der Entführer ist. Ich frage mich, ob er die Frauen in einem Stall gefangen gehalten hat.«

»Es stinkt jedenfalls penetrant«, bestätigte Max und rümpfte die Nase. »Wir könnten die Bauernhöfe in der Umgebung überprüfen. Richtung Norden gibt es einige davon.«

»Das machen wir, und vorher schauen wir uns diesen Schönheitschirurgen einmal an.«

...

Die prächtige Villa von Dr. Martin Döbler befand sich im Ortsteil Frohnau, ganz im Berliner Norden. Die Gegend war wohlhabend. Das sah man am Zustand der Straßen, den gepflegten Gärten und den großzügig gebauten Häusern, die fast vollständig renoviert waren. Auch das in frischem Weiß gestrichene Domizil des Schönheitschirurgen strahlte Laura und Max an wie das Zahnpastalächeln eines Supermodels. Der alte Baumbestand und die mit eleganten Marmorsteinen gepflasterte Zufahrt taten ihr Übriges. Die Klientel, die in dieser Gegend einen Schönheitschirurgen aufsuchte, gehörte zweifellos zu den vermögenden Kreisen aus dem In- und Ausland. Max parkte den Dienstwagen auf dem weitläufig angelegten Parkplatz neben dem Haus.

»Ich habe mir wohl den falschen Beruf ausgesucht«, stöhnte er beim Aussteigen. »Schau dir das mal an, Laura. Die Pflastersteine der Zufahrt übersteigen höchstwahrscheinlich schon den Wert meiner Wohnung. Dabei war die auch nicht gerade preiswert. Und während ich den Kredit abstottere, ist dieses Anwesen wahrscheinlich schuldenfrei.« Max presste die Lippen zu einem schmalen Strich zusammen und schüttelte den Kopf.

»Geld macht nicht unbedingt glücklich«, erklärte Laura tröstend.

»Das stimmt, aber es beruhigt. Ich wette mit dir, dass der Herr Doktor Hochglanzfotos von seiner Frau, vermutlich von Beruf Model, und den drei Kindern auf seinem Schreibtisch hat.«

Laura schnaufte und tätschelte Max' Schulter.

»Du Armer.«

Laura zögerte einen Moment. Sie hatte die Marmorstufen zum Eingang erklommen, dessen mächtiges Vordach auf zwei imposanten Säulen ruhte. Die Klingel in Form eines goldenen Löwen irritierte sie. Es gab keinen Knopf, sondern nur einen Ring, den man gegen das Metall schlagen konnte. Laura fragte sich, wie jemand in dem großen Haus diesen Türklopfer hören sollte. Trotzdem schlug sie den Ring gegen die Platte und stellte überrascht fest, dass das Klopfen lautstark durch die Tür hallte. Die Augen des Löwen schienen zum Leben zu erwachen. Erst jetzt bemerkte sie die Kamera, die darin versteckt war.

»Was kann ich für Sie tun?«, fragte eine Frauenstimme, die direkt aus dem Maul des Löwen kam.

»Laura Kern und Max Hartung vom Landeskriminalamt Berlin. Wir möchten gerne mit Doktor Martin Döbler sprechen.«

Die Tür knackte geräuschvoll und öffnete sich elektronisch. »Treten Sie bitte ein«, fügte die Frauenstimme nach ein paar Sekunden überflüssigerweise hinzu. Laura stand längst im Flur, neben ihr Max. Der Raum war in dezenten, cremefarbenen Tönen gehalten. Wände, Möbel und auch der Boden wiesen nicht den Hauch von Schmutz oder etwa Gebrauchsspuren auf. Laura konnte sich beinah in den Bodenfliesen spiegeln. Sie fühlte sich unbehaglich. Das Innere der Villa wirkte kalt und unpersönlich. An den Wänden befanden sich einige Plakate, die über mögliche Schönheitsoperationen an Brust und

Gesicht informierten. Es gab weder Grünpflanzen noch Gemälde.

»Herzlich willkommen! Was kann ich für Sie tun?« Eine adrette Brünette mit einer Körbchengröße, die Laura regelrecht ansprang, kam in einem knappen weißen Kittel auf sie zu.

Laura schluckte und betrachtete die Beine, die einfach nicht enden wollten. Obwohl sie das normalerweise nicht tat, verglich sie sich mit dieser Frau, an der wahrscheinlich alles künstlich war. Trotzdem machte der Auftritt von Gundula Meier, deren Name als Einziges nicht ins Bild passte, einiges her. Aus den Augenwinkeln nahm Laura wahr, wie Max nach Luft schnappte und sich so aufrichtete, dass er auf der Stelle ein paar Zentimeter größer wurde. Er streckte Gundula Meier die Hand entgegen und hielt ihre bei der Begrüßung länger als nötig fest.

»Doktor Döbler erwartet Sie. Folgen Sie mir bitte«, erklärte die Brünette. Max tappte ihr wie hypnotisiert hinterher. Selbst Laura kam nicht umhin, auf die wohlproportionierten Hüften zu starren, die sich bei jedem Schritt geschmeidig hin und her wiegten. Jetzt verstand Laura jedenfalls, wie Dr. Döbler sein Geld verdiente. Er schuf perfekte Körper mit makellosen Gesichtern, auf denen der Lauf der Zeit offenkundig keine Spuren hinterließ. Nur der Name Gundula deutete darauf hin, dass Frau Meier vermutlich erheblich älter war, als ihr Äußeres erahnen ließ.

Die Empfangsdame führte sie durch eine größere Halle, die genauso neutral und leer wirkte wie der Flur. Sie wandte sich nach rechts und öffnete eine schwere Holztür, hinter der Dr. Döblers Büro lag. Während Max

Gundula Meier keine Sekunde aus den Augen ließ und ihr auch noch hinterherblickte, als von ihr längst nichts mehr zu sehen war, klebten Lauras Blicke an dem bestaussehenden Arzt, den sie bisher getroffen hatte. Groß, durchtrainiert, mit imposanten Bizepsen und einem Gesicht, das auf jedem Hochglanzmagazin hätte erscheinen können. Blondes, kurz geschnittenes Haar, ein gepflegter Dreitagebart, der die sinnlichen Lippen perfekt betonte, kombiniert mit einem hinreißenden Grübchen am Kinn und klugen, blauen Augen ließen Laura auf der Stelle die Erwägungen über Gundula Meiers Alter vergessen. Laura gehörte nicht zum Typ Frau, der Männer nach dem Äußeren beurteilte, aber eines war ihr auf den ersten Blick klar, nämlich dass diesen Mann keine Frau so schnell von der Bettkante stoßen würde. Entsetzt über ihre eigenen Gedanken zog sie stumm ihren Dienstausweis aus der Hosentasche und legte ihn auf den Tisch. Dr. Döbler schenkte ihr ein Lächeln und entblößte eine Reihe makelloser Zähne. Nichts anderes hatte Laura erwartet.

»Frau Kern, bitte nehmen Sie doch Platz.« Dr. Döbler trat hinter Laura und schob ihr den Stuhl heran. Sie plumpste hinein und versuchte, sich nicht von dem herben Parfüm betören zu lassen, das ihr in die Nase stieg und sie auf unheimliche Weise an Taylor erinnerte. Und an seinen Kuss. Sofort waren die Gedanken an den gestrigen Abend wieder da. Hatte sie Taylor zu heftig zurückgewiesen? Unsicher fuhr sie mit den Fingern über die narbige Haut, die sich unter ihrer hochgeschlossenen Bluse verbarg. Sie holte tief Luft. Ihre Gedanken an Taylor mussten warten.

»Wir haben ein paar Fragen an Sie«, brachte Laura

hervor. »Beginnen wir vielleicht mit gestern. Können Sie uns sagen, wo Sie in der Nacht waren?«

Dr. Döblers Lippen formten sich zu einem überraschten »Oh«. In seinen Augen konnte Laura eine schnelle Pupillenbewegung sehen. Sie war geschult darin, Lügen zu erkennen. Die Pupillen hatten sich für den Bruchteil einer Sekunde nach oben links bewegt. Die meisten Augenbewegungen erfolgten nach unterbewussten Gewohnheitsmustern. Diese konnten nicht willentlich gesteuert oder kontrolliert werden. Doch sie folgten einem recht zuverlässigen Schema. Beim Abruf von Bildern, also visuellen Gedanken, drehten sich die Augen in aller Regel nach oben. Rief das Gehirn vorhandene Bilder ab, also tatsächlich Erlebtes, dann wanderten die Pupillen regelmäßig nach oben rechts. Bei erfundenen oder konstruierten Bildern, bei Lügen und Geschichten vollführten die Augen eine Bewegung nach oben links. Lauras Gegenüber log demzufolge. Natürlich waren diese Körperreaktionen kein Beweis für eine Lüge, konnten aber bei Vernehmungen sehr hilfreich sein.

»Ich lag in meinem Bett«, sagte Dr. Döbler und rieb sich am Hals.

Das war ein weiterer Indikator. In Lauras Kopf sprangen sämtliche Alarmglocken an.

»Wann sind Sie denn zu Bett gegangen?«, fragte sie freundlich.

»Schwer zu sagen. Ich schätze, so gegen zehn.«

»Kann das jemand bestätigen?«

»Ja, meine Frau. Sie ist allerdings heute geschäftlich unterwegs. Wir führen eine Apotheke.« Wieder wanderten Döblers Augen nach oben links.

»Ist Ihre Frau auf dem Handy erreichbar? Wir könnten sie kurz anrufen und uns Ihre Aussage bezeugen lassen.«

Döbler kratzte sich am Kopf. »Ja, die Handynummer. Wo habe ich die nur …?«

»Ich denke, die ist in Ihren Kontakten gespeichert«, sagte Laura und deutete auf das Smartphone auf dem Schreibtisch.

»Natürlich«, erwiderte Döbler nervös. Er verstummte und kniff die Lippen zusammen. Hinter seiner Stirn arbeitete es.

Nach einer Weile sagte er: »Hören Sie, ich war gestern auf einer Veranstaltung. Meine Frau weiß nichts davon. Ich kam erst sehr spät nach Hause. Vielleicht gegen drei Uhr nachts. Ich möchte keine Unstimmigkeiten zwischen meiner Frau und mir heraufbeschwören, also behalten Sie das doch bitte für sich.«

»Was für eine Veranstaltung war das denn?«, erkundigte sich Max, der inzwischen neben Laura saß und in regelmäßigen Abständen in die Richtung schielte, in die Gundula Meier verschwunden war.

»Das möchte ich nicht sagen«, erwiderte Dr. Döbler. Er erhob sich und schloss die Bürotür. »Wissen Sie, das ist eine recht delikate Angelegenheit. Worum geht es denn eigentlich? Möglicherweise kann ich Ihnen auf eine andere Art weiterhelfen.«

Eine delikate Angelegenheit also. Laura dachte an Isabell Wittmann, die eine Affäre mit dem Geschäftsmann Robert Prosch angefangen hatte. Die Männer mittleren Alters, denen sie in letzter Zeit begegnet war, glichen sich offensichtlich sehr. Sobald die ersten Anzeichen des Alterns eintraten, wichen sie auf jüngere Frauen aus, um ihr Ego aufzupolieren. Selbst Max, der das mittlere Alter noch längst nicht erreicht hatte, sah sich auffällig oft nach anderen Frauen um. Dabei war er eigentlich durch und durch ein Familienmensch. Hannah und die beiden Kinder bedeuteten ihm alles. Laura schüttelte unmerklich den Kopf. Nein, Max war sicher keiner von dieser Sorte. Er blieb stets loyal, auch wenn er zurzeit anscheinend seine Hormone nicht völlig im Griff hatte. Bei Dr. Döbler hingegen konnte Laura sich gut vorstellen, dass er die Nacht regelmäßig ohne seine Ehefrau verbrachte.

»Nun, Doktor Döbler, wenn Sie mit Ihren Worten andeuten wollen, dass Sie eine außereheliche Affäre haben, können wir natürlich versuchen, diskret vorzugehen. Trotzdem brauchen wir die Aussage Ihrer Geliebten. Sie muss uns bestätigen, dass Sie gestern Nacht bei ihr waren.«

Dr. Döblers Gesicht glänzte hochrot. Er nuschelte etwas Unverständliches.

»Wie bitte?«

»Ist das denn wirklich nötig?«

Laura nickte.

»Aber ich kann doch die Aussage verweigern? Dürfen Sie mich überhaupt ohne einen Anwalt befragen?«

Laura sah ihm direkt in die Augen. »Natürlich dürfen wir das. Sie können selbstverständlich gerne Ihren Anwalt anrufen. Den brauchen Sie aber nur, wenn Sie beschuldigt sind. Ich frage mich daher gerade, ob wir Sie vielleicht mit aufs Revier nehmen sollten.« Ihre Stimme klang härter als beabsichtigt. Immerhin erzielten ihre Worte eine Wirkung. Döbler brach der Schweiß aus.

»Ich schreibe Ihnen die Nummer von Daniel Schleger auf.« Seine Worte waren leise, kaum zu verstehen.

Lauras Gehirn brauchte eine Weile, bis die Information richtig bei ihm ankam.

»Sie haben eine Affäre mit einem Mann?« Das überraschte sie wirklich. Laura hätte Dr. Döbler alle möglichen Vorlieben unterstellt. Homosexualität wäre nicht dabei gewesen. Erneut betrachtete sie den großen Mann. Aber seine Augen hatten sich diesmal nicht bewegt, er schien die Wahrheit zu sagen.

»Affäre wäre übertrieben. Wir treffen uns ab und zu.« Döbler schüttelte den Kopf. Die Situation war ihm sichtlich peinlich. »Hören Sie, wir sind beide verheiratet. Es ist nichts für die Öffentlichkeit. Daniel und ich … wie soll ich es sagen? Es ist einfach so passiert, und dann haben wir mit der Sache nicht mehr aufgehört. Wir haben beide Familie …« Er sprach nicht weiter, sondern blickte Laura nur durchdringend an.

»Welcher Art war denn nun die Veranstaltung?«, fragte Max in die entstandene Stille hinein. »Sie haben sich ja bestimmt nicht irgendwo zu Hause getroffen, oder?«

»Nein, selbstverständlich nicht. Gestern waren wir auf einer Veranstaltung der Freien Universität. Ich kann Ihnen eine Broschüre dazu geben. Wir arbeiten an einem Programm für Brandopfer und sind immer auf der Suche nach Interessierten und Freiwilligen. Es gibt natürlich diverse Personen, die meine Anwesenheit bestätigen können.«

»Bis wann waren Sie dort?« Laura machte sich eine Notiz.

»Bis zehn. Die anschließende Party haben wir ausgelassen.«

»Und warum haben Sie uns das nicht gleich gesagt?« Laura zweifelte an Döblers Geschichte. Schließlich musste es etliche Zeugen geben, und mit dieser Aussage hätte er sie auch direkt zufriedenstellen können.

»Wenn Sie sich umgehört hätten, wäre ja schnell herausgekommen, dass ich gegen zehn Uhr gegangen bin. Und dann hätten Sie sämtliche gestern anwesenden Kollegen und Kunden befragt. Ich muss an mein Image denken. Meine Klienten sind teilweise sehr konservativ und hätten für eine derartige Beziehung kein Verständnis. Schon alleine eine Befragung durch die Polizei könnte den einen oder anderen Patienten in die Hände der Konkurrenz treiben. Das kann ich mir nicht leisten. Dieses Anwesen ist nicht gerade günstig.« Er zuckte mit den Achseln.

Plötzlich stupste Max Laura mit der Fußspitze an.

»Sind das Ihre Kinder?«, fragte er und zwinkerte ihr dabei unauffällig zu.

»Ja.« Dr. Döbler betrachtete das Bild auf dem Schreibtisch, und Laura stellte erstaunt fest, dass sein Blick voller Liebe war. Auf einmal kam ihr Döbler vor wie ein Mann mit zwei Gesichtern. Wenn er seine Familie so sehr liebte, warum betrog er sie dann? Laura fand vorerst keine Antwort darauf.

Max zog das Bild zu sich heran. Es zeigte eine bildhübsche Frau mit drei Kindern. Laura spürte Max' Blick auf sich, der sagte: Habe ich doch gleich gesagt. Manchmal schienen sich Vorurteile tatsächlich zu materialisieren. Max hob eine Augenbraue und schob den Bilderrahmen zurück an seinen Platz.

»Kennen Sie eine dieser Personen?« Laura legte die Fotos der drei Entführungsopfer auf den Schreibtisch. Döbler nahm sich Zeit, schüttelte jedoch den Kopf. Seine Augen wanderten zwischen den Aufnahmen hin und her. »Diese hier kommt mir irgendwie bekannt vor«, sagte er und tippte auf Jasmin Wülfrath. »Ich kann Ihnen aber nicht sagen, woher. Vielleicht irre ich mich auch. Was ist denn mit ihnen?«

Da war sie wieder, diese verräterische Augenbewegung. Laura vermutete, dass Döbler log oder zumindest die Wahrheit zurechtbog. Sie antwortete nicht auf seine Frage, sondern wich mit einer Gegenfrage aus.

»Können Sie mir verraten, wie Ihre Fingerabdrücke auf diesen Flyer kommen?« Laura holte die Plastiktüte mit dem Beweisstück hervor und schob sie langsam über den Tisch.

»Die liegen überall aus«, erwiderte Döbler gelassen. »Das ist Werbung für meine Praxis. Außerdem ist der Druck, den Sie hier haben, schon ein paar Jahre alt.«

»Aber Sie verteilen diese Werbung doch sicher nicht selbst, oder bleibt Ihnen für so etwas Zeit?« Neben ihrem Doppelleben und der Familie, fügte Laura in Gedanken hinzu. Dass sie überhaupt nicht wussten, ob es sich tatsächlich um die Fingerabdrücke des Schönheitschirurgen handelte, ließ sie lieber unerwähnt.

»Nein, in der Tat nicht. Ich überprüfe jedoch regelmäßig die Qualität dieser Broschüren. Die Druckereien sind nicht mehr das, was sie einmal waren. Die sparen im Zuge der Digitalisierung an allen Ecken und Enden. Nichts ist schlimmer als unscharfe Schrift oder ein falsches Farbbild. Ich lege, wie Sie sich vorstellen können, sehr viel Wert auf Perfektion und Ästhetik.« Er setzte ein Zahnpastalächeln auf.

Sie mussten sich mit seiner Antwort zufriedengeben, jedenfalls zunächst. Selbst wenn es sich um Döblers Fingerabdrücke handelte, mussten sie diese Spur mit den Taten in Zusammenhang bringen. Ansonsten wären die

Abdrücke nutzlos. Dasselbe galt für alle anderen am Tatort gefundenen DNS-Spuren. Schließlich war es die Polizei, bei der die Beweispflicht lag.

»Dann werden wir uns mal mit Ihrem Liebhaber in Verbindung setzen«, sagte Max, ohne den süffisanten Unterton in seiner Stimme zu unterdrücken. »Bitte halten Sie sich in den nächsten Tagen zu unserer Verfügung.« Sie erhoben sich und das Gespräch war vorerst beendet.

XVI

»Was zum Teufel hat Sie dabei geritten?« Becksteins Stimme erreichte eine kritische Höhe. Laura kannte ihn gut genug, um zu wissen, dass er stinksauer war. »Antworten Sie mir gefälligst!«

Max zuckte erschrocken zusammen. Er hatte Laura zu Dr. Döbler begleitet, ohne sich vorher bei Beckstein abzumelden. Dieser hatte ihn bereits auf einen neuen Fall angesetzt. Das an sich war nicht das Schlimmste, aber es ging um den Termin, den Max in diesem Zusammenhang verpasst hatte. Der Name der Innensenatorin hing immer noch bedrohlich in der Luft.

»Marion Schnitzer hat über zwanzig Minuten auf Sie gewartet.« Beckstein fuhr mit dem Finger über das altmodische Telefon, das er nie gegen ein modernes hatte eintauschen lassen, und zog ihn dann blitzartig weg, als hätte er sich daran verbrannt. »Ich habe geschlagene dreißig Minuten gebraucht, um die Innensenatorin zu beruhigen. Ich hatte ihr einen unserer besten Ermittler angekündigt. Hervorragend qualifiziert und … zuverlässig! Und jetzt verpassen Sie diesen Termin und blamieren mich bis auf die Knochen? Verflucht, Hartung. Sind Sie eigentlich von allen guten Geistern verlassen?«

»Aber es ging doch nur um einen Drohbrief«, warf Laura zu Max' Verteidigung ein und bereute es im selben Augenblick. Becksteins Blick hätte eine komplette gegnerische Armee vernichten können.

»Sie halten sich gefälligst da raus. Es ist nicht irgendein Brief. Es ist eine Nachricht, die an die private Adresse der Innensenatorin ging. Einem glücklichen Zufall ist es zu verdanken, dass ich heute Morgen, als Marion Schnitzer mich verzweifelt um Hilfe bat, einen fähigen Ermittler zur freien Verfügung hatte. Weil ich ihn erst gestern von einem Fall abgezogen habe, in dem bisher niemand ernstlich zu Schaden gekommen ist. Es wäre alles halb so schlimm, wenn Sie wenigstens Ihr verdammtes Telefon gehört hätten.«

»Es tut mir leid. Ich hatte es in der Nacht auf stumm geschaltet, weil ich froh war, dass das Baby schlief. Dann hatte ich vergessen, es wieder auf laut zu stellen. Ich kann mich jetzt sofort darum kümmern. Ich dachte nur, weil wir ein weiteres Opfer haben, wäre ich wieder mit Laura für den Fall zuständig.«

»Wenn Sie noch einmal Ihr Telefon abschalten, garantiere ich Ihnen, dass ich Ihnen einen Schreibtisch in der Poststelle organisiere. Wir sind hier doch nicht irgendein unkoordinierter Hühnerhaufen. Was soll die Innensenatorin von uns halten? Wie, verflucht, soll ich diese Frau denn davon überzeugen, dass wir ein größeres Budget benötigen, wenn wir noch nicht einmal unsere E-Mails checken und pünktlich zu Terminen erscheinen?« Beckstein hielt plötzlich inne. Er starrte Max an und scheuchte ihn dann mit einer einfachen Handbewegung aus dem Büro. Als Laura Max folgen wollte, hielt der Leiter des

Dezernates für Entführungen und Tötungsdelikte sie zurück.

»Geht es dem neuen Opfer so weit gut?«, fragte er mit erstaunlicher Ruhe.

Laura nickte. »Ich denke schon. Doktor Fuchs gibt mir Bescheid, sobald ich mit der Frau sprechen kann. Der Täter hat offenbar eine Tasche am Fundort vergessen. Ich denke, wir kommen jetzt voran.«

»Glauben Sie denn, der Kerl macht weiter?«

Laura nickte. »Wir kennen sein Motiv immer noch nicht. Es ist deshalb schwer vorherzusehen. Aber ich befürchte, dass er einen Plan verfolgt, der noch nicht erfüllt ist. Wir müssen ihn stoppen, bevor er weitermachen kann. Außerdem weiß ich nicht, wie lange wir die Presse noch aus der Sache heraushalten können.«

Beckstein seufzte. »Also gut, Laura, tun Sie mir einen Gefallen. Sorgen Sie dafür, dass Ihr Partner wieder mehr Ehrgeiz im Dienst entwickelt. Ich habe ein anderes Team auf den Drohbrief von Marion Schnitzer angesetzt. Beten Sie, dass Ihre Kollegen den Verfasser dieser Nachricht finden. Wenn ich deswegen bei der Innensenatorin in Ungnade falle, dann … Ab sofort ist Max wieder für Ihren Fall eingeteilt. Und stellen Sie sicher, dass der Mann ans Telefon geht, wenn man ihn anruft. Verstanden?«

Laura nickte. Sie fühlte sich von Beckstein nicht eingeschüchtert, im Gegenteil, sie konnte ihn sogar verstehen. Allerdings wusste sie auch, wie anstrengend der Familiennachwuchs für Max war. Hannah stellte in diesem Szenario keine große Unterstützung dar. Sie verlangte von Max, uneingeschränkt für die Familie da zu sein, ohne Rücksicht auf seinen kraftraubenden und verantwortungsvollen Job. Beckstein hatte völlig recht. Als LKA-Ermittler mussten sie erreichbar sein. Das Böse hielt sich schließlich nicht an die Dienstzeiten. Wenn es um Entführungen ging, dann zählten die ersten achtundvierzig Stunden. Die Uhr tickte erbarmungslos, sobald das Opfer in die Fänge seines Peinigers geraten war. Ein paar Stunden konnten über Leben und Tod entscheiden. Da kam es einfach nicht infrage, dass ein Ermittler nicht erreichbar war. Laura seufzte. Sie würde Max ins Gewissen reden müssen. Denn eines stand fest: Wenn durch sein Verschulden ein Mensch das Leben verlöre, würde Max nie darüber hinwegkommen. Entweder Max sprach mit Hannah und steckte klare Regeln ab oder er ließ sich in eine ruhigere Abteilung versetzen. Die letzte Alternative war für Laura allerdings nicht akzeptabel. Sie wollte keinesfalls auf Max verzichten, einen Partner, dem sie blind vertrauen konnte.

Laura verließ Becksteins Büro mit einem kalten Klumpen im Magen, der immer größer wurde, je mehr sie sich ihrem eigenen Büro näherte. Max saß an seinem Schreibtisch, das Gesicht in den großen Händen versteckt.

»Tut mir leid, dass ich dich da mit reingezogen habe. Ich hätte mir denken können, dass Beckstein ausflippt, wenn du, ohne um Erlaubnis zu fragen, an unserem Fall weiterarbeitest.«

»Unser Fall?« Max schaute auf. »Jetzt bestimmt nicht mehr. Wahrscheinlich darf ich die nächsten drei Wochen die Post austragen, bis Beckstein sich beruhigt hat.« Er stöhnte und ließ kraftlos die Faust auf die Schreibtischplatte fallen. »Verdammt, Laura. Im Augenblick wird mir einfach alles zu viel. Hannah, die beiden Kleinen und dann noch dieser merkwürdige Verrückte, von dem man nicht einmal weiß, was er wirklich will.«

Laura nutzte die Gelegenheit und setzte sich auf Max' Schreibtisch. »Hör mal, Max. Beckstein hat dich dem Fall wieder zugeteilt.«

Lauras großer Kollege mit dem markanten, kahl geschorenen Schädel und den ausdrucksstarken blauen Augen sah sie erstaunt an. »Er lässt mich weitermachen? Wie hast du das geschafft?« Er pfiff anerkennend durch die Zähne.

Laura zuckte mit den Achseln. »Eigentlich habe ich gar nichts gemacht«, gestand sie. »Beckstein ist aufbrausend, aber nicht dumm. Seit heute sieht er ein, dass der Kerl nicht von alleine aufhört und wir ihn stoppen müssen. Dennoch musst du mit Hannah reden.« Sie sprach nicht sofort weiter, sondern wartete, bis sie Max' volle Aufmerksamkeit hatte. »Ich weiß, es hört sich nach einem altmodischen Rollenbild an, aber ihr habt euch nun einmal aufgeteilt. Hannah ist zu Hause und du arbeitest hier. Du kannst nicht die Nächte mit Babysitten verbringen und erwarten, trotzdem fit für deinen Dienst zu sein. Das kann kein Mensch auf Dauer leisten.«

»Aber ich passe doch nur jede zweite Nacht auf die Kinder auf«, protestierte Max leise. »Hannah ist völlig fertig wegen des Kleinen. Er schläft keine Nacht durch und muss alle zwei Stunden seine Milch trinken. Die Koliken machen ihm wirklich zu schaffen.«

Laura beugte sich zu Max hinunter. »Es sind die Dreimonatskoliken, wie du weißt, und ich habe im Internet recherchiert. Gerade bei Jungs können sich diese Krämpfe auch bis zu sechs Monate hinziehen. Wenn du über diesen Zeitraum jede zweite Nacht nicht schläfst, wirst du auf dem Zahnfleisch gehen. Mindestens. Und früher oder später passiert ein Fehler, den du vielleicht nie wiedergutmachen kannst.« Laura empfand für Max Verständnis und Mitgefühl. Natürlich wollte er sich um seine Familie kümmern. Aber in ihrem Job war das nicht uneingeschränkt möglich. Max musste körperlich und geistig fit sein. Das wusste er selbst am besten. Er seufzte traurig und ließ die Schultern hängen.

»Ich komme mir vor wie ein Verräter, wenn ich Hannah mit diesem Problem alleinlasse.«

Laura überlegte. »Was ist denn mit deiner Mutter? Kann sie nicht wenigstens ab und an aushelfen? Sie könnte den Kleinen doch auch mal tagsüber betreuen, dann hätte Hannah Zeit für sich.«

Max sah Laura an. Seine Augen schimmerten verdächtig. Er wog die Vor- und Nachteile von Lauras Vorschlag ab. »Eigentlich ist meine Mutter nicht mehr die Jüngste, und ich wollte ihr diesen Stress nicht zumuten. Auf der anderen Seite liebt sie ihre Enkelkinder abgöttisch, und sie hat Zeit.« Er seufzte erneut. »Also gut, Laura. Ich spreche zuerst mit meiner Mutter und danach mit Hannah.«

Laura lächelte ihn an. »Und tu mir noch einen Gefallen. Schalte nie wieder dein Telefon im Dienst stumm.«

Max grinste. »Ich dachte schon, Beckstein versetzt mich auf der Stelle in den Streifendienst oder die Poststelle. Vor der Innensenatorin hat er jedenfalls einen Heidenrespekt. Sobald ihr Name im Spiel ist, sinkt Becksteins Laune auf den Tiefpunkt.«

Laura sah die weißhaarige, resolute Frau vor sich. Sie

gehörte zu der Sorte von Menschen, die Macht ausstrahlten und selbstverständlich auch ausübten. Schnitzer hatte diese Macht wahrscheinlich bereits mit der Muttermilch aufgesogen, denn sie entstammte einer einflussreichen Politikerfamilie mit einer langen Historie, die schon Anfang des zwanzigsten Jahrhunderts begann. Solche Menschen hatten ein Gespür für die Schwachstellen anderer, und mit großer Sicherheit hatte Schnitzer bei Joachim Beckstein genau auf einen dieser Knöpfe gedrückt.

»Ich habe mir jedenfalls im Internet die Praxis von diesem Schnösel angesehen, als du bei Beckstein warst.« Er klickte die Entertaste, und auf seinem Bildschirm erschien ein Foto der Villa, die sie gerade besucht hatten. »Rate mal, worauf er spezialisiert ist?«, fragte Max, und sein Grinsen erfasste jetzt das ganze Gesicht.

Laura ging im Geiste die Informationen durch, die sie über Dr. Döbler zusammengetragen hatten. Der Flyer aus der Reisetasche war sehr allgemein gehalten. Sie konnte sich daran erinnern, dass Döbler Botox-Behandlungen in etlichen Varianten anbot, Hautcremes, selbst angemischt, gegen den Alterungsprozess, sowie Schönheitsoperationen zur Brustvergrößerung, die Straffung sämtlicher Hautpartien und Fettabsaugungen. Auch in der Praxis war ihr nur das breite Behandlungsspektrum, aber keinesfalls eine Spezialisierung aufgefallen.

»Wenn ich an Gundula Meier denke, würde ich sagen, Doktor Döbler hat sich auf das komplette Programm der weiblichen Linie spezialisiert.« Den spöttischen Unterton konnte Laura sich nicht verkneifen.

»Komm schon. Du musst zugeben, dass die Frau ziemlich perfekt aussah.« Max lief rot an.

»Aber sie ist eine Mogelpackung und hätte den Vornamen lieber auch noch ändern sollen, um ihn der künstlichen Verjüngungskur anzupassen. Außerdem hättest du sie nicht so anstarren müssen.« Laura wusste selbst nicht genau, warum ihr der letzte Satz herausgerutscht war. Max schaute sie erstaunt an.

»Oh, seit wann interessiert es dich, welchen Frauen ich hinterherschaue? Das nehme ich als Kompliment.« Er grinste. »Bis unser Doktor dir seine Vorliebe für das männliche Geschlecht klargemacht hat, warst du, glaube ich, auch nicht gerade abgeneigt.«

Eins zu null für Max, dachte Laura und lachte. »Ehrlich gesagt kann ich diese Geschichte nicht glauben. Er wirkte eher wie jemand, auf den in jedem Hafen eine andere Braut wartet.«

»Ja, nur in diesem Fall ist es keine Braut, sondern ein Matrose.« Max kicherte belustigt. »Aber um noch mal auf den eigentlichen Punkt zurückzukommen.« Er klickte einen Button mit der Maus an. »Doktor Martin Döbler ist ausgewiesener Spezialist für Hauttransplantationen.«

»Tatsächlich?« Laura starrte auf die Information und zählte eins und eins zusammen. »Denkst du, der Kerl schnappt sich die Mädchen und schnippelt ihnen kleine Stücke Haut heraus? Was zur Hölle will er damit?«

Max zuckte mit den Schultern. »Keine Ahnung. Aber es ist doch ein merkwürdiger Zufall, findest du nicht auch?«

Laura nickte. Sie studierte die Informationen auf Döblers Homepage. Er behandelte insbesondere Brand- und Unfallopfer. Plötzlich erschien er ihr in einem ganz anderen Licht. Eben noch hatte sie ihn für einen Schönling gehalten, der reich und glücklich durchs Leben stolzierte. Doch jetzt sah sie zahlreiche Hilfsprojekte von »Ärzte ohne Grenzen«, die Döbler in den letzten Jahren begleitet hatte. Laura betrachtete Bilder eines kleinen afrikanischen Mädchens, dessen Gesicht Döbler nahezu perfekt rekonstruiert hatte. Unbewusst strich sie über die eigenen Narben. Das Mädchen war aus einem brennenden Haus gerettet worden. Haare und Gesicht waren unsagbar zerstört gewesen. Angespannt scrollte Laura durch die Aufnahmen und dachte an ihr eigenes Inferno. Nachdem sie sich aus dem Pumpwerk befreit hatte, war sie in ein Krankenhaus gekommen. Aus unerfindlichen Gründen hatten sich ihre Wunden entzündet. In einer Operation musste Gewebe entfernt und durch Haut von ihrem Oberschenkel ersetzt werden. Die Prozedur war sehr schmerzhaft gewesen, und bis heute hatte sie kein Gefühl an den betroffenen Stellen.

»Er scheint sein Handwerk jedenfalls zu verstehen«, erwiderte sie und klickte sich weiter durch die Homepage. »Sieh dir das mal an«, stieß Laura aus und vergrößerte ein Foto. »Das sind transplantierte Wimpern!« In ihrem Kopf setzten sich immer mehr Bruchteile eines Bildes zusammen. Sie ging zum Whiteboard, an dem die Namen von zwei verdächtigen Personen standen: Victor Frantzen und Robert Prosch. Den letzten Namen hatte Max durchgestrichen. Prosch war ein Ehebrecher, doch sein Alibi war hieb- und stichfest. Laura schrieb einen dritten Namen an die Tafel: Dr. Martin Döbler.

»Aber wir haben bisher überhaupt keine Verbindung zwischen Döbler und den drei Opfern«, wandte Max ein. »Wie wollen wir die denn herstellen? Und dann ist da auch noch Frantzen. Er kennt die ersten beiden Opfer.

Wenn wir ihm eine Verbindung zum dritten Opfer nachweisen, zeigen alle Indizien in seine Richtung. Sollten wir uns zunächst nicht lieber auf ihn konzentrieren?«

Laura hielt inne und legte den Stift zurück auf die Ablageschale der Tafel. »Ich habe eine bessere Idee. Wir teilen uns auf. Du suchst Frantzen auf und beobachtest ihn. Ich nehme mir Döbler vor.«

»Aber ich …« Max hob abwehrend die Hände.

»Kein Aber«, unterbrach ihn Laura unwirsch. »Beckstein genehmigt uns kein Überwachungsteam. Wir brauchen etwas Handfestes. Bisher sind wir immer nur hinterhergelaufen, jetzt nehmen wir die Dinge selbst in die Hand.« Weiter kam Laura nicht. Das Handy klingelte.

»Laura Kern«, meldete sie sich ungeduldig.

»Hier ist Fuchs, Dominikus-Krankenhaus. Frau Wülfrath ist jetzt ansprechbar.«

»Danke, wir kommen vorbei.« Laura legte auf. »Okay, Planänderung. Wir sprechen zuerst mit dem dritten Opfer.« Sie nahm den Hörer wieder in die Hand. Nun konnten sie sich keine weiteren Verzögerungen leisten. Laura bat das Rechercheteam, Martin Döbler genauestens unter die Lupe zu nehmen. Parallel sollten die Kollegen das Alibi von Victor Frantzen in der letzten Nacht abklopfen und eine erste Befragung von Döblers Liebhaber durchführen. Laura spürte die Aufregung in sich hochkochen. Unablässig sah sie Jasmin Wülfraths Augen vor sich und dachte an das Paketband, das für den Verlust der Wimpern verantwortlich gewesen sein könnte. Wenn Dr. Fuchs recht behielt und dem dritten Opfer tatsächlich die Augen zugeklebt worden waren, könnte das bedeuten, dass sie nicht wie die anderen im Dunkeln festgehalten worden war. Und dann gäbe es zumindest die Hoffnung, dass die Frau eventuell etwas von ihrer Umgebung mitbekommen hatte. Oder lag Dr. Fuchs daneben, weil die Wimpern gar nicht aus diesem Grund fehlten? Laura erinnerte sich an die transplantierten feinen Härchen und das Foto, das sie gerade auf Döblers Website gesehen hatte. Bald würde sie Gewissheit haben. Energiegeladen sprang sie zur Tür.

»Komm schon, Max. vielleicht erfahren wir endlich etwas Konkretes.«

...

Am Nachmittag nippte Laura frustriert an einem lauwarmen Kaffee, der alle Vorurteile bestätigte, die man zur Nahrungsversorgung in Krankenhäusern haben konnte. Der Geschmack des hellbraunen Getränkes war fade, allenfalls bitter. Genauso wie das Gespräch mit Jasmin Wülfrath, deren Aussage ohne jeden Inhalt geblieben war. Es stand nur eines fest: Ihr fehlten die Wimpern, ein Stück Haut an der Schulter und ein paar Haare. Wie es zu diesen Verletzungen gekommen war, wusste die Frau nicht. Sie hatte, wie die ersten beiden Opfer, weder brauchbare Erinnerungen noch irgendwelche Hinweise auf den Täter oder einen möglichen Ort, an dem sie festgehalten worden war. Die Schilderungen glichen sich beinahe aufs Wort. Laura und Max hatten sich über eine Stunde Zeit genommen in der Hoffnung, irgendetwas aus Jasmin herauszubekommen. Aber die Erlebnisse der Frau lagen in einer dunklen Wolke aus Betäubungsmitteln begraben.

»Schön, Sie zu sehen!« Dr. Herzberger kam über den langen Krankenhausflur auf Laura und Max zugeeilt. Der Rechtsmediziner hielt mehrere Akten in der Hand. »Ich war neugierig und bin gerade mit Doktor Fuchs die drei Patientinnen durchgegangen. Darf ich?« Er schob Lauras Kaffeebecher auf dem Tisch zur Seite und legte den Aktenstapel auf die freie Fläche. Dann blätterte er durch die Seiten der dritten Akte.

»Doktor Fuchs hat Ihnen sicher schon gesagt, dass die Verletzungen oberflächlich und aus medizinischer Sicht im Wesentlichen vollkommen unkritisch sind. Natürlich kann es in Einzelfällen zu Wundinfektionen kommen, die je nach Schwere des Verlaufs zu ernsthaften Schädigungen führen. Aber in den vorliegenden drei Fällen ist das ausgeschlossen.« Er machte eine bedeutungsvolle Pause und tippte auf eine Zeile im Arztbericht über Jasmin Wülfrath. »Ich habe mir die junge Frau heute Morgen persönlich angeschaut. Fangen wir bei den fehlenden Haaren an. Sie wurden samt Wurzel entfernt. Das kann absichtlich passiert sein oder die Frau ist irgendwo hängen geblieben. Die Wimpern wurden ihr ebenfalls einschließlich Wurzel herausgezogen. Die zurückgebliebene Haut ist erstaunlich intakt. Doktor Fuchs hat mir seine Version vom Paketband erläutert, der ich nur bedingt folgen kann. Meines Erachtens hat hier ein Profi Hand angelegt. Es ist unwahrscheinlich, dass ein Klebstoff nicht die kleinste Hautpartie verletzt hat. Ich tippe eher auf die Entfernung der Wimpern mittels Pinzette oder eines ähnlichen Hilfsmittels.« Wieder machte der Rechtsmediziner eine Pause. Laura hing regelrecht an seinen Lippen.

»Wobei ich aber ganz sicher bin, ist die Verletzung der

Schulter.« Dr. Herzberger massierte sich unbewusst den Nasenrücken und rieb sich dann mit der Hand über die Stirn. »Die Hornschicht der Haut wurde bis zur Lederschicht mit einem scharfen Messer, vielleicht sogar mit einem Skalpell entfernt. Es handelt sich definitiv um einen Täter mit medizinischen Kenntnissen. Und um jemanden mit praktischer Erfahrung. Denn so filigran und geschickt, wie die Haut abgelöst wurde, haben wir es keinesfalls mit einem Anfänger zu tun.«

Endlich erwachte Lauras Jagdinstinkt wieder zum Leben. Der Frust fiel von ihr ab wie gelbe Blätter von einem Baum in einem Herbststurm. Das, was Dr. Herzberger gerade gesagt hatte, gab zwar immer noch keinen Hinweis auf das Tatmotiv. Aber dafür wussten sie jetzt, nach welcher Art von Täter sie suchen mussten. Auf ihrer Liste stand zurzeit genau ein Tatverdächtiger, der über medizinische Kenntnisse verfügte.

»Doktor Martin Döbler«, stieß Laura aus und sprang auf. »Er ist Chirurg und außerdem spezialisiert auf Hauttransplantationen.«

»Sie meinen den Spezialisten für Brandopfer?« Herzberger beäugte Laura kritisch. »Ich weiß nicht. Der Mann ist ein sehr integrer und sozial engagierter Mediziner. Dass er mit den Entführungen in Verbindung steht, kann ich mir nicht vorstellen.« Der Rechtsmediziner schüttelte entschieden den Kopf. »Welches Motiv könnte er denn haben?«

Die Euphorie, die sich gerade in Lauras Zellen ausgebreitet hatte, verebbte abrupt. »Sie kennen den Mann?«, fragte sie überrascht.

Dr. Herzberger zuckte mit den Achseln. »Nicht

persönlich. Ich habe einige seiner Veröffentlichungen gelesen und ihn als Redner auf einer Veranstaltung erlebt. Er ist ein sehr progressiver Chirurg mit hervorragender Reputation. Aber ich will Ihnen keinesfalls in die Ermittlungen hineinreden. Sie suchen jedenfalls eine Person mit medizinischen Fachkenntnissen. Die Vorgehensweise war bei allen drei Frauen identisch. Bis auf die Wimpern und die fehlenden Haare. Diese Verletzungen treten nur beim letzten Opfer auf.«

»Könnte es nicht sein, dass er den drei Frauen Hautpartien entnommen hat, um sie Brandopfern zu implantieren?«, warf Max ein. Laura fand dieses Motiv durchaus nachvollziehbar, doch Dr. Herzberger schüttelte erneut den Kopf.

»Soweit ich weiß, wird fremde Haut viel zu häufig abgestoßen. Man versucht immer, eigene Haut des Patienten zu verpflanzen, um solche Komplikationen zu vermeiden. Wenn die Haut nicht ausreicht, kann man sie im Labor nachzüchten. Außerdem sind die entnommenen Partien nicht besonders großflächig. Die Behandlung eines Brandopfers erfordert viel größere Mengen. Tut mir leid.«

»Aber wofür entnimmt er dann die Haut?«, wollte Laura wissen.

»Jedenfalls nicht für eine Transplantation. Die Entnahmen sind zu klein, und selbst wenn man diese vier oder fünf Zentimeter großen Stücke transplantieren wollte, so wäre in dieser Größenordnung die Entnahme von Haut am Oberschenkel angezeigt. Ich denke aber noch weiter darüber nach«, versprach Dr. Herzberger und reichte ihr zum Abschied die Hand.

Laura rührte in ihrem kalten Kaffee und schob ihn lustlos von sich.

»Ich habe das Gefühl, wir treten auf der Stelle«, erklärte sie und warf Max einen frustrierten Blick zu.

»Immerhin wissen wir jetzt, nach wem wir suchen müssen.« Max versuchte, sie zu trösten. »Lass uns noch mal die Kollegen kontaktieren. Mittlerweile hat die Spurensicherung vielleicht weitere Ergebnisse und die Alibis sind bestimmt auch schon überprüft.«

»Dieser Schönheitschirurg hat gelogen. Hast du gesehen, wie seine Augen ständig umhergewandert sind? Er verheimlicht uns etwas. Wenn ich nur an diese aufgeblasene Praxis und seine vollbusige Assistentin denke, wird mir ganz schlecht.«

Max verdrehte die Augen. »Laura, lass uns sein Alibi überprüfen. Wenn er keines hat, nehmen wir ihn uns zur Brust.«

...

»Doktor Martin Döbler hat für gestern Nacht ein Alibi«, begann Ricarda, die junge Mitarbeiterin des Rechercheteams, die mit ihrer Brille und den zu einem Knoten gebundenen Haaren wie eine Bibliothekarin wirkte. »Er hat an einer Veranstaltung für die Behandlung von Brandopfern an der Freien Universität teilgenommen. Ich habe fünf andere Teilnehmer und den Mitarbeiter an der Garderobe befragt. Alle haben seine Anwesenheit bestätigt, und außerdem konnte der Garderobier bestätigen, dass Doktor Döbler gegen zweiundzwanzig Uhr zusammen mit einem anderen Mann das Gebäude verlassen hat. Ich habe mich auch mit Daniel Schleger in Verbindung gesetzt. Er hat ausgesagt, dass er nach der Veranstaltung mit Döbler essen war.« Ricarda blätterte in den Unterlagen. »Das war im *Saigon*, einem vietnamesischen Lokal.«

Laura stand am Whiteboard und notierte die wichtigsten Punkte hinter Döblers Namen.

»Wie lange waren die beiden dort?«

»Das konnte Daniel Schleger nicht mehr so genau sagen. Aber es war wohl mindestens eine Stunde.«

Laura schrieb die Zeitangabe auf und umkreiste sie mit einem roten Stift. »Nur eine Stunde? Dann hätte er danach genügend Zeit gehabt, Jasmin Wülfrath im Park am Krankenhaus abzulegen. Was ist mit dem jeweiligen Zeitpunkt, an dem die ersten beiden Opfer gefunden wurden?«

»Da war er zu Hause. Ich habe mit seiner Frau gesprochen. Allerdings hat sie mir verraten, dass sie und Doktor Döbler getrennte Schlafzimmer haben. Sie war sich jedoch sicher, dass er zu der Zeit zu Hause war. Frau Döbler gab an, einen leichten Schlaf zu haben.«

Laura seufzte. Sie traute Döbler nicht. Vielleicht tat sie ihm unrecht, aber sie hatte weiterhin den Eindruck, dass er sie angelogen hatte. Seine Augen hatten ihn verraten.

»Was ist mit Victor Frantzen?«, fragte Max unvermittelt. Er war bisher in den schriftlichen Bericht der Spurensicherung vertieft gewesen. Offen blickte er Ricarda an, und Laura sah, wie diese schüchtern den Blick senkte.

»Ja, also, Frantzen hat für die Nacht ein Alibi. Ein Nachbar verbürgt sich für ihn.«

Ein Nachbar? Laura konnte sich das schwerlich vorstellen. In dem großen, anonymen Kasten, in dem Frantzen wohnte, konnte doch ein Toter liegen, und die Bewohner würden ihn höchstens irgendwann aufgrund des Geruches bemerken.

»Na schön. Er war also angeblich zu Hause«, sagte sie und notierte das Alibi auf der Tafel unter seinem Namen. »Was gibt es denn Neues von der Spurensicherung? Haben die irgendetwas zu der Tasche und der Decke herausgefunden?«

Max blätterte eine Seite in dem Bericht um. »Bei der Ledertasche handelt es sich um ein hochpreisiges Markenexemplar für über fünfhundert Euro, die überall in den entsprechenden Geschäften erhältlich ist. Leider ist es ein gängiges Herrenmodel, das es seit mehreren Jahren gibt.«

Laura machte ein Minuszeichen hinter Frantzen. Der konnte sich eine teure Tasche wie diese sicher nicht mal eben so leisten. Bei Dr. Döbler setzte sie stattdessen ein Plus.

»Die Tierhaare auf der Decke stammen von drei verschiedenen Katzen, eine konnte der Rasse Britisch Kurzhaar zugeordnet werden. Bei den anderen beiden handelt es sich um Hauskatzen mit schwarzem und weißem Fell. Außerdem haben sie noch Pferdehaare gefunden. Die Decke kann man in Ikea-Häusern kaufen. Damit können wir wohl auch nicht viel anfangen. Der Gestank rührt übrigens von einer Mischung aus dem Kot und Urin der Katzen her. Die Decke war voll davon.«

Laura rümpfte die Nase. Max' Beschreibung hatte ausgereicht, die Erinnerung an den scheußlichen Geruch zum Leben zu erwecken. »Ich hatte gedacht, es riecht nach Mist, Schweinekot oder Kühen. Aber Katzen?«

Sie schüttelte sich. »Ich wusste nicht, dass die so stinken können.« Laura warf Ricarda einen Blick zu. »Könnten Sie für mich herausfinden, welche Katzen- und Pferdezüchter es im Berliner Norden gibt? Vielleicht schauen Sie sich auch mal auf den umliegenden Bauernhöfen um. Da gibt es sicher viele Tiere. Möglicherweise bringt uns das auf eine Spur. Unser Täter scheint jedenfalls definitiv ein Tierliebhaber zu sein.«

XVII

Weiches Fell kitzelte Amelie an den Beinen. Sie kicherte leise, blieb jedoch liegen und hielt schlaftrunken die Augen geschlossen. Die Berührung kroch sanft an ihren Beinen hoch, warm und flauschig, voller Zuneigung.

»Komm her, Tiger«, flüsterte Amelie und griff nach dem Wollknäuel, das heftig zu schnurren begann und ihre Hand leckte. Die kleine, raue Zunge brachte Amelie erneut zum Kichern. Sie öffnete die Augen, eigentlich nur, weil sie ihren kleinen Liebling ansehen wollte. Sie wollte das seidig glänzende Fell bewundern und die leuchtend grünen Augen, die wie Smaragdsterne an einem schwarzen Nachthimmel glänzten. Doch als sie die Lider flatternd aufschlug, umfing sie nichts als Schwärze. Schlagartig wurde ihr bewusst, dass sie kein Kind mehr war. Sie lag nicht eingekuschelt in ihrem Bett und auch Tiger war nicht da. Schockiert fuhr sie ein paar Zentimeter hoch, dann blockierten ihre Fesseln. Was leckte da an ihrem Bein? Sie spürte ein größeres Lebewesen, weich und warm, das an ihr hochkrabbelte. Amelie schrie heiser auf. Der Laut verebbte in ihrer ausgetrockneten Kehle. Er war nicht mehr als ein Hauch. Sie zerrte an ihren Fesseln; das haarige Tier an ihrem Bein ließ sich jedoch nicht beeindrucken. Unaufhörlich näherte es sich Amelies Hüfte. So sanft und warm, wie das Fell ihre Haut berührte, so grell und eisig schoss die Panik durch ihre Adern. Sie zappelte auf ihrer Unterlage, bog die Knie, so gut es ging, um das Geschöpf abzuschütteln. Heißer Atem verbrannte die Haut an ihrem Oberschenkel. Sie strampelte wild, keuchte verzweifelt. Ein lauter Knall von draußen erschreckte sie. Plötzlich bemerkte sie einen kühlen Luftzug. Ihre Augen durchsuchten die Dunkelheit und blieben an einem schwachen Lichtschimmer hängen, der sie aber trotzdem blendete.

»Raus hier!«, befahl eine energische Stimme. In ihrem Hinterkopf meldete sich eine Erinnerung. Der Hinweis auf etwas Bekanntes. Das Biest an Amelies Bein fauchte und fuhr die Krallen aus. Grelle Blitze flogen durch das Dunkel. Ihr Oberschenkel fühlte sich an, als wäre er von einer ganzen Armee aus Messern getroffen worden. Amelie bäumte sich auf, krächzte, so laut sie konnte, und fiel zurück auf die Unterlage. Die Tür schlug zu, der Lichtschimmer verschwand. Die Blitze waren noch da, sie zuckten am Rand ihrer Augäpfel. Der Schmerz an ihrem Oberschenkel verflüchtigte sich langsam. Übrig blieb ein unangenehmes Pulsieren im Takt ihres Herzschlages, das sämtliche anderen Körperempfindungen überdeckte. Erst nach und nach beruhigte sich ihr Puls und die gewohnte Müdigkeit übermannte sie wieder. Amelies Lider schlossen sich. Die scharfen Krallen der fremden Katze, die mit dem Lichtschimmer aus ihrem Gefängnis verschwunden war, spürte sie noch weiter.

XVIII

Laura saß an ihrem Schreibtisch, die Augen auf den Bildschirm gerichtet. Ihre rechte Hand führte die Computermaus, die linke lag gedankenverloren oberhalb der Brust. Der Zeigefinger kreiste ruhig über die bucklige Landschaft ihres Narbengewebes. Laura konzentrierte sich voll und ganz auf die Entführungsfälle. Sie hatte vielleicht vier Stunden geschlafen und war dann in den frühen Morgenstunden ins Büro gefahren. Ihr Innerstes lag in Aufruhr. Inzwischen hatten sie so viele Hinweise und Indizien gesammelt, dass Laura endlich den roten Faden finden wollte. Max schlief sicherlich noch. Sie hoffte, dass er wie versprochen mit Hannah geredet hatte. Mit Taylor hatte sie am Abend zuvor telefoniert. Es tat ihr gut, seine tiefe Stimme zu hören. Noch immer umhüllte seine Zuneigung sie wie ein wärmender Schal. Aber heute wollte sie den Durchbruch in ihrem Fall schaffen. Ein untrügliches Gefühl beherrschte sie. Das Böse ließ sich beinahe greifen. Es schlich um sie herum, nach wie vor unsichtbar, weil sie den entscheidenden Hinweis bisher nicht entdeckt hatte. Doch Laura wusste, dass es da war. Sie ging die Unterlagen zum dritten Mal durch. Ihr Schreibtisch sah aus wie nach einem

Bombeneinschlag, aber dem Chaos lag eine logische Ordnung zugrunde. Laura sortierte Hinweise stets nach Opfern und Zusammenhängen. Deshalb gab es einige Papiere, die nicht nur in einen einzelnen Stapel gehörten, sondern zwischen zweien lagen.

Angespannt rieb sie sich die trockenen Augen und wandte den Blick vom Bildschirm ab. Sie durchwühlte den rechten Papierstapel. Dr. Martin Döbler schien ein perfekter Schönheitschirurg zu sein. Er kümmerte sich um Brandopfer in Entwicklungsländern und behandelte sie sogar kostenlos. Auf der anderen Seite versorgte er Wohlhabende, die sich von ihm lästige Fettpolster oder Falten entfernen ließen. Offenbar war seine Praxis auf dem neuesten Stand der Technik, denn er warb mit Laseroperationsmethoden, die bisher lediglich in den USA zur Anwendung kamen. Doch auch in diesem Umfeld zeigte er soziales Engagement. Menschen, die sich solche Operationen überhaupt nicht oder nur teilweise leisten konnten, durften an Studien teilnehmen. Auf seiner Website präsentierte Dr. Döbler eine Neunzehnjährige, die an einer solchen Studie teilgenommen und sich ein neuartiges Brustimplantat einsetzen lassen hatte. Nichts, aber auch gar nichts deutete darauf hin, dass Döbler Haut oder Haare benötigte, um seine Patienten behandeln zu können. Ganz im Gegenteil. Der Schönheitschirurg verriet auf seiner Website sogar detailliert, wie Eigenhauttransplantationen funktionierten. Er bestätigte damit indirekt die Aussage von Dr. Herzberger, nach dem die Hautstücke, die den drei Opfern fehlten, für eine Transplantation viel zu klein und damit ungeeignet waren. Trotzdem konnte Laura einfach nicht aufgeben.

Döbler verbarg irgendetwas. Ihre Finger durchwühlten die Papiere und griffen schließlich nach einem Hochglanzflyer, den sie schon ganz vergessen hatte. Sie überflog den Text, der ihr nichts Neues offenbarte. Dennoch beschleunigte sich Lauras Herzschlag. Es ging weniger um den Flyer selbst als darum, wo sie ihn aufgelesen hatte. Sie blickte auf die Uhr. Es war kurz nach sechs. Hastig sprang sie auf, schnappte ihre Sachen und begab sich zum Auto.

...

Das letzte Mal waren sie mitten am Tag hier gewesen. Früh am Morgen war von der Hitze, die neulich den asphaltierten Parkplatz in der Sommersonne flimmern ließ, noch nichts zu spüren. Laura steuerte auf die Tiefgarage des Fitnessstudios zu. Als ihr einfiel, dass man zum Öffnen des Tores eine Premiumkarte brauchte, setzte sie den Wagen zurück. Sie schlug das Lenkrad ein, hielt jedoch neugierig inne. Das Gitter zur Tiefgarage öffnete sich. Ein schwarzer Mercedes kam durch das Tor gerollt und kroch die schmale Auffahrt herauf. Laura stand am rechten Rand der Zufahrt, sodass sie den Fahrer genau erkennen konnte. Angespannt umklammerte sie das Lenkrad, während sie den Mann anstarrte, der zu seinem Beifahrer blickte und wild mit der freien Hand gestikulierte. Die beiden Männer fuhren an ihr vorbei, ohne sie zu bemerken. Laura stieß scharf die Luft aus und wendete den Wagen. Sie war wegen Döblers Flyer hier, aber dass sie ihn persönlich antreffen würde, hatte sie nicht erwartet. Bisher wusste sie überhaupt nichts davon, dass er ebenfalls in diesem Studio trainierte. Während sie seinem Wagen folgte, wählte sie die Nummer von Marcel Lödermann, Isabell Wittmanns Fitnesstrainer. Sie war froh, dass er trotz der frühen Stunde abhob.

»Laura Kern, LKA. Ich habe eine dringende Frage«, hob sie an und gab Gas, da Döblers Wagen beschleunigte. »Ist Doktor Martin Döbler Premiumkunde bei Ihnen?«

Lödermann antwortete nicht sofort. Es dauerte eine Weile, bis er seine Unterlagen durchforstet hatte. »Ja, er ist seit Monatsbeginn Premiummitglied.«

»Aber er steht nicht auf der Liste, die Sie uns gegeben haben«, erwiderte Laura, ohne den Wagen vor sich aus den Augen zu lassen.

»Das ist richtig«, bestätigte Lödermann. »Die Liste wird immer am Monatsende aktualisiert. Deshalb steht er noch nicht mit darauf.«

»Wussten Sie, dass Werbeprospekte für Döblers Praxis in Ihren Räumlichkeiten ausliegen?«

»Ja, wir haben eine Zusatzvereinbarung getroffen. Zumindest hat das die Kollegin, die ihn aufgenommen hat, auf dem Vertrag notiert.«

»Danke«, sagte Laura und ließ etwas mehr Abstand zum vorderen Wagen. Sie fragte sich, ob der Mann neben Döbler sein angeblicher Liebhaber Daniel Schleger sein könnte. Sie fuhren jedenfalls in Richtung Frohnau, denselben Weg, den Laura vor Kurzem mit Max zu Döblers Praxis genommen hatte. Da die Straße nicht sonderlich stark befahren war, vergrößerte Laura den Abstand noch mehr. Mit einem Mal bemerkte sie einen Wagen hinter sich und im selben Moment klingelte ihr Handy. Verdutzt hob sie ab.

»Laura Kern, LKA«, meldete sie sich kurz angebunden. Ihre ganze Aufmerksamkeit richtete sich auf Döblers Wagen, der plötzlich verdammt weit vor ihr fuhr.

»Halte mal kurz an und nimm mich mit.«

Laura brauchte ein paar Sekunden, bis sie begriff, dass sie Max in der Leitung hatte.

»Wo bist du denn?«

»Na, hinter dir. Siehst du mich nicht? Ich habe dir schon mehrfach ein Zeichen gegeben.«

Laura bremste ab. Der Wagen hinter ihr stoppte ebenfalls. Max parkte ihn am Straßenrand und saß innerhalb weniger Sekunden neben ihr auf dem Beifahrersitz.

»Was machst du hier? Du solltest doch mal durchschlafen«, sagte Laura verwundert und gab zügig wieder Gas.

»Habe ich auch. Aber irgendwann bin ich aufgewacht und konnte einfach nicht mehr einschlafen. Also bin ich ins Büro und habe dich gerade wegfahren sehen. Ich habe übrigens mit Hannah geredet.«

»Und?« Laura bezweifelte, dass das Gespräch sonderlich erfreulich verlaufen sein konnte.

Max zuckte mit den Achseln. »Zuerst war sie ziemlich sauer. Doch schließlich hat sie es eingesehen.« Er pochte auf seine Wange. »Ich habe gestern sogar einen Gutenachtkuss bekommen.«

Laura war zu überrascht, um darauf zu reagieren. Seit Hannah Max betrogen hatte, konnte sie diese Frau nicht mehr ausstehen. Besser, sie verkniff sich den bissigen Kommentar, der ihr auf der Zunge lag.

»Ich wollte eigentlich ins Fitnessstudio. Dort liegen nämlich Döblers Hochglanzflyer aus. Aber dann ist er selbst aus dem Studio gekommen und ich habe ihn verfolgt. Bei Döbler sitzt übrigens noch ein Mann im Wagen.« Laura bog nach links ab; Döblers Praxis war vielleicht noch einen Kilometer entfernt.

»Das ist bestimmt Daniel Schleger«, schlussfolgerte Max, und Laura nickte. »Sieh dir das mal an.« Max pfiff durch die Zähne. »Die beiden scheinen in ihr Liebesnest zu wollen. Und das um diese Uhrzeit.«

Tatsächlich bog Döbler ab, und Laura folgte langsam. Die schmale Fahrbahn führte an einer Reihe Einfamilienhäuser vorbei. Döbler lenkte seinen Wagen über eine Kreuzung in eine noch engere Gasse. Plötzlich fiel Laura auf, dass sie sich Döblers Praxis von der anderen Seite her näherten. Döbler hielt und Laura stoppte ebenfalls. Sie parkte verdeckt hinter einem kleinen Lieferfahrzeug, jedoch so, dass sie ihr Zielobjekt nicht aus den Augen verlor.

»Beide steigen aus dem Wagen«, sagte sie, weil Max die Sicht genommen wurde. »Wir gehen hinterher.«

Was Laura merkwürdig vorkam, war die Körpersprache der beiden hochgewachsenen Männer. Weder gab es Berührungen zwischen ihnen noch wirkten sie besonders vertraut miteinander. Tatsächlich kam es ihr so vor, als hätten sie zwei Geschäftspartner vor sich. Sie warteten ab, bis Döbler die Gartenpforte zu seinem Grundstück öffnete, die offenbar nicht abgeschlossen war, bis sie sich kurz nacheinander in Bewegung setzten. Döbler redete die ganze Zeit. Leider verstand Laura nicht ein Wort. Die Entfernung war zu groß. Max überholte sie und gab ihr ein Zeichen, dass er vorausgehen wollte. Laura ließ ihn gewähren. Zwar übernahm sie gerne die Führung, aber da sie positiv überrascht von Max' plötzlichem Auftauchen war, protestierte sie nicht. Sie warteten, bis sich die beiden Männer ungefähr fünfzig Meter entfernt hatten. Den rückwärtigen Teil des Grundstücks bildete ein dicht bewachsender Park mit einem Kiesweg, der zum Haus führte. Rechts und links wuchsen zahlreiche Bäume und üppige Büsche, hinter denen sie problemlos Deckung fanden.

»Wir teilen uns auf«, flüsterte Max. »Ich gehe links, du rechts.« Er öffnete die Pforte und wandte sich nach links. Laura begab sich sofort nach rechts hinter den dicken Stamm einer Buche. Max duckte sich hinter einem Busch und beobachtete die beiden Männer durch die Zweige. Als er ihr ein Zeichen gab, huschte sie zum nächsten Versteck, einem dornigen Strauch mit dunkelgrünen Blättern. Laura schielte am Blattwerk vorbei. Die beiden Männer liefen zu einem Nebengebäude, das von der Vorderseite des Hauses aus nicht zu sehen gewesen war. Der flache Bau schien wesentlich neuer zu sein als die luxuriöse Villa. An der Eingangstür nahm Laura eine Bewegung wahr. Sie gab ein knappes Handzeichen, und Max spähte sofort in dieselbe Richtung. Eine Frau mit dunklen Haaren und schwarzer Jacke löste sich vom Gebäude und ging auf die beiden Männer zu. Sie begrüßten sich mit höflichem Handschlag. Dann schloss Dr. Döblers Begleiter die Tür auf und binnen Sekunden waren die beiden Herren mit der Frau im Inneren des Flachbaus verschwunden.

»Komm, wir schauen mal durchs Fenster, was sie so treiben«, flüsterte Max, gab sich jedoch keine Mühe mehr, sich besonders klein zu machen. Auch Laura verließ ihre Deckung und hastete Max hinterher. Trotzdem blieb sie auf die Umgebung konzentriert und prägte sich die Einzelheiten genau ein.

»Sollen wir Verstärkung rufen?«, flüsterte Max und platzierte sich neben einem gekippten Fenster.

Laura schüttelte heftig den Kopf. »Quatsch. Beckstein pfeift uns sofort zurück, und dann tappen wir weiter im Dunkeln. Außerdem macht die Praxis offiziell erst um zehn auf. Ich will wissen, was die so früh hier zu schaffen haben.« Sie sah Zweifel in Max' Augen aufblitzen, die jedoch auf der Stelle wieder verschwanden. Wahrscheinlich lag das an dem Rüffel, den Max von ihrem Chef kassiert hatte.

»Also gut«, erwiderte er und trat so dicht wie möglich an den Fensterspalt heran.

Laura folgte und hörte Stimmen. Einer der Männer sprach ruhig und freundlich.

»Mit Ihrer Unterschrift erklären Sie sich damit einverstanden, an unserer Studie teilzunehmen. Die Behandlung ist dann für Sie komplett kostenfrei.« Es war die Stimme von Döblers Begleiter; er redete auf die Frau ein. Laura riskierte einen Blick. Döbler saß am Schreibtisch, davor auf einem typischen schmucklosen Patientenstuhl die Frau, die ziemlich angespannt zu sein schien. Ihr Rücken war durchgedrückt, die Hände ineinander verkrampft, sodass die Fingerknöchel weiß hervortraten. Döblers Begleiter lehnte mit dem Gesäß am Schreibtisch. In dieser Position wirkte der Mann fast doppelt so groß wie die Frau und blickte unnachgiebig auf sie hinab. Er hielt einen Kugelschreiber in der Hand, den er einige Male auf und ab schwenkte und anschließend vor der Frau auf den Schreibtisch legte.

»Wenn ich das richtig verstanden habe, können Sie die Kosten für die Operation nicht alleine aufbringen. Das ist also eine perfekte Gelegenheit für Sie, oder nicht?«

Die Frau nickte zögerlich. »Aber was ist, wenn etwas schiefgeht? Sie haben gesagt, dass es die erste Operation dieser Art ist.«

Döblers Begleiter legte seine Hand auf die Schulter der Frau. »Aber Frau Lemke, Sie kennen doch das Renommee unserer Praxis. Was soll da schon schiefgehen? Haben Sie Vertrauen.« Er schob ihr den Stift hin und wies auf ein Papier vor ihr, das sie unterschreiben sollte. Die Frau knetete ihre Finger.

»Was bedeutet – hier –, dass ich meine Körperzellen an Sie spende?«, fragte sie und tippte auf die unterste Passage des Blattes.

Döbler beugte sich über den Schreibtisch. »Das sind die üblichen Standardklauseln. Deshalb brauchen Sie nicht beunruhigt zu sein.«

Die Frau nickte. »Entnehmen Sie mir denn bei der Operation Haut oder Haare?«

»Das hängt ganz vom Verlauf ab. Wir wissen noch nicht, ob Sie geeignet sind. In jedem Fall behandeln wir alles vertraulich«, erklärte Döbler in säuselndem Ton.

Die Frau zögerte einen Moment, griff dann aber nach dem Stift. Döbler lehnte sich erleichtert zurück. Sein Begleiter forderte die Frau auf, ihm in einen anderen Raum zu folgen. Zaghaft erhob sie sich. Obwohl Laura nur das Profil sehen konnte, schienen die Zweifel der Frau ganz und gar nicht ausgeräumt zu sein. Kurz vor der Tür blieb sie stehen. Unvermittelt drehte sie sich um und sagte klar und vernehmlich: »Ich habe es mir doch anders überlegt.« Sie machte einen Schritt zurück auf den Schreibtisch zu. »Ich glaube, es ist besser, wenn ich wieder nach Hause …« Weiter kam sie nicht. Döbler sprang auf und fing den plötzlich erschlaffenden Körper der Frau auf. Der andere Mann stand hinter der Frau. Langsam zog er eine Spritze aus ihrem Oberarm heraus.

»Das war knapp«, zischte er und trug die Frau mit Döbler zusammen in den Nebenraum. »Ich dachte schon, wir gehen heute leer aus.« Die Tür schlug zu. Laura starrte fassungslos durch das Fenster. Auch Max hatte es die Sprache verschlagen.

»Verdammt, was tun die da?« Lauras Stimme zitterte. »Wir müssen eingreifen.« Sie rannte um das Gebäude, um vielleicht einen Hintereingang zu finden oder wenigstens ein Fenster zu dem Raum, in dem sich die Frau befinden musste.

»Ich rufe Verstärkung«, rief Max ihr noch leise hinterher. Doch Laura nahm es nur mit halbem Ohr wahr. Sie mussten der Frau helfen. In ihrem Kopf wirbelten die Gedanken durcheinander. Es gab eine Verbindung zwischen Döbler und Isabell Wittmann, dem ersten Entführungsopfer. Beide trainierten im selben Fitnessstudio. Es war gut möglich, dass sie sich kannten. Außerdem hatte er als Premiumkunde Zugang zur Tiefgarage. Einen Zusammenhang mit den anderen beiden Opfern gab es bisher nicht. Aber spätestens wenn sie Döbler verhörte, würde sie die Wahrheit aus ihm herausquetschen. Sie fand das gesuchte Fenster und spähte hindurch. Augenblicklich zuckte sie zurück. Verdammt, dachte sie mit rasendem Herzen. Döblers Begleiter hatte sie gesehen. Es war nur für einen Sekundenbruchteil gewesen, doch der hatte gereicht. Im selben Moment, als sie den Kopf hob, hatte der Mann sich umgedreht und sie angestarrt. Laura fluchte und zog sich blitzschnell um die Hausecke zurück. Das Fenster wurde aufgerissen.

»Da ist niemand.« Döbler klang gelassen.

»Ich habe eine Frau gesehen«, beharrte der andere Mann. »Ich sehe nach.«

Laura umfasste ihre Dienstwaffe. Wo zum Teufel steckte Max? Hoffentlich lief er Döblers Komplizen nicht direkt in die Arme. Sie hastete zurück zu dem Fenster, an dem sie die ganze Zeit gestanden hatten. Max war nicht da. Lauras Herz donnerte in ihrer Brust. Sie rannte zur Vorderseite des Hauses. Nichts. Sie eilte wieder zum Fenster, hinter dem sich die Frau befinden musste. Vorsichtig warf sie einen Blick nach drinnen – und erstarrte. Angst kroch in ihr hoch. Sie schluckte, wich aber keinen Millimeter beiseite. Döbler stand seitlich, er bemerkte sie nicht.

Wütend blaffte er seinen Begleiter an: »Du bist ein verfluchter Vollidiot. Das ist ein Polizist. Wo ist seine Partnerin?«

Der Angesprochene rührte sich nicht. Wie gelähmt sah er zum geöffneten Fenster. Er blickte Laura direkt in die Augen. Diese hielt die Waffe auf ihn gerichtet. Ihr Zeigefinger zuckte. Am liebsten hätte sie abgedrückt.

»Hände hoch und keine Bewegung«, brüllte sie und kletterte geschickt über den Fenstersims. »Sie auch, Döbler. Das Spiel ist aus.«

Döbler drehte sich um. Sein attraktives Gesicht war verzerrt vor Wut und Überraschung.

»Hören Sie, Frau Kern. Es ist nicht das, wonach es aussieht.«

»Ach, wonach sieht es denn aus? Was haben Sie mit

meinem Partner gemacht?« Laura warf einen Blick auf Max, der bewusstlos auf dem Boden lag.

»Es war ein Unfall. Er ist mir direkt in die Arme gelaufen und ich hatte eine Betäubungsspritze in der Hand. Bitte hören Sie doch auf, mit der Waffe herumzufuchteln.« Der Mann senkte langsam die Arme.

»Sie haben einen Polizeibeamten verletzt. Lassen Sie gefälligst die Hände oben.« Lauras Stimme klang fest und entschlossen. Döblers Begleiter nahm die Arme wieder hoch.

Laura zerrte das Handy aus der Tasche und rief zusätzlich zur Verstärkung einen Rettungswagen. Max stöhnte. Seine Lider flatterten.

»Er wacht gleich von selbst auf. Das war nicht die volle Dosis.«

»Wer sind Sie überhaupt?«, fragte Laura den Mann mit der Spritze, ohne die Waffe herunterzunehmen. Ihr Magen fühlte sich wie ein Eisklumpen an. Kalte Angst um ihren Partner und eine unbeschreibliche Wut rumorten in ihr.

»Mein Name ist Bennefeld, Doktor August Bennefeld. Ich arbeite mit Doktor Döbler zusammen an neuen Operationsmethoden auf dem Gebiet der Schönheitschirurgie.«

Laura war erstaunt, ließ sich jedoch nichts anmerken. Eigentlich hatte sie ihn für Döblers Liebhaber, Daniel Schleger, gehalten. Sie musterte den Mann, der ihren Partner lahmgelegt hatte.

»Sie haben diese Frau gegen ihren Willen betäubt«, warf Laura ihm vor und deutete auf die Frau, die regungslos auf einer Liege an der hinteren Wand lag.

»Das sehen Sie ganz falsch. Frau Lemke hat sich schriftlich ausdrücklich zu dem Eingriff bereit erklärt. Ich kann Ihnen die Einverständniserklärung zeigen.« Bennefelds Worte klangen arglos, beinahe unschuldig. Hätte Laura nicht mit eigenen Augen gesehen, was er getan hatte, würde sie ihm die Geschichte glatt abkaufen.

»Pech gehabt«, erwiderte sie. »Mein Partner und ich haben genau mitbekommen, dass Sie diese Frau genötigt und anschließend gegen ihren Willen betäubt haben. Das wird Konsequenzen haben. Sie sind beide vorläufig festgenommen.« Laura klärte die Ärzte über ihre Rechte auf, legte ihnen Handschellen an und schob die Waffe zurück ins Halfter. Nachdem sie sich davon überzeugt hatte, dass sowohl Max als auch Frau Lemke langsam und gleichmäßig atmeten, fragte sie: »Was wollten Sie mit der Haut von Frau Lemke anstellen?«

Dr. Döbler zog fragend die Augenbrauen hoch. »Wie meinen Sie das? Frau Lemke hatte einen Autounfall, bei dem ein Nerv irreparabel geschädigt wurde. Seitdem hängt die rechte Lippenpartie stärker als die andere Seite nach unten. Wir wollten eine operative Korrektur vornehmen und zusätzlich die Haut unterspritzen. Diese Methode könnte man auch für die Verlangsamung des Alterungsprozesses einsetzen, deshalb darf Frau Lemke an unserer Studie teilnehmen. Die Krankenkasse hätte ihr nur die Standardoperation bezahlt.«

»Und was ist daran neu?«, erkundigte Laura sich.

»Wir operieren mit einer neuartigen Lasertechnik aus den USA.«

»Und was ist mit den Körperzellen, die Frau Lemke spenden sollte?« Laura baute sich vor Döbler auf. Im

Hintergrund vernahm sie, dass die Verstärkung eintraf. Trotzdem wollte sie mit der Befragung nicht warten, bis die beiden Männer im Revier waren.

»Manchmal entnehmen wir Proben, um Hautzellen nachzuzüchten. Bei Frau Lemke wäre das nicht der Fall gewesen. Wir lassen uns trotzdem von jedem Patienten standardmäßig das Einverständnis erteilen. Die Methode funktioniert auch noch nicht zuverlässig, die Forschung dazu befindet sich im Anfangsstadium.«

Döblers Worte klangen in Lauras Ohren nach. »Deshalb betäuben Sie Frauen und entnehmen ihnen Haut und Haare? Damit Sie Ihre Forschungen vorantreiben können?« Plötzlich passte alles zusammen.

»Dann kennen Sie also die drei Frauen, deren Fotos wir Ihnen gezeigt haben«, stellte Laura fest.

Döbler blieb unbeeindruckt. »Was wollen Sie mir eigentlich unterstellen? Ich möchte sofort mit meinem Anwalt sprechen.«

Etwas in Laura wollte die Dienstwaffe mitten auf die Stirn dieses arroganten Mistkerls setzen. Kühl erwiderte sie: »Ein Anwalt wird Sie da auch nicht mehr rausholen.«

XIX

Berlin, Deutschland
Zwanzig Jahre zuvor

Die Keramik starrte vor Dreck. Er schätzte das Alter der Toilettenschüssel auf mindestens zwanzig Jahre. Die Glasur war an vielen Stellen beschädigt, was dazu führte, dass sich ein gelb-bräunlicher Belag darauf festgesetzt hatte wie Rost auf einem alten Autowrack. Egal, wie oft und heftig er schrubbte, nach ein paar Tagen sah es genauso schlimm aus wie vorher. Aber das machte ihm nichts aus. Er hatte zu der Welt um sich herum eine gesunde Distanz entwickelt, sodass er die Dinge aus seiner eigenen Perspektive betrachtete. Während die anderen Jungen den Putzdienst hassten, konnte er sogar etwas Meditatives darin finden. Er ließ die Bürste rhythmisch auf und nieder gleiten, lauschte dem Klatschen des Wassers und überlegte, wie weit wohl der Weg des Abflussrohres bis zur Kanalisation war. Manchmal stellte er sich vor, wie die Ausscheidungen des Direktors in die Schüssel plumpsten und anschließend durch das Rohr nach unten gespült wurden. Es bereitete ihm Spaß, zu fantasieren. Er dachte darüber nach, wie viel Kot es vermutlich benötigte, bis das Rohr verstopft wäre. Und er fragte sich, was dann wohl passierte. Würden die Exkremente zurückgespült werden und in hohem Bogen wie eine Fontäne herausschießen? Vielleicht sogar den Allerwertesten des Direktors beschmutzen? Er grinste bei dieser Vorstellung.

Es gab lediglich zwei Menschen in seinem Leben, die für ihn von Bedeutung waren. Seine Schwester Jennifer, die inzwischen acht Jahre alt war und deren Schönheit von Tag zu Tag zunahm. Und dann noch den Direktor, einen Mann mit großem Bauchumfang, roten Wangen und schütterem Haar, der es vor ein paar Tagen gewagt hatte, seiner Schwester aufzulauern, als sie aus der Dusche kam. Sicher, der Mann hatte ihr nichts getan. Sie noch nicht einmal angefasst. Aber wahrscheinlich nur, weil er rechtzeitig zur Stelle gewesen war. Seit dem Tod ihrer Eltern ließ er Jennifer so gut wie nie aus den Augen. Der Direktor hatte sofort den Rückzug angetreten, trotzdem waren ihm sein lüsterner Blick und die feuchten Lippen nicht entgangen. Widerlich. Er ballte automatisch die Fäuste bei der bloßen Erinnerung. Es wurde Zeit, dass er endlich hier herauskam. Er war jetzt achtzehn und nur wegen Jennifer noch in diesem elenden Heim. Seine Noten waren gut, ja, durchaus vielversprechend. Das Abitur hatte er bereits in der Tasche. Er würde für Jennifer und sich sorgen können. Er wollte studieren, am liebsten etwas im medizinischen Bereich. Sobald er die Zusage hätte, würde er mit Jennifer fortgehen.

Bevor seine Eltern bei dem Autounfall in Schweden ums Leben gekommen waren, wollte er wie sein Vater

Diplomat werden. Reisen, fremde Länder erleben und mit wichtigen Menschen verhandeln. So hatte es sein Vater beschrieben, das aufregende Leben auf internationalem Parkett. Aber der Tod veränderte alles. In seinen Träumen durchlebte er die tragische Nacht wieder und wieder. Er fragte sich, ob er sie hätte verhindern können. Wäre er in der Lage gewesen, seine eingequetschten Eltern zu retten? Hätte er ihre Organe flicken und sie wiederbeleben können? Er schrubbte die Toilette unterdessen so kräftig, dass seine Fingerknöchel weiß hervortraten und die Bürste sich fast durchbog.

Er hatte die Anatomie des menschlichen Körpers studiert, kannte sämtliche Organe und ihre Funktionen. Er wusste, wie Blutungen gestillt wurden und in welchem Rhythmus man das Herz massieren musste, sobald es stillstand. Er wollte nicht hilflos danebenstehen und zusehen, wie ein sterbender Mensch sein Leben aushauchte. Den Tod konnte er nicht akzeptieren. Diese endgültige Stille, die sich über den Verstorbenen und seine Angehörigen legte, wollte er nicht einfach hinnehmen. Nie wieder würde er zulassen, dass ihm in einem solchen Maße wehgetan wurde. Dass etwas aus ihm herausgerissen wurde, das ihn daran hinderte, normal weiterzuleben. Jeden verdammten Tag vermisste er seine Eltern. Er beneidete Jennifer für die kindlichen Erinnerungen, die sie an sie hatte. Sie konnte sich kaum zurückbesinnen und hielt ihre Eltern für Engel, die im Himmel lebten und jeden Tag zu ihnen herabschauten. Sie tat gerade so, als wäre das Schicksal ihr besonders zugeneigt gewesen, denn Engel waren für Jennifer beinahe besser als Eltern aus Fleisch und Blut. Er hingegen durchlebte den Schmerz und die Trauer noch immer. Er konnte sich nicht mit seinem neuen Leben abfinden und mit der Kälte, die ihn umgab.

»Was machst du da?«

Auf der Stelle hielt er inne, als er Jennifer vernahm. Sie betrachtete ihn neugierig. Er hatte gar nicht gemerkt, dass er nicht mehr schrubbte, sondern zusammengesunken auf den nackten Fliesen saß.

»Ich habe Putzdienst«, antwortete er mit belegter Stimme. Durch seine enge Kehle drang die ganze Trauer, die er mit sich herumschleppte.

»Sieh mal, ich habe ein Bild für dich gemalt.« Jennifer überging instinktiv seine Traurigkeit und versuchte, ihn aufzumuntern. Sie hielt ihm ein Blatt Papier hin. Ein großer Junge, der die Hand eines kleinen Mädchens hielt, war darauf zu sehen. Die beiden Kinder standen auf einer Wiese vor einem Haus mit hübschem Gartenzaun. Ringsherum gab es Bäume und Tiere. In den Wolken erkannte er Herzen und Gesichter. Die Darstellung war undeutlich, außerdem störten mehrere Farbkleckse die Harmonie.

»Danke, Jennifer. Das ist wirklich ein schönes Bild. Aber du brauchst eine Brille. Sieh mal, diese Katze hier hat einen viel zu langen Schnurrbart.«

»Ich weiß. Mir ging es nicht so gut. Gib her, die Haare mal ich noch nach.« Jennifer strahlte und hüpfte fröhlich davon. »Bis später«, rief sie, als sie den Waschraum längst verlassen hatte.

Ein unerklärliches Gefühl verengte seine Kehle. Er erhob sich und griff wieder zur Toilettenbürste. Mit ganzer Kraft schrubbte er den Dreck aus der nächsten Schüssel.

Für diese brauchte er keine drei Minuten. Seine abgehackten, ja unrunden Bewegungen hatten nichts Meditatives mehr. Plötzlich konnte er verstehen, warum die anderen Jungen den Putzdienst hassten. Es lag nicht nur an der schweißtreibenden Tätigkeit, sondern auch an dem Gestank nach Reinigungsmitteln und Fäkalien.

Seltsam, seit Jennifer nach ihm gesehen hatte, verstärkte sich sein Gefühl der Enge oder besser der Sorge. Jennifer hatte in letzter Zeit häufig Krampfanfälle, die allerdings stets zügig wieder nachließen. Meist so schnell, dass sie bereits fort waren, wenn Hilfe kam. Irgendetwas stimmte nicht mit seiner Schwester. Hatte der Direktor sie etwa doch schon angerührt, ohne dass er es mitbekommen hatte? Waren Jennifers Symptome ein Zeichen für ihre erlittenen Qualen? Wütend warf er die Bürste in die Halterung. Für heute war er fertig. Er wusch sich gründlich die Hände und marschierte den langen grauen Flur entlang zur Treppe. Das Büro des Direktors befand sich in der obersten Etage, mit weitem Blick über den Park.

Entschlossen klopfte er an.

»Herein«, rief die Sekretärin, eine strenge Frau Anfang sechzig, der man nichts recht machen konnte. Sie sah ihn aus eisgrauen Augen an.

»Ist Post für mich gekommen?«, fragte er eingeschüchtert.

»Bursche, mit dir muss ich ein Wörtchen reden.« Der Direktor erschien mit einem Umschlag in der Hand in der Seitentür. Er erkannte den Stempel des Absenders und sein Herz begann augenblicklich zu rasen.

»Was steht da drin?« Seine Stimme war kaum zu hören.

»Was hast du denn erwartet?« Das hässliche Grinsen auf dem Gesicht des Direktors verhieß nichts Gutes.

»Sie lehnen dich ab. Dein Notendurchschnitt reicht nicht aus.« Er setzte die Miene eines Oberlehrers auf. »Ich habe dir ja gleich gesagt, dass nicht jeder dahergelaufene Waisenjunge Medizin studieren kann.«

»Aber das kann nicht sein.« Sein Protest verhallte unter den strengen Blicken des Direktors und seiner Sekretärin. *Wir halten sowieso nichts von dir, du Großkotz*, schienen sie zu sagen. *Dein Leben ist gelaufen und aus dem Sumpf des Verlierers kommst du nie wieder raus.* Die boshaften Sätze prasselten auf ihn ein. Er hielt sich die Ohren zu, presste die Hände so heftig dagegen, dass er nichts mehr hörte außer durchdringendes Pfeifen. Die Stimmen verschwammen in seinem Kopf. Sie raubten ihm den Verstand. Er brauchte dringend frische Luft. Er machte einfach kehrt und rannte hinaus auf den asphaltierten Hof. Er sprang über den Zaun, landete im nassen Gras, lief weiter über Felder, lief und lief, bis er nicht mehr konnte. Er blieb stehen, verschnaufte einen Moment, schrie so laut und so lange, bis er kaum noch Luft bekam. Erst dann brach er wimmernd zusammen.

XX

»Sie behaupten also weiterhin, keine der drei Frauen zu kennen?« Laura lehnte sich weit vor. Sie kroch regelrecht über den Tisch. Am liebsten wäre sie Döbler an die Gurgel gesprungen. Deutlich nahm sie sein herbes Parfum wahr. Aber die positive Emotion, die dieser Duft beim letzten Mal hervorgerufen hatte, blieb aus. Inzwischen war es beinahe Mittag. Laura brachte schon den gesamten Morgen mit dem Verhör zu. Langsam gingen ihr die Nerven durch. Döbler schwieg fast zu allen Fragen, was sicherlich nicht zuletzt an der Anwesenheit seines Anwalts lag.

»Mein Mandant hat jetzt mehrfach ausgesagt, keine dieser Frauen zu kennen.« Der hagere, grau melierte Mann schob die randlose Brille hoch und blickte Laura verständnislos an. »Indem Sie Ihre Fragen wieder und wieder stellen, ändern Sie die Antworten nicht. Das müsste Ihnen doch klar sein.«

Natürlich wusste Laura, dass Döbler eine harte Nuss war. Sie brauchte jedoch sein Geständnis, wenn sie ihn länger festhalten wollte. Aber der Anwalt setzte offenbar auf sein Schweigen. Dabei wäre es für seinen Mandanten besser gewesen, zu kooperieren. In solchen Fällen zeigte sich die Staatsanwaltschaft später oft kompromissbereit, was das Strafmaß anging, doch Döblers Anwalt schien es nicht darauf abzusehen. Dieser verdammte Winkeladvokat ging anscheinend davon aus, dass die Polizei lediglich Indizien in der Hand hielt. Ohne Beweise könnte er Döblers Kopf immer noch aus der Schlinge ziehen. Lauras Wangen brannten. Krampfhaft überlegte sie, wie sie Döbler in die Enge treiben konnte.

»Aber bei dieser Frau hier waren Sie sich doch bei unserem ersten Gespräch in Ihrer Praxis nicht sicher, oder?« Laura tippte auf das Foto von Jasmin Wülfrath. »Wir wissen beide, dass Sie diese Frau kennen.« Sie machte eine Pause und wartete darauf, dass Döbler sie anblickte. Seit Minuten starrte er auf einen imaginären Punkt auf der Tischplatte und ließ seinen Anwalt reden. Laura wollte die Antwort jedoch von ihm persönlich hören.

Dr. Döbler zuckte mit den Achseln. »Wie gesagt, sie kommt mir bekannt vor. Allerdings weiß ich nicht, woher.«

Laura beschloss, ein paar Fakten auf den Tisch zu legen. Es hatte sie und Max die halbe Nacht gekostet, alle Indizien zusammenzutragen. Jetzt war es an der Zeit, den Druck zu erhöhen.

»Ich kann es Ihnen sagen«, erwiderte sie scheinbar gelassen und schob ihm ein Blatt Papier hin. »Jasmin Wülfrath ist eine Ihrer Patientinnen. Erst vor zwei Wochen war sie wegen einer Brustvergrößerung in Ihrer Praxis, und Sie wollen sich nicht an diese Frau erinnern?«

Lauras Worte saßen. Döbler zuckte merklich zusammen. Sein Anwalt übernahm und baute sich wie ein Gockel vor Laura auf.

»Wissen Sie eigentlich, wie viele Patienten Herr Doktor Döbler betreut? Seine Kartei umfasst beinahe dreitausend Namen, und da wollen Sie ihm aufgrund der fehlenden Erinnerung an eine einzige Patientin Vorwürfe machen?« Der Anwalt schüttelte übertrieben den Kopf und hob tadelnd den Zeigefinger. »Liebe Frau Kern, da müssen Sie schon mehr vorbringen.«

»Auch zu Isabell Wittmann, dem ersten Opfer, gibt es unstreitig eine Verbindung«, fuhr Laura fort, ohne sich von dem Gehabe des Anwalts aus dem Takt bringen zu lassen. »Sie trainieren im selben Fitnessstudio und sind zudem beide Premiumkunden, haben also exklusiven Zugang zur hauseigenen Tiefgarage. Isabell Wittmann ist aus genau dieser Tiefgarage entführt worden.«

Der Anwalt zögerte nicht lange mit seiner Reaktion. »Meines Wissens stehen auf der Liste der Premiumkunden ganze dreißig Personen. Es gibt demnach achtundzwanzig weitere Verdächtige plus das Personal mit Zugang zu diesem Bereich. Jeder von ihnen könnte es gewesen sein.«

Laura lehnte sich selbstbewusst zurück und setzte ein wissendes Lächeln auf. »Wir haben selbstverständlich alle Personen überprüft. Ihr Mandant ist der Einzige, der kein Alibi vorweisen kann.«

»Seine Frau hat bezeugt, dass Doktor Döbler an diesem Abend zu Hause war«, polterte der Anwalt jetzt ungehalten. Offenbar glaubte er, Laura mit seinem drohenden Gebaren zu beeindrucken, doch die ließ seinen Ausbruch kalt an sich abprallen.

»Doktor Döbler bewohnt ein weitläufiges Anwesen, das über getrennte Schlafzimmer verfügt, die noch nicht einmal direkt nebeneinanderliegen. Aber vielleicht erklären Sie dann dem Staatsanwalt, warum Frau Döblers Aussage frei von Irrtum sein soll. Ich frage mich schon, wie sie durch die geschlossene Zimmertür am anderen Ende des Ganges ihren Ehemann mitten in der Nacht gehört haben will.« Laura machte eine kurze Pause und holte sogleich zum nächsten Schlag aus.

»Hinzu kommt, dass es auch eine Verbindung zur dritten Frau gibt, Charlotta Behrend. Interessanterweise ist sie mit Daniel Schleger bekannt, dem angeblichen Geliebten Ihres Mandanten.« Laura warf Döbler einen vernichtenden Blick zu. Der Mann hatte sie tatsächlich auf den Arm genommen. Zwar hatte Laura von Anfang an nicht an die Homosexualität des Schönheitschirurgen geglaubt. Aber Daniel Schleger hatte zunächst Döblers Alibi bestätigt und zudem ausgesagt, mit dem Arzt befreundet zu sein. In Wirklichkeit war das Ganze jedoch eine einseitige Geschichte. Schleger, homosexuell und ein glühender Verehrer Döblers, vermittelte diesem den ein oder anderen Klienten aus der Szene, weshalb sich die beiden öfter trafen. Eine Liebesbeziehung gab es hingegen in keiner Weise. Das hatte Laura schnell aus Daniel Schleger herausbekommen. Charlotta Behrend und Daniel Schleger kannten sich aus einem bei Schwulen und Lesben beliebten Café. Es schien daher durchaus möglich, dass Charlotta dem Schönheitschirurgen bereits über den Weg gelaufen war. Döbler war dort ab und an zu Gast, insbesondere dann, wenn es um die Gewinnung neuer Patienten ging.

»Du meine Güte, ich habe mich schon tausendmal entschuldigt«, sagte Dr. Döbler, der sichtliche Mühe hatte, sich zu beherrschen. »Ich wollte einfach meinen Kollegen Doktor Bennefeld aus der ganzen Sache heraushalten. Außerdem habe ich nicht gelogen. Schließlich war ich am besagten Abend mit Daniel Schleger essen. Ich habe nur weggelassen, dass ich danach noch mit Doktor Bennefeld zusammen eine Testoperation durchgeführt habe.« Er fuhr sich verzweifelt durch die Haare. »Den Frauen ist doch anscheinend überhaupt nichts passiert. Was wollen Sie eigentlich von mir?«

Jetzt platzte Laura der Kragen. »Was reden Sie da bloß? Den drei Frauen ist nichts passiert? Wie würden Sie es denn bezeichnen, wenn Sie in völliger Dunkelheit unter Drogen irgendwo tagelang angebunden sind und ein Verrückter Ihnen die Haut vom Leib schneidet? Ist das etwa nichts? Haben Sie eine Vorstellung davon, welche seelischen Schäden die Entführungsopfer für den Rest des Lebens mit sich herumtragen werden?«

»Gut, gut!« Döblers Anwalt sprang auf und riss beschwichtigend die Hände hoch. »Mein Mandant wollte damit lediglich zum Ausdruck bringen, dass die Frauen glücklicherweise alle wieder wohlauf sind und auch keine dauerhaften körperlichen Schädigungen davongetragen haben.« Er zog ein weißes Stofftaschentuch aus der Hemdtasche und tupfte sich seufzend die schweißfeuchte Stirn trocken. »Lassen Sie bitte *mich* reden!«, sagte er mit einem Seitenblick auf Dr. Döbler, der etwas sagen wollte, und setzte sich wieder auf seinen Stuhl.

»Überlegen Sie sich gut, wie lange Sie die Entführung dieser drei Frauen noch abstreiten wollen«, drohte Laura. »Dabei sollten Sie sich eines vor Augen führen: Mehrere Frauen haben bereits gegen Sie ausgesagt. Zuletzt

Martina Lemke, die Sie zur Teilnahme an Ihren obskuren Studien genötigt haben. Bereits dafür wartet eine Freiheitsstrafe auf Sie. Ich lasse Sie jetzt alleine.«

Laura verließ den Raum ohne ein weiteres Wort, damit ihre letzten Sätze die Wirkung nicht verfehlten. Der Druck sollte sich erhöhen, denn Verunsicherung galt als geeignetes Mittel, um das Gegenüber zum Reden zu bewegen. Solange der Anwalt nur ahnte, aber nicht sicher wusste, dass sie bis auf ein paar Indizien im Grunde nichts in der Hand hatten, musste Laura die vorhandenen Möglichkeiten ausspielen. Früher oder später würde er anhand der Unterlagen herausfinden, dass alle von Döbler und Bennefeld operierten Frauen eine Einverständniserklärung unterschrieben hatten. Bisher hatte dem Anwalt schlicht die Zeit gefehlt, die Fakten zu prüfen. Die Beweispflicht lag wie immer beim Landeskriminalamt, und wie sollte Laura nachweisen, dass die Frauen tatsächlich genötigt worden waren? Es war unsicher, ob ihre und Max' Aussagen ausreichen würden. Das von Martina Lemke unterzeichnete Schriftstück entlastete die beiden Chirurgen jedenfalls erheblich.

Sie ging schnellen Schrittes über den Flur zum Vernehmungsraum Nummer drei. Dort war Max mit der Befragung von Dr. August Bennefeld beschäftigt. Der Arzt wandte dieselbe Strategie wie Döbler an: Er schwieg. Als Laura den abgedunkelten Nebenraum betrat, der ihr durch die große Spiegelwand einen Blick auf das Verhör erlaubte, gestikulierte Bennefelds Anwalt gerade wild mit den Händen und forderte die umgehende Freilassung seines Mandanten. Laura schaute auf die Uhr. Sie durften die beiden Verdächtigen maximal bis Mitternacht des nächsten

Tages festhalten. Danach brauchten sie einen Haftbefehl. Das bedeutete, sie hatten nur noch wenig mehr als einen Tag Zeit. Nervös rieb sie sich die Hände. Einer der beiden musste einknicken, und zwar schnell. Laura verließ den kleinen Raum und ging in ihr Büro. Vor der Tafel, die über und über mit Fotos, Stichworten und Pfeilen bedeckt war, blieb sie stehen. In dem Moment klingelte ihr Handy.

»Wir haben die Aussagen von allen drei Frauen«, erklärte ein Polizeibeamter freudig. Laura benötigte einen Moment, bevor sie umschaltete. Dann nahm sie Stift und Papier zur Hand.

»Legen Sie los«, forderte sie den Anrufer auf.

»Isabell Wittmann kennt Doktor Martin Döbler aus dem Fitnessstudio. Sie haben bereits mehrmals zur gleichen Zeit trainiert. Sie schließt nicht aus, dass Döbler der Mann ist, den sie vor ihrer Entführung im Fahrstuhl gesehen hat. Allerdings ist ihre Erinnerung immer noch zu ungenau.«

Laura machte eine Notiz an der Tafel. »Immerhin.« Isabells Aussage war besser als nichts, dachte sie und wartete darauf, dass der Polizist fortfuhr.

»Charlotta Behrend kennt Doktor Döbler ebenfalls.« Der Stimme am anderen Ende der Leitung war der Triumph deutlich anzuhören. Auf Lauras Gesicht breitete sich unwillkürlich ein Lächeln aus. Die Schlinge um Döblers Hals wurde langsam enger.

»Sie hatten völlig recht. Zunächst konnte sie sich nur an das Gesicht erinnern, aber als ich dann nach Daniel Schleger fragte, hat sie sich sofort an das Café erinnert, in dem sie dem Arzt vorgestellt wurde. Das ist jetzt ungefähr drei Monate her.«

Laura schrieb eifrig mit, während der Beamte fortfuhr.

»Bei Jasmin Wülfrath haben wir die stärkste Verbindung. Sie ist nicht nur vor zwei Wochen in Doktor Döblers Praxis gewesen. Er hat sie sogar zu einem Drink eingeladen.« Der Mann machte eine Pause.

»Wow«, sagte Laura und schüttelte den Kopf. Wieder eine Lüge, die Döbler ihr aufgetischt hatte. Oder konnte er sich tatsächlich nicht an die attraktive Frau erinnern, obwohl er sie zu einem Drink eingeladen hatte? Jasmin Wülfrath, eine gelernte Krankenschwester, wurde direkt vor ihrer Haustür entführt, als sie nachts vom Dienst nach Hause kam. Für Döbler wäre es ein Leichtes gewesen, an die Privatadresse der jungen Frau zu kommen. Zufrieden pochte Laura mit dem Stift auf das Papier.

»Wülfrath hat die Einladung übrigens abgelehnt. Sie glaubt, dass Doktor Döbler deswegen enttäuscht war.« Damit beendete der Polizist seine Ausführungen.

Persönliche Enttäuschung und Zurückweisung. Wenn das mal kein Motiv ist, dachte Laura und bedankte sich bei dem Anrufer. Euphorisch setzte sie drei dicke grüne Häkchen hinter die Namen der Opfer. Alle kannten Döbler und Döbler kannte sie. Sobald die Aussagen schriftlich vorlägen, käme sie einem Haftbefehl um einiges näher. Das Bild schien sich zusammenzusetzen. Jetzt hatte Laura auch eine mögliche Erklärung, warum dem dritten Opfer nicht nur ein Stück Haut, sondern zusätzlich Wimpern und Haare entfernt worden waren: Döbler hatte neben seinem medizinischen Interesse ein ganz persönliches Motiv.

XXI

Berlin, Deutschland
Achtzehn Jahre zuvor

Endlich. Zum ersten Mal seit Monaten brachte er wieder ein Lächeln zustande. Kurz nach seinem neunzehnten Geburtstag hatten sie es rausgeschafft aus der Hölle des Kinderheims. Er und Jennifer. Auf sie beide wartete ein neues Leben. Ein gutes Leben voller glücklicher Momente, ohne Bevormundung und Demütigungen. All die Entbehrungen der letzten Jahre würden in Vergessenheit geraten und sich auflösen wie der letzte Schnee, der dem Frühling weicht. Natürlich hätte er auch schon mit achtzehn gehen können, aber dann nur ohne seine Schwester. Für sie musste erst ein Vormund gefunden werden. Also war er geblieben.

Beinahe zärtlich strich er über das Papier in seiner Hand. Es war ihre Zukunft. Die Bestätigung, dass auch ein Junge wie er eine zweite Chance im Leben bekam. Die hässlichen Worte des Direktors hallten noch immer in seinem Kopf nach, doch er stellte mit Genugtuung fest, dass sie nicht mehr wehtaten. Es waren nur noch leere Hülsen, Buchstabenkombinationen ohne jeglichen Gehalt. Er sah durch das Fenster zum Himmel, der sich tiefblau und wolkenlos in die Unendlichkeit erstreckte. Nichts darin war dunkel. Seine Zukunft war erfüllt von Licht, genau wie die seiner Schwester. Obwohl es jetzt einen Vormund vom Jugendamt gab, fühlte er sich wie Bruder und Vater zugleich. Er würde Jennifer gut versorgen können, sobald er das Studium abgeschlossen hätte. Und entgegen aller Vorhersagen des Direktors würde er helfen und behandeln. Er würde all die Mechanismen des Lebens lernen, sie erkennen und begreifen. Mit diesem Wissen würde ihm die Welt gehören. Nie wieder sollte das Schicksal mit einer solchen Härte wie beim Tod seiner Eltern über ihn hereinbrechen. Er legte den Studienbescheid beiseite und griff voller Ehrfurcht nach dem Anatomiebuch, einem Standardwerk, das er sich für das erste Semester zugelegt hatte. Beeindruckt betrachtete er die Abbildungen vom Aufbau des menschlichen Körpers. Jeder Organismus bildete einen komplexen Mechanismus aus Knochen, Gewebe und Nervenbahnen, die die Steuerung übernahmen. Jeder Gedanke konnte einen Impuls auslösen und über diese Bahnen einen Muskel zur Kontraktion bringen. Jede Berührung wurde von den Nervenzellen ins Gehirn geleitet, damit eine Bewertung stattfinden konnte. Dann bekamen die Nervenzellen einen Befehl, der zurück ins Muskelgewebe übertragen wurde und dort eine entsprechende Reaktion auslöste. Manchmal waren die Übertragungswege verworren, sodass eine gewaltige Zeitspanne verging, bis es zu einer Rückmeldung kam. Er hatte es schon getestet. Schmerz musste nicht immer sofort zu einer Abwehrreaktion führen. Wurde das Gehirn durch andere Informationen abgelenkt, konnte es dauern, bis der Schutzmechanismus einsetzte und den Körperteil mittels Muskelbewegungen von der Schmerzquelle fortbewegte. Stürzte man beispielsweise eine Treppe hinab, weil man eine Stufe übersehen hatte, machte sich der Schmerz des Aufpralls erst bemerkbar, wenn man bereits eine Weile am Boden lag. Die Zeit zwischen dem Sturz und dem Realisieren dessen, was geschah, war geprägt von einer veränderten Wahrnehmung. Sie schien sich auszudehnen. Als ob der Geist die Zeit anhielte, um eine bessere Chance zu haben, Schlimmeres zu verhindern. Doch eigentlich nahm man den Sturz dadurch nur intensiver wahr, denn ein einmal aus dem Gleichgewicht gebrachter Körper ließ sich so schnell nicht mehr aufhalten. Das physikalische Gesetz der Schwerkraft zog ihn unaufhaltbar abwärts, bis er auf dem Boden aufschlug. Und dann dauerte es eben noch einige Sekunden, bis der Schmerz voll an das Gehirn gemeldet wurde. Dafür setzte er meist umso heftiger ein.

Er stellte sich vor, wie seine Eltern den Autounfall in Stockholm erlebt haben mochten. War in den letzten Momenten ihres Lebens auch die Zeit stehen geblieben, sodass sie unweigerlich mitbekamen, dass ihre Existenz an diesem Punkt endete? Hatten sie bewusst miterlebt, wie der Wagen abhob und durch die Luft schoss, als er von der eisglatten Straße abkam, um schlussendlich im Graben zu landen? Hätte ein Arzt, der unmittelbar zur Stelle gewesen wäre, ihre zerquetschten Körper retten können? Er fuhr mit dem Zeigefinger die roten Linien entlang, die in der Darstellung das Blut vom Herzen in den Organismus pumpten. Zuerst wurden immer die lebensnotwendigen Organe versorgt. Das war leicht nachzuvollziehen. Setzte man sich eisiger Kälte aus, wurden zunächst die Füße und Hände kalt. Nach und nach hörte der Kreislauf auf, Arme, Beine und das Gesicht zu versorgen. Die inneren Organe wurden bis zuletzt durchblutet, so lange, bis die Kälte den Versorgungsfluss zum Stillstand brachte. Unvermittelt fragte er sich, ob die Organe seiner Eltern zum Zeitpunkt ihres Todes vielleicht noch unversehrt waren. Dann, und da war er sicher, hätte er sie retten können. Doch bisher wurde ihm noch nicht einmal Einsicht in die Unfallakte gewährt. Er hatte keine Ahnung, wie sie tatsächlich umgekommen waren. Aber in seiner Fantasie spielte er beinahe jegliche Möglichkeit durch. In fast jeder davon hätte es ein Arzt vermocht, ihnen zu helfen.

Die Türklingel schellte und er ließ das Buch fallen. Die Geräusche in der kleinen Wohnung waren ihm noch nicht vertraut. In den ersten Nächten konnte er gar nicht einschlafen, weil die plötzliche Stille ihn nahezu auffraß. Bis auf Jennifer, die gleichmäßig atmete, gab es niemanden, der Laute von sich gab, etwa schnarchte oder sich auf einer quietschenden Matratze wälzte. Außerdem hatten sie jetzt Rollläden, um das Schlafzimmer komplett abzudunkeln. Im Heim waren die Fenster bis auf ein paar dünne Gardinen unverhüllt. Die Straßenlaternen warfen jede Nacht unheimliche Schatten an die Wände. Bei Vollmond hatte er kaum ein Auge zutun können. Zügig begab er sich zur Tür. Er musste lächeln, ungeduldige Füße stolperten die drei Treppen hoch. Er konnte Jennifer bereits an ihren Schritten erkennen.

»Ich habe eine Eins geschrieben.« Sie plapperte drauflos,

ehe sie ihn überhaupt sah. »In Mathematik. Stell dir das mal vor. Ich habe die beste Note in der ganzen Klasse bekommen.«

Ein entzückender Mädchenkopf mit rosigen Wangen tauchte auf, und für einen Augenblick verschlug Jennifers Anblick ihm die Sprache. Sie war in den letzten Wochen regelrecht aufgeblüht, nachdem er sie aus den Fängen des Direktors befreit hatte. Innerlich beglückwünschte er sich abermals zu ihrem neuen Leben.

Sie hielt ihm das Heft hin, noch bevor sie über die Türschwelle trat. Er lachte und wirbelte sie herum.

»Das hast du wirklich toll gemacht, Jennifer.« Seine kleine Schwester strahlte, und er hätte diesen Moment am liebsten für immer festgehalten. Alles wandte sich zum Guten. Davon war er überzeugt.

XXII

»Aber irgendwo muss die Haut doch sein.« Laura blieb stur stehen. Die Kollegen der Spurensicherung packten bereits zusammen.

»Tut mir leid«, sagte der Leiter des Teams. »Wir haben das Labor jetzt mehrfach intensiv durchsucht. Vielleicht finden wir bei den angelegten Kulturen Material der drei Frauen. Die DNS liegt uns inzwischen vor, aber das wird ein paar Tage dauern.«

»Okay.« Laura hatte gehofft, in Döblers Labor auf Spuren zu stoßen. Sie starrte auf die Kühlschränke und musterte abermals die Petrischalen, die dort aufbewahrt wurden. Jede Probe war mit einem Namen versehen, aber die der drei Opfer waren nicht darunter. Laura griff zur Liste mit den Patientennamen und ging die Einträge durch. Auf den ersten Blick schien alles stimmig zu sein. Laura wusste selbst nicht, was sie eigentlich erwartet hatte. Glaubte sie etwa, einen Flickenteppich aus Hautstücken vorzufinden? Möglicherweise. Nachdenklich fuhr sie sich durch die blonden Locken, die sich wirr in alle Richtungen ringelten.

»Im Keller ist auch nichts«, sagte Max, der gerade die Treppe heraufgekommen war. »Vielleicht hat Döbler im Wohnhaus noch ein Labor.«

Laura biss sich auf die Unterlippe. »Aber wir haben keinen Durchsuchungsbeschluss für das Privathaus. Wir könnten natürlich seine Frau bitten, uns hereinzulassen.«

»Vermutlich hat er sämtliche Beweise vernichtet, als wir zum ersten Mal bei ihm aufgetaucht sind. Überleg doch, er hatte richtig viel Zeit dazu.«

Laura nickte. Max hatte recht. Döbler war nicht dumm. Wahrscheinlich war er direkt nach ihrem Besuch zur Tat geschritten. Kein Wunder, dass er nichts gegen die Durchsuchung des Labors gehabt hatte. Er wusste, dass sie keine Beweise finden würden.

»Haben Sie die Mülleimer geleert?«, fragte Laura den Leiter der Spurensicherung, der mit einem Koffer auf dem Weg nach draußen war.

»Natürlich. Wird alles im Labor untersucht. Wenn Sie möchten, schicke ich einen Kollegen zu Doktor Döblers Privathaus, damit der sich den Müll dort auch vornehmen kann.« Der Mann drehte sich wieder zum Ausgang, hielt dann jedoch inne. »Wenn ich Döbler wäre, hätte ich Beweise auch in der Toilette hinuntergespült.«

»Und?«, fragte Laura. »Haben Sie mal nachgesehen, ob vielleicht etwas hängen geblieben ist?«

Der Beamte stellte den Koffer ab, griff in eine Plastikkiste, die an der Wand stand, und brachte eine Toilettenbürste zum Vorschein. »Glauben Sie mir. Wir haben jeden Quadratzentimeter auf den Kopf gestellt, und wenn er etwas durchs Klo gestopft hat, dann wird diese Bürste es uns verraten.« Der Mann grinste und warf die Bürste zurück in die Kiste. Dann ging er mit dem Koffer nach draußen.

»Danke!«, rief Laura ihm hinterher.

»Ich kläre mal mit Döblers Frau, ob wir einen Blick ins Haus werfen dürfen.« Max legte das Handy ans Ohr.

Laura blickte sich unterdessen noch einmal im Labor um. Es gab eigentlich nichts mehr zu sehen, trotzdem wollte sie nicht einfach aufgeben. Es lag auf der Hand, dass Döbler, wahrscheinlich zusammen mit seinem Kollegen August Bennefeld, die drei Frauen entführt und für irgendwelche Experimente missbraucht hatte. Doch Indizien allein reichten vermutich nicht aus. Laura kannte ihren Chef Joachim Beckstein nur zu gut. Was sie hatten, würde ihm nicht genügen, um die Staatsanwaltschaft einzuschalten. Natürlich, mit ein wenig Glück könnte Laura ihn vielleicht dennoch überzeugen, aber der Stand der Ermittlungen genügte auch ihren eigenen Ansprüchen nicht.

»Und?«, fragte Laura neugierig, als Max auflegte. »Was sagt Frau Döbler?«

Max grinste. »Sie ist wohl zurzeit nicht so gut auf ihren Gatten zu sprechen. Wir dürfen vorbeikommen. Er hat ein Arbeitszimmer mit einem Minilabor. Ich wette, dass wir dort fündig werden.«

…

»Dürfen wir das mitnehmen?«, fragte Laura Kirsten Döbler, die nicht die geringste Ähnlichkeit mit der Assistentin ihres Ehemannes aufwies. Sie war das genaue Gegenteil, ein graues Mäuschen, das so gar nicht zu dem Schönheitschirurgen passen wollte. Die beiden kannten sich aus der Schule, hatten gleich nach dem Abitur geheiratet und Kinder bekommen. Während Döbler vor

Energie sprühte, schien das Hausfrauendasein seiner Ehefrau jegliche Kraft ausgesogen zu haben. Sie wirkte gepflegt, nicht unattraktiv, aber die zurückhaltende Art und das Verletzliche in ihrem Blick zeigten, dass der Erfolg ihres Mannes auch auf den Entsagungen basierte, die sie für die Familie gebracht hatte. Während er draußen die Welt eroberte, war sie zu Hause geblieben, hatte sich um die Kinder gekümmert und offenkundig einiges von sich selbst verloren. Kirsten Döbler stand die ganze Zeit über wortlos im Türrahmen und sah dabei zu, wie Max und Laura das Labor in der Wohnung unter die Lupe nahmen. Sie nickte stumm und beobachtete Max mit ihren kleinen graublauen Augen, der die Schubladen des Schreibtisches durchsuchte.

»Hier ist nichts«, erklärte er und erhob sich.

»Wissen Sie, was das für Proben sind?« Laura zeigte Kirsten Döbler einige Petrischalen, die sie gerade in einer Plastiktüte verstaute.

Döblers Frau nickte erneut. »Er ist in einem Forschungskreis, der sich mit der Entwicklung künstlicher Haut beschäftigt.« Sie deutete auf eine Tür, die Laura schon beim Betreten des Labors aufgefallen war. »Sie können sich gerne bei den Ratten umsehen.«

Ratten? Laura mochte keine Ratten. Die Vorstellung ihrer nackten Schwänze und scharfen Zähne behagte ihr nicht. Trotzdem folgte sie dem Vorschlag und öffnete die schwere Tür. Sie schreckte zurück. Krallen kratzten auf Metall, die hungrigen Rufe, die sie an die Schreie von Außerirdischen denken ließen, brachten Lauras Magen in Bewegung. Hinzu kam der widerliche Geruch von Kot und Urin.

»Er macht hier Tierversuche?«, fragte sie erstaunt und betrachtete fünf Käfige mit kräftigen, ausgewachsenen Tieren, die sie mit roten Augen anstarrten. Als sie nicht weiterging, wurden die Rufe lauter.

»Sie haben Hunger. Warten Sie«, sagte Kirsten Döbler und glitt an Laura vorbei. Sie griff nach einem Sack mit Trockenfutter. Die Ratten sprangen aufgeregt in ihren Käfigen herum. Die Krallen schürften über das Metallgitter, durch das ihre Exkremente rieselten. Einige Tiere waren kahl rasiert. Schorf auf dem Rücken deutete alte, bereits verheilte Verletzungen an. Kirsten Döbler schüttete etwas Futter in jeden Käfig. Als sie den Sack wieder verschloss, war das Kratzen und Kreischen einem hektischen Schmatzen gewichen. Laura taten die Tiere leid. Sie mochte keine Tierversuche, selbst wenn sie noch so nützlich für den Menschen waren. Niemand sollte sich zu Gott erheben und mit dem Leben anderer spielen, egal ob Mensch oder Tier. Am liebsten hätte sie die Käfigtüren aufgerissen und die gepeinigten Kreaturen in die Freiheit entlassen. Sie wandte den Blick ab und spürte gleichzeitig eine Berührung am Bein. Der Gedanke, dass eine Ratte an ihrem Fuß schnüffeln könnte, entlockte ihr einen erschrockenen Laut. Sie wich zurück und stieß gegen Max' breite Brust.

»Experimentiert er etwa auch mit Katzen?«, fragte Laura entsetzt und betrachtete erleichtert das aufgeplusterte Wollknäuel, das sich schnurrend um ihre Beine wand.

»Nein. Das ist Maja, unser Haustier. Die Kinder lieben sie, und Maja hält die Ratten für Jagdobjekte. Sie schleicht sich täglich in diesen Raum. Deshalb ist er eigentlich abgeschlossen.« Kirsten Döbler schüttelte verärgert den

Kopf. »Wir haben ein neues Hausmädchen, und sie vergisst immer noch sehr viel. Obwohl sie schon seit drei Monaten hier ist.«

»Sieht aus wie eine Britisch-Kurzhaar-Katze«, sagte Max und bückte sich, um über das Fell der Katze zu streicheln. Sogleich ließ das Tier von Laura ab und umschmeichelte ihren neuen Verehrer, der dem schlanken Katzenkörper ein tiefes Schnurren entlockte. Max grinste entzückt.

»Ja, kennen Sie sich mit Katzen aus?«

Max verneinte. »Nicht besonders. Dürften wir ein paar Haare von Maja für unser Labor mitnehmen?«

Kirsten Döbler zögerte einen Moment, zuckte dann jedoch mit den Schultern. »Von mir aus. Wissen Sie, ich gönne es Martin, dass er mal einen Dämpfer für seine Besessenheit bekommt.«

Laura betrachtete die Frau, die bisher nicht viel gesprochen hatte, neugierig. Besaß sie doch mehr Energie, als der erste Eindruck vermittelt hatte? Ihr Tonfall ließ jedenfalls auf eine Menge aufgestauter Wut schließen.

»In letzter Zeit trifft er sich ständig mit Daniel Schleger und schleppt diese merkwürdigen Menschen hier an.« Sie griff sich an die Stirn, als stünde sie kurz vor einem Ohnmachtsanfall. »Ich bin ein toleranter Mensch, aber die Kinder sind noch viel zu klein, um solche …« Sie suchte nach den richtigen Worten. »… solche Typen zu sehen. Wie soll ich meinem Sohn erklären, warum manche Männer Frauenkleider tragen? Wir hatten schon Ärger mit der Schule, weil er einen Transvestiten gemalt hat, ohne zu wissen, was er eigentlich tut. Martin will diese Leute nicht in die Praxis lassen, weil er Angst hat, dass andere Patienten vergrault werden könnten.« Kirsten Döbler stampfte wütend mit dem Fuß auf. »Aber unsere Kinder mit diesem Anblick zu verschrecken, da hat er keine Skrupel. Sie würden mir einen großen Gefallen tun, wenn er zukünftig diese Leute nicht mehr behandeln dürfte.«

Jetzt wusste Laura, warum Frau Döbler sie ohne Durchsuchungsbeschluss ins Haus gelassen hatte. Sie verfolgte ganz eigene Interessen und litt anscheinend unter Homophobie. Laura hasste solche Kleingeister.

»Kennen Sie eine dieser drei Frauen?«, fragte sie, ohne auf Frau Döblers Gefühlsausbruch einzugehen.

»Nein, ich kenne nur sehr wenige von Martins Patienten. Meist nur die Stammkunden, mit denen wir abends auch mal ausgehen.«

»Haben Sie noch andere Katzen?« Laura hatte genug von den Ratten gesehen und ging zurück in das Labor. Sie nahm die Tüte mit den Proben an sich. Max steckte ein paar Katzenhaare in einen Plastikbeutel.

»Wir haben nur Maja«, erwiderte Kirsten Döbler, schloss die Tür ab und überließ die Ratten dahinter ihrem Schicksal. »Wann haben Sie denn die Ergebnisse von den Proben?«

»Ich schätze, in ein oder zwei Tagen«, antwortete Laura und schlenderte zur Ausgangstür. Sie war zuversichtlich. In den Proben oder an den Katzenhaaren würde sich bestimmt etwas finden, um Döbler damit endgültig festzunageln. Sie verabschiedete sich von Kirsten Döbler.

Als sie wieder im Dienstwagen saßen, klingelte Lauras Telefon. Ricarda, die junge Kollegin aus dem Rechercheteam, war dran.

»Ich habe eine neue Vermisstenanzeige entdeckt, die höchstwahrscheinlich zu Ihrem Fall passt.«

»Was?« In der Leitung knirschte es, und Laura gab Max ein Zeichen, langsamer zu fahren.

»Die junge Frau heißt Amelie Kristensen, ist zweiundzwanzig Jahre alt und wohnt im Norden von Berlin. Sie ist vor fünf Tagen verschwunden. Ihre Eltern haben sie noch am selben Tag als vermisst gemeldet. Sie kam von einem Arztbesuch nicht zurück. Leider hat das System gestreikt und die Anzeige erst jetzt ausgespuckt. Die Kollegen, die bisher für den Fall verantwortlich waren, haben keinen Zusammenhang mit unseren Entführungsfällen gesehen.«

In Lauras Kopf überschlugen sich die Gedanken. Fünf Tage. Das war viel länger. Die anderen Opfer waren nur drei Tage in der Gewalt des Entführers gewesen. Ihre erste Vermutung war, dass das Verschwinden von Amelie Kristensen nichts mit ihrem Fall zu tun hatte. Aber etwas setzte sich in Lauras Magen fest. Ihre Nerven vibrierten. Die ganze Zeit hatte sie geahnt, dass der Täter noch lange nicht am Ziel war und dass er auch nach der dritten Entführung nicht aufhören würde.

»Was macht Sie so sicher, dass Amelie in den Händen desselben Täters ist?«, fragte sie und erstarrte, als Ricarda die Antwort gab.

»Sie trainiert im selben Fitnessstudio wie Isabell Wittmann.«

»Verdammt! Geben Sie mir ihre Adresse und die der Eltern. Wir fahren sofort dorthin.«

…

Nach einem Abstecher in das Labor des LKAs erreichten Laura und Max das gepflegte Einfamilienhaus der

Kristensens. Laura klingelte, und es dauerte nur wenige Sekunden, bis die Tür geöffnet wurde. Eine blasse Frau mit aufgequollenen Augen bat sie herein. Der Flur war eng und kurz. Nach fünf Schritten stand Laura im Wohnzimmer, wo ein Junge im Teenageralter und der Vater bereits auf sie warteten.

»Guten Tag, mein Name ist Laura Kern und das ist mein Partner Max Hartung. Wir kommen vom Landeskriminalamt Berlin, um das Verschwinden Ihrer Tochter aufzuklären, und möchten Ihnen deshalb gerne ein paar Fragen stellen.«

»Warum schickt die Polizei denn das LKA? Ich dachte, Sie sind nur für Entführungen und Morde zuständig?« Amelies Vater sah Laura missbilligend an, fast als hätten sie sich in der Tür vertan. Laura machte einen tiefen Atemzug.

»Nun, Herr Kristensen, wir können derzeit leider nicht ausschließen, dass Amelie Opfer einer Entführung geworden ist.«

»Eine Entführung? Meine Tochter? O Gott. Nein!« Amelies Mutter schluchzte und schlug die Hände vors Gesicht. Hinter Wolfgang Kristensens Stirn arbeitete es. Erst langsam drangen Lauras Worte zu ihm durch.

»Quatsch«, tönte er mit lauter Stimme und schüttelte heftig den Kopf. »Die Göre ist durchgebrannt. Tim, erzähl diesen Leuten, was du weißt.«

Tim starrte auf den Boden und räusperte sich. »Sie hat an der Uni diesen Typen kennengelernt. Einen Dozenten, auf den sie von Anfang an total scharf war. Ich habe gesehen, wie sie zu ihm ins Auto gestiegen ist.«

Laura runzelte die Stirn. Ricarda hatte doch gerade

berichtet, dass Amelie Kristensen von einem Arztbesuch nicht mehr zurückgekehrt war.

»Wann ist Amelie in das Auto gestiegen? Nach dem Arztbesuch?«

Der Junge schüttelte den Kopf. Wenigstens sah er sie jetzt an, wenn auch mit verschüchtertem Blick. Wahrscheinlich fühlte er sich schuldig, weil er seinen Eltern von Amelies neuem Freund erzählt hatte. »Nein, das war einen Tag bevor sie zum Arzt gefahren ist.«

»Und wie heißt dieser Freund?«

»Mark Tommerson.« Der Junge senkte wieder den Blick und schwieg. Amelies Mutter, die sich noch nicht gesetzt hatte, nahm die Hände vom Gesicht.

»Die Polizei hat diesen Mark schon längst überprüft. Er hat sie nur nach Hause gebracht. Ich habe ihn kennengelernt. Er ist ein netter junger Mann.«

»Ach, Quatsch«, fuhr Wolfgang Kristensen dazwischen. »Du hast die Polizisten mit deinem Geschwafel komplett durcheinandergebracht. Sie haben diesen Typen einfach nicht gründlich genug ausgequetscht. Wahrscheinlich waren sie noch nicht einmal bei ihm zu Hause. Sie sollten sich da mal umsehen. Amelie ist dort. Ich weiß es. Sie haben doch gehört, was mein Junge gerade gesagt hat.«

»Entschuldigen Sie mich einen Moment«, sagte Laura und zog das Handy aus der Tasche. Sie ging zurück in den winzigen Flur und rief Ricarda an.

»Die Familie erzählt, dass die Polizei schon tätig war und dass ihr Freund, Mark Tommerson, befragt wurde. Haben Sie Unterlagen dazu?«

»Oh, tut mir leid. Hatte ich vergessen zu erwähnen. Mark Tommerson wurde gründlich durchleuchtet. Er hat ein Alibi, und außerdem ist er noch nie polizeilich in Erscheinung getreten. Er spielt Fußball und hatte zur fraglichen Zeit ein Turnier. Er war bereits am Vorabend in Rostock und ist einen Tag später mit dem Mannschaftsbus zurückgekommen. Es gibt haufenweise Zeugen, die das bestätigen. Er kann es jedenfalls nicht gewesen sein, falls Amelie entführt wurde.«

Laura bedankte sich bei Ricarda und ging zurück ins Wohnzimmer.

»Wer von Ihnen hat Amelie denn als Letztes gesehen?«

Rita Kristensen hob den Finger. »Das war ich. Sie war den ganzen Tag zu Hause, bis sie einen Termin bei ihrem Frauenarzt hatte.«

»Und wann war sie das letzte Mal im Fitnessstudio?«

»Mmh«, machte Rita Kristensen und kratzte sich am Ohr. »Das ist über eine Woche her. Ihr Kater Tiger war krank. Sie wollte sich unbedingt selbst um ihn kümmern, und deshalb hat sie ein paar Trainingseinheiten ausfallen lassen. Normalerweise geht sie zweimal die Woche ins Studio, meistens montags und donnerstags.«

Laura rechnete in Gedanken zurück. Immerhin trainierte Amelie so regelmäßig, dass Döbler sie mit Sicherheit schon einmal gesehen hatte.

»Hat Amelie einen Tiefgaragenplatz?«

»Nein, sie studiert ja noch und muss auf jeden Cent achten. Daher wohnt sie auch zu Hause. Sonst könnte sie sich gar kein Fitnessstudio leisten.«

»Dürfen wir einmal Amelies Zimmer sehen?«

»Natürlich. Tim, bring die Herrschaften bitte mal hinauf.«

Der schlaksige Junge erhob sich von der Couch und

führte Laura und Max eine hölzerne Wendeltreppe hinauf. Amelies Zimmereinrichtung bestand aus einem Bett, einem Schrank mit großem Spiegel und einem Schreibtisch, auf dem sich etliche Bücher und Ordner stapelten.

»Was studiert deine Schwester?«, wollte Laura wissen. Ihr Blick blieb an einem bunt gestreiften Kater hängen, der sich geräuschvoll an einem Kratzbaum zu schaffen machte.

»Sie will Lehrerin werden für Biologie und Sport«, berichtete Tim, während Laura sich umsah. Sie entdeckte ein paar Fotos an der Wand über dem Bett.

»Ist das hier Mark Tommerson?«, fragte sie und deutete auf einen Mann um die dreißig, der den Arm um Amelies Schultern gelegt hatte und schelmisch in die Kamera grinste.

»Nein, das ist unser Cousin. Der wohnt in München. Wir bekommen ihn nur selten zu Gesicht.«

Laura ließ den Blick weiter durchs Zimmer schweifen, konnte aber nichts Interessantes mehr entdecken. Immer noch bezweifelte sie, dass Amelie tatsächlich Döblers Opfer geworden sein könnte. Die lange Zeitspanne von fünf Tagen passte nicht so recht in das Muster.

»Was, denkst du, hat deine Schwester gemacht?« Laura blieb unmittelbar vor Tim stehen und hielt seinen Blick fest. »Glaubst du, dass sie ausgerissen ist?«

Eine zarte Röte überzog Tims Wangen. Dann schüttelte er heftig den Kopf. »Sie wäre niemals abgehauen, ohne mir etwas zu sagen. Es war keine Nachricht von ihr da, und außerdem würde sie Tiger nicht so lange alleine lassen.« Seine Augen wanderten zu dem Kater, der immer noch emsig mit dem Kratzbaum beschäftigt war und kaum Notiz von den Anwesenden nahm.

»Was für eine Nachricht meinst du?«, wollte Laura wissen.

Der Junge ging zu Amelies Schreibtisch und zog die oberste Schublade auf. Er griff ganz tief hinein und zog eine schwarze Box hervor, auf der in weißen Buchstaben *Geheim* stand und die am Deckel über einen schmalen Schlitz verfügte.

»Warten Sie, ich hole den Schlüssel.« Tim verließ das Zimmer und kam kurz darauf mit einem Schlüssel zurück, der nicht besonders stabil aussah, und öffnete die Box.

»Sehen Sie, der Kasten ist leer. Das würde Amelie nie tun. Wenn wir uns etwas Wichtiges mitteilen müssen, schreiben wir uns eine Nachricht und stecken sie in die Geheimbox. Nur Amelie und ich haben einen Schlüssel.« Tim verschloss die Box mit einer Miene, als hätte er Laura gerade ein Staatsgeheimnis verraten. Sie lächelte. Das war eine schöne Idee unter Geschwistern. Sie hatte zwar selbst keine, aber mit ihrer besten Freundin hatte sie zu Schulzeiten auch geheime Botschaften ausgetauscht. Tims Aussage wischte die Zweifel über Amelies Verschwinden beiseite. Sie glaubte ihm.

»Danke, Tim. Falls dir noch irgendetwas einfällt, rufe mich bitte an, egal, was es ist.« Sie reichte ihm ihre Visitenkarte. »Hier steht meine Telefonnummer drauf.«

»Ich hoffe, Sie finden Amelie. Ich habe Angst, dass ihr etwas zugestoßen ist.« Plötzlich wurde Tim viel blasser. Die ganze Zeit über hatte er sich zusammengerissen, doch jetzt sah Laura seine Verzweiflung. Die fünf langen Tage spukten durch ihren Kopf. Hoffentlich kamen sie nicht zu spät.

XXIII

Berlin, Deutschland
Sieben Jahre zuvor

Schneewittchen hätte nicht schöner sein können. Sie lag da, ganz ruhig und friedlich. Die rosigen Wangen verliehen ihr eine übernatürliche Schönheit. Es brach ihm das Herz, dass sie nie wieder aufwachen würde. Während er so dastand, inmitten des gelben, welken Grases, auf dem bereits das erste Herbstlaub lag, kehrte er gedanklich immer wieder zu jenem Punkt zurück, an dem das Schicksal erneut eine entsetzliche Wendung genommen hatte.

Er hatte studiert, eine eigene Praxis eröffnet. Er war beliebt und hatte alle Hände voll zu tun. Mehr als einmal hatte er Leben gerettet und schreckliches Leid abgewendet. Natürlich besaßen sie anfangs nicht viel Geld. Das Studium dauerte Jahre und zog sich in die Länge, während Jennifer den Sprung ins Gymnasium schaffte und sich zu einer hübschen Frau zu entwickeln begann. Die meiste Zeit über waren sie arm, aber glücklich. Sie wussten, was sie aneinander hatten. Lediglich Jennifers

Gesundheitszustand hatte ihr Leben immer mal wieder getrübt. Alle paar Wochen setzten Jennifers Krampfanfälle ein. Manchmal in der Schule, mal mitten in der Nacht. Es schien kein verlässliches Muster zu geben. Zunächst hatte er die Anfälle als Wachstumsstörungen abgetan. Wenn sich die Knochen eines Heranwachsenden streckten und das Gewebe und die Knorpel mit einem Wachstumsschub nicht schnell genug mitkamen, schmerzten die Gliedmaßen. Das war nicht ungewöhnlich. Doch dann ließ auch Jennifers Sehkraft stetig nach. Der Augenarzt war ratlos. Jennifers Brillengläser wurden immer dicker. Außerdem ließ ihr Gedächtnis nach. Er schob es anfangs auf ihre schlechten Augen. Vielleicht war es Jennifer einfach zu anstrengend, sich permanent zu konzentrieren. Aber irgendwann konnte er sich nichts mehr vormachen. Ihre Fähigkeiten nahmen fortwährend ab, und als er sein Studium abgeschlossen hatte, stand die schreckliche Diagnose fest: NCL. Drei harmlose Buchstaben, denen niemand die Grausamkeit unterstellen würde, für die sie standen. **N**euronale **C**eroid-**L**ipofuszinose bezeichnete eine äußerst seltene Stoffwechselkrankheit, die nach einem schweren Leidensweg unweigerlich zum Tode führte. Die Gehirnzellen starben unaufhaltsam ab und es gab kein Mittel dagegen. Die Erblindung und die nachlassenden schulischen Leistungen waren nur die Symptome für die Leere, die sich in Jennifers Kopf ausbreitete. Als sie acht Jahre alt war, waren die ersten Anzeichen aufgetreten. Zunächst nur ab und an. Leichte Krämpfe, Sehschwierigkeiten – nichts, was die Ärzte einem bestimmten Krankheitsbild zuordnen konnten. Doch ihre Sehkraft wurde fortwährend schwächer,

Jennifer litt unter massiven Erinnerungslücken, und vier Jahre später konnte sie nicht mehr tanzen. Dabei hatte sie diesen Sport so geliebt. Mit vierzehn stand sie nicht mehr aus dem Bett auf; sie hatte keine Kraft mehr. Ihre Wortgewandtheit war auf das Niveau einer Sechsjährigen zurückgefallen.

Es war ein qualvolles, langsames Sterben gewesen, und er hatte es trotz seines Einsatzes und der Hilfe von diversen Medizinern und Kliniken nicht aufhalten können. Niemand konnte das. Es gab keine Überlebenden, nicht einmal Gott konnte diese Patienten retten. Er musste ohnmächtig mit ansehen, wie ihm das Liebste genommen wurde. Doch er hatte sich um ihretwillen zusammengerissen. Jede gemeinsame Sekunde mit ihr hatte er in sich aufgesogen und Jennifer dazu immer wieder Zuversicht gegeben. Sie wusste, dass am Ende ihre Eltern auf sie warteten und sie endlich in den Himmel käme.

Der Tag, an dem sie aufhörte zu atmen, kam trotz aller Vorhersehbarkeit so unerwartet, dass er stundenlang neben ihr gesessen hatte – unfähig, sich zu bewegen. Sein Hirn weigerte sich schlicht, die Realität zu akzeptieren.

Auch jetzt, wo er vor ihrem offenen Sarg stand, wollte er nicht glauben, dass sie wirklich tot war. Tränen rannen über seine Wangen, und mit einer zärtlichen Geste strich er eine Strähne aus ihrer Stirn. Er beugte sich über sie, sog ihren unverkennbaren Duft in sich auf, den selbst der Tod nicht auslöschen konnte. Er streichelte ihre zarte Haut, die kühl war, aber trotzdem lebendig schimmerte. Er hielt ihre Hand und ignorierte das Raunen der wenigen Menschen, die an Jennifers Beerdigung teilnahmen. Wie sollte er von ihr Abschied nehmen? Wie konnte er es zulassen, dass der Priester sie in diesem dunklen, feuchten Loch verscharrte, in dem ihre Schönheit für immer verschwand? Warum überhaupt hatte er sie nicht heilen können? Wie konnte das Schicksal so grausam sein? War er denn dazu bestimmt, auf ewig zu leiden?

Benommen von Trauer trat er einen Schritt zurück und nahm eine rote Rose in die Hand. Sanft drückte er sie zwischen Jennifers steife Finger. Seine Augen klebten an ihren unendlich langen Wimpern, die sie zu einer wahren Prinzessin machten. Er konnte sich nicht sattsehen an ihrer Schönheit. Nie würde er ihre Anmut vergessen. Der Priester fasste ihn behutsam an den Schultern und zog ihn zurück. Widerstrebend ließ er es geschehen. Wie im Rausch verfolgte er die Gebete des Geistlichen, ohne dass sie ihn trösten konnten. Sein Herz war so schwer, dass es unter der eigenen Last zu ersticken schien. Was hätte er darum gegeben, Jennifer zu retten oder wenigstens mit ihr zu tauschen.

Der Sargdeckel fiel zu. Das Geräusch blieb in seinen Ohren hängen. Es war ein jäher Knall, der Jennifer für immer in die Dunkelheit verbannte. Der Sarg wurde in das Loch hinabgelassen. Er warf eine weitere Rose hinterher, verzichtete jedoch auf die Erde. Das brachte er nicht fertig. Es wäre, als würde er Jennifer bei lebendigem Leib begraben. Er drehte sich weg in der Hoffnung, der Schmerz würde verschwinden, sobald er ihr Grab nicht mehr sah. Aber ein Gefühl wie eine Mischung aus Eis und Feuer wütete lodernd in seinem Innern. Er verließ den Friedhof und rannte beinahe zu seinem Wagen, den er am Eingang abgestellt hatte. Er sprang hinein und rauschte mit quietschenden Reifen davon. Trotz der niedrigen Temperaturen ließ er die Scheiben hinunter. Der eisige Wind peitschte ihm ins Gesicht. Die Kälte kam ihm fast vor wie die Finger des Todes, die nach ihm greifen wollten. Am liebsten hätte er auch dort gelegen, gleich neben Jennifer. Was hatte sein Leben denn noch für einen Sinn? Zu Hause angekommen vergrub er sich unter der Bettdecke. Er gab sich nicht einmal mehr die Mühe, den schwarzen Anzug oder die Lackschuhe auszuziehen. Die Graberde beschmutzte das weiße Bettlaken. Er starrte auf die Flecken, die plötzlich vor seinen Augen lebendig wurden und sich zu hässlichen Teufelsfratzen verzerrten. Der feuchte, dumpfe Erdgeruch stieg ihm in die Nase, er verschaffte ihm einen Eindruck von dem, was Jennifer bevorstand, sobald der Sargdeckel unter dem Gewicht der aufgeschütteten Erde zusammenbrach. Er regte sich nicht. Stundenlang lag er da in Trauer und grenzenlosem Kummer. Er weinte, bis er keine Tränen mehr hatte, und als später der Mond durch das Schlafzimmerfenster schien, wusste er, was zu tun war.

Immer noch im Anzug sprang er auf und lief auf den Hof. Er hatte das Gebäude nach dem Studium von einem Bauern übernommen. Das Gelände war groß und perfekt zum Arbeiten und Wohnen geeignet. Der Bauer hatte verschiedene Geräte in der Scheune gelassen. Er griff nach einer verrosteten Schaufel, stieg ins Auto und fuhr denselben Weg, den er zuvor gekommen war, wieder zurück. Atemlos gelangte er zu Jennifers Grab. Der kalte Nachtwind brachte die Bäume ringsum zum Rauschen. Normalerweise hätte er sich gefürchtet. Allein nachts auf einem Friedhof. Doch jetzt war es, als redeten die alten Bäume ihm gut zu. Ihre Blätter flüsterten heiser und spornten ihn an, endlich die Schaufel einzusetzen. Er tat es und es war wie ein Befreiungsschlag. Er hievte einen dicken Erdklumpen hoch und warf ihn zur Seite. Dumpf trieb er den nächsten Stich in das feuchte, lockere Erdreich. Er schaufelte den ganzen Dreck von Jennifers Grab. So lange, bis das Holz zum Vorschein kam. Trotz der Herbstkälte war er bis auf die Unterwäsche durchgeschwitzt. Er sprang in das Loch und hebelte den schweren Holzdeckel auf. Seine Muskeln zitterten vor Anstrengung. Jennifer lag unverändert da. Im bläulichen Mondlicht sah sie aus wie eine außerirdische Schönheit. Sein Herz zog sich bei ihrem Anblick zusammen.

»Jennifer«, schluchzte er und zog sie an sich. »Ich kann dich nicht hier unten zurücklassen.« Seine Hände gruben sich in ihr weiches Haar. Tränen tropften auf ihr schönes Kleid. Seine Finger beschmutzten den seidenen Stoff. Er hob seine Schwester hoch und trug sie zum Auto. Dann kam er zurück, schloss den Sarg und schaufelte Erde darüber. Jetzt, wo Jennifer wieder bei ihm war, ging alles viel leichter. Seine Energie kehrte zurück und er spürte, wie der unerträgliche Schmerz in seiner Brust von ihm abfiel. Er hatte sie wieder und nichts auf der Welt würde sie noch einmal voneinander trennen.

XXIV

»Hören Sie, ich schwöre, dass ich diese Frau nicht kenne. Es kann ja gut sein, dass sie im selben Fitnessstudio trainiert. Trotzdem wissen Sie doch selbst, dass dort Hunderte Menschen angemeldet sind.« Martin Döbler schwitzte inzwischen kräftig. Wenigstens in dieser Hinsicht zeigte Lauras Verhörmethode Erfolg. Ihre ewig wiederholten Fragen zermürbten den Verdächtigen langsam, aber sicher. Seit Amelies Bruder Laura die leere Nachrichtenbox gezeigt hatte, war sie davon überzeugt, dass das Mädchen in höchster Gefahr schwebte. Anlass zur Besorgnis gab insbesondere der lange Zeitraum von fünf Tagen, den Amelie bereits verschwunden war.

»Wenn Amelie Kristensen etwas zustößt, sorge ich dafür, dass Sie die nächsten Jahrzehnte im Gefängnis verbringen. Vielleicht kommen Sie auch nie wieder heraus«, drohte Laura und funkelte Döbler wütend an.

»Liebe Frau Kern, Sie verhören meinen Mandanten jetzt zum zweiten Mal am selben Tag, und ich verlange endlich die Freilassung oder die Vorlage eines Haftbefehls. Doktor Döbler hat mehrfach seine Unschuld beteuert, und ich empfehle Ihnen, seine Aussage ernst zu nehmen.«

Laura warf dem Anwalt einen finsteren Blick zu. Sie hasste diesen aufgeblasenen Winkeladvokaten, der glaubte, sie mit seiner dominanten Art beherrschen zu können. Döbler hatte Dreck am Stecken. Sie hatte mit eigenen Augen gesehen, wie er zusammen mit seinem Kollegen Martina Lemke zu einer Operation nötigen wollte. Wären Max und sie nicht eingeschritten, hätte Döbler ohne jede Hemmung an der Frau herumgeschnippelt, nur um seine Studien voranzutreiben. Dieser Mann war für sie höchst verdächtig. Lauras Gerechtigkeitssinn lief Amok bei dem Gedanken, dass Döbler spätestens morgen Abend aus dem Polizeigewahrsam entlassen werden musste. Ratlos biss sie sich auf die Unterlippe. Der Kerl würde nicht so schnell mit der Sprache herausrücken. Sie konnte bloß hoffen, dass Max im Nachbarzimmer mit dem Verhör von Dr. Bennefeld mehr Erfolg hatte.

Die Tür öffnete sich und ein Polizist winkte Laura heraus. Verwundert folgte sie ihm in den Flur.

»Was gibt es?«

»Joachim Beckstein möchte Sie sofort in seinem Büro sprechen. Max Hartung ist schon bei ihm.«

Laura ahnte nichts Gutes. Eilig ratterte sie alle möglichen Komplikationen durch, die in der letzten Stunde eingetreten sein könnten. Wahrscheinlich hatte die Presse Wind von den Entführungsfällen bekommen. Das wäre für Beckstein ein triftiger Grund, Laura aus einem laufenden Verhör zu holen. Zügig stieg sie die drei Treppen zum fünften Geschoss hinauf.

»Laura, endlich sind Sie hier«, sagte Beckstein zur Begrüßung. Als das künstliche Lächeln von seinem Gesicht verschwand, schrumpften seine Lippen zu zwei schmalen Strichen.

»Was gibt es?«, fragte Laura und setzte sich neben Max, der mit den Augen rollte und unmerklich den Kopf schüttelte.

Laura analysierte Becksteins Schreibtisch und versuchte, einen Presseartikel oder eine Zeitschrift darauf zu finden. Doch bis auf ein paar Computerausdrucke lag da nichts Verdächtiges. Sie runzelte die Stirn und wartete ab, bis Joachim Beckstein umständlich mit einer Erklärung begann.

»Ich hatte soeben einen Anruf von Innensenatorin Marion Schnitzer. Sie hatte gerade Besuch von einem aufgebrachten Senator für Gesundheit und Soziales.« Beckstein machte eine Pause. Er sah Laura nicht an, sondern starrte auf seine Fingernägel. »Der Senator hat morgen Abend eine wichtige Veranstaltung, und Döblers Anwalt hat ihm gerade mitgeteilt, dass einer der Hauptredner dieses Events, einer Spendengala für Brandopfer, wahrscheinlich ausfallen wird, weil wir ihn hier festhalten.« Beckstein schwieg, um einen kräftigen Schluck aus seinem Wasserglas zu nehmen. Es rauschte in Lauras Ohren. Sie ahnte, was als Nächstes kam.

»Lange Rede, kurzer Sinn. Ich möchte, dass Sie Doktor Döbler und Doktor Bennefeld entlassen. Spätestens morgen früh müssten wir die beiden ohnehin dem Haftrichter vorführen, und der wird keinen Haftbefehl erlassen. Dafür ist die Beweislage einfach zu dünn. Sie kennen die Gesetze; unsere Möglichkeiten sind begrenzt. Es liegt kein Haftgrund vor, weder besteht Flucht- noch Verdunklungsgefahr, und selbst bezüglich eines dringenden Tatverdachts habe ich meine Zweifel.«

»Aber alle Indizien sprechen doch eindeutig gegen die beiden. Meine Sorge ist, dass Döbler auch etwas mit dem Verschwinden von Amelie Kristensen zu tun hat. Hier besteht doch Verdunklungsgefahr«, entfuhr es Laura. »Wenn wir ihn freilassen, könnte er versuchen, sämtliche Beweise zu beseitigen, und noch schlimmer, er könnte Amelie töten, damit sie nicht mehr gegen ihn aussagen kann. Wir wissen auch nicht, wer vielleicht noch mit ihm unter einer Decke steckt. Möglicherweise leidet Amelie Kristensen genau in diesem Moment fürchterliche Qualen.«

Beckstein sah Laura direkt in die Augen. »Sie glauben doch nicht ernsthaft, dass ein renommierter Arzt wie Doktor Martin Döbler zu einem Mord fähig ist?«

Laura biss sich entsetzt auf die Unterlippe. Beckstein verharmloste die ganze Angelegenheit noch immer. Reichte es nicht, dass vier Frauen entführt worden waren? Warum ließ Beckstein sich von der Innensenatorin nur derart einlullen? Erkannte er die Gefahr denn nicht?

»Laura«, fasste Beckstein nach, »ich verstehe Ihre Argumente. Aber Sie müssen auch meine Sicht der Dinge begreifen.« Er wedelte mit einem Blatt Papier, das er aus der obersten Schublade seines Schreibtisches gezogen hatte. Es war der Antrag auf einen Haftbefehl, den Laura im Laufe des Tages mit Max erstellt hatte. »Das ist mir eindeutig zu wenig, um einen Richter zu überzeugen.«

»Trotzdem, wir können die beiden nicht einfach laufen lassen!« Laura sprang von ihrem Stuhl auf. In ihrem Magen rumorte es. Sie dachte an Amelie und an das, was Dr. Döbler mit ihr anstellen könnte. »Bitte, geben Sie uns bis morgen Zeit. Wir können die beiden bis morgen um

Mitternacht festhalten. Denken Sie an Amelie Kristensen, die sie irgendwo eingepfercht haben.«

Beckstein schüttelte den Kopf. »Sie wissen genauso gut wie ich, dass wir keinen einzigen echten Beweis oder belastbare Indizien haben. Wenn Sie mir irgendetwas Handfestes gegeben hätten …« Er zog bedauernd die Schultern nach oben. »Aber so kann ich nichts tun.«

»Was ist denn nun mit Amelie Kristensen?«, fragte Max so laut, dass Beckstein erstaunt zusammenzuckte und ihn verwundert ansah. Max brachte Beckstein normalerweise nicht viel Widerstand entgegen. Doch er hakte sogar noch lauter nach: »Wollen Sie wirklich riskieren, dass ihr etwas zustößt?«

Beckstein stöhnte und rieb sich müde die Schläfen. »Wir wissen noch nicht einmal, ob es sich überhaupt um eine Entführung handelt. Geschweige denn, ob wir es mit dieselben Tätern zu tun haben. Die Frau ist bereits seit fünf Tagen verschwunden. Das ist eine Abweichung vom bisherigen Muster. Es ist ebenso gut möglich, dass ihr Verschwinden gar nichts mit unserem Fall zu tun hat.«

»Aber sie trainiert im selben Fitnessstudio, Alter und Geschlecht stimmen überein. Außerdem wohnt auch sie im Norden Berlins. Wir müssen vom Schlimmsten ausgehen.« Laura gestikulierte wild mit den Händen.

Beckstein warf ihr einen langen Blick zu. Für einen kurzen Moment huschte ein Schatten über sein Gesicht und Laura bereitete sich innerlich auf einen cholerischen Anfall vor. Doch Beckstein schwieg. Auch die Farbe seines Gesichts wechselte nicht wie üblich zu tiefrot. Er wirkte plötzlich müde.

»Setzen Sie alles daran, dass Sie in diesem Fall vorankommen. Aber morgen früh müssen wir Döbler und

Bennefeld dem Haftrichter vorstellen, und wenn Sie mir bis dahin nichts vorlegen, sind die beiden bis Mittag wieder frei. Unser Gespräch ist beendet.«

Laura öffnete den Mund zum Protest, denn die Zeit bis morgen Mittag war viel zu knapp. Doch etwas in Becksteins Blick ließ sie innehalten. Wenn sie jetzt widersprach, änderte er womöglich seine Meinung und setzte die beiden sofort auf freien Fuß. Frustriert schluckte sie ihren Unmut hinunter. Es war besser, die Zeit bis morgen zu nutzen. Beckstein stand auf und drehte ihnen den Rücken zu. Er blickte schweigend aus dem Fenster, als hätten Laura und Max sein Büro längst verlassen. Max stieß sie an und deutete auf die Tür. *Lass uns verschwinden*, sagte sein Blick. Er sprang auf und Laura folgte ihm zerknirscht.

»Mein Magen knurrt«, stellte Max fest. »Wie wäre es, wenn wir die Verhöre morgen fortsetzen. Von unserem Schönheitschirurgen und seinem Kollegen werden wir heute sicher nichts mehr erfahren, aber womöglich tut den beiden die Nacht in einer kargen Zelle ganz gut. Sie waren vorhin schon mächtig am Schwitzen. Was meinst du?«

Laura wiegte den Kopf. »Wahrscheinlich hast du recht. Nach so einer Nacht knicken sie vermutlich eher ein. Also schnappen wir uns die Akten und gehen etwas essen. Mit vollem Magen finden wir vielleicht heraus, was mit Amelie Kristensen passiert sein könnte.«

...

Max wählte den kleinen Italiener aus, den sie in wenigen Minuten zu Fuß erreichten. Laura trug zwei Aktenordner und Max einen Karton mit losen Blättern, die noch nicht einsortiert waren. Der bloße Gedanke an eine dampfende Lasagne mit zerlaufenem Käse und herzhafter, fleischiger Tomatensoße ließ Laura das Wasser im Mund zusammenlaufen. Seltsamerweise verspürte sie eine tiefe Genugtuung. Für heute hatte sie zumindest alles in ihrer Macht Stehende getan. Döbler und sein Kollege Dr. Bennefeld saßen trotz des Ansuchens der Innensenatorin weiterhin hinter Gittern. Zwar hatten die Anwälte heftig protestiert, aber Laura hatte den Sturm der Entrüstung schweigend an sich vorbeiziehen lassen. Sie hatten die Verhöre im Hinblick auf die Uhrzeit ausgesetzt, noch einmal sämtliche Indizien gegen die beiden Ärzte zusammengefasst und eine Fortführung der Befragungen für den nächsten Morgen angekündigt. Die Ärzte wurden in ihre Zellen gebracht und die Anwälte vor die Tür gesetzt. Die Frage war nun, ob Laura und Max es schaffen würden, die beiden festzunageln. Im Augenblick war sie froh, dass Döbler Amelie Kristensen nicht zu nahe kommen konnte. Sie mussten die junge Frau unbedingt so schnell wie möglich finden.

Max stieß die Tür zum Restaurant auf, doch blieb er dann unvermittelt stehen. Laura prallte gegen seinen Rücken. Die beiden Ordner landeten scheppernd auf dem Boden.

»Warum bleibst du denn einfach stehen?«, fragte sie und ging in die Hocke, um die Ordner aufzuheben.

Max stand wie angewurzelt da und antwortete nicht. Sein Blick ging zur Bar. Lauras Augen folgten ihm. Ruckartig erhob sie sich, die beiden Ordner in der Hand, als sie dort ein bekanntes Gesicht registrierte.

»Taylor?« Ihre dünne Stimme ging unter in der von Gemurmel erfüllten Restaurantatmosphäre. Taylor hatte sie nicht bemerkt. Er unterhielt sich mit einer langbeinigen Brünetten, deren Dekolleté so tief ausgeschnitten war, dass Taylor ihren Bauchnabel sehen können musste. Er lächelte. Sein Blick glitt über die Figur der Unbekannten bis zu ihren High Heels. Grübchen erschienen auf seiner Wange, als sich sein Lächeln vertiefte. Laura blinzelte und wusste nicht, was sie von dieser Szenerie halten sollte. Taylors Kuss in der Nacht auf ihrer Dachterrasse brannte plötzlich auf ihren Lippen. Sie öffnete den Mund, brachte jedoch keinen Ton heraus. Taylor sagte irgendetwas. Nein – er flüsterte vielmehr, wobei er sich zu der Brünetten hinunterbeugte. Er berührte sie nicht, trotzdem wirkte diese Geste so intim und vertraut, dass Laura glatt die Luft wegblieb. Die Frau gluckste und warf den Kopf in den Nacken. Ihre langen Haare wehten durch die Luft. Auf einmal drehte Taylor den Kopf. Es dauerte den Bruchteil einer Sekunde, bis er Laura erkannte. Das Lächeln auf seinen Lippen verschwand.

Als wäre ihr Aufeinandertreffen nicht schon unangenehm genug, stürmte Max mit der Geschwindigkeit einer Rakete los und baute sich vor Taylor auf. Taylors Augen hafteten immer noch irritiert an Laura. Im Restaurant herrschte plötzlich Stille. Die Zeit schien eingefroren. Aus den Augenwinkeln registrierte Laura ein paar andere Gäste, die Max und Taylor anstarrten.

»Was hast du hier zu suchen?«, zischte Max, und einen Augenblick lang hatte Laura Angst, dass er Taylor niederstrecken wollte.

»Ich trinke etwas«, gab Taylor zurück und nickte kurz in Richtung seiner Begleiterin, die auf ihrem Barhocker regelrecht erstarrt war.

»Ach, und mehr hast du dazu nicht zu sagen?« Max wurde noch ein bisschen größer.

Laura hielt die Luft an. Am liebsten wäre sie einfach hinrausgerannt, aber sie wollte auch auf keinen Fall klein beigeben.

»Ist irgendetwas passiert?« Ein hochgeschossener Mann ging auf die drei an der Bar zu. Laura brauchte einige Sekunden, ehe sie ihn erkannte. Es war Torsten Berger, ein Biologe aus der Kriminaltechnik. Laura hatte bereits einige Male mit ihm zu tun gehabt. Langsam näherte sie sich dem Tresen.

»Sabine. Geht es dir gut?« Berger beäugte die blasse Brünette sorgenvoll und legte einen Arm um sie. Dann richtete er den Blick fragend auf Max, der einen Schritt zurückgemacht hatte und dessen Schädel rot glühte.

»Oh, das ist deine Freundin«, sagte Max mit kehliger Stimme. »Tut mir leid, ich habe dich gar nicht gesehen.«

Berger runzelte die Stirn. Es war ihm anzusehen, dass er kein Wort verstand. »Das ist meine Frau. Wieso? Wir sind mit Taylor zum Essen verabredet.« Bei den letzten Worten sah Torsten zu Taylor, der unverwandt zu Laura blickte. Sie wäre am liebsten im Erdboden versunken.

Endlich reagierte Max. »Tut mir leid, Taylor. Ich dachte, du wärst mit ihr alleine hier.« Er nickte Torstens Frau zu. Verlegen rieb sich Max das Kinn und suchte nach Worten. »Ich will nur nicht, dass Laura zum Spielball wird. Du …« Er machte eine Pause. »Du hast nicht den besten Ruf, was Frauen angeht.«

Taylor neigte den Kopf und fragte ungläubig: »Du glaubst, ich hätte etwas mit Sabine?«

Max nickte. »Wie gesagt, es tut mir echt leid. Wie wäre es, wenn ich die nächste Runde ausgebe?«

»Prima wäre das«, beeilte Laura sich zu sagen. Sie wollte diese peinliche Situation sofort beenden. »Ich nehme einen Sherry.« Sie brauchte jetzt etwas Stärkeres.

Taylor musterte sie mit einem Grinsen auf den Lippen. Dann sah er Max an. »Ich hätte gerne ein Bier.«

Er nahm Lauras Arm und flüsterte ihr ins Ohr: »Ich habe nicht vor, mit dir zu spielen.« Seine Augen hefteten sich auf sie, und augenblicklich bekam sie weiche Knie. Das hatte ihr gerade noch gefehlt.

»Ich muss dringend etwas essen«, murmelte sie und steuerte auf einen freien Tisch zu.

Max folgte ihr. Taylor blieb mit Berger und seiner Frau an der Bar.

»War das wirklich nötig?«, murmelte Laura vorwurfsvoll. »Du hättest ja auch erst einmal fragen können.«

»Tut mir leid«, erklärte Max zerknirscht. »Es sah einfach zu eindeutig aus. Hast du ihren Ausschnitt gesehen? Ich hätte nie gedacht, dass ausgerechnet unser Biologe eine solche Frau an Land zieht.«

»Warum denn nicht? Berger ist ein attraktiver Mann. Die passen doch prima zusammen.« Laura wunderte sich über Max. Sie hatte ihn noch nie so aggressiv erlebt. Wahrscheinlich stand er total unter Stress. Sein kleiner Sohn schien ihn irgendwie zu überfordern. Sie hatte das Gefühl, dass Max langsam eine Grenze überschritt und dass das gar nicht gut für ihn war.

»Hast du Ärger mit Hannah?«, fragte sie und bestellte gleichzeitig eine Lasagne.

»Nicht direkt«, knurrte Max. Über sein Gesicht huschte

ein Schatten. »Es ist zurzeit nur sehr stressig, und seit Hannah jede Nacht auf die Kinder aufpasst, will sie nicht mehr besonders viel von mir wissen.«

»Aber das ändert sich doch wieder. Mit einem Baby hat sie alle Hände voll zu tun.« Laura wollte noch etwas sagen, biss sich jedoch auf die Unterlippe. Taylor steuerte unmittelbar auf sie zu. Er sah merkwürdig blass aus. Außerdem hielt er sein Handy in der Hand.

»Habt ihr großen Hunger?«, fragte er und blieb vor ihrem Tisch stehen.

»Ja, warum?« Laura verstand nicht, worauf er hinauswollte.

»Wir haben gerade einen anonymen Anruf erhalten. Im Park vor dem Krankenhaus wurde wieder eine Frau gefunden.«

XXV

Palermo, Sizilien
Sieben Jahre zuvor

Er hatte nicht eine Sekunde gezögert. Jennifer durfte auf keinen Fall dem Tod überlassen werden. Außerdem sollte sie nicht allein bleiben. Vorerst war ihm nichts Besseres als die Tiefkühltruhe eingefallen. Er hatte die Temperatur hochgedreht, damit sie nicht einfror. Er kannte sich nicht besonders gut aus, hatte aber gelesen, dass bei einem Auftauvorgang viele Zellen zerstört wurden. Deshalb beschloss er, sie lediglich zu kühlen. Im Leichenschauhaus wurden die Toten auch mehrere Tage lang in Kühlboxen aufbewahrt. Trotzdem hatte er es eilig. Zu viel Zeit durfte er nicht verlieren. Der Verwesungsprozess würde sich auch durch die Kälte nicht ewig aufhalten lassen. Nur im Flieger nach Palermo hatte er kurzzeitig Zweifel an seinem Vorhaben gehegt. Sich gefragt, ob Jennifer Ruhe finden würde, wenn er ihren Körper erhielt und dem Kreislauf des Lebens und Sterbens entzog. Doch sobald er landete, fielen die Bedenken wieder von ihm ab. Trotz der frühen Morgenstunde war es schon ziemlich heiß. Er zog das Hemd aus. Darunter trug er ein weißes T-Shirt aus Baumwolle. Wie gut, dass er nicht angestellt war, sondern eine eigene Praxis besaß. So konnte er öffnen und schließen, wie er wollte, und musste sich vor niemandem rechtfertigen. Vielleicht vor seinen Mitarbeitern, aber solange er das Gehalt zahlte, würde sich niemand beschweren. Wer Hilfe brauchte, sollte in eine andere Praxis gehen, schließlich konnte er auch einfach mal krank sein.

Sein Taxi hielt vor dem Kloster, und für einen Moment fühlte er sich wie der zwölfjährige Junge, der mit seiner Familie Urlaub machte. Er sah sie alle vor sich. Seine zweijährige Schwester mit ihren engelsgleichen Pausbäckchen und seine Eltern, die so glücklich wirkten, dass ihm fast das Herz stehen blieb. Damals bestand sein Leben noch aus Hoffnung. Heute war es leer. Alle, die er liebte, hatten ihn verlassen. Selbst Jennifer. Doch er würde sie trotzdem nicht gehen lassen. Er holte tief Luft und betrat die dunklen Gemäuer des Kapuzinerklosters. Er hatte sich angemeldet. Ein Mönch mit gekrümmtem Rücken führte ihn durch die Halle und bedeutete ihm, einen Moment Platz zu nehmen. Er setzte sich auf eine knarrende Holzbank und betrachtete die kargen Wände. Am Ende der Halle erkannte er die Treppe, die in die Katakomben führte. Dort unten gab es eine weitläufige Gruftanlage. Tausende Mumien wurden seit dem fünfzehnten Jahrhundert in der Anlage verwahrt, aber nur eine von ihnen war für ihn interessant.

»Herzlich willkommen«, sagte eine erstaunlich junge Stimme auf Italienisch. Zum Glück beherrschte er die Sprache nach wie vor. In fließendem Italienisch stellte er sich dem Wissenschaftler vor, einem Anthropologen von der Universität Palermo. Der Mann mochte knapp über dreißig sein, also in etwa in seinem Alter.

»Danke, dass Sie sich Zeit für mich nehmen.«

»Nun, ganz so viel Zeit habe ich leider nicht. Die Pflicht ruft. Aber natürlich bespreche ich gerne die Einzelheiten mit Ihnen. Kommen Sie hier entlang.« Der Forscher führte ihn die Treppe hinunter. Er lief hinterher und merkte, dass er den Weg noch genauestens im Gedächtnis hatte. Er hatte sich als deutscher Journalist ausgegeben, der über die neuesten Forschungsergebnisse des Anthropologen und ausgewiesenen Mumienforschers berichten wollte. Vorsorglich trug er einen Notizblock bei sich und eine Kamera um den Hals. Der Wissenschaftler schien keinerlei Zweifel an seiner Geschichte zu haben. Er brachte ihn ohne Umwege zu dem gläsernen Sarg, der noch genauso aussah wie vor neunzehn Jahren. Und das galt nicht nur für den Sarg, auch das Mädchen hatte sich überhaupt nicht verändert. Rosalia Lombardi sah ihn unter fast geschlossenen Lidern an. Ihr Blick ging ihm durch Mark und Bein. Die Sehnsucht darin berührte ihn ganz tief im Herzen. Es war dieselbe Sehnsucht nach Liebe, die er auch empfand. Am liebsten hätte er den Glasdeckel aufgebrochen und das Mädchen in die Arme genommen. Er verspürte ein unendliches Bedürfnis, ihre Haut zu berühren, festzustellen, ob sie warm oder kühl war. Wie damals konnte er kaum glauben, dass dieses Kind seit Jahrzehnten tot war. Die Kleine sah immer noch so aus, als ob sie nur schliefe. Ihr rundliches Gesicht erinnerte ihn schmerzhaft an Jennifer.

»Ich kenne die Familie oder vielmehr die Nachfahren«,

begann der Anthropologe und stellte sich neben Rosalias Kopf. »Wir haben seit 1999 nach dem Grund gesucht, warum dieses Mädchen so gut erhalten ist. Im Vergleich zu allen anderen Mumien sieht sie beinahe lebendig aus. Ihre Haut ist immer noch pfirsichfarben, nicht ein einziges Härchen ist verwest. Wir haben den Körper geröntgt. Selbst die inneren Organe sind nicht zerfallen. Alfredo Salafia, der Einbalsamierer, hat bei Rosalie im Gegensatz zu den anderen Mumien auf die damals übliche giftige Mixtur aus Arsen und Quecksilber verzichtet. Wir haben im Nachlass der Großnichte von Salafias zweiter Ehefrau ein altes Manuskript gefunden, in dem er die Rezeptur für Rosalias Einbalsamierung detailliert aufführt.« Der Forscher machte eine Pause und strahlte. »Sie können sich vorstellen, was das für ein grandioser Fund war. Jahrelang sind wir ahnungslos im Dunkeln getappt, und jetzt wissen wir, dass Salafia Rosalias Blut durch eine Mixtur aus Glyzerin, Formalin sowie einer Alkohollösung mit Salicylsäure ersetzt hat. Außerdem wurde die Lösung durch Zinksulfat und Chloride angereichert. Wir gehen davon aus, dass insbesondere das Zinksulfat für den guten Erhalt der inneren Organe verantwortlich ist.«

»Und wie hat er das Blut ausgetauscht?«, fragte er, während er auf seinem Notizblock eifrig die genannten Inhaltsstoffe der Mixtur notierte. Er brauchte unbedingt eine Kopie von Salafias Manuskript.

»Ganz einfach. Er hat das Blut über einen Venenschnitt abgelassen und die Mixtur durch eine Kanüle in die Arterie des Oberschenkels eingeleitet. Viel mehr war nicht nötig. Er musste Rosalias Körper anschließend nur noch in einem luftdichten Sarg verschließen. Auf diese Weise hat er ihren Verwesungsprozess bis heute aufgehalten. Wir gehen davon aus, dass das auch noch sehr lange so bleiben wird. Möchten Sie noch ein Foto machen?« Der Anthropologe trat höflich zur Seite und wartete ab, bis er mehrere Bilder von Rosalia geschossen hatte.

»Gibt es eine besondere Konstruktion für den Sarg?«, fragte er und steckte die Kamera zurück in die Tasche.

»Nein. Es ist ein völlig normaler Holzsarg mit einem versiegelten Glasdeckel. Die Versiegelung wird von den Mönchen von Zeit zu Zeit erneuert.«

»Danke«, sagte er und warf einen letzten Blick auf das wunderschöne Kindergesicht. »Ich will Sie auch gar nicht länger aufhalten. Ich muss dringend nach Deutschland zurück. Eine letzte Bitte hätte ich noch. Könnten Sie mir eine Kopie des Manuskriptes zur Verfügung stellen? Ich möchte mich gerne intensiver mit der Thematik beschäftigen.«

Der Forscher lächelte. »Natürlich. Die ganze Welt soll das Geheimnis von Rosalia erfahren. Jeder soll wissen, warum sie die schönste Mumie der Welt ist. Lesen Sie und berichten Sie überall davon.«

XXVI

»Okay, da vorne ist es. Halt den Wagen an.« Laura sprang hinaus, bevor Max richtig geparkt hatte. Sie rannte über die Wiese auf die Lichter zu, die eine am Boden liegende Gestalt anstrahlten. Die Frau war jung, vielleicht Anfang zwanzig. Decke und Kopfkissen waren vom Notarzt bereits entfernt worden. In der rechten Ellenbeuge steckte eine Kanüle. Eine Rettungsassistentin hielt den Infusionsbeutel daran in die Höhe. Neben ihr piepste ein Gerät. Laura war sich nicht sicher, ob es die Herztöne der Frau meldete. Der lang gezogene Ton passte nicht recht. Sie bemerkte ein Kabel, das bis zur Hand der Frau reichte und an einer Fingerspitze klemmte. Der Arzt erhob sich schwitzend.

»Sie muss so schnell wie möglich in die Notaufnahme.«

Laura machte den Rettungssanitätern Platz. Sie hoben die bewusstlose Frau auf die Trage, deren Beine automatisch ausklappten, und verschwanden in Sekundenschnelle mit ihr im Rettungswagen. Der Arzt sprang hinterher.

»Wird sie es schaffen?«, rief Laura, besorgt über die Eile des Mediziners. Statt einer Antwort hörte sie nur die Türen zuschlagen. Der Rettungswagen brauste lautlos, aber mit Blaulicht davon und Laura blieb atemlos zurück. Ein Streifenpolizist war schon damit beschäftigt, den Fundort abzusperren.

»Haben Sie mitbekommen, was der Arzt gesagt hat?«, wollte Laura von ihm wissen.

Der Polizist zuckte mit den Achseln. »Der hat nicht viel geredet. Aber die Frau sah genauso aus wie die anderen drei, so richtig zugedröhnt.«

Laura nickte und fragte sich, ob es die vermisste Amelie Kristensen sein könnte.

»Wo ist sie?« Taylor, der eben eintraf, gesellte sich zu ihnen. Max folgte ihm dicht auf den Fersen mit verschlossener Miene.

»Bereits im Rettungswagen«, erklärte Laura. »Ist die Spurensicherung informiert?«

»Die müssten jede Minute hier sein. Ich habe die Kollegen von unterwegs angefordert.« Max drängte sich zwischen sie und Taylor.

»Hat sie auf dem Boden gelegen?«, erkundigte er sich.

»Ja, aber ich habe nur mitbekommen, wie der Notarzt sie in den Rettungswagen verfrachtet hat. Jetzt haben wir schon vier Opfer, und das Allerschlimmste ist, dass unser Hauptverdächtiger das perfekteste Alibi aller Zeiten hat. Döbler sitzt schließlich immer noch in Haft.« Laura fluchte: »Verdammt, was ist, wenn wir die ganze Zeit den Falschen im Visier hatten?« Lauras Magen knurrte bei der letzten Frage lautstark und krampfte sich vor Hunger zusammen. Sie hatte bisher keinen Bissen zu sich genommen, und das würde auch wohl ein paar Stunden so bleiben.

»Vielleicht haben sie noch einen Helfer«, warf Max ein.

»Ja, ich hatte eigentlich Doktor Bennefeld als seinen Komplizen angesehen, aber der kann es ja ebenfalls nicht gewesen sein. Glaubst du wirklich, dass noch eine dritte Person involviert sein könnte?« Laura konnte sich mit dieser Vorstellung nicht anfreunden. Drei Täter, die nur darauf aus waren, ein Stückchen Haut aus ihren Opfern zu schneiden, erschienen ihr irgendwie zu viel. Gerade Serientäter handelten häufig als Einzeltäter. Denn Mitwisser waren stets gefährlich. Außerdem deuteten sämtliche Zeugenaussagen auf einen einzelnen Mann hin. Auf jemanden mit medizinischen Kenntnissen. Doch Döbler kam jetzt wohl nicht mehr infrage. Und Bennefeld auch nicht. Laura fuhr sich nachdenklich über den Nacken. Was, wenn Döbler immer schon die Wahrheit gesagt hatte? Was, wenn er tatsächlich nichts mit den Entführungen zu tun hatte? Dann wäre die Frau, die eben gefunden wurde, wahrscheinlich nicht das letzte Opfer.

»Wir sollten uns aufteilen«, schlug Laura vor. »Taylor fährt ins Krankenhaus und stellt die Identität des neuen Opfers fest. Max, du wartest hier auf die Spurensicherung, vielleicht hat der Täter wieder etwas zurückgelassen.«

»Und was machst du?« Taylor warf ihr einen fragenden Blick zu.

»Ich tue das, was ich die ganze Zeit schon vorhatte. Ich lege mich vor Victor Frantzens Wohnung auf die Lauer.«

…

Laura hatte Frantzen nie wirklich von der Liste der Verdächtigen gestrichen. Einzig und allein sein Alibi, das er für die Zeit der Entführung von Jasmin Wülfrath vorweisen konnte, hatte sie abgelenkt. Aber jetzt, wo es ein viertes Opfer gab, während Döbler in Haft saß, rückte Frantzen als Isabell Wittmanns Expartner automatisch wieder stärker in den Fokus. Er kannte außerdem Charlotta Behrend. Laura hatte ihn zusammen mit dem zweiten Opfer auf einem Partyfoto gesehen. Nur die Verbindung zu Jasmin Wülfrath hatten sie bisher nicht aufgedeckt. Das könnte sich nun ändern. Sie steuerte auf den großen Wohnblock zu, in dem Frantzen seine Wohnung hatte. Sie parkte und schnappte sich von der Rückbank die Aktenordner, die sie mit zum Italiener genommen hatte. Ihr Magen knurrte heftig, doch das war jetzt nicht wichtig. Laura notierte sich den Namen des Nachbarn, der Frantzen das Alibi verschafft hatte. Ricarda aus dem Rechercheteam hatte vermerkt, dass Carlo Garcia in der Wohneinheit rechts von Frantzen lebte. Laura versuchte, das Appartement von außen zu orten, aber in der Dunkelheit der Nacht verschwammen die Fenster zu einer einzigen schwarzen Linie. Ab und zu brannte trotz der fortgeschrittenen Uhrzeit Licht. Allerdings konnte sie nicht ausmachen, ob es sich dabei um Frantzens, Garcias oder noch eine ganz andere Wohnung handelte.

Sie stieg aus und bemerkte Licht im Treppenhaus. Sie beeilte sich und hatte Glück, denn sie erreichte die Haustür genau in dem Moment, als ein Mann herauskam. Zügig huschte Laura in den Flur. Frantzens Appartement befand sich in der siebten Etage. Laura nahm den ächzenden Fahrstuhl. Die Mietskaserne war vermutlich irgendwann in den Siebzigern errichtet worden. Der Fahrstuhl vibrierte unangenehm. Die Seile quietschten, während sich das stählerne Ungetüm gemächlich von

Stockwerk zu Stockwerk hocharbeitete. Laura atmete hörbar auf, als sich die Türen endlich öffneten. Auf dem Rückweg würde sie die Treppe nehmen. Sie betrat den dunklen Flur und suchte nach dem Lichtschalter. Wieder lag ein muffiger, schwerer Geruch in der Luft. Dieselbe Note, die Laura bereits bei ihrem ersten Besuch hier aufgefallen war.

Sie konnte den Lichtschalter nicht finden. Deshalb zog sie das Smartphone aus der Tasche und leuchtete damit den Flur ab. Frantzens Wohnung lag schräg gegenüber. Laura schaltete das Licht aus, ging in die Hocke und nahm den Schlitz unter der Tür in Augenschein. Alles war dunkel dahinter. Entweder schlief Frantzen oder er war gar nicht zu Hause. Sie stand auf und legte ein Ohr an die Tür. Absolute Stille. Eine Duftwolke waberte durch die Luft. Jetzt war sich Laura sicher, dass es Gras war. Sie prüfte, ob der Geruch aus Frantzens Wohnung kam. Doch schnell fand sie die wahre Quelle. Ein Luftzug von rechts wies ihr den Weg zu Carlo Garcias Wohnung; er hatte Frantzen das Alibi verschafft. Wieder betrachtete sie den Türschlitz und sah schwaches Licht. Garcia schien zu Hause zu sein. Sie stellte sich dicht vor die Eingangstür und lauschte. Während sie überlegte, ob die Stimmen aus Garcias Fernseher kamen, er vielleicht gar nicht allein lebte oder Besuch hatte, klingelte plötzlich das Handy in ihrer Hand. Überrascht ließ Laura es fallen. Auf dem Fliesenboden schrillte der Klingelton noch lauter. Für einen schrecklichen Moment dachte Laura, dass der komplette Wohnblock wach werden musste. Schon sprang Garcias Tür auf. Sofort ging auch das Licht im Flur an. Ein großer, dunkelhaariger Typ in

Jeans und Unterhemd musterte Laura. Auf seinem Gesicht erschien ein breites Grinsen.

»Hey, Süße, willst du zu meiner Party?«, fragte er anzüglich und schwankte dabei beträchtlich im Türrahmen. Laura schaute ihn an. Sie sah einen qualmenden Joint in seiner Hand.

»Ich hätte eher eine Frage«, antwortete sie und lächelte.

Garcia kam einen Schritt auf sie zu und flüsterte: »Aber klar doch. Ich beantworte dir alle deine Fragen. Komm rein.« Er vollführte eine Pirouette, die ihn beinahe zu Fall brachte. Als er sich an Laura festhalten wollte, wich sie einen Schritt zurück.

»Du magst es nicht auf die schnelle Tour, wie?«, gluckste Garcia und warf sich lässig auf die Couch im Wohnzimmer, das vielleicht fünfzehn Quadratmeter maß und dessen Einrichtung lediglich aus Sofa, Tisch und Fernseher bestand. »Hier ist noch Platz«, säuselte er und klopfte auf den freien Platz neben sich.

»Danke«, sagte Laura und setzte sich. »Sie haben vor ein paar Tagen eine Aussage bei der Polizei gemacht. Können Sie sich entsinnen?«

»Hey. Jetzt enttäuschst du mich aber. Wir siezen uns doch nicht.« Garcia blinzelte. »Sag schon. Kenne ich dich nicht von irgendwoher?« Er kratzte sich am Kinn und musterte Laura. »Du warst doch schon mal hier, oder? Oh, erinnere ich mich. Du warst mit diesem Glatzkopf bei Victor. Ich habe euch in die Wohnung gehen sehen.« Jetzt schrak er hoch. »Scheiße. Bist du etwa ein Bulle?« Er ließ seinen Joint unter der Schuhsohle verschwinden, stieß eine Rauchwolke aus und wedelte den Grasgeruch mit den Händen durchs Zimmer.

»Ich hab das Zeug von Victor geschenkt bekommen.« Er grinste schief. »Du machst doch jetzt keinen Stress deswegen, oder?«

Laura rückte ein Stück ab und betrachtete Garcia lange. Der Mann fühlte sich zusehends unwohler und wackelte nervös mit den Beinen. »Sie wissen selbst, dass das illegal ist. Aber ich bin nicht aus diesem Grund hier, sondern wegen Ihrer Zeugenaussage. Helfen Sie mir, und ich bin in fünf Minuten wieder weg.«

Garcia hörte auf zu wippen und richtete sich kerzengerade auf.

»Sie haben Victor Frantzens Anwesenheit am Montagabend letzter Woche bestätigt. Haben Sie tatsächlich mitbekommen, dass er in seiner Wohnung war, oder ist das Gras die Gegenleistung für Ihre Aussage?« Laura sah, wie Garcia erstarrte. Er rollte mit den Augen und überlegte, was er erwidern sollte. Dann machte er eine wegwerfende Handbewegung.

»Verdammt. Der Bastard hat mir eigentlich die doppelte Menge dafür versprochen.« Er schüttelte den Kopf und griff nach der Bierflasche auf dem Tisch. »Er ist selbst schuld. Wenn er sich nicht an seine Versprechen hält, muss ich es auch nicht tun, oder?« Garcia blickte Laura aus glänzenden Augen an. »Victor war nicht zu Hause an diesem Abend, okay?«

»Sind Sie da ganz sicher?«

»Das sage ich doch.« Er stand auf und ging zu der Wand, an der sich der Fernseher befand, und klopfte leicht dagegen. »Hörst du das? Ist total hellhörig hier.« Er trottete zurück zur Couch. »Wenn Victor da ist, hat er meistens Radio oder Fernsehen an. Ich kann es hören.«

Laura war enttäuscht. Ihr wäre es lieber gewesen, wenn Garcia gesehen hätte, wie Frantzen die Wohnung verließ. Als ob er ihre Gedanken lesen könnte, fuhr Garcia fort: »Ich kaufe ab und zu Gras von ihm. Als ich an dem Tag mitbekommen habe, wie die Musik bei ihm ausging, bin ich schnell zur Tür. Aber da war er schon weg.« Er zuckte mit den Schultern. »Der ist ständig an der Universität. Hält sich für was Besseres, bloß weil er promoviert, der Herr Doktor. Dabei ist er auch nur ein Junkie. Seine Bude stinkt wie ein holländischer Coffeeshop.« Garcia schnaubte und griff nach dem Joint, der immer noch auf dem Boden vor der Couch lag. »Ich darf doch wieder?«, fragte er und griff nach einem Feuerzeug, ohne auf Lauras Antwort zu warten.

»Können Sie mir Ihre Aussage morgen früh schriftlich geben?« Laura ignorierte den Joint und erhob sich.

»Klar«, sagte Garcia und ließ sich in die Kissen zurücksinken. Seine Augen wanderten unverhohlen über Lauras Körper. »Warum nur muss so was Rattenscharfes wie du ein Bulle sein?«, seufzte er und nahm einen tiefen Zug aus seinem Joint.

»Ist Victor Frantzen denn jetzt zu Hause?« Laura überging Garcias lüsterne Blicke.

»Nein, der ist am Nachmittag verschwunden. Wie gesagt, wahrscheinlich hängt er wie immer an der Uni rum.«

...

Laura starrte auf das Gerät und fluchte. Sie hätte sich das Zugangssystem zum Fachbereich Pharmazeutische und Medizinische Chemie längst anschauen müssen.

Sie hatte viel zu viel Zeit mit Martin Döbler vergeudet und Victor Frantzen aus den Augen gelassen. Er hatte von Anfang an ein wackliges Alibi für den Zeitpunkt der zweiten Entführung gehabt, und das Zugangssystem für das Universitätsgebäude bestätigte Lauras Zweifel. Eine Zutrittskarte war lediglich für das Öffnen der Tür von außen notwendig. Frantzen, der am fraglichen Abend angeblich zwischen 19:21 Uhr und drei Uhr nachts in der Universität gewesen sein wollte, könnte schon kurz nach dem Eintreffen einfach wieder gegangen sein, ohne dass es registriert wurde. Gegen drei Uhr brauchte er nur kurz vorbeizuschauen, seine Karte vor das Gerät zu halten und auf *Gehen* zu drücken. Er musste dafür nicht einmal die Tür öffnen. Das System zeichnete bloß die Türöffnung beim Hineingehen automatisch auf. Alle anderen Buchungen konnten manuell durchgeführt werden. Erneut klingelte Lauras Handy. Als sie Max' Nummer sah, hob sie eilig ab.

»Die Spurensicherung hat bis jetzt nichts. Hat Taylor dich erreicht?«

»Er hat es vorhin probiert, aber ich konnte nicht rangehen, weil ich vor Victor Frantzens Wohnung stand.«

»Die Frau ist tot.«

»Was?« Laura lief es eiskalt den Rücken hinunter.

»Sie konnte nicht reanimiert werden. Sie war bereits tot, bevor sie in den Rettungswagen geschoben wurde.«

»Verdammt. Haben wir ihre Identität schon?« Laura sah Amelies kleinen Bruder Tim vor sich. Wie sollte sie ihm und seinen Eltern bloß erklären, dass sie die ganze Zeit einer falschen Fährte gefolgt waren und Amelie das mit ihrem Leben bezahlt hatte?

»Es ist nicht Amelie Kristensen. Die Frau heißt Marie Clemens. Sie ist oder vielmehr war erst neunzehn Jahre alt. Sie steckte noch in der Ausbildung zur Großhandelskauffrau. Ihre Wohnung liegt auch im Norden, in Reinickendorf. Ich habe ein paar Kollegen hingeschickt, damit wir nicht unnötig Zeit verlieren.«

Laura schluckte. »Fehlt wieder Haut?«

»Das kannst du laut sagen. Diesmal fehlt ein riesiges Stück am Rücken. Taylor hat es selbst gesehen. Ich befürchte, unser Täter dreht langsam durch. Das Wohlergehen seiner Opfer scheint ihm jetzt völlig egal zu sein.«

»Verdammt. Wir müssen ihn so schnell wie möglich stoppen. Wer weiß, wie viele Frauen er festhält.« Laura ruckelte an der verschlossenen Tür zum Institut. »Frantzen ist jedenfalls nicht in seiner Wohnung. Sein Nachbar hat außerdem gelogen. Frantzen war an dem Tag gar nicht zu Hause. Ich bin an der Universität vor dem Gebäude, in dem Frantzen arbeitet. Aber hier ist wohl auch niemand.«

»Bleib, wo du bist. Ich schnappe mir Taylor und komme zu dir.«

XXVII

Berlin, Deutschland
Wenige Stunden zuvor

Das Kreischen ging ihm mächtig auf die Nerven. Normalerweise konnte er es ausblenden, aber heute wollte ihm das nicht gelingen. Wütend stürmte er die Treppe hinunter. Er riss die Käfigtür auf und schlug sie zu. Das Geschrei schwoll sirenenartig an. Es reichte ihm. Er rannte in den Behandlungsraum und griff nach einer Spritze. Er brauchte Ruhe. Niemand konnte arbeiten, wenn er ständig unter Beschuss stand. Dieses Kreischen war die reinste Folter. Er verstand selbst nicht, warum ihm das Mitleid abhandengekommen war. Früher hatte er sich um jedes verlassene, hilflose Wesen aufopferungsvoll gekümmert. Er tat alles, um zu helfen, und jedes Mal fühlte er sich besser nach einer guten Tat. Das blieb selbst dann noch so, als Jennifer gestorben war. Er schüttelte sich und zog die Spritze auf. Eigentlich stimmte das nicht. Er wusste sehr genau, wann er jegliches Mitleid verloren hatte. Es starb ganz plötzlich ab, sozusagen von einem Moment auf den anderen. Es passierte, als diese undankbare Kreatur seinen größten Schatz zerstört hatte. Seitdem häuften sich die Probleme. Er hatte Angst, Jennifer endgültig zu verlieren. Wenn das geschähe, dann besäße er nichts mehr auf dieser Welt, was für ihn einen Wert hätte. Er wäre verloren. Er starrte das störrische Biest an, dessen Kräfte er völlig unterschätzt hatte. Die großen, dunklen Augen täuschten darüber hinweg, dass in diesem Wesen keinerlei Verstand steckte, sondern nur blinde Zerstörungswut. Er hätte es besser wissen müssen. Bisher war sein Respekt vor dem Leben übermächtig gewesen. Das gebot allein schon sein Beruf. Es war seine Pflicht, Leben zu erhalten und zu helfen. Nie hätte er gedacht, dass ihm die eigenen Grundsätze einmal völlig egal wären.

Es passierte vor ungefähr sechs Monaten. Lupo, so nannte er den großen dunkelbraunen Hund von der Größe eines Kalbes, stürmte in Jennifers Zimmer und stieß in seinem Eifer den Glassarg vom Sockel. Es war seine Schuld. Normalerweise verschloss er Jennifers Zimmer. Es war sein Rückzugsort. Er war nur für ihn bestimmt. Weder Patienten noch andere Besucher bekamen diesen Raum je zu Gesicht. Niemand wusste, dass Jennifer nicht in dem Grab auf dem Friedhof lag, sondern in einem gläsernen Sarg bei ihm ruhte. Sie war so schön wie eh und je. In seiner Wahrnehmung übertraf Jennifer selbst die Schönheit von Rosalia Lombardo. Denn er hatte nicht nur die chemische Mixtur des Einbalsamierers Alfredo Salafia übernommen, die dafür sorgte, dass sogar die inneren Organe erhalten blieben. Er hatte ihre Haut zudem mit einer besonderen Creme behandelt. Die Lotion war dazu entwickelt worden, den

Alterungsprozess der Haut aufzuhalten, und sie eignete sich ebenso hervorragend für Jennifer, deren Zellen von Verwesung bedroht waren. Er hatte lange recherchiert, bis er sich für die richtige Kombination entschieden hatte. Zunächst war er von klassischen Rezepten ausgegangen. Doch da Jennifers Haut sich nicht mehr erneuerte, hätte das überhaupt keinen Sinn gehabt. Klassische Anti-Aging-Produkte enthielten in der Regel eine hohe Konzentration an Retinoiden, einer Vitamin-A-Form, und an Alpha-Hydroxy-Säuren. Diese Stoffe sorgten für eine beschleunigte Zellerneuerung und verminderten somit die frühzeitige Faltenbildung.

Er hingegen benötigte eine Lotion, die Jennifers Haut konservierte. Anfangs hatte er sich bei Beerdigungsinstituten umgehört. Einbalsamierer kannten sich schließlich aus mit dem Präparieren toter Haut. Aber keine Methode war langfristig angelegt, schon gar nicht für einen Zeitraum von mehreren Jahrzehnten. Es hatte ihn Monate gekostet, bis er auf einen Spezialisten gestoßen war, der sich auf Brandopfer spezialisiert hatte. Verbrannte Epidermis war im Grunde genommen ebenso geschädigt wie Jennifers Haut. Sie konnte sich nicht mehr von selbst regenerieren, und wenn, dann entstand höchstens massives Narbengewebe. Spezielle Cremes hielten in solchen Fällen das Gewebe möglichst elastisch. Er hatte diesen Spezialisten aufgesucht und sich ausführlich beraten lassen. Bei Brandopfern musste oft Haut transplantiert werden. Das war damals bei Jennifer nicht nötig, aber die Pflegemaßnahmen, die im Anschluss an eine solche Transplantation notwendig waren, kamen seinen Bedürfnissen am nächsten. Als Mediziner konnte er das beurteilen. Zumeist wurde nur die oberste Hautschicht, die sogenannte Spalthaut, verpflanzt. Diese Schicht war oft sehr trocken, da das Drüsengewebe fehlte. Fetthaltige Salben konnten das Problem lindern. Austrocknung war eine Komplikation, die auch nach dem Tod eintrat. Letztendlich war es ihm gelungen, eine Salbe herzustellen, die die Haut seiner Schwester lebendig hielt. Im Gegensatz zu sonstigen Mumifizierungsmethoden, die zum Beispiel im alten Ägypten angewandt wurden, strahlte Jennifers Haut immer noch wie die einer jungen Frau. Auch sieben Jahre nach ihrem Tod hatte sie sich nicht verändert. Ihre Unsterblichkeit war sein Lebenselixier. Sie gab ihm das Gefühl, nicht allein auf der Welt zu sein. Obwohl er natürlich wusste, dass er nur ihre körperliche Hülle vor sich hatte, bildete er sich doch ein, dass Jennifers Geist bei ihm war, sobald er ihr Zimmer betrat. Anfangs hatte er es als störend empfunden, dass sie unter dickem, luftdicht verschlossenem Glas lag. Aber der Sauerstoffentzug war ein wichtiger Faktor, um den Zerfall aufzuhalten. Er hielt die meisten Bakterien fern, die ansonsten wie eine Armee über Jennifers tote Zellen hergefallen wären und so lange in ihrem Köper gewütet hätten, bis er vollständig aufgelöst wäre.

Er blickte auf Lupo hinab, der ihn wütend anknurrte und die Zähne in das Gitter des Käfigs rammte. Blitzschnell riss er die Tür auf und stieß die Spritze in das dichte Fell. Es dauerte wenige Sekunden, bis das Tier in einen tiefen Schlaf fiel. Endlich hatte er Ruhe. Lupo hatte er als herrenlosen Köter auf der Straße aufgelesen. In seinen Augen hatte er damals etwas bemerkt, was ihn an sich selbst erinnerte. Diese unendliche Traurigkeit. Die

Erkenntnis, dass man nichts zurückholen konnte, was diese Welt bereits verlassen hatte. In Lupos Blick glühte so viel Sehnsucht und so viel Schmerz, dass er nicht anders konnte, als ihn mitzunehmen. Bis zu jenem Tag vor sechs Monaten waren sie die besten Freunde gewesen. Doch nachdem Lupo Jennifers Sarg heruntergerissen hatte, war alles anders geworden.

Er erinnerte sich genau, wie er dem Hund hinterhergestürzt war, als dieser durch die offene Tür in Jennifers Zimmer eindrang. Er hatte sich auf ihn geworfen, um ihn am Sprung zu hindern, aber die gut fünfunddreißig Kilogramm Muskelmasse ließen sich nicht so einfach zu Boden ringen. Lupo war kräftig, und der Sarg krachte von seinem einen Meter hohen Sockel. Jennifer wurde gegen das harte Glas geschleudert und die schützende Hülle zerbarst an den Ecken. Hässliche gezackte Risse zogen sich über den Deckel. Jennifers Augen öffneten sich durch den Aufprall und starrten ihn vorwurfsvoll an. Wie hatte er den Hund in ihr Zimmer lassen können? Sie hatte schon immer Angst vor Hunden gehabt, insbesondere vor großen. Er war ihr Beschützer, doch selbst im Tod konnte er sie nicht vor dem Unheil bewahren. Der Anblick riss ihm schier das Herz aus der Brust. In Panik hatte er den Deckel geöffnet und Jennifer aus dem Sarg gehoben. Das war natürlich die völlig falsche Reaktion. So konnte die Luft ungehindert zu ihr vordringen. Mit dem Sauerstoff trat ein gigantisches Heer von Bakterien an – mikroskopisch kleinen Wesen, die sich exponentiell vermehrten und seine Arbeit der letzten sieben Jahre innerhalb kürzester Zeit vollständig zerstören konnten. Nachdem er wieder einigermaßen zu sich gekommen war, dachte er zunächst, er könnte das Glas einfach reparieren lassen. Aber dann musste er feststellen, dass die Anfertigung neuer Scheiben beinahe drei Wochen dauerte. Drei ganze Wochen, in denen Jennifer der für sie schädlichen Luft ausgesetzt sein würde. Er hatte das gebrochene Glas so gut es ging abgedichtet. Doch schon nach wenigen Tagen bemerkte er die Veränderung auf Jennifers Haut. Der rosige Teint wich einer gräulichen Färbung. Es betraf nur einige Stellen. Trotzdem störten ihn die Flecken. Er musste etwas tun. Jennifers Haut konnte sich nicht von selbst erneuern. Er konnte die Schäden mit Schminke übertünchen, aber diese Methode war nicht besonders nachhaltig. Darunter würde ihre Haut weiter faulen. Er brauchte etwas, das dauerhaft Abhilfe schaffte.

Ein Schrei riss ihn aus der Erinnerung. Schnell schloss er die Käfigtür, hinter der Lupos massiger Leib ruhte, und lief zur Kellertreppe. Muffige feuchte Luft, die sich mit dem Geruch von Cannabis vermischt hatte, schlug ihm entgegen. Die Dosis hätte ein Pferd für mehrere Tage ruhigstellen können, doch diese Frau reagierte anders als erwartet. Eigentlich war sie noch gar nicht an der Reihe, aber ihre Schreie regten ihn mindestens genauso auf wie Lupos durchdringendes Bellen. Außerdem machte sie die anderen unruhig. Er war Experte für Narkose- und Beruhigungsmittel. Jahrelang hatte er Jennifers Leben damit erträglicher gemacht. Insbesondere die Nächte, in denen sie oft vor Schmerzen nicht schlafen konnte. Jeder Patient sprach unterschiedlich auf solche Medikamente an. Cannabis war aus seiner Sicht eine sinnvolle Ergänzung. Das Erinnerungsvermögen schwand und so konnte er unbehelligt agieren. Das erste Mal war am schlimmsten gewesen. Aber nachdem er das Ergebnis gesehen hatte, konnte er nicht mehr aufhören. Jennifer würde mit dieser Methode ewig bei ihm bleiben können.

Er schob die quietschende Tür auf und schritt blind durch das Dunkel. Nach und nach passten sich seine Augen an, und er erkannte die Konturen des weiblichen Körpers, der auf einer Liege fixiert war. Die Frau wimmerte unerträglich. Bisher war er wirklich sehr geduldig gewesen. Die Prozedur war überschaubar, im Grunde nicht schlimmer als eine kleine Operation. Er öffnete den Regler des Infusionsschlauches. Die Flüssigkeit begann schneller zu tropfen, gleichzeitig verebbte das Wimmern. Er beruhigte sich ein wenig. Dann fuhr er mit der Rechten über die Haut der Frau. Sie fühlte sich klamm und kühl an. Das war kein gutes Zeichen. Der Puls raste regelrecht. Eigentlich war sie noch nicht an der Reihe. Er hatte sie gerade erst hergebracht. Andererseits ging sie ihm auf die Nerven. Er brauchte viel zu viele Medikamente, um sie in Schach zu halten. Er löste die Lederriemen an Armen und Beinen und hob sie hoch. Sie war federleicht. Beinahe wie Jennifer. Das war ihm gleich aufgefallen, als sie das erste Mal zu ihm kam. Vorsichtig neigte er den Kopf und steckte die Nasenspitze in ihre vollen, langen Haare. Der Duft explodierte auf seinen Schleimhäuten. Sie roch so lieblich, dass er sie am liebsten behalten hätte. Aber das ging natürlich nicht. Zügig brachte er sie in einen anderen Raum, wo er sie bei Licht betrachten konnte. Sie roch besser, als sie im Moment aussah. Die fahle Haut war eine Spur zu blass. Er drehte sie auf den Bauch. Der Rücken sah ein wenig besser aus. Aus dem Schrank an der Wand holte er ein paar Fläschchen und zog den Inhalt mit einer Spritze auf. Damit würde sie nichts von dem mitbekommen, was er mit ihr vorhatte. Er drehte sie wieder um und führte die Kanüle in die Armvene ein. Dann presste er das Medikament in ihre Blutbahn.

Er sah sich um und stellte zufrieden fest, dass die Instrumente griffbereit in einer Edelstahlschale lagen. Das Skalpell glänzte im Licht der bläulichen Neonröhre. Er arbeitete besonders gerne mit diesem Werkzeug. Es schaffte einen klaren, glatten Schnitt, war äußerst präzise und zauberte auf diese Art und Weise hervorragende Ergebnisse. Jennifer würde es bald wieder besser gehen. Er seufzte. Ein würgendes Blubbern ertönte in seinem Rücken und er fuhr herum. Durchsichtiger Schleim ergoss sich aus den Mundwinkeln der Frau. Zügig tupfte er die Flüssigkeit ab. Krämpfe ließen ihren Körper regelrecht beben. Er fluchte und schnallte sie fester, aber es half nicht. Die Muskeln zuckten wie von Sinnen. Er zog die nächste Ampulle auf, ein hoch dosiertes Anti-Epileptikum. Das Mittel würde sie beruhigen und die Krämpfe lösen. Aber die Frau zitterte weiterhin. Ihr schmaler Körper krampfte, der Puls raste und dann setzte die Atmung aus. Entsetzt blies er Luft in ihre Lungen. Seine großen Hände massierten das Herz, doch der lebenswichtige Muskel hatte aufgehört zu pumpen. Er lag schlaff unter den Rippen. Panik übermannte ihn. Was hatte er angerichtet? Er wollte sie doch nicht umbringen! Er hatte doch nur Jennifer helfen wollen … Wieder versuchte er, das Leben in ihren Körper zurückzubringen. Fast eine ganze Stunde lang mühte er sich ab, aber die Frau war tot. Kraftlos sackte er zusammen. Was sollte er jetzt tun?

Seine Augen wanderten über den makellosen Körper. Die Antwort lag direkt vor ihm. Sie war tot. Er konnte nichts mehr für sie tun. aber ihr Körper konnte Jennifer dienen. Er tat, was getan werden musste. drehte sie auf den Bauch und griff zum Skalpell.

XXVIII

Inzwischen war es Mitternacht. Noch immer befand Laura sich vor der verschlossenen Eingangstür des Fachbereiches Pharmazeutische und Medizinische Chemie der Freien Universität Berlin. Der Tod des vierten Opfers hatte Laura in höchste Alarmbereitschaft versetzt. Sie konnte es sich nicht rational erklären, aber sie spürte, dass Amelie Kristensen in Lebensgefahr schwebte. Falls sie überhaupt noch lebte. Victor Frantzen zu observieren, war der nächste logische Schritt. Es stand fest, dass er zu keinem Tatzeitpunkt ein Alibi besaß. Er kannte sich mit Narkosemitteln und Drogen aus. Seine Doktorarbeit beschäftigte sich genau mit diesen Stoffen. Alle entführten Frauen waren mit Medikamenten und Drogen betäubt worden. Zudem war das erste Opfer seine Exfreundin. Auch die zweite Frau kannte er. Alle Punkte zusammengenommen lasteten schwer auf Frantzen. Laura musste dringend herausfinden, wo der Mann steckte. Vielleicht war das die einzige Chance, Amelie Kristensen zu retten. Sie rüttelte noch einmal vergeblich an der Tür und umrundete dann das Gebäude. Die meisten Fenster waren dunkel. Ganz hinten brannte ein Licht. Der Bau entsprach einem überdimensionalen Quadrat. Sie befand sich im Südwesten Berlins. Es würde eine Ewigkeit dauern, bis Max und Taylor eintrafen. So lange wollte Laura auf keinen Fall die Hände in den Schoß legen. Sie fragte sich, warum Victor Frantzen, der in einer Mietskaserne im Norden Berlins wohnte, einen so weiten Weg zur Arbeit auf sich nahm. Möglicherweise wollte er in Isabell Wittmanns Nähe sein. Das wäre zumindest eine Erklärung. Und außerdem stammten auch alle anderen Opfer aus dem Berliner Norden. Sie beschleunigte ihre Schritte. Obwohl der beleuchtete Raum im Erdgeschoss lag, musste sich Laura am Fensterbrett hochziehen, um einen Blick hineinwerfen zu können. Die Architektur des Hauses war schlicht und funktional. Das unterste Geschoss befand sich auf dem Keller, der gut einen Meter fünfzig aus dem Erdboden herausragte. Laura erblickte ein paar Aktenschränke an der Wand und einen Schreibtisch. Darauf lagen diverse Ordner und ein eingeschalteter Computerbildschirm, der eine Tabelle mit langen Zahlenkolonnen zeigte. Neben der Tastatur stand eine Tasse mit einem Löffel. Jemand hatte den Platz anscheinend nur für einen Augenblick verlassen. Laura suchte nach einem Namensschild oder irgendeinem anderen Hinweis. Als sie nichts fand, ließ sie sich wieder auf den Boden sinken. Sie ging zum benachbarten Büro, wo kein Licht brannte. Das Fenster war unverschlossen. Sie tippte gegen die Scheibe und lächelte, als diese wie von Geisterhand aufschwang. Sie zog sich erneut an der Fensterbank hoch und hüpfte ins Innere des Gebäudes. Wenn Victor Frantzen hier war, würde sie ihn finden!

Auf Zehenspitzen schlich sie zur Tür. Der Flur war ebenfalls dunkel, aber durch die offene Bürotür rechter

Hand drang genug Helligkeit. Linker Hand erstreckte sich der Flur bis zur verschlossenen Eingangstür. Von beiden Seiten gingen Türen ab, einige waren geöffnet. Es roch nach Chemikalien. Laura stand auf grauem, abgenutztem Linoleumboden. Gleich gegenüber sah sie einen Tischwagen mit zwei Ebenen. Instrumente aus hochglanzpoliertem Edelstahl, Glaskolben in verschiedenen Größen und Dosen, die Chemikalien enthielten. Am Ende des Flurs entdeckte Laura einen verriegelten, grauen Schrank mit einem großen gelben Dreieck darauf. In der Mitte des Warnzeichens prangte ein Totenkopf. Sie beschloss, in diese Richtung zu laufen. Das beleuchtete Büro war immer noch leer. Laura trat kurz ein, um einen Blick auf den Monitor zu werfen. Die dort abgebildeten Zahlenreihen sagten ihr nichts. Dafür lag auf dem Schreibtisch ein Manuskript mit einem Titel, den sie bereits kannte: *Benzodiazepine und ihr Zusammenwirken mit Narkosemitteln.* Instinktiv vergewisserte sie sich, dass ihre Dienstwaffe griffbereit war. Zurück im Flur kam sie an einer kleinen Kaffeeküche vorbei. Beim Duft und dem Anblick eines vollen Kuchentellers knurrte ihr Magen abermals deutlich hörbar.

Vor der nächsten Tür blieb sie stehen. In dem Büro sah sie zwei Sessel, einer davon war nicht leer. Unwillkürlich zuckte sie zusammen. Da saß jemand. Blitzschnell scannten ihre Augen zwei Gemälde im expressionistischen Stil, die über der Sitzgelegenheit hingen. Auf der linken Seite eine Kopie von Picassos *Les Demoiselles d'Avignon.* Den Künstler des anderen Werkes kannte Laura nicht. Ein weiteres Bild, ein Foto, kannte sie hingegen nur allzu gut. Es zeigte Isabell Wittmann. Das Foto lag auf dem Boden vor dem schlafenden Victor Frantzen. Es musste ihm aus der Hand gerutscht sein. Die Luft war geschwängert von Marihuanageruch. In einem Aschenbecher vor dem Sessel sah Laura Reste des Joints. Kopfschüttelnd betrachtete sie Frantzen. Er sah blass aus, die hellbraunen, glanzlosen Haare noch strubbeliger als sonst, der Vollbart war dichter geworden. Dunkle Augenränder befanden sich tief unter den kurzen Wimpern. Offensichtlich konnte auch der Schlaf diesen optischen Mangel nicht mehr korrigieren. Er trug dieselbe ausgeblichene Cordhose wie beim letzten Mal, dafür ein anderes kariertes Hemd. Laura schlussfolgerte, dass er sich kräftig zugedröhnt hatte und einfach nach hinten gekippt und eingeschlafen war. Wie lange mochte er wohl schon hier sein? Nachdenklich fragte sie sich, ob Frantzen in diesem Zustand in der Lage gewesen wäre, eine Tote im Park vor dem Krankenhaus abzulegen. Verschrumpelte Reste einer Pizza lagerten in einem Pappkarton neben dem Aschenbecher. An der Wand hing der Flyer eines Pizza-Lieferservices. Laura steckte den Prospekt ein und überlegte, Frantzen auf der Stelle festzunehmen. Er hatte sein Alibi erfunden. Das genügte möglicherweise zusammen mit den anderen Indizien für einen Haftbefehl. Doch der Zweifel hielt sie zurück. Irgendwie erweckte er überhaupt nicht den Eindruck eines kaltblütigen Mörders. Vielmehr sah er aus wie jemand, der Liebeskummer hatte und sich deshalb den Kopf zudröhnte. In seinen eigenen vier Wänden schien er es nicht mehr auszuhalten und flüchtete daher ins Institut. Frantzen schlief so fest, dass er sich bisher nicht gerührt hatte. Laura beschloss, erst einmal den restlichen Gebäudetrakt unter die Lupe zu nehmen.

Vielleicht konnte sie Beweismaterial sichern. Die den Opfern entnommene Haut hatten sie schließlich immer noch nicht gefunden. Und die Proben aus Döblers privatem Labor waren mit ziemlicher Sicherheit negativ.

Gerade als sie sich wieder zur Tür wandte, fiel ihr sein Handy ins Auge. Es lag halb unter Frantzens Oberschenkel. Laura hielt den Atem an und bückte sich. Mit langen Fingern zog sie das Smartphone hervor. Es war nicht gesperrt. Sie aktivierte den Bildschirm und fand etliche Nachrichten an Isabell Wittmann.

›Baby. Es tut mir so leid. Bitte komm zu mir zurück. Ich war einfach außer mir. Es passiert nicht wieder.‹

›Aber ich liebe diesen Mann und wir wollen zusammen sein.‹

›Ich glaube dir kein Wort. Wenn du mich nicht mehr liebst, dann schreibe es doch. Ich will es schwarz auf weiß sehen.‹

Keine Antwort.

›Siehst du, du kannst es nicht. Ich warte noch drei Minuten.‹

Keine Antwort.

›Baby. Lass den Schwindler sausen. Er betrügt seine Frau und irgendwann macht er mit dir dasselbe. Ich würde nie fremdgehen.‹

Jetzt kam eine Antwort: ›Aber Robert würde mich nie schlagen. Ich hatte wirklich Angst vor dir, Victor.‹

›Baby. Ich schwöre. Es kommt nie wieder vor.‹

›Das schwörst du nicht das erste Mal.‹

Laura hatte genug gelesen. Sie legte das Handy zurück auf Frantzens Sessel. Die Nachrichten hatte er vor gut einer Stunde geschrieben. In Lauras Kopf ratterte es.

Dann wäre theoretisch noch ausreichend Zeit gewesen. Außerdem konnte er die Nachrichten an Isabell von jedem Ort aus schreiben. Sie genügten jedenfalls nicht, um ihn zu entlasten.

Laura verließ das Büro und ging bis zum Gefahrgutschrank. Rechts befand sich eine Tür, ebenfalls mit gelbem Warndreieck und Totenkopf versehen. Sie war verschlossen. Auf der anderen Seite standen mehrere Kühlschränke. Zügig prüfte sie den Inhalt, doch nach Hautproben sah nichts aus. Sie fand nur Glaskolben mit undefinierbaren Flüssigkeiten. Manche waren klar, andere so trüb, dass sich am Boden eine breiige Masse abgesetzt hatte. Laura schoss mit dem Handy ein paar Fotos und drehte um. Auf dem Rückweg schaltete sie das Licht in den leeren Büros an und begutachtete die Unterlagen auf den Schreibtischen. Viele chemische Begriffe sagten ihr überhaupt nichts. Sie überprüfte die Räumlichkeiten stichprobenartig und kehrte nach ungefähr zehn Minuten zurück zu Frantzen. Als sie im Türrahmen stand, musste sie mehrmals blinzeln. Victor Frantzen war nicht mehr im Sessel. Auch sein Handy und das Foto von Isabell waren verschwunden. Das Fenster war einen Spaltbreit offen. Laura fluchte und stürzte hinterher. Sie sprang nach draußen und blieb für ein paar Sekunden still stehen, um zu lauschen. Nichts. Sie rannte Richtung Straße, weil sie sich nicht vorstellen konnte, dass Frantzen auf dem Universitätscampus geblieben war. Wenn sie Pech hatte, saß er längst in seinem Auto und war weg. Laura war eine hervorragende Läuferin. Binnen weniger Sekunden erreichte sie die Straße.

»Verdammt!« Sie fluchte erneut und stoppte vor einem Wagen, der gerade auf sie zuhielt.

»Was ist los?«, brüllte Max, der die Scheibe der Beifahrerseite heruntergelassen hatte.

»Habt ihr Frantzen gesehen?«

»Nein.«

»Kam er euch denn nicht entgegen?« Laura suchte den Straßenrand ab und versuchte, sich daran zu erinnern, ob hier vorhin ein Fahrzeug geparkt hatte. Verflucht. Sie wusste es nicht.

»Mist, der Mann ist mir entkommen.«

»Sollen wir die Straße weiter rauffahren? Vielleicht erwischen wir ihn.«

»Macht das. Ich laufe kurz in den Park auf der anderen Straßenseite. Möglicherweise versteckt er sich irgendwo. Der Kerl ist ziemlich zugedröhnt. Ich habe eine Menge Cannabis bei ihm gesehen.«

»Cannabis?«, fragte Max.

»Ja, ich erkläre es später.« Laura rannte über die Straße und vorbei an ein paar Bäumen. Sie fand einen schmalen Pfad und folgte ihm. Rechts und links flogen die Äste an ihr vorüber. Sie spitzte die Ohren und versuchte, jede Bewegung in der Dunkelheit zu erfassen. In regelmäßigem Abstand erleuchtete eine Laterne den Weg. Sie passierte mehrere Parkbänke. Alle waren leer. Nicht mal ein Obdachloser hatte eine zum Übernachten auserkoren. Es war hoffnungslos. Frantzen war verschwunden. Frustriert machte sie kehrt. Auch auf dem Rückweg beobachtete sie konzentriert die Umgebung. Lauras Augen suchten nach Umrissen in der Nacht. Sie registrierte den Wind in den Baumkronen hoch oben. Ihre Gedanken kreisten in Höchstgeschwindigkeit. Hatte sie einen Mörder entkommen lassen? Ihre Bedenken wuchsen ins Unermessliche.

Sie sah Frantzen vor sich, wie er dort auf dem Sessel saß und friedlich schlief. Spätestens als sie seine Nachrichten an Isabell Wittmann gelesen hatte, war sie nicht mehr von seiner Schuld überzeugt gewesen. Setzte sich ein Mann, der soeben eine Frau getötet hatte, einfach so in einen Sessel und schlief wie ein Baby? Doch was, wenn er gar nicht geschlafen hatte? Hatte er Laura gesehen? Schließlich handelte es sich nachgewiesenermaßen um einen Lügner, der fixiert war auf Drogen und seine Exfreundin geschlagen hatte. Das alles waren nicht gerade die besten Charakterzüge. Wäre es möglich, dass Laura auf ein Schauspiel hereingefallen war? Sie fluchte innerlich und lief zurück zur Straße. Max und Taylor warteten bereits auf sie.

»Und?«, fragte Taylor. Er sah sie aufmerksam von oben bis unten an.

»Nichts.« Sie schüttelte frustriert den Kopf.

»Ich habe seinen Wagen zur Fahndung rausgegeben. Vielleicht schnappen wir ihn schneller als gedacht.«

»Ich mache mir Sorgen um Amelie Kristensen. Wenn er sie auch in seiner Gewalt hat, dann schwebt sie in höchster Gefahr.« Und ich bin daran schuld, weil ich ihn gerade aufgeschreckt habe, fügte sie in Gedanken hinzu.

»Frantzen ist ein Verdächtiger. Wir wissen nicht, ob er auch wirklich der Täter ist. Es gibt keinen Beweis.« Taylor wollte sie trösten, doch so einfach ging das nicht. Wenn Frantzen Amelie etwas antäte, würde das für immer auf ihrem Gewissen lasten. Sie senkte den Blick. Denk nach, spornte sie sich an. Der Täter war zum Greifen nahe. Sie konnte es am Kribbeln in ihren Fingerspitzen fühlen. Sie waren ganz dicht dran.

»Habt ihr euch den Notruf schon angehört?«

»Nein, aber ich habe ihn auf dem Handy.« Taylor öffnete die hintere Autotür und machte eine einladende Geste.

Laura kletterte auf den Rücksitz. Taylor startete den Motor und wartete, bis sich die Freisprechanlage mit dem Handy verbunden hatte. Anschließend drückte er eine Taste. Eine weibliche Stimme war zu hören. Es war eine Mitarbeiterin der Notrufzentrale. Dann knarrte die Stimme des Täters durch den Lautsprecher.

»Im Park vor dem Dominikus-Krankenhaus liegt eine leblose Frau.« Klick. Das war alles.

»Kannst du es bitte noch einmal wiederholen?«, fragte Laura und lehnte sich vor. Wieder ertönte die männliche Stimme, die völlig frei von Emotionen zu sein schien. Im Hintergrund rauschte es. Die Geräusche waren die gleichen, die sie auf den anderen Aufnahmen gehört hatten. Sie bat Taylor, den Notruf noch ein weiteres Mal abzuspielen. Da war etwas, das sie irritierte. Sie achtete auf das Rauschen im Hintergrund.

»Stopp«, sagte sie plötzlich. »Kannst du die letzten Sekunden noch mal abspielen?«

Taylor tat wie geheißen. Laura sperrte die Ohren auf. Max lauschte mit offenem Mund. Da war es wieder. Ein Geräusch passte nicht in das beständige Hintergrundrauschen, das laut Analyse von einer Autobahn oder einer anderen viel befahrenen Straße stammte.

»Welcher Kommunikationstechniker aus Abteilung sieben hat die ersten beiden Notrufe analysiert?« Laura wusste, dass sie jetzt ganz dicht dran waren.

»Jakob Winter. Wieso?« Max blickte Laura erstaunt an.

»Kannst du ihn bitte sofort aus dem Bett klingeln? Er muss etwas für uns überprüfen.«

XXIX

Die Haut ihrer Hände war perfekt, mit kleinen Poren und dem extrem glatten Handrücken. Er kannte Hände, die von hervorstehenden Adern überzogen wurden. Zu große Poren zerstörten den feinen Eindruck, den eine gepflegte und zarte Hand aus seiner Sicht hinterlassen sollte. Er hatte wunderschöne Frauen in seiner Praxis gehabt, deren Handrücken nahezu übersät waren von durchsichtigen Härchen. Das mochte er überhaupt nicht. Jennifers Haut war fast gänzlich unbehaart. Auf Hochglanzmagazinen wäre sie prächtig herausgekommen, wenn die Krankheit sie nicht so mitgenommen hätte. Doch er würde dafür sorgen, dass sie zumindest im Tod die schönste Frau der Welt war und auch blieb. In seinen Augen gab es niemanden, der an Jennifer heranreichen konnte.

Vielleicht lag hier auch die Ursache, dass er nie eine Partnerin gesucht hatte. Angebote gab es viele. Er war gebildet, hatte sich eine ordentliche Existenz aufgebaut. Aber keine der Frauen konnte ihn wirklich tief berühren. Sex hatte er reichlich gehabt. Natürlich. Er war schließlich ein Mann und kein Mönch. Doch darüber hinaus blieb sein Herz dauerhaft einsam. Sicher bedeutete sein

Junggesellen-Dasein auch eine Art Schutz. Wenn alles so blieb, wie es war, dann konnte er nicht verletzt oder verlassen werden. Warum sollte er sich dem Risiko einer untreuen Ehefrau aussetzen? Die meisten waren flatterhafte Wesen. Sie lebten von impulsiven Emotionen, die sich innerhalb weniger Minuten ändern konnten. Außerdem vermutete er, dass Frauen gar nicht ihn selbst sahen, sondern nur die materiellen Dinge, die er seinem Erfolg zu verdanken hatte.

Er zog der jungen Frau die Kleider aus. Sie war ihm immer sympathisch gewesen. Vorsichtig entkleidete er zuerst ihren Oberkörper, wobei sein Blick professionell blieb. Auch als er auf ihren wohlgeformten, festen Brüsten verharrte. Seine Augen waren die eines Mediziners, die die Haut nach Auffälligkeiten absuchten. Mit der Hose machte er weiter. Eine Plastikkarte rutschte aus der hinteren Tasche und fiel zu Boden. Er hob das Dokument auf und betrachtete es. *Amelie Kristensen* stand neben dem Foto, das der Frau überhaupt nicht gerecht wurde. Die Einführung des biometrischen Passbildes verunstaltete die Menschen. Ihm wäre es lieber gewesen, wenn sie gelächelt hätte. Kopfschüttelnd schob er den Ausweis zurück in ihre Hosentasche und legte das Kleidungsstück ordentlich gefaltet auf einen Stuhl. Als sie so nackt dalag, musste er automatisch an die letzte Frau denken. Inzwischen wusste er, dass sie an einem Schock gestorben war. Es musste sich um eine Medikamentenunverträglichkeit gehandelt haben. Das geschah ausgesprochen selten. Der Vorfall tat ihm unheimlich leid. Er war immer noch entsetzt über ihren Tod. Er musste doch am ehesten wissen, wie zerbrechlich das Leben war. Unschlüssig blickte er

Amelie an. Er wusste nicht, wie es um sie stand. Hatte sie Allergien? Seine Gesichtszüge wurden hart. Er zuckte mit den Schultern. Letztendlich war es egal. Er war die ganze Zeit über äußerst vorsichtig gewesen und bisher davon ausgegangen, dass die Polizei die Vorfälle nicht mit allerhöchster Priorität verfolgte. Zwar hatte er eine Grenze überschritten, aber er hatte bis dahin niemanden getötet. Die Frauen konnten ihr Leben ungehindert weiterführen. Der Todesfall jedoch änderte alles. Nun würden sie ihn jagen. Dass er trotzdem den Notruf gewählt hatte, würde ihm keiner zugutehalten. Die Polizei würde alles auf den Kopf stellen. Natürlich war er extrem achtsam vorgegangen und hatte seine Spuren verwischt. Vielleicht tappten sie ohnehin im Dunkeln und würden ihn nie aufspüren. Wie auch immer, auf diese Hoffnung durfte er nicht bauen.

Er musste dennoch dafür sorgen, dass Jennifers Unversehrtheit wiederhergestellt wurde. Jetzt erst recht. Denn eines war sicher: Falls sie ihn schnappten und ins Gefängnis steckten, könnte er nichts mehr für sie tun. Ihr Körper wäre unweigerlich dem Verfall ausgesetzt. Er musste schnell handeln, deshalb hatte er inzwischen sämtliche Vorbehalte ad acta gelegt. Amelie Kristensen war die perfekte Spenderin mit der makellosesten Haut, die er je gesehen hatte. Wenn er entscheiden musste, ob sie leben oder sterben sollte im Austausch gegen Jennifers Erhalt, dann stand eines zweifellos fest: Jennifer ging in jedem Fall vor.

Wieder ließ er den Blick über die makellose Haut gleiten. Er hatte das Mädchen sogar regelmäßig an die frische Luft gebracht, weil er glaubte, dass das ihrer Haut besonders guttat. Die Poren brauchten Sauerstoff, damit sie nicht verstopften und das Hautbild durch übermäßige Talgproduktion ruinierten. Außerdem trainierten die Temperaturunterschiede die Haut, die sich bei Kälte zusammenzog und dadurch elastisch blieb. Genau in diesem Augenblick war das Hautbild so perfekt, dass er es für immer konservieren konnte. Er zog die Spritze auf und hielt die Kanüle hoch. Luftblasen schwirrten durch die Flüssigkeit. Wenn er die Mixtur jetzt in Amelies Venen injizierte, ereilte sie dasselbe Schicksal, das die letzte Frau erlitten hatte. Zwar würde Amelie nicht an einem anaphylaktischen Schock sterben, aber die Luftbläschen in ihrer Blutbahn würden umgehend Richtung Herz und Lunge wandern und dort eine tödliche Embolie auslösen. In diesem Fall könnte er wesentlich mehr von dieser makellosen Haut entnehmen, fuhr es ihm unwillkürlich durch den Kopf. Er hielt die Luft an und blieb regungslos stehen. Nach einigen Sekunden stieß er den Atem aus und bewegte sich. Die lange Nadel glänzte im Schein der Neonröhren, als sie zunächst einen hohen Bogen nach oben beschrieb und anschließend unaufhaltsam nach unten stieß.

XXX

Skeptisch betrachtete Laura Jakob Winter, der völlig verschlafen in Jeans und T-Shirt auf seinem Bürostuhl saß. Der Mann wirkte mit dem mittellangen blonden Haar eher wie ein Partygänger als ein gründlicher Analyst. Bisher war Laura dieser Umstand nicht bewusst gewesen. Sie hatte Jakob Winter natürlich auch noch nie um zwei Uhr nachts gesehen. Jedenfalls erschien er ihr in diesem Moment in einem völlig neuen Licht. Mit verquollenen Augen starrte er auf den Computerbildschirm und spielte den Notruf zum fünften Mal ab.

»Tut mir leid. Ich kann da immer noch nichts herausfiltern«, erklärte er mit nasaler Stimme.

»Dann spielen Sie es erneut ab. Genau nach fünfundvierzig Sekunden ist da ein Geräusch, das einfach nicht passt.« Laura wurde ungeduldig. Ihr leerer Magen trug nicht besonders dazu bei, dass es ihr besser ging. Hinzu kam die Sorge um Amelie Kristensen. Victor Frantzen hatten sie trotz der Fahndung nach seinem Wagen bisher nicht ausfindig machen können. In Lauras Vorstellung kreisten schreckliche Szenarien, die für Amelie allesamt tödlich endeten. Die aktuelle Lage gebot höchste Eile. Taylor legte seine große Hand auf Lauras Schulter. Die

Berührung tat ihr gut, selbst wenn Max' skeptischer Blick das angenehme Gefühl ein wenig dämpfte.

Der Kommunikationstechniker spielte den Notruf abermals von Anfang an ab. Er bewegte sich einigermaßen lustlos. Jede Schildkröte wäre schneller gewesen. Laura beugte sich nach vorn und klopfte ungeduldig mit dem Mittelfinger auf die Schreibtischplatte. Sie bat ihn, nun den zweiten Notruf auch noch einmal herauszusuchen. Jakob Winter schien von ihrer Anspannung unbeeindruckt. In extremer Gelassenheit wühlte er im Verzeichnis seines Explorers und zauberte den Notruf hervor.

»Okay, und Sie glauben, dass dieses Kreischen auch auf den anderen Aufnahmen zu hören ist?«

Laura nickte nachdrücklich. Genau das meinte sie. Sie hatte etwas gehört, das sich weder wie ein vorbeifahrendes Fahrzeug noch wie eine menschliche Äußerung anhörte. Es war nur den Bruchteil einer Sekunde zu hören, weil dann die Stimme des Täters ins Telefon dröhnte. aber das Geräusch war da. Laura irrte sich nicht. Jakob Winter spielte den zweiten Notruf ab und stoppte die Aufnahme nach zweiunddreißig Sekunden. Sein müder Körper straffte sich plötzlich.

»Sie haben recht. Da ist etwas …« Er verstummte und öffnete die nächste Datei. Es handelte sich um den Notruf nach der dritten Entführung, derjenigen von Jasmin Wülfrath. »Was ist das?«, fragte der Techniker mehr sich selbst als die Umstehenden. Die Anspannung war inzwischen für alle beinahe greifbar. Taylor hatte den Druck auf Lauras Schulter unbewusst erhöht. Max starrte auf den Monitor, als könnte er die Notrufaufnahme durch die Kraft seiner Gedanken abspielen. Laura biss sich auf die Unterlippe und versuchte, das Geräusch zu identifizieren. Sie kannte diesen Laut. Doch ihr Verstand wollte ihn einfach nicht zuordnen. In ihrem Kopf herrschte völliges Durcheinander.

»Warum haben Sie das eigentlich bisher nicht entdeckt?«, meckerte sie aufgebracht.

Jakob Winter zuckte unbeeindruckt mit den Achseln. »Wir haben viel zu tun. Zwei meiner Kollegen sind krank, und außerdem hatte der Fall nicht die höchste Priorität. Konnte ja niemand ahnen, dass das Ganze mit einer Toten endet.« Er isolierte das Geräusch, das auf allen drei Aufnahmen vorhanden war. Auf der letzten sogar zweimal, weshalb Laura es auch bemerkt hatte. Winter spielte den Ton ab, der leise wie ein Säuseln begann und dann zu einer Woge aus hellen Tönen anschwoll. Es klang wie eine Pfeife, die von einem ungeübten Spieler malträtiert wurde.

»Da wiehert ein Pferd!« Max hatte es als Erster erkannt. Er kratzte sich an der Schläfe. »Verdammt noch mal, warum wiehert da ein Pferd und warum ist uns das nicht gleich aufgefallen?«

»Weil es nur kurz zu hören ist. Sobald der Kerl spricht, ist es ganz weg. Außerdem lenkt der Verkehrslärm ab. Das Geräusch könnte genauso gut ein unterdrücktes Aufstoßen sein«, erklärte Winter.

Laura richtete sich auf. In ihrem Kopf setzte sich ein Bild zusammen.

»Wo sind die Akten?«

»Bei dir im Auto. Wir wollten doch die Unterlagen beim Italiener durchgehen«, erwiderte Max.

»Ich hole sie. Gib mir deinen Schlüssel«, bot Taylor an.

Laura warf ihm das Schlüsselbund zu. Eine Erinnerung kam wieder in ihr hoch.

»Auf dieser Decke, die in der Ledertasche im Park gefunden wurde, waren Pferdehaare.«

Max sah Laura erstaunt an. »Stimmt.«

»Das passt doch. Ich hatte Ricarda gebeten, eine Aufstellung über sämtliche Katzen- und Pferdezüchter sowie Bauernhöfe im Berliner Norden zu machen. Ich hatte nur noch keine Gelegenheit reinzuschauen, aber die Liste liegt auf meinem Schreibtisch.« Laura bedankte sich bei Jakob Winter und eilte in ihr Büro. Ricardas Aufstellung steckte in einem Briefumschlag, der neben der Tastatur lag. Sie ging zum Stadtplan an der Wand und betrachtete die vielen Straßen und Bahnlinien, die sich wie ein gewaltiges Spinnennetz durch Berlin spannten. Sie markierte die Wohnorte der Opfer, alle im Norden der Stadt. Anschließend nahm sie Ricardas Liste und suchte auf dem Plan jene Adressen, die in der Nähe von großen Straßen oder einem Autobahnzubringer lagen. Die Bahnlinien konnte sie getrost ausschließen, denn die Hintergrundgeräusche mussten von einer viel befahrenen Straße kommen, wie die Analyse gezeigt hatte. Zudem ruhte der S-Bahn-Verkehr im gekennzeichneten Gebiet zwischen ein und vier Uhr nachts. Zwei Autobahnen flankierten den Berliner Norden, dazwischen verliefen drei Bundesstraßen in derselben Richtung. Laura kennzeichnete sechs Adressen mit Fähnchen.

Max kam zur Tür herein. »Glaubst du, der Täter wählt den Notruf von seinem Wohnort aus?«, fragte er zweifelnd.

»Was sollen wir sonst machen? Wir haben nur diese Spur. Auf jeden Fall wiehert ein Pferd in der Nähe. Es kann ja auch sein Arbeitsplatz sein, falls er nicht da wohnt.« Im selben Augenblick fragte sie sich, ob Pferde nachts nicht schliefen. War es nicht ungewöhnlich, dass sie ständig wieherten?

»Sieh mal. Es gibt vier Pferdezüchter und zwei Bauernhöfe, die passen könnten.«

Max betrachtete die Fähnchen, die Laura in den Stadtplan gesteckt hatte. Er tippte sich mehrmals aufs Kinn.

»Hatte Doktor Herzberger nicht ausdrücklich darauf hingewiesen, dass der Täter über medizinische Kenntnisse verfügen muss? Die Haut wurde den Opfern von einem Profi entfernt. Deshalb waren wir doch die ganze Zeit hinter Döbler her. Er verfügte über ein passendes Profil.«

»Mhm«, machte Laura und strich sich eine Locke hinters Ohr. »Kann ein Bauer so was nicht auch? Er muss doch eingreifen, wenn seine Tiere krank sind. Der hat bestimmt keine Skrupel, auch mal ein Messer zur Hand zu nehmen, wenn es sein muss.«

Max schüttelte den Kopf. Seiner Miene war anzusehen, dass er Lauras Argumentation nicht folgen konnte. Taylor war inzwischen zurückgekehrt. Er ließ zwei Aktenordner und einen Karton auf den Tisch knallen und hielt Laura den Autoschlüssel vor die Nase. In seinen Augen funkelte es.

»Ein Bauer kann sicher mit einem Messer oder einem Beil umgehen, aber für ein filigranes Instrument wie ein Skalpell fehlt es ihm gewöhnlich an Geschicklichkeit und Übung«, sagte Taylor und zog eine Augenbraue hoch.

»Aber ein Tierarzt, der kann ganz bestimmt ähnlich wie unser Freund Doktor Döbler ein Skalpell schwingen.«

Laura stand da wie vom Blitz getroffen. »Deshalb wiehert das Pferd mitten in der Nacht. Verdammt, Taylor, du hast absolut recht. Das Pferd hat Schmerzen. Es ist krank. Wir suchen nach einem Tierarzt oder einer Tierklinik. Nach jemandem, der eine Decke mit Katzen- und Pferdehaaren mit sich herumträgt und sich zudem eine teure Ledertasche leisten kann.«

Sie nahm eine der Akten, die Taylor gerade geholt hatte, und blätterte durch die Seiten. Rasch fand sie, was sie suchte. Die einzelnen Fakten fügten sich auf einmal zu einem logischen Gesamtbild. Die Erkenntnis durchzuckte sie wie ein Stromschlag. Sie klappte die Akte zu und warf ihren Kollegen einen wissenden Blick zu.

»Alle Opfer hatten Haustiere«, stieß sie hervor.

»Na prima. Und wie sollen wir mitten in der Nacht herauskriegen, ob alle Frauen beim selben Tierarzt waren und wie er heißt?«, fragte Max.

»Wir werden es gleich herausfinden.«

XXXI

»Bitte nicht. Tun Sie mir nicht weh.« Amelie nahm das unstete Licht einer Neonröhre wie durch einen Schleier wahr. Das Monster stand neben ihr. Sie hatte überhaupt nicht mitbekommen, wie der Kerl sie hierhergebracht hatte. Nebel durchzog zäh ihr Hirn und machte das Denken unendlich schwer. Zuerst glaubte sie, in einem Krankenhaus aufzuwachen. Sie hatte erneut von Black geträumt und von dem Reitunfall. Damals war sie in einem Krankenbett zu sich gekommen. In ihrer Armbeuge steckte eine Kanüle und sie fühlte sich genauso benommen. Aber dann war der Mann an ihre Liege getreten, und ihr wurde sofort klar, dass der Albtraum längst nicht vorüber war. Er konnte nicht vorüber sein, denn das, was sie undeutlich erkannte, ängstigte sie zu Tode. Ihre Sehzellen waren durch die plötzliche Helligkeit in eine Art Schockstarre gefallen. Erst nach und nach passten sie sich den neuen Lichtverhältnissen an. Amelie wusste nicht, wie lange sie in der Dunkelheit gefangen gewesen war. Sie ahnte nur, dass es Tage sein mussten. Es dauerte ewig, bis sie die ersten Konturen deutlich sah. Weiße Schränke, Regale mit Mullbinden, Pinzetten und anderen medizinischen

Instrumenten. Schlagartig realisierte sie, dass sie diesen Raum kannte. Sie war schon einmal hier gewesen. Nein, nicht nur einmal, mehrfach. Das hektische Flackern der kaputten Neonröhre erinnerte sie an das Herz eines Spatzen, kurz bevor die Katze ihn fraß. Sie suchte diesen Ort auf, wenn es Tiger schlecht ging. Wenn er krank war und sie nicht wusste, was ihm fehlte. Wenn die Sorge um ihr geliebtes Haustier ihr keine Ruhe ließ. Dann kam sie hierher, in diesen Raum. Amelie starrte in das Gesicht des Monsters. Es war kein fremdes Gesicht. Sie erschauderte.

Sie kannte ihn.

Er kannte sie.

Amelie konnte ihn identifizieren. Allein aus diesem Grund würde Dr. Mertens sie nicht laufen lassen. Er musste sie töten, damit sie für immer schwieg.

Erneut flehte sie ihn an, ihr nichts zu tun. Doch sein Gesicht blieb eine starre, emotionslose Maske. Sie wunderte sich. Er war stets so freundlich gewesen und hilfsbereit, hatte aufmunternde Worte für Amelie und ihren Kater gehabt. Sie hatte ihn sogar gemocht. Sie war ihm dankbar für seine heilenden Hände und die gute Behandlung, die ihrem Tiger zuteilwurde. Endlich verstand sie, welche Geräusche ihr in der Dunkelheit solche Angst gemacht hatten. Es waren die Schreie von Dr. Mertens' Patienten. Verletzten und kranken Tieren, Katzen, Hunden und Pferden, die er auf seinem großen Hof aufnahm und kurierte. Auch den üblen Geruch konnte sie nun zuordnen. Die Wahrheit sprang sie mit einem hässlichen Grinsen an. Was sich zugetragen haben musste, stand plötzlich glasklar vor ihrem inneren Auge. Als sie mit Tiger in seiner Praxis war, hatte Dr. Mertens einen

Kontrolltermin am nächsten Tag vorgeschlagen. Amelie konnte jedoch nicht, weil sie zu diesem Zeitpunkt bereits einen Termin bei ihrem Frauenarzt hatte. Sie selbst hatte Dr. Mertens den Namen ihres Arztes und die genaue Uhrzeit einfach so ausgeplappert. Wie dämlich das war! Er hatte ihr gleich nach dem Frauenarzttermin aufgelauert, ihr ein stinkendes Tuch vor die Nase gehalten und sie dann in sein Auto gezerrt. Wie hatte sie diesem Monster nur vertrauen können? Warum hatte sie das Böse in seinen Augen nicht bemerkt, so wie sie es jetzt sah? Sie war schrecklich naiv gewesen, und das würde sie jetzt mit dem Leben bezahlen.

Amelie schloss die Augen und tat etwas, das sie seit Jahren nicht mehr getan hatte. Sie betete.

XXXII

Es war wie verhext. Telefonisch erreichten sie niemanden. Zudem gab es zu wenige einsatzbereite Streifenwagen, die bei den Frauen, die kürzlich Opfer des Entführers geworden waren, vorbeifahren und sie aus dem Schlaf klingeln könnten. Auch die Eltern von Amelie Kristensen gingen nicht ans Handy. Taylor raufte sich die Haare und Max ließ die Schultern hängen. Für Laura stand schnell fest, dass es jetzt viel zu viel Zeit in Anspruch nehmen würde, die Betroffenen nach Namen und Adresse ihres Tierarztes zu fragen. Deshalb suchte sie nach infrage kommenden Tierarztpraxen im Internet und prüfte die Adressen. Endlich einmal hatten sie Glück. Nur zwei befanden sich unweit einer viel befahrenen Straße. Eine dritte Praxis im nördlichen Berlin lag in einer Nebenstraße. Laura schloss diese vorerst aus. In dem Moment, als sie die letzte Markierung auf dem Stadtplan vornahm, klingelte ihr Handy. Wer wollte sie kurz vor drei Uhr morgens erreichen?

»Doktor Herzberger, ist etwas passiert?«, fragte sie, als sie die Nummer des Rechtsmediziners auf dem Display erblickte.

»Ich weiß, es ist mitten in der Nacht, aber ich habe

zurzeit so viel zu tun, dass ich durchgearbeitet habe. Ich obduziere gerade den Leichnam von Marie Clemens. Ich habe etwas Ungewöhnliches in ihrem Hals gefunden.«

»Was?« Lauras Nerven vibrierten vor Anspannung.

»Einen Zettel, auf dem nur ein Satz geschrieben steht: *Es tut mir leid.*«

»Es tut mir leid? Was zum Teufel soll das denn bedeuten?« Laura warf einen verständnislosen Blick zu Taylor und Max und lief nervös mit dem Telefonhörer auf und ab.

»Vermutlich das, was es heißt. Für mich sieht es so aus, als hätte er die Frau nicht umbringen wollen. Und tatsächlich habe ich festgestellt, dass keinerlei äußere Gewalt angewendet wurde. Sie ist an einem anaphylaktischen Schock gestorben. Das ist eine allergische Reaktion auf die Medikamente, die ihr verabreicht wurden.«

»Das verstehe ich nicht. Ich dachte, dass an ihrem Rücken sehr viel mehr Haut herausgeschnitten wurde als bei den anderen drei Opfern. Wenn das mal keine Gewaltanwendung ist.«

Dr. Herzberger antwortete nicht sofort. Nach einer geraumen Weile sagte er: »Die Haut wurde Marie Clemens post mortem entfernt.«

Verdammt, was bedeutete das? »Er hat sie also nicht wie die anderen verletzt, als sie noch lebte? Nicht mal einen Zentimeter aus ihr herausgeschnitten oder ein paar Wimpern oder Haare entnommen?«

»Genau. Erst als sie bereits tot war. Das steht zweifelsfrei fest.«

»Heißt das, er hat ihren Tod doch beabsichtigt und diesen Schock absichtlich herbeigeführt? Vielleicht damit er ihr mehr Haut entnehmen kann?« Laura wurde ganz flau bei dem Gedanken, was der Entführer wohl gerade mit Amelie Kristensen anstellte.

»Eine allergische Reaktion kann man nur willentlich herbeiführen, wenn man die Unverträglichkeit kennt. Sollte er gewusst haben, dass Marie Clemens so reagiert, wäre es Mord. Aber dazu passt seine Entschuldigung nicht so recht. Ich weiß lediglich, dass er seine Vorgehensweise geändert hat. Außerdem hat er diesmal nicht nur die Spalthaut, also die obere Hautschicht, entnommen, sondern die Vollhaut, die auch Drüsengewebe enthält. Ich befürchte, dass ihm die oberflächliche Entnahme nicht mehr ausreicht.«

»Vielen Dank«, sagte Laura mutlos und legte auf. In wenigen Worten erklärte sie Max und Taylor, was der Rechtsmediziner herausgefunden hatte.

»Wir sollten uns aufteilen. Wir müssen davon ausgehen, dass der Täter keinerlei Skrupel mehr hat. Wenn wir Amelie Kristensen nicht schnell finden, könnte es zu spät sein.«

...

Max bestand darauf, Laura zu begleiten. Taylor machte sich allein auf den Weg zur zweiten Adresse, einem Gehöft mit Wohnhaus und Tierarztpraxis. Parallel war ein Streifenwagen dabei, die Opferadressen abzufahren und den jeweiligen Tierarzt in Erfahrung zu bringen. Leider gab es noch immer keine Rückmeldung. Laura und Max fuhren nach Frohnau, ganz in die Nähe von Dr. Martin Döblers Praxis. Auf den Straßen war nicht sonderlich viel Verkehr. Berlin lag in tiefem Schlaf, zumindest in diesem Teil der Stadt. Die Straßenlaternen warfen gespenstisches Licht auf die Bürgersteige, die von mannshohen Büschen gesäumt wurden. Die Praxis lag im Erdgeschoss eines Mehrfamilienhauses. Das Gebäude lag vollkommen im Dunkeln. Max fuhr daran vorbei und brachte den Wagen in einiger Entfernung zum Stehen. Laura hatte das Grundstück im Vorfeld mittels Luftaufnahmen analysiert. Hinter dem Haus lag ein großer Garten; darauf befand sich ein Gebäude, das durchaus als Stall dienen konnte. Ansonsten war das Gelände übersichtlich. Da sie keinen Durchsuchungsbeschluss hatten, handelten sie auf eigenes Risiko. Aber die Möglichkeit, Amelie Kristensen und eventuell noch andere Frauen zu befreien, lohnte das Risiko. Sie mussten ja nicht unbedingt in ein privates Gebäude eindringen, sondern konnten erst einmal von außen prüfen, ob es Auffälligkeiten gab. Hörten sie ein Pferd wiehern, dann wären sie dem Ziel vielleicht schon näher. Nachdem sie einmal ums Haus geschlichen waren und alle erreichbaren Fenster überprüft hatten, betraten sie den Garten. Lauras Herz klopfte bis zum Hals. Sie hörte ein paar Fahrzeuge, die über die nahe gelegene Autobahn rasten. Die Fahrgeräusche glichen dem Hintergrundrauschen des Notrufs bis aufs Haar. Sie zog ihre Dienstwaffe, als sie sich dem Gartenhaus bis auf wenige Meter genähert hatten. Max folgte dicht hinter ihr und blickte sich in alle Richtungen um. Lauras Finger umschlossen das kühle Metall. Das gab ihr Sicherheit. Sie schlich geduckt zu dem Haus und legte ein Ohr an die Holzwand. Aus dem Inneren drangen keinerlei Geräusche. Laura umrundete das Haus, bis sie zu einem Fenster gelangte. Drinnen war es stockdunkel. Sie konnte noch nicht einmal Konturen oder Schemen hinter der Scheibe ausmachen. Konzentriert ging sie weiter bis zur Eingangstür der schlichten Hütte. Das Gebäude sah überhaupt nicht wie ein Stall aus, aber Laura musste auf Nummer sicher gehen. Wie erwartet war die Tür abgeschlossen. Laura steckte die Waffe weg und holte einen Dietrich aus der Tasche. Binnen weniger Sekunden sprang die Tür auf. Laura holte tief Luft und zählte bis drei. Sie schwang sich in den Türrahmen und leuchtete mit der Taschenlampe ins Innere.

»Mist«, fluchte sie leise und tat einen Schritt hinein. Ein Rasenmäher, ein Besen, mehrere Eimer und weitere Gartengeräte lagerten in der Hütte.

»Hast du den Boden geprüft?«, fragte Max, der draußen stand und die Umgebung im Auge behielt.

»Ja. Hier ist nichts«, sagte Laura und stampfte auf den Holzdielen herum. Es gab keine Bodenluke. Hier wurde niemand versteckt. Sie überlegte, wo auf diesem Grundstück ein Pferd gehalten werden könnte. Sie trat hinaus und starrte in die Dunkelheit.

»Lass uns zu Taylor fahren«, schlug Max vor.

»Aber diese Praxis hier liegt dicht an der Autobahn. Das Gehöft, das Taylor prüft, befindet sich an einer Bundesstraße, die viel weiter entfernt verläuft.« Laura hatte diese Tierarztpraxis gewählt, weil sie hier die besten Chancen gesehen hatte, auf den Täter zu stoßen. Ihr Handy vibrierte in der Hosentasche. In der Erwartung, dass es Taylor wäre, hob sie ab.

»Wir haben bisher nur Isabell Wittmann angetroffen«, erklärte die Streifenpolizistin am anderen Ende der Leitung. »Leider können wir noch nicht sagen, ob die anderen

Personen denselben Tierarzt haben. Charlotta Behrend hat nicht geöffnet, wahrscheinlich ist die Klingel defekt. Und zu den beiden anderen Adressen haben wir es noch nicht geschafft. Ich dachte mir aber, dass ich Ihnen die Adresse von Wittmanns Tierarzt schon mal durchgebe.«

Laura hörte die Worte der Polizistin wie durch Watte. Sie klangen dumpf, unecht und vor allem bedrohlich. Ihr Herz verwandelte sich in einen Klumpen aus Eis. Das lag zum einen an der Sorge um Amelie Kristensen, die vermutlich in der Gewalt dieses Mannes war. Aber es war auch die Angst um Taylor, die sie mit ganzer Wucht erfasste. Sie sah ihn vor sich, seinen erstaunten und zugleich verletzten Blick, als sie ihn von sich gestoßen hatte. Auf einmal wünschte sie sich, sie hätte seine Nähe zugelassen.

»Was ist los?«, flüsterte Max, der den Anruf nicht mitgehört hatte. Seine Stimme holte Laura prompt zurück.

»Taylor ist beim Gehöft von Doktor Harald Mertens, dem Tierarzt von Isabell Wittmann.« Ihre Stimme zitterte.

»Scheiße«, rief Max und zog sie mit sich, zurück zum Auto. Sie rannten über die Wiese, um das Haus, zertrampelten die Blumen im Vorgarten – was im Augenblick völlig egal war – und sprangen in den Wagen. Max gab Gas. Laura versuchte, Taylor auf dem Handy zu erreichen. Sie fühlte sich hundeelend, hineingeworfen in einen Albtraum, der zum Leben erwacht war.

Ununterbrochen probierte Laura, Taylor ans Telefon zu bekommen. Erfolglos.

Obwohl Max so schnell fuhr, dass sie das ein oder andere Mal glaubte, er würde die Kontrolle verlieren und den Wagen gegen den nächsten Baum setzen, brauchten sie mehr als zehn Minuten bis zu ihrem Ziel. Sie stoppten gleich neben Taylors Auto. Warum ging er nicht ans Handy? Ihr blieb nur die Hoffnung, dass ihm nichts zugestoßen war.

Eine Straßenlaterne beleuchtete den Bürgersteig und den Eingangsbereich von Dr. Mertens' Haus. Die Fenster lagen im Dunkeln. Der hintere Teil des Grundstücks war nur durch eine Holzpforte rechts vom Gebäude erreichbar. Ein hoher Zaun versperrte die Sicht. Sie mussten den Ort finden, an dem das Pferd gehalten wurde, denn von dort aus hatte der Täter telefoniert. Im Haus konnte es nicht sein, blieb also nur der Garten. Sie steuerte auf die Pforte zu und war sicher, dass Taylor genau die gleichen Überlegungen angestellt hatte. Laura ging voraus, Max zog seine Waffe und sicherte sie nach hinten ab. Der typische Geruch eines Bauernhofes schlug ihnen entgegen. Tiere, ihre Ausdünstungen, Exkremente und Dung. Laura stoppte, um sich zu orientieren. Zu ihrer Linken erhob sich die Hauswand, rechts lag ein Garten. Sie erkannte die Konturen hoher Bäume. Geradeaus ging es zum Hof. Es war dunkel, aber sie hatte sich im Vorfeld auch die Aufteilung dieses Grundstücks eingeprägt. Am Ende des Hofes befanden sich mehrere Gebäude, wahrscheinlich Stallungen und Scheunen. Genau war das aus den Luftaufnahmen nicht ersichtlich gewesen. Sie lauschte in die Nacht. Hier war es ruhiger als an der ersten Adresse. Sie gab Max ein Zeichen. Gemeinsam überprüften sie das Hofgelände. Laura erkannte lediglich Umrisse. In der Mitte war irgendetwas Rundes, vermutlich ein Brunnen. Daneben lag etwas Längliches. Lauras Puls schoss in die Höhe.

»Taylor?«, rief sie verhalten. Keine Antwort.

Blitzschnell war sie da und legte die Fingerspitzen auf den Fund. Ein Baumstamm. Sie atmete auf. Max ging weiter. Er erreichte das erste Hofgebäude und schob leise eine Tür auf. Laura sprintete lautlos zu ihm. Intensiver Gestank kam ihnen entgegen. Ein Stall offenbar. Es war still, nur gelegentliches Rascheln ließ auf Bewohner schließen.

»Riecht es nach Pferd?«, flüsterte Laura.

»Keine Ahnung. Lass uns nachsehen.« Max ging als Erster hinein. Drinnen war es richtig dunkel. Laura konnte die eigenen Finger nicht vor Augen sehen. Max schaltete die Taschenlampe an. Ein gewaltiges Knurren ließ Laura zusammenfahren. Max' Lichtstrahl war auf einen Käfig gerichtet, in dem ein massiger, dunkelbrauner Hund saß, der sie zähnefletschend musterte. Das riesige Tier warf sich gegen die Käfigtür. Laura machte erschrocken einen Schritt zurück. Zum Glück war das Gitter stark genug. Sie kamen an Katzen und kleineren Hunden vorbei. Als Laura das Pferd erblickte, knallte die Tür hinter ihnen zu. Sie drehte sich um und rannte zurück. Der Eingang war verschlossen.

»Verdammt, jemand hat uns eingesperrt.«

»Warte«, sagte Max und stemmte sich mit seinem breiten Kreuz gegen das morsche Holz. Es krachte und knirschte, als die Tür aufschwang.

»Dort hinten«, brüllte Laura. Ihre Augen verfolgten einen Schatten, der sich über den Hof Richtung Wohnhaus bewegte. Sie sprintete hinterher.

»Wo ist er hin?« Max holte Laura schnaufend ein. Zwei Türen lagen vor ihnen. Sie hatte nicht gesehen, in welcher die Person verschwunden war.

»Links«, sagte sie, einem unerklärlichen Impuls folgend. Vielleicht lag es daran, dass die andere Tür eher wie eine Terrassentür aussah. Sie konnte sich nicht vorstellen, dass der Mann ins Wohnzimmer geflüchtet war. Sie riss die linke Tür auf. Der Geruch von Desinfektionsmitteln wehte ihr scharf ins Gesicht. Ihre Hände tasteten nach dem Lichtschalter. Eine Neonröhre zündete bläulich und erhellte einen kalkweißen Flur, von dem mehrere Türen abgingen. Laura gab Max ein Zeichen. Sie positionierten sich vor der ersten Tür. Stumm zählte sie bis drei, nickte und schob die Tür auf, die krachend gegen die Wand schlug. Ein Schrank, ein Schreibtisch, eine Behandlungsliege, eine große Lampe und ein Edelstahlabfalleimer waren im Halbdunkel zu erfassen.

Weiter, bedeutete Laura wortlos mit einem Kopfnicken und entschlossenem Blick. Sie postierten sich vor dem nächsten Raum. Laura zählte und öffnete die Tür. Nichts. Nur ein weiteres Behandlungszimmer.

»Hier spricht das Landeskriminalamt. Geben Sie sich zu erkennen!«, rief sie mit fester Stimme.

Es kam keine Antwort, dafür krachte es am Ende des Flurs. Max nahm seine Waffe in Anschlag, sprang zu einer offenen Tür und ging davor in Deckung. Laura war augenblicklich bei ihm. Vor ihnen lag ein weiterer Behandlungsraum, ausgestattet wie die anderen beiden und ebenfalls menschenleer. Das Fenster war geschlossen. Verdammt, wo steckte der Mann? Sie suchten jeden Winkel und den Boden ab. Nichts. Zudem war es jetzt mucksmäuschenstill.

»Hier!« Max sah hinter einen Schrank. »Hier ist eine Tür.« Er stieß sie auf und stürmte mit vorgehaltener

Waffe eine Treppe hinunter. Laura eilte hinterher. Der Geruch von Desinfektionsmittel wurde stärker. Ihre Augen brannten. Unten eröffnete sich ein weiterer Flur mit nummerierten Türen, offenbar ein zusätzlicher Bereich der Tierarztpraxis. Am Ende gab es eine Tür ohne Nummer. Laura stieß sie auf und ließ ungläubig die Waffe sinken. An der Wand hingen zwei Lampen, die aussahen wie Fackeln. Ihr warmes Licht brach sich auf einem gläsernen Sargdeckel. In dem Sarg lag eine wunderschöne Frau mit rosigen Wangen und langen Wimpern. Das lange Haar floss in sanften Wellen bis zu ihren Hüften, geradezu wie bei Grimms Schneewittchen. Waren sie etwa in einem Märchen gelandet?

»Wer ist das?«, fragte Max mit großen Augen.

Laura zuckte mit den Achseln. Sie hatte keine Ahnung, was das alles zu bedeuten hatte.

»Ist sie tot?«

Wieder hob Laura nur die Schultern. Sie wusste es nicht. Die Unbekannte sah aus, als ob sie schlafen würde. Andererseits lag sie aufgebahrt in einem Sarg und ihr Brustkorb bewegte sich nicht. Vermutlich ja, vermutlich war sie tot. Laura brachte es kaum fertig, den Blick von der morbiden Schönheit zu lösen. Noch nie in ihrem Leben hatte sie so etwas Anziehendes und zugleich Abstoßendes gesehen. Was zum Teufel lief hier ab? War das Dr. Mertens' Werk? Hielt er sich für Frankenstein? Sie wagte sich näher an den Sarg heran. Die Handrücken waren dunkel verfärbt. Laura beugte sich dicht über den Glasdeckel. Das Gesicht mit dichten Wimpern wirkte perfekt. An den Armen fielen ihr jedoch feine Linien auf, die kaum zu erkennen waren. Sie kroch noch näher heran. Ihr wurde schlecht, als ihr bewusst wurde, was sie da betrachtete. Es waren Nähte.

»O mein Gott. Er hat ihr Haut eingesetzt.« Angewidert wandte sie sich ab. Der Zauber war verflogen. Sie kam wieder zu sich und rannte hinaus. Irgendwo musste Taylor sein. Ihr Herz raste bei dem Gedanken, dass ihm etwas zugestoßen sein könnte. Sie kontrollierte das benachbarte Zimmer, doch da war nichts. Nur eine weitere Liege, ein Schreibtisch, Schränke. Max durchsuchte parallel den Raum auf der anderen Seite des Flurs.

»Hier!«, brüllte er.

Laura stürmte zu ihm. Das Fenster stand offen. Max war schon fast draußen und stemmte sich einen schmalen Lichtschacht nach oben. Laura lief zurück, die Treppe hinauf und durch den Flur nach draußen. Sie sahen jedoch niemanden auf dem Hof, also rannten sie hinüber zu den etwas abgelegenen Stallungen. Max öffnete die erste Tür. Ein Hund begann zu bellen. Käfig reihte sich an Käfig. Max leuchtete den Stall aus. Als der Lichtstrahl ein Paar Schuhe erfasste, schrie Laura auf.

»Taylor!« Sie stürzte zu der am Boden liegenden Gestalt und tastete nach dem Puls. Er schlug regelmäßig. Ihre Hände fuhren über sein Gesicht. Die Lider flackerten.

»Taylor? Taylor!« Sie drehte ihn vorsichtig auf die Seite. Er stöhnte.

Sie suchte ihn nach Verletzungen ab, fand aber auf den ersten Blick keine. Sie schob sein T-Shirt hoch und musterte ihn. Alles schien okay. Sie zog das Shirt wieder herunter. Dabei streiften ihre Fingerspitzen über seinen Rücken. Das Gefühl kam ihr nur allzu bekannt vor. Unwillkürlich fuhr sie noch einmal darüber, bloß um sicherzugehen, dass sie sich nicht irrte. Dann schlug sie ihm sanft auf die Wangen.

»Taylor, komm zu dir!«

Er blinzelte und öffnete die Augen. »Laura?« Er griff sich an den Hinterkopf. »Der Mistkerl hat mir eine übergezogen. Ich habe ihn zu spät gesehen.«

»Waffe fallen lassen!« Max' Stimme dröhnte von irgendwoher durch die Luft. Laura fuhr herum. Für einen Moment hatte sie Max ganz vergessen. Sie sah Taylor fragend an. Der nickte.

»Geh schon. Ich komme zurecht.«

Laura stürmte davon, der Stimme ihres Partners hinterher. Sie erreichte das andere Ende des Stalls und kam in einen Gang, der nach wenigen Metern zur Seite abbog. Überrascht stellte sie fest, dass sie ins Nebengebäude gelangt war. Die Tür war auf und es brannte Licht. An der Wand gegenüber gab es noch eine Tür, die halb offen stand. In der Mitte der Scheune sah sie eine Liege, daneben einen Infusionsständer. Und auf der Liege dort saß kreidebleich Amelie Kristensen. Max war vielleicht noch drei Meter entfernt, die Dienstwaffe in den ausgestreckten Armen. Er zielte auf den Mann, den Laura sofort erkannte. Sie hatte sein Foto im Internet auf der Homepage der Tierarztpraxis gesehen. Trotz der zusammengezogenen Augenbrauen und des gehetzten Blicks hatte Dr. Harald Mertens ein freundliches Gesicht.

»Waffe fallen lassen!«, wiederholte Max mit einer Stimme, die keinen Widerspruch duldete.

Mertens presste ein Skalpell an Amelies Hals, die Laura stumm und mit weit aufgerissenen Augen anflehte. Mertens benutzte sie als lebenden Schutzschild. Die Frau wimmerte. Sie wirkte benommen. Ihre Lider flatterten wie die Flügel eines Schmetterlings und der Oberkörper lehnte schlaff an Mertens' Brust.

»Amelie Kristensen?«, fragte Laura. Die Augen der Frau weiteten sich noch mehr. Ein Zittern ging durch ihren Körper.

»Hilfe«, schluchzte sie verzweifelt.

»Lassen Sie endlich das Messer fallen, Doktor Mertens! Geben Sie auf.«

Mertens warf Max einen langen Blick zu. Hinter seiner Stirn schien es zu arbeiten. Er lockerte den Griff, doch dann huschte ein Schatten über seine Miene und er presste das Skalpell so fest an Amelies Hals, dass sich ein rotes Rinnsal über ihre weiße Haut ergoss.

»Hauen Sie ab! Sonst ist sie tot.« In seinen Augen funkelte neue Entschlossenheit. Dieser Mann war zu allem bereit. Er wusste, dass er längst verloren hatte.

»Doktor Mertens, bitte. Wenn Sie Amelie loslassen, legen wir ein gutes Wort für Sie ein.« Laura ging einen Schritt auf ihn zu. Sie achtete jedoch darauf, nicht in die Schusslinie zu geraten.

»Ich meine es ernst«, zischte Mertens. Seine Augen richteten sich auf Laura.

»Erzählen Sie uns von der schönen Frau im Glassarg. Wer ist sie?« Laura wollte Zeit gewinnen.

Mertens schluckte. »Sie haben sie gesehen?« Die Festigkeit in seiner Stimme war verschwunden. Laura nickte. Sie wollte, dass Mertens weitersprach. Vielleicht lenkte ihn das so weit ab, dass sie die Gelegenheit bekamen, Amelie aus seiner Gewalt zu befreien.

»Sie finden sie schön?«

Laura nickte wieder.

»Das ist meine Schwester Jennifer. Sie sieht aus wie eine Prinzessin, nicht wahr? Sie ist so schön, dass man den Blick nicht von ihr abwenden kann. Ich habe ihre Schönheit für die Ewigkeit konserviert.« Er schwieg für einen Moment und schien in Erinnerungen zu schwelgen.

»Sie war sehr krank. Ich konnte ihr nicht helfen. Sie war dem Tod geweiht. Sie litt unter einem unheilbaren genetischen Defekt.« Er schüttelte sich, wobei sich das Skalpell tiefer in Amelies Haut grub. Sie schnaufte entsetzt. Mertens bemerkte das nicht. Ungerührt fuhr er fort: »Jennifer ist vor sieben Jahren gestorben. Aber ich konnte sie einfach nicht der Erde überlassen. Ich habe es nicht fertiggebracht, ihren Körper den Würmern und Mikroben zum Fraß vorzuwerfen. Stattdessen habe ich sie wieder nach Hause geholt. Sie ist alles, was ich habe.« Der Wahnsinn leuchtete in Mertens' Augen auf. Laura machte noch einen Schritt nach vorn.

»Bleiben Sie gefälligst, wo Sie sind!« Seine Stimme überschlug sich.

Laura setzte ihren Fuß langsam einen halben Schritt zurück. Sie versuchte, Mertens weiter am Reden zu halten.

»Was ist mit Jennifers Haut geschehen?«

Mertens heulte auf wie ein Hund. Für einen winzigen Moment ließ er von Amelie ab, aber die Zeitspanne reichte nicht, um sie zu befreien oder Mertens kampfunfähig zu machen.

»Mein Hund hat den Sarg vom Sockel gestoßen. Die Scheiben sind gerissen, und bis ich Ersatz beschaffen konnte, war Jennifer fast drei Wochen lang der Luft ausgeliefert. Ihre Haut hat sich verändert.« Plötzlich schien er sich wieder seiner Situation bewusst zu werden. »Ich wollte den Frauen nichts tun. Das müssen Sie mir glauben. Ich wollte nur Jennifers Haut reparieren. Ihre Schönheit muss unbedingt erhalten bleiben. Verstehen Sie das?« Mertens' irrer Blick war voll und ganz auf Laura gerichtet. Sie nickte langsam und lächelte zur Bekräftigung.

»Ich hatte keine Ahnung von der Allergie der letzten Frau. Ich konnte das doch nicht wissen. Ich wollte nur ein wenig von ihrer Haut. Aber bevor ich überhaupt anfangen konnte, ist sie kollabiert.«

»Warum haben Sie trotzdem den Notarzt verständigt? Sie wussten doch, dass sie längst tot ist.«

»Ich wollte nicht, dass sie die ganze Nacht dort liegt und womöglich Tiere anlockt. Das war alles, was ich noch für sie tun konnte.«

»Wie haben Sie die Frauen denn überhaupt in Ihre Gewalt gebracht?«

Über Mertens' Gesicht huschte ein Schatten. Für einen Moment befürchtete Laura, er würde das Gespräch nicht fortführen, doch dann antwortete er: »Ihre Haustiere waren bei mir in Behandlung. Ich habe mich intensiv mit ihnen unterhalten und so herausgefunden, wie ihr Tagesablauf aussieht. Es war nicht besonders schwierig. Ich habe sie verfolgt, im richtigen Moment betäubt und in mein Auto gelegt. Isabell Wittmann habe ich mir in der Tiefgarage des Fitnessstudios geschnappt. Ich musste nur warten, bis ein Auto herausfuhr, mich durch das offene Tor hineinschleichen und ihr dann auflauern. Charlotta Behrend und Jasmin Wülfrath habe ich nach der Arbeit entführt. Beide hatten Nachtschicht, die eine bei McDonald's und die andere im Krankenhaus.« Mertens blinzelte hektisch. »Bei den letzten beiden war es ähnlich«, erklärte er ausweichend und schwieg. Laura drängte ihn nicht weiter; vermutlich wollte er den Namen von Marie Clemens, der getöteten Frau, nicht aussprechen. Wenn sie ihn zu stark unter Druck setzte, riss der Gesprächsfaden womöglich ab.

Sie registrierte eine Bewegung hinter Mertens. Die Tür am Ende des Stalls schob sich unmerklich auf. Entsetzt fragte sie sich, ob der Tierarzt einen Helfer hatte. »Jennifer sieht sehr gut aus. Warum kann Amelie nicht einfach gehen?«, fragte sie, bemüht, ihre Aufregung nicht durchklingen zu lassen.

»Ich brauche noch Haut für Jennifers Handrücken.« Mertens schien wieder in seinem Element und fuhr fort mit seinen Erklärungen, während Laura unauffällig die Tür fixierte.

Ein Mann betrat den Raum. Erleichtert bemerkte sie, dass es Taylor war, der sich von hinten anschlich wie ein Tiger. Er trug eine kugelsichere Weste. Mertens hörte auf zu reden und Laura stellte schnell die nächste Frage.

»Warum haben Sie denn nicht offiziell um Spenden gebeten?«

Taylor kam immer näher.

»Weil mir die Zeit fehlte.« Mertens war ganz bei der Sache. Ausführlich begann er, den Verwesungsprozess zu erläutern und wie man ihn aufhalten konnte. Taylor stand mittlerweile fast hinter ihm. Mertens hatte sich so in Rage geredet, dass er davon nichts mitbekam. Taylor warf Laura einen durchdringenden Blick zu. Stumm gab er ihr zu verstehen, dass er ein Ablenkungsmanöver brauchte. Laura überlegte nervös, was sie tun könnte.

»Entschuldigung«, sagte sie, und Mertens unterbrach überrascht seine Rede. »Ich glaube, da oben ist etwas.« Sie richtete den Blick zum Dach. Mertens' Augen folgten ihr und dabei lockerte er seinen Griff. Amelie sackte zusammen.

Taylor sprang vor, doch der Abstand zu Mertens war noch zu groß. Die Zeit blieb stehen. Laura sah Taylors Arm, der nach vorn schnellte, um dem Tierarzt das Skalpell aus der Hand zu schlagen. Es fehlten zehn Zentimeter. Laura stockte der Atem. Mertens beugte sich vor und griff nach Amelie. Die Distanz zu Taylor vergrößerte sich. Das Skalpell in Mertens' anderer Hand vollführte einen Bogen. Wie versteinert verfolgte Laura seine Flugbahn, die unweigerlich in Amelies Brust enden musste. Ein Schuss krachte durch die Luft. Auf Mertens' Stirn erschien ein dunkelroter Punkt. Dann fiel er nach hinten. Max ließ die Waffe sinken. Während Taylor Amelie auffing, stürzte Laura zu Mertens. Aus der Wunde strömte Blut. Die Lippen des Mannes bewegten sich unmerklich. Laura beugte sich über den Sterbenden.

»Ich will bei Jennifer sein«, röchelte er noch, und sein Blick richtete sich starr nach oben.

Epilog

Berlin, Deutschland
Eine Woche später

Die Beerdigung war schlicht. Sie verlief ohne jeglichen Schnörkel. Es gab nur zwei Besucher, denn Angehörige fanden sich nicht – weder für den Mann noch für die Frau. Laura hätte es als falsch empfunden, einem Mörder die letzte Ehre zu erweisen – auch wenn es sich bei der Tötung von Marie Clemens um ein Versehen gehandelt hatte. Dr. Harald Mertens hatte seine persönlichen Wünsche über das Wohlergehen von fünf Frauen gestellt. Er hatte ihnen schweren Schaden zugefügt, auch wenn er das selbst nicht so gesehen hatte. Allein die psychischen Folgen für die Betroffenen waren nicht abzusehen. Trotzdem konnte Laura Mertens' Beweggründe nachvollziehen. Sie hatte seinen Lebenslauf studiert und war in die Einsamkeit eines Mannes eingetaucht, der nie die Möglichkeit hatte, eine funktionierende Familie zu finden. Der frühe Unfalltod der Eltern, die große Verantwortung und die tödliche Erkrankung seiner Schwester hatten aus Mertens einen Mann gemacht, der keine Grenzen mehr kannte. Aus Respekt vor seinen Leistungen als Tierarzt, die unbestreitbar gegeben waren, und aus Mitgefühl für die tragischen Schicksalsschläge hatte Laura die beiden Besucher bezahlt, die Harald und Jennifer Mertens das letzte Geleit gaben. Sie hätte es als falsch empfunden, wenn dieser einsame Mann auch den Weg zu seiner letzten Ruhestätte ganz ohne einen Begleiter hätte gehen müssen. Das war auch der Grund gewesen, warum Laura dafür gesorgt hatte, dass Dr. Mertens zusammen mit seiner Schwester beerdigt wurde. Jennifer Mertens würde gemeinsam mit ihrem Bruder zu Erde zerfallen, denn ein luftdichter Glassarg war in Deutschland nicht gestattet. Ein wenig bedauerte Laura, dass die Schönheit dieses Mädchens, aus dem nie eine richtige Frau geworden war, einfach unter der Erde verschwand. Andererseits konnte Laura sich nicht vorstellen, dass Jennifer es gewollt hätte, ewig eine Mumie zu sein. Der Kreislauf des Lebens war gekennzeichnet von Zerfall. Niemand sollte sich der Natur widersetzen, denn nur so war die Entstehung von neuem Leben möglich.

Laura drehte sich um und blickte in den wolkenlosen Himmel. Unter ihr knackte ein Zweig. Ganz kurz schweiften ihre Gedanken zu Amelie Kristensen. Die leuchtenden Augen von Amelies Bruder tauchten vor ihr auf. »Danke«, hatte er unter Schluchzen geflüstert und sich dann an sie gedrückt, weil sie seine Schwester unversehrt zurückgebracht hatte.

Nachdem Amelie auf einem OP-Tisch der Tierarztpraxis zu sich gekommen war und um ihr Leben gefleht hatte, hatte Mertens sie zwar erneut betäubt, aber er brachte es offenbar nicht fertig, sie zu verletzen. Als sie wieder zu sich gekommen war, standen Mertens sowie Max mit seiner Pistole vor ihr. Sie befand sich nicht mehr in der Praxis, sondern wieder in dem Stall, in dem sie seit fünf Tagen im Delirium gelegen hatte. Die junge Frau war stark. Sie würde dieses Trauma überwinden, da war sich Laura ganz sicher.

»Woran denkst du?«, fragte eine tiefe Stimme neben ihr.

Laura rollte sich auf der Picknickdecke herum. Es war ihr erster freier Tag seit Langem. Taylors dunkle Augen blickten sie an.

»An gar nichts«, sagte Laura. Sie schob die Finger unter sein Shirt und küsste ihn leidenschaftlich. Sie hatte beschlossen, sich nicht mehr von ihren Ängsten leiten zu lassen. Als Taylor ihre Narben berührte, zuckte sie nicht zurück. Stattdessen wanderten ihre Finger über seinen Rücken. Eine Landschaft aus Bergen und Tälern offenbarte sich. Sie öffnete die Augen und sah Taylor lange an.

»Verrätst du mir eines Tages, woher die Narben auf deinem Rücken stammen?«, fragte sie.

Er lächelte. »Eines Tages, vielleicht.« Dann warf er Laura herum und küsste sie erneut.

ENDE

Nachwort der Autorin

Liebe Leserin,
lieber Leser,

ich freue mich sehr und bedanke mich herzlich dafür, dass Sie »Engelsschlaf« gekauft und gelesen haben. Ich hoffe, Ihnen hat die Lektüre gefallen und Sie hatten ein spannendes Leseerlebnis. An dieser Stelle möchte ich für den interessierten Leser folgende Punkte anmerken:

Die im Buch erwähnte Rosalia Lombardo hat wirklich gelebt. Ihr Leichnam wird tatsächlich auch als die schönste Mumie der Welt bezeichnet und kann noch heute in Palermo in der Kapuzinergruft bewundert werden. Allerdings wurde der alte Holzsarg inzwischen mit einer hochmodernen luftdichten Hülle umschlossen. Das Mädchen starb 1920 im Alter von zwei Jahren an der Spanischen Grippe. Rosalias Körper ist so gut erhalten, dass man den Eindruck hat, sie schliefe lediglich. Ihr hervorragender Zustand war lange Zeit ein Rätsel, denn auch sämtliche Organe sind komplett konserviert. Erst im Jahre 2009 entdeckte eine Gruppe Wissenschaftler, unter ihnen Dario Piombino-Mascali, in alten Schriften das Rezept von

Alfredo Salafia, dem mit der Mumifizierung beauftragten Einbalsamierer.

Der Scheintod ist ein Phänomen, das die Menschen schon immer beschäftigt hat. Bereits in der Antike wurden Tote mit warmem Wasser gewaschen und laut mit Namen gerufen, um die Bestattung eines Lebenden zu verhindern. In späteren Jahrhunderten ließen sich Menschen Glocken in den Sarg legen, um im Falle des Erwachens Aufmerksamkeit zu erregen. In Österreich-Ungarn gab es bis zu Beginn des 20. Jahrhunderts die Tradition des sogenannten Herzstoßes, eine testamentarische Verfügung, wonach der Arzt dem Toten einen Dolch ins Herz stieß, bevor er bestattet wurde.
Und auch heute ist die Angst, lebendig begraben zu werden, nicht völlig unbegründet. Laut dem bekannten Rechtsmediziner Prof. Dr. med. Wolfgang Huckenbeck, ehemaliger akademischer Direktor des Instituts für Rechtsmedizin an der Uniklinik Düsseldorf, werden **in Deutschland jährlich mindestens zehn Scheintote beerdigt** (Interview FAZ 28.05.2002 und Focus 12.01.2015). Viele Scheintote versterben im Kühlhaus, weil die Ärzte nicht auf die sicheren Todeszeichen geachtet haben. Totenflecken treten meist nach etwa dreißig Minuten auf, die Totenstarre nach zwei bis sechs Stunden, und anschließend beginnt die Fäulnis. Das Warten auf das Eintreten dieser Zeichen ist keine übliche Praxis in Deutschland, da ein Notarzt regelmäßig schnell zum nächsten Einsatz muss. Auch die Überprüfung der Herztätigkeit mittels EKG ist nur eine Empfehlung der Bundesärztekammer, die nicht verpflichtend ist. Selbst

erfahrene Mediziner können sich irren, da beispielsweise die Lebensfunktionen von Menschen mit Alkohol- oder Tablettenvergiftung oder schweren Unterkühlungen oft extrem heruntergefahren sind.

Alle Figuren im Buch sind, bis auf die oben genannten, frei erfunden. Ich möchte nicht ausschließen, dass der eine oder andere Charakter Ähnlichkeiten mit lebenden Personen hat. Dies ist jedoch keinesfalls beabsichtigt.

Wenn Sie an weiteren Informationen über »Engelsschlaf« oder meine anderen Romane interessiert sind, besuchen Sie doch einmal meine Homepage

www.catherine-shepherd.com

und melden sich dort für den Newsletter an. Mit dem Newsletter erhalten Sie alle Neuigkeiten über Projekte, Veranstaltungen und Gewinnspiele.

Facebook-Mitglieder sind herzlich willkommen, durch Klicken des Gefällt-mir-Buttons Fan zu werden:

www.facebook.com/Puzzlemoerder

Auf *Twitter* finden Sie mich unter **www.twitter.com/shepherd_tweets** und natürlich freue ich mich auch über Ihr persönliches Feedback an meine E-Mail-Adresse:

kontakt@catherine-shepherd.com

Zum Abschluss habe ich noch eine persönliche Bitte an Sie. Wenn Ihnen dieses Buch gefallen hat, würde es mich sehr freuen, wenn Sie es bewerten und eine kurze Rezension schreiben würden. Keine Sorge, Sie brauchen hier keine »Romane« zu verfassen. Einige wenige Sätze reichen völlig aus.

Sollten Sie bei *Leserkanone*, *LovelyBooks* oder *Goodreads* oder anderen Leseportalen aktiv sein, ist natürlich auch dort ein kleines Feedback sehr willkommen. Ich bedanke mich recht herzlich und hoffe, dass Sie auch meine anderen Romane lesen werden.

Ihre Catherine Shepherd

Danksagung

An dieser Stelle möchte ich mich ganz besonders bei meinem Ehemann Felix und meinen Eltern für die immerwährende Geduld und Unterstützung bedanken. Gleiches gilt für meine Lektorin Gisa Marehn, die meinem Buch mit vielen guten Ideen den richtigen Schliff verliehen hat und für all die anderen fleißigen Helfer, die an diesem Buch mitgewirkt haben.

Der Puzzlemörder von Zons. Thriller
Catherine Shepherd, Kafel Verlag 2012

»Der Puzzlemörder von Zons« ist der erste Roman von Catherine Shepherd, der direkt nach seiner Veröffentlichung die Nr. 1 der deutschen Amazon Bestsellerliste erreichte. Der Thriller gehört zu den E-Book-Bestsellern des Jahres 2012 bei Amazon. Auch die Taschenbuchausgabe schaffte es im lokalen Buchhandel an die Spitze der Bestsellerliste.

Die Westdeutsche Zeitung schrieb über ihren Roman:
»Der Mörder Dietrich Hellenbroich erinnert in seiner schaurigen Sammelwut an den Grenouille, die Hauptfigur aus Patrick Süskinds Bestseller ›Das Parfum‹. Die den Roman durchziehende Symbolik wiederum ähnelt den Dan Brown-Bestsellern.«

Zum Inhalt:

Eine Begegnung von Vergangenheit und Gegenwart, die Sie nicht vergessen werden …

Zons 1495: Eine junge Frau wird geschändet und verstümmelt aufgefunden. Offensichtlich war sie Opfer des Rituals eines perversen Mörders geworden. Eigentlich ist das kleine mittelalterliche Städtchen

Zons, das damals wie heute genau zwischen Düsseldorf und Köln am Rhein liegt, immer besonders friedlich gewesen. Doch seitdem der Kölner Erzbischof Friedrich von Saarwerden dem Städtchen die Zollrechte verliehen hatte, tauchte immer mehr kriminelles Gesindel auf. Bastian Mühlenberg von der Zonser Stadtwache ist geschockt von der Brutalität des Mörders und verfolgt seine Spur – nicht ahnend, dass auch er bereits in den Fokus des Puzzlemörders geraten ist …

Gegenwart: Die Journalismus-Studentin Emily kann ihr Glück kaum fassen! Sie darf eine ganze Artikelserie über die historischen Zonser Morde schreiben. Doch mit Beginn ihrer Reportage scheint der mittelalterliche Puzzlemörder von Zons wieder lebendig zu werden, als eine brutal zugerichtete Frauenleiche in Zons aufgefunden wird. Kriminalkommissar Oliver Bergmann nimmt die Ermittlungen auf. Erst viel zu spät erkennt er den Zusammenhang zur Vergangenheit. Verzweifelt versucht er die Puzzleteile des Mörders zusammenzufügen, doch der Täter ist immer einen Schritt voraus …

»Der Autorin Catherine Shepherd gelingt es in ihrem Thriller meisterhaft, die Begegnung zwischen Historie und Gegenwart zu inszenieren. Ein packendes Werk, von der ersten bis zur letzten Minute!«

Erntezeit. Thriller

Catherine Shepherd, Kafel Verlag 2013

(Das Taschenbuch ist unter dem Namen »Der Sichelmörder von Zons« erschienen)

Der packende Nachfolger von Catherine Shepherds Bestseller »Der Puzzlemörder von Zons«:

Zons 1496: Während Bastian Mühlenberg von der Zonser Stadtwache auf der Spur eines uralten Schatzes ist, den der Erzbischof von Saarwerden bei Errichtung der Stadtmauern tief unter der Erde von Zons verborgen hat, treibt ein brutaler Mörder mit einer goldenen Sichel sein blutiges Spiel mit seinen Opfern. Scheinbar wahllos verschwinden »unbescholtene« Bürger und alles, was von ihnen übrig bleibt, sind ihre toten Zungen, die sichtbaren Zeichen ihrer Sünden. Drei silberne Schlüssel, behütet von Pfarrer Johannes und der St.-Sebastianus-Schützenbruderschaft, führen Bastian in ein verschlungenes Labyrinth unterhalb von Zons, wo ein düsteres Geheimnis auf ihn wartet …

Gegenwart: Ein menschlicher Fußknochen wird in den Rheinauen von Zons gefunden. Kommissar Oliver Bergmann kann zunächst keine Leiche finden. Doch dann überschlagen sich die Ereignisse. Oliver verfängt sich in einem schier undurchdringbaren Netz aus

Verdächtigen und Vermissten. Die nagelneue Salzsäureanlage im Chemiepark Dormagen gerät ebenso in sein Visier wie geldsüchtige Banker, eine goldene Mordwaffe und Gandhis »sieben Todsünden der Moderne«. Als die Journalismus-Studentin Emily und ihre beste Freundin Anna in ernsthafter Gefahr schweben, erkennt Oliver verzweifelt, dass ihm nicht mehr viel Zeit bleibt …

»In ihrem zweiten Roman lässt Autorin Catherine Shepherd erneut Vergangenheit und Gegenwart zu einem atemberaubenden Thriller verschmelzen. Wem der »Puzzlemörder von Zons« gefallen hat, wird die neue Geschichte nicht mehr aus der Hand legen können. Shepherd führt Sie auf eine unglaublich spannende Reise!«

Kalter Zwilling. Thriller
Catherine Shepherd, Kafel Verlag 2013

Der dritte Thriller von Catherine Shepherd führt Sie in die Tiefen menschlicher Abgründe. Eine weitere Begegnung von Vergangenheit und Gegenwart, die Sie nicht vergessen werden …

Zons 1496: Ein schrecklicher Fluch beendet Elisas junges Leben, noch bevor sie ihre neugeborenen Zwillingssöhne in den Armen halten kann. Bastian Mühlenberg von der Zonser Stadtwache ahnt zunächst nichts vom düsteren Familiengeheimnis, das auf den Brüdern lastet. Als der Schmied mit gefälschten Goldgulden zerstückelt vor der Stadtmauer gefunden und das friedliche Städtchen von einer neuen Mordserie erschüttert wird, nimmt Bastian Mühlenberg die Spur des Mörders auf. Stück für Stück wird er in eine unheilvolle Verschwörung hineingezogen, die das Leben seiner Familie bedroht …

Gegenwart: Der grausame Mord an einer Prostituierten führt Kommissar Oliver Bergmann zu seinem dritten großen Fall nach Zons. Offensichtlich ist der Mörder ein kaltblütiger Psychopath, der ein perverses Machtspiel mit seinen Opfern treibt. Währenddessen schreibt Journalismus-Studentin Emily mit Hilfe von Professor Morgenstern, dem Leiter einer psychiatrischen Klinik vor den

Toren von Zons, eine Reportage über die menschlichen Abgründe psychopathischer Persönlichkeiten. Als ein Universitätsprofessor aus Köln, keine dreißig Kilometer von Zons entfernt, auf martialische Weise ermordet wird, meint Oliver Bergmann ein Muster aus der Vergangenheit zu erkennen. Ein über fünfhundert Jahre alter Fluch scheint zu neuem Leben erwacht …

»Kalter Zwilling ist der dritte Zons-Krimi von Catherine Shepherd, der in atemberaubendem Tempo Vergangenheit und Gegenwart zu einer einzigen packenden Geschichte verschmelzen lässt. Fesselnd bis zur letzten Seite!«

Auf den Flügeln der Angst. Thriller
Catherine Shepherd, Kafel Verlag 2014

Der vierte Thriller von Catherine Shepherd führt Sie auf einen trügerischen Pfad, auf dem nichts so ist, wie es scheint. Eine weitere Begegnung von Vergangenheit und Gegenwart, die Sie nicht mehr loslassen wird …

Zons 1497: Bastian Mühlenberg von der Zonser Stadtwache steht vor einem Rätsel. Am Morgen nach dem Geburtstagsfest von Pfarrer Johannes schwimmt eine tote Frau im Burggraben. Vom Täter fehlt jede Spur. Als kurz darauf vor den Stadttoren von Zons ein Bote brutal ermordet wird, beginnt eine atemlose Jagd. Bastian entdeckt ein Geheimnis hinter den Steinen der Stadtmauer. Eine geheimnisvolle dunkle Flüssigkeit führt ihn auf eine gefährliche Reise, denn auch der Mörder ist auf der Jagd nach dem teuflischen Elixier …

Gegenwart: Die alleinerziehende junge Mutter Saskia nimmt an einer klinischen Studie teil. Doch statt der erhofften Befreiung von ihren Ängsten fühlt sie sich von Tag zu Tag schlechter und kann am Ende nicht mehr zwischen Wahn und Wirklichkeit unterscheiden. Während Saskia von unerklärlichen, grausamen Bildern verfolgt wird, ermittelt Kommissar Oliver Bergmann in einer neuen Mordserie.

Ein Stadtrat wird in seiner Zonser Wohnung ertränkt, wenig später führt ein Anruf die Polizei zu einer weiteren Leiche. Die einzige Verbindung zwischen den Opfern ist eine seltene Droge in ihrem Blut. Obwohl alles auf ein männliches Täterprofil hindeutet, hat Oliver starke Zweifel. Erst im letzten Moment erkennt er den wahren Zusammenhang, der ihn zurück ins Mittelalter führt …

»Auf den Flügeln der Angst« ist das neue spannende Werk von Catherine Shepherd, das den Leser bis zur letzten Seite in seinen Bann zieht.

Tiefschwarze Melodie. Thriller
Catherine Shepherd, Kafel Verlag 2015

Mit ihrem fünften Roman lässt Catherine Shepherd Sie in die düstere Dimension der Musik eintauchen. Halten Sie sich fest, denn dieser Thriller wird Sie nicht wieder loslassen.

Zons 1497: Eine junge Novizin wird gekreuzigt in der Kirche aufgefunden. Stadtsoldat Bastian Mühlenberg entdeckt eine Rose ohne Blütenblätter bei der Leiche des Mädchens. Noch bevor er ihrem Mörder auf die Spur kommt, muss eine weitere Frau ihr Leben lassen. Wieder schmückt ein Pflanzensymbol den Körper der Toten. Bastian steht vor einem Rätsel. Bei seiner Jagd nach dem raffinierten Frauenmörder stößt er auf ein grausames Geheimnis, das von einer tiefschwarzen Melodie wachgerufen wird …

Gegenwart: Oliver Bergmann ermittelt in einem neuen Fall. Eine Frau wurde ans Bett gefesselt und brutal erstochen. In der Hand hält sie einen Notenzettel mit einer mittelalterlichen Melodie und zwei beunruhigenden Worten: »Fortsetzung folgt«. Der Kölner Musikprofessor Engelbert findet heraus, dass der Notenzettel nur ein kleines Stück der gesamten Komposition beinhaltet. Doch bevor die Ermittlungen richtig anlaufen, wird bereits eine zweite Frau ermordet – und wenn der Professor recht behält, war das noch lange nicht das letzte Opfer. Ein Wettlauf gegen die Zeit beginnt …

»Tiefschwarze Melodie« ist ein temporeicher Thriller mit Spannung von der ersten bis zur letzten Seite.

Seelenblind. Thriller
Catherine Shepherd, Kafel Verlag 2016

»Er glaubt, du hast ihn gesehen und jetzt ist er hinter dir her …« Catherine Shepherds neuer Thriller erlaubt Ihnen keine Atempause.

Gegenwart: Als Michelle in einem finsteren Loch aufwacht, liegen zwei Frauen neben ihr. Wie durch ein Wunder entkommt sie der Hölle ihres Entführers. Sie ist verletzt, doch obwohl die Ärzte ihr vollständige Genesung versichern, stimmt etwas ganz und gar nicht. Kommissar Oliver Bergmann benötigt ihre Zeugenaussage, weil sie die Einzige ist, die den skrupellosen Serientäter zu Gesicht bekommen hat. Aber der treibt längst sein grausames Katz- und Mausspiel. Wird Bergmann die Verbindung zur Vergangenheit entdecken und ihn rechtzeitig stoppen können?

Zons 1497: Eine Frau wird erdrosselt vor den Toren der Stadt aufgefunden. Die Bewohner des kleinen Städtchens Zons sind verstört, denn selten hat jemand ein derart grauenhaft zugerichtetes Opfer gesehen. Der Mörder hat der Toten bei lebendigem Leib die Augen zugenäht. Stadtsoldat Bastian Mühlenberg hat keine andere Spur außer einem geheimnisvollen Zwirn. Als auf der Jagd nach dem Serienmörder auch noch sein Freund Wernhart lebensgefährlich verletzt wird, ist Bastian ganz auf sich alleine gestellt …

Tränentod. Thriller
Catherine Shepherd, Kafel Verlag 2017

Weine nicht, denn deine Tränen sind alles, was er will.

Gegenwart: Als eine junge Frau auf einer Party vor aller Augen tot zusammenbricht, beginnt ein Albtraum für ihre Mitbewohnerin Leonie. Hatte der Mörder es vielleicht von Anfang an auf sie abgesehen? Kommissar oliver Bergmann ermittelt auf Hochtouren. Nicht nur der Fall der jungen Frau, sondern auch ein seltsam inszenierter Doppelmord an zwei Liebespaaren macht ihm zu schaffen. Eine geheime Rezeptur aus dem Mittelalter führt Oliver auf die Spur des Serientäters. Doch schon verschwindet eine weitere Frau, und auch für Leonie läuft die Zeit ab.

Zons 1497: Ein Tuchhändler und seine Verlobte werden ermordet aufgefunden. Beide sitzen am Tisch, den Blick starr aufeinander gerichtet. Selbst im Tod sehen sie sich noch in die Augen. Bastian Mühlenberg ist entsetzt. Was um alles in der Welt hat das zu bedeuten? Ein weiterer Mord führt ihn zu einem Geheimbund und der uralten Kunst der Alchemie. Doch wie hängen die Ereignisse zusammen? Ein rätselhaftes Buch lenkt ihn auf die Fährte des skrupellosen Serienmörders. Allerdings ist der längst mit seinem nächsten Opfer verschwunden …

Krähenmutter. Thriller
Catherine Shepherd, Piper Verlag 2016

»Das Böse lauert immer hinter einer freundlichen Maske.«

LKA-Ermittlerin Laura Kern steht vor einem Rätsel. Ein Kind wurde am helllichten Tag aus einem Supermarkt entführt, doch es gibt keine Lösegeldforderung. Auch die Eltern schweigen sich aus – stecken sie womöglich mit den Tätern unter einer Decke? Laura und ihr Partner Max kämpfen sich durch einen Strudel widersprüchlicher Zeugenaussagen, während ihnen das Innenministerium im Nacken sitzt. Doch dann verschwindet der Vater des Kindes. Und dem LKA läuft die Zeit davon …

Mooresschwärze. Thriller
Catherine Shepherd, Kafel Verlag 2016

Manchmal ist es besser, auf die innere Stimme zu hören, bevor sich die Nacht unwiderruflich über die Sinne legt.

Julia Schwarz kennt sich aus mit dem Tod. Die Rechtsmedizinerin ist in ihrem Institut auch als Eislady bekannt. Nichts kann sie so schnell aus der Bahn werfen. Jedenfalls nicht, solange sie es schafft, ihre düstere Vergangenheit in Schach zu halten. Als Kriminalkommissar Florian Kessler sie zu einem Tatort in einem nahe gelegenen Moor ruft, sieht alles zunächst nach einem einfachen Fall aus. Aber dann verschwindet die Leiche und Julia macht sich auf die Suche nach dem toten Mädchen. Doch statt der Leiche stößt sie auf ein weiteres Opfer. Erst jetzt begreift Julia, dass sie es mit einem gefährlichen Serientäter zu tun hat, der einen perfiden Plan verfolgt. Ein sonderbares Tattoo auf dem Bauch der Frauen scheint die einzige Verbindung zwischen den Fällen zu sein. Aber die Zeit läuft gegen Julia und sie ahnt nicht, dass sie selbst bereits viel zu tief in den Strudel des Bösen geraten ist.

Catherine Shepherds neuer Thriller ist dunkel, rasant und lässt Sie garantiert nicht mehr los!

Über die Autorin

Die Autorin Catherine Shepherd (Künstlername) lebt mit ihrer Familie in Zons und wurde 1972 geboren. Nach Abschluss des Abiturs begann sie ein wirtschaftswissenschaftliches Studium und im Anschluss hieran arbeitete sie jahrelang bei einer großen deutschen Bank. Bereits in der Grundschule fing sie an, eigene Texte zu verfassen, und hat sich nun wieder auf ihre Leidenschaft besonnen.

Ihren ersten Bestseller-Thriller veröffentlichte sie im April 2012. Als E-Book erreichte »Der Puzzlemörder von Zons« schon nach kurzer Zeit die Nr. 1 der deutschen Amazon-Bestsellerliste. Ihr zweiter Kriminalroman »Erntezeit« (»Der Sichelmörder von Zons«) folgte im März 2013. Beide Bücher gehörten zu den Jahresbestsellern

2012 und 2013. Am 01.12.2013 erschien ihr drittes Buch mit dem Titel »Kalter Zwilling«. Der Thriller erreichte ebenfalls die Nr. 1 der Kindle Charts und gewann Platz Nr. 2 des Indie-Autoren-Preises 2014 auf der Leipziger Buchmesse. Im August 2014 folgte der 4. Thriller »Auf den Flügeln der Angst« und Band 5 »Tiefschwarze Melodie« (Jahresbestseller 2015) am 01.05.2015. Im April 2016 wurde Band 6 »Seelenblind« veröffentlicht, Band 7 »Tränentod« folgte im April 2017.

Im November 2015 erschien der erste Band einer neuen Reihe um die Berliner Spezialermittlerin Laura Kern. Der Titel »Krähenmutter« war wochenlang Nr. 1 der Kindle-Bestseller-Charts und ist seit Herbst 2016 über den Piper Verlag erhältlich.

Ebenfalls im Herbst 2016 erschien »Mooresschwärze«, eine neue Reihe mit Rechtsmedizinerin Julia Schwarz, die ebenfalls die Top 1 der Charts erreichte.

Mehr Informationen über Catherine Shepherd und ihre Romane finden sich auf ihrer Website:

www.catherine-shepherd.com

H 30
B 40
T 70

42094077R00209

Printed in Poland
by Amazon Fulfillment
Poland Sp. z o.o., Wrocław